HEYNE
BÜCHER

AARON ELKINS

ALTE KNOCHEN

Roman

Aus dem Amerikanischen
von Jürgen Bürger

WILHELM HEYNE VERLAG
MÜNCHEN

HEYNE ALLGEMEINE REIHE
Nr. 01/12152

Die Originalausgabe
OLD BONES
erschien 1987 bei The Mysterious Press, New York

Umwelthinweis:
Dieses Buch wurde auf
chlor- und säurefreiem Papier gedruckt

Taschenbuchausgabe 10/2000

Wilhelm Heyne Verlag GmbH & Co. KG, München
Printed in Germany 2000
Umschlagillustration: Font Shop/X-Ray Vision, Berlin
Umschlaggestaltung: Hauptmann und Kampa Werbeagentur,
CH-Zug
Druck und Bindung: Ebner Ulm

ISBN: 3-453-16967-0

http://www.heyne.de

1

So reglos und still war die von Nebel umhüllte Gestalt, daß sie durchaus ein kantiger, schwarzer Felsblock hätte sein können. Aber es gibt keine Felsblöcke, weder kantige noch sonstwelche, in dem endlosen, flachen Watt der Bucht von Mont St. Michel. Bei Ebbe gibt es dort nur Sand, weit mehr als zweihundert Quadratkilometer. Und bei Flut verwandelt sich diese Ebene in ein weites, wogendes Meer, aus dem die große Abtei-Zitadelle von Mont St. Michel aufragt, ein gewaltiges, von Gott erschaffenes Ding aus dunklem und düsterem Granit, nichts als schmale gotische Bögen und scharf umrissene, himmelstrebende Senkrechten.

Der Nebel wirbelte, verlagerte sich dann, und die Gestalt wurde erkennbar als ein hagerer älterer Mann mit einer Pelzkappe und einem schweren, gutgeschnittenen Mantel, der auf dem Sand kniete und sich über eine Muschel beugte, die er in seiner linken, in einem Lederhandschuh steckenden Hand hielt. Aber obwohl sein Kopf entsprechend geneigt war, schaute der alte Mann doch nicht die Muschel an.

Er starrte mit leerem Blick vor sich hin, in Gedanken weit fort. Seine rechte Hand hatte er tief in die Tasche des Mantels vergraben. Viele Minuten lang verharrte er so, bewegungslos, gedankenverloren, und dann spannte er sich plötzlich an. Sein Kopf schnellte hoch, neigte sich dann zur Seite, um besser hören zu können. Die breite, aristokratische Stirn war von fragenden Falten zerfurcht, die dichten weißen Augenbrauen hochgezogen. Eine schreckliche weiße Narbe, die an seinem linken Mundwinkel begann und unter einer schwarzen Augenklappe aus Satin verschwand, schien sich zusammenzuziehen, so daß sein schmaler Mund verzerrt wurde. Sein rechtes Auge, grau und klar, verriet äußerste Ungläubigkeit.

Der alte Mann, der nie Selbstgespräche führte, führte jetzt Selbstgespräche.

»Die Flut?« flüsterte er, und wieder: »Die Flut!«

Er ließ die Muschel fallen und rappelte sich schwerfällig auf. Er beugte sich noch einmal herab, um mit einer Hand nach der geflochtenen Strohmatte zu tasten, auf der er gekniet hatte, um die Knie seiner dunkelgrauen Hose zu schützen, aber dann warf er auch sie fort, drehte sich um und machte sich verbissen auf den Weg zum mehr als einen Kilometer entfernten Mont, der durch den Nebel nur undeutlich zu sehen war. Der Mann bewegte sich schnell, aber stockend, da sein verkrüppeltes Bein ihn immer wieder aus dem Gleichgewicht brachte, während er mit seiner linken Hand energisch herumruderte und seine rechte unbeweglich in der Tasche hielt.

Die Flut! Wie konnte er sich zeitlich nur so vollkommen verschätzt haben? Es schien kaum möglich zu sein, aber das Geräusch war eindeutig, genau wie die Böe kalter, salziger Luft, die vor ihr landeinwärts wehte. »Mit Donnerschall«, ging das alte bretonische Kinderlied, »und schnell wie ein galoppierendes Pferd kommt die Flut zum Mont St. Michel.«

Er brauchte nicht die Hilfe einer Metapher, um sein Dilemma zu verstehen. Die Geschwindigkeit der hereinkommenden Flut war nicht ganz die eines galoppierenden Pferdes, aber sie war schnell genug – eine schimmernde Wasserfläche, die sich mit fast fünfundzwanzig Kilometern pro Stunde in die Bucht wälzte, sich dabei ständig veränderte und weiter ausdehnte. Es war keine tosende Flutwelle des Todes, das wußte er; vielmehr eine sikkernde, verhaltene Flut, die im einen Augenblick noch unsichtbar, im nächsten um die Knöchel schwappte, und einen Moment später schon um die Hüften…

Der Wind hatte einen eisigen Schauer aus Schneeregen mitgebracht, und der Wollmantel des Mannes war bereits naß, die Ränder seiner Ohren brannten. Der dünne Nebel riß vor dem Wind auf, hüllte die Turmspitzen und Türme des Mont in unwirkliche silberne Fäden, die durch die fahle untergehende Sonne rosa gefärbt wurden. Auf den Zinnen des Nordturmes konnte er ein paar Leute erkennen, Touristen, die ihm zuwinkten, er solle sich beeilen; und sie riefen auch irgend etwas, so glaubte er. Diese Einfaltspinsel. Konnten sie denn nicht sehen, daß er schon so schnell ging, wie er konnte? Daß er ein alter Mann war, und noch dazu mit einem lahmen Bein? Wieso kamen sie nicht runter und halfen ihm, statt sinnlos herumzuhampeln?

Noch als er sich dies fragte, wußte er, daß es eine dumme Frage war. Obwohl der *tour du nord* sich am Fuß der Mauern befand, die die Gebäude der Abtei umgaben, klebte er doch hoch oben auf dem Fels, mehr als fünfzig Meter über dem Watt, und der Weg hinunter war steinig und uneben. Sie konnten ihn unmöglich rechtzeitig erreichen. Und warum sollten sie auch ihr Leben auf den trügerischen Sandbänken aufs Spiel setzen, um ihm zu helfen?

Er wagte nicht darüber nachzudenken, ob er schneller als das Wasser sein konnte, sondern humpelte weiter, während seine in warmen Stiefeln steckenden Füße sich über den Sand schleppten. Hinter ihm war das Wasser immer noch nicht zu sehen; da war nur das Tosen. Dies und die Böen feuchter Luft. Seine Brust hob und senkte sich, und darunter bohrten sich heiße Nadeln in seine vernarbten Lungen. Die alten Wunden in seinem Bein und Fuß brannten. Dennoch, er kam dem Mont näher. Er war jetzt nah genug, um hin und wieder einen Ruf zu hören. Vielleicht bestand ja doch noch eine Chance...

Abrupt blieb er stehen. Vor ihm war Wasser. Blinzelnd starrte er den seichten, mauvefarbenen Bach an, der zwanzig oder dreißig Schritte vor ihm von links nach rechts seinen Weg kreuzte. Er verstand nur zu gut, was das war und was es bedeutete. Die Flut kam nicht in einer geschlossenen Front, sondern bildete eine Vielzahl Rinnsale und Bäche – wie wunderschön sie von oben auf dem Mont aussehen mußten – in weit ausholenden, beinahe kreisförmigen Bögen, die zuerst große Flächen von gelbem Sand einschlossen, sich dann immer mehr um sie zusammenzogen und sie schließlich verschlangen.

Noch während er hinschaute, verwandelte sich der lange Wasserfinger vor ihm in einen Arm des Meeres, wurde breiter und tiefer. Er drehte sich um, rechnete damit, die Flut schon dicht hinter sich zu sehen, doch abgesehen von ein paar vorsichtigen Fühlern war das Meer immer noch weit entfernt, vielleicht hundert Meter. Bei Gott, er hatte noch eine Chance!

Es stürzte sich in das knöcheltiefe Wasser, wußte, daß er dabei das Risiko einging, in eine Unterwasserströmung oder auf Treibsand zu geraten, wußte aber auch, daß er keine andere Wahl hatte. Seine wadenhohen Stiefel hielten die Feuchtigkeit und die Kälte von seinen Füßen fern, aber gleichzeitig schienen sie ihn auch herunterzuziehen, als wären sie mit Blei statt mit Wolle gefüttert, und jeder Schritt war eine ungeheure Anstrengung, die seine hageren Wangen aufblähen ließ. Die gefurchte Narbe zerrte inzwischen an seiner satinbedeckten leeren Augenhöhle, so daß sich sein ganzes Gesicht schief anfühlte.

»Vite!« brüllten sie vom Nordturm. *»Vite!«* Ja, glaubten sie denn, er ließe sich Zeit?!

Voller Bestürzung beobachtete der alte Mann, wie der Wasserarm, durch den er sich hindurchquälte, jetzt anschwoll und eigene Finger ausstreckte. Es reichte ihm jetzt fast bis an die Waden, und der vorderste Rand des Wassers entfernte sich immer weiter von ihm, während er sich darauf zu schleppte. Sein Herz hämmerte bei jedem einzelnen torkelnden Schritt durch den saugenden Sand, und ihm war gleichzeitig heiß und kalt vor Angst. Eiskaltes Wasser begann in seine Stiefel zu schwappen, was ihn nur noch mehr herunterzog und seine Glieder krampfartig zittern ließ.

Die Stiefel, dachte er. Wenn er sie ausziehen könnte...

Aber er wußte, daß er es sich nicht leisten konnte, im ständig steigenden Wasser stehenzubleiben, und er wußte, daß er auch gar nicht die Kraft dazu hatte; nicht mit nur einer gesunden Hand. In wachsender Verzweiflung riß er statt dessen seine Pelzkappe herunter und warf sie fort. Der eisige Schneeregen, der daraufhin auf seinen Nacken einpeitschte, ließ ihn laut aufschreien und so krampfartig zittern, daß er kaum noch etwas sehen konnte. Das Wasser quatschte in seinen Stiefeln, und sein Atem brannte wie Feuer in der Kehle, doch er schaffte noch drei blinde Schritte, bevor er schließlich in den Treibsand stolperte.

Der berüchtigte *sable mouvant* der Bucht von Mont St. Michel ist kein Treibsand, genaugenommen, keine rutschige, sich bewegende Masse aus feinkörnigem Sand und nach oben aufsteigendem Wasser; es ist ein Phänomen, das einzigartig für dieses riesige Watt ist: tiefe, mit Wasser gefüllte Taschen, von einer Schicht Sand bedeckt, der irgendwie darauf treibt. Von den Zinnen des Nordturmes waren sie nicht zu sehen, und für die kleine, erregte Zuschauermenge, die sich dort versammelt hatte, schien es, als würden die Beine des taumelnden Mannes dort unten auf der sich verdunkelnden Ebene plötzlich verschwinden. Eine Frau schrie auf und preßte ihre Hand auf den Mund. Die anderen schauten gebannt und bestürzt schweigend zu. Unten kämpfte die winzige Figur verzweifelt, schlug wie wild mit einem Arm auf das immer noch seichte Wasser ein und versank dadurch nur noch schneller.

Bis zum letzten Augenblick, als sich das Wasser ruhig über seinem Kopf schloß, zappelte er so verzweifelt, daß es aussah, als müßte er wieder hochkommen, doch die Wasseroberfläche blieb völlig glatt, abgesehen von einem harmlosen Kräuseln, das die Stelle markierte, an der er sich gerade noch befunden hatte. Und innerhalb weniger Sekunden war es, als wäre er überhaupt niemals dort draußen gewesen.

2

Lucien Anatole Joly, *inspecteur principal* der Kriminalpolizei der Police National für das Gebiet der Côtes-du-Nord, tippte mit seinen langen schlanken Fingern lautlos auf den linierten Block, der auf dem flachen Schreibarm seines Stuhles lag, der sich in der Mitte der zweiten Reihe befand. Er gehörte nicht zu der Sorte, die sich in der letzten Reihe eines Raumes herumdrückten, wenn er zu einem Vortrag ging; er kam, um zuzuhören und zu lernen.

Doch bislang hatte der *VIII. Jahreskongreß für Wissenschaft und Kriminalistik*, der zum ersten Mal in St. Malo stattfand, sein Versprechen, nützliche Informationen für die tägliche Polizeiarbeit zu liefern, nicht gehalten. Nach einem ganzen Morgen trug der linierte Block lediglich eine Viertelseite von Inspektor Jolys ordentlicher, symmetrischer Handschrift. Und er langweilte sich fürchterlich.

Inspektor Joly war schnell gelangweilt und nicht geneigt, es großmütig hinzunehmen. Es gab viele Dinge, die er nicht großmütig hinnahm. Seine Untergebenen nannten ihn »Monsieur Giscard«; wie Sergeant Denis ihm eines Tages anvertraut hatte, wegen einer gewissen Ähnlichkeit mit dem früheren französischen Staatspräsidenten – beide waren sie groß, beide kahl und schmalgesichtig, beide dünn. Das hatte Denis gesagt. Doch Joly wußte es besser. Er wußte sehr gut, daß er dem alten Konservativen auch nicht im geringsten ähnelte, den er übrigens tatsächlich sehr bewunderte. Nein, den Spitznamen hatte er wegen einer gewissen würdevollen Steifheit, die beiden gemeinsam war, einer Unbeholfenheit und Ungeduld bei allzu trivialen Dingen und manchmal im gesellschaftlichen Umgang, was nach außen oft den Eindruck von Arroganz erweckte. Nun, das sollte ihm recht sein. Und es war gar kein so schlechter Ruf für einen Polizisten.

Die Morgensitzung war ein Dia-Vortrag eines mürrischen finnischen Entomologen gewesen, der in einer solch bizarren Mischung aus Französisch und Englisch vor sich hin nuschelte, daß er seinen Vortrag genausogut gleich ganz auf Finnisch hätte halten können. Ein Teil des Problems war zweifellos das Thema: ›Sarcosaprophage Insekten als forensische Kriterien‹ – in jeder Sprache alles andere als einladend. Doch trotz der Sprachbarriere wußte Joly jetzt erheblich mehr als ihm lieb war darüber, was Schmeißfliegenlarven mit sich zersetzenden Leichen machten.

Er erhoffte sich – ohne viel Zuversicht – ein bißchen mehr von dem Thema des Nachmittags: ›Forensische Anthropologie‹. Wenigstens wußte er, was das bedeutete. Tja, vielleicht nicht genau, aber er konnte es immerhin aussprechen, und das war schon mal ein Fortschritt. Er lehnte sich auf seinem Stuhl zurück, sein Mittagessen, bestehend aus *omelette aux champignons* und Kaffee, angenehm im Bauch, und musterte den Redner, der gerade ein paar Karteikarten auf dem Podiumstisch sortierte, während der Vorsitzende der Konferenz mit monotoner Stimme irgendwelche Bemerkungen losließ. Joly warf wieder einen kurzen Blick in das Programmheft:

Dr. Gideon P. Oliver, Professor der Anthropologie, University of Washington, Port Angeles. Dr. Oliver hat einen ausgezeichneten Ruf auf den Gebieten der biologischen Anthropologie und der menschlichen Evolution und ist Verfasser der hervorragenden Arbeit A Structuro-Functional Approach to Pleistocene Hominid Phylogeny, *die inzwischen in der dritten Auflage vorliegt. Fast genauso bekannt ist er in der internationalen Polizistengemeinschaft als der »Knochen-Detektiv«, dies aufgrund seiner bemerkenswerten Leistungen auf dem Gebiet der forensischen Analyse menschlicher Skelettfunde.*

Tja, der entsprach nun überhaupt nicht dem, was Joly sich unter einem Wissenschaftler und Knochen-Detektiv vorstellte. Gideon Oliver war kein hagerer und vertrockneter alter Kauz, durchdrungen von der feuchten Aura eines Leichenschauhauses – oder passender, des flachen Grabes auf freiem Feld. (Professor Wuorinen mit seinen Schmeißfliegen hätte perfekt gepaßt.) Es war, überraschenderweise, ein großer, breitschultriger Mann mit einer eingeschlagenen Nase und einem angenehmen Lächeln, der eher wie ein gutmütiger Berufsboxer als ein Professor aussah. Er war Joly schon im Durcheinander der Anmeldung aufgefallen, als er sich mit dem ihm scheint's gut bekannten und ebenso kräftig gebauten FBI-Mann aus Hawaii unterhalten hatte – der im übrigen auch nicht ganz dem Bild entsprach, das der Inspektor sich von einem Special Agent des FBI machte. Ach ja, die Welt veränderte sich.

»... und bin überzeugt, daß wir alle den faszinierenden Vortrag des heutigen Morgens genossen haben und großen Nutzen daraus ziehen können.« Der Leiter der Konferenz, Pierre Chagny, Stellvertretender Direktor der Kriminalpolizeidirektion der Police Nationale, verstummte mit einem Lächeln auf seinem rundlichen Gesicht, und sein gemimtes Händeklatschen zog lahmen Beifall für Professor Wuorinen nach sich, der sich dafür von seinem Platz im hinteren Teil des Raumes mit einem finsteren Stirnrunzeln und einem kurzen Nicken bedankte.

»Und jetzt ist es mir eine große Freude, Ihnen einen Redner vorstellen zu dürfen, der vielen von Ihnen bereits als der Knochen-Detektiv von Amerika bekannt ist...«

Gideon zuckte zusammen. Offensichtlich wurde er diese Knochen-Detektiv-Geschichte, die ihm vor Jahren von einem besonders phantasievollen Gerichtsreporter angehängt worden war, nicht mehr los, und tatsächlich hatte er bereits begonnen, sich damit abzufinden. Aber »der Knochen-Detektiv von Amerika«? Das war eine weitere Sprosse die Leiter der Absurdität hinauf. Er hoffte nur, seine akademischen Kollegen würden nie davon hören, was allerdings recht unwahrscheinlich war. Sie waren von bösartiger Tüchtigkeit darin, gerade solche Leckerbissen aufzustöbern, und es würde nicht lange dauern, bis er auf irgendeiner Ausschußsitzung eine sorgfältig beschriftete Tischkarte mit der Aufschrift ›Dr. G. P. Oliver, Knochen-Detektiv von Amerika‹ vorfinden würde. Das oder Dümmeres.

Er seufzte, legte die Karten mit seinen Notizen aus der Hand und schaute sich im Raum um. Neunzig Personen, die auf stapelbaren Plastikstühlen saßen und ihn mit dem schläfrigen, wenig erwartungsvollen Blick eines Publikums anschauten, das gerade vom Mittagessen kommt und fest davon überzeugt ist, daß ihm ein langer und knochentrockener Vortrag bevorsteht. Da Frankreich in diesem Jahr das Gastgeberland war, waren die meisten Anwesenden Franzosen, doch jeder sollte Englisch, die offizielle Sprache der Organisation, beherrschen. Gideon hatte allerdings so seine Zweifel (ganz sicher waren Professor Wuorinens Kenntnisse arg begrenzt), und er hatte kurz daran gedacht, seinen Vortrag auf Französisch zu halten, doch dann hatte ihn der Mut verlassen. Sie würden sich neben gedruckten Übersetzungen seiner Grafiken und Tabellen mit Englisch zufriedengeben müssen.

Abseits in der zweiten Reihe war John Lau auf seinem Stuhl in sich zusammengesunken, ein Bein auf den freien Platz vor sich hochgelegt und schon zu zwei Dritteln eingenickt. Sie waren alte Freunde und zusammen nach St. Malo gekommen, John, um Vorträge zu besuchen, und Gideon, um welche zu halten. Wenn das alles an Enthusiasmus war, was er von seinem einzigen Freund hier erwarten konnte, dachte Gideon, dann steckte er ganz schön in Schwierigkeiten.

»... habe die Ehre, Sie für den ersten seiner insgesamt vier Vorträge über forensische Anthropologie den äußerst kompetenten Händen des berühmten Dr. Oliver anzuvertrauen. Ich bin überzeugt, Sie werden fasziniert sein. Dr. Oliver!«

Gideon erhob sich unter offensichtlich skeptischem Applaus, schüttelte Monsieur Chagny die Hand und wartete, bis es wieder ruhig im Raum wurde.

»Ich hoffe, Sie während der nächsten paar Tage«, begann er, »damit vertraut machen zu können, *was* Knochen uns sagen können, und *wie* sie es uns sagen. Ich fürchte, wir werden mit Material aus der medizinischen Ausbildung arbeiten müssen; unglücklicherweise hat es in der Bretagne seit geraumer Zeit keine Mordfälle mehr gegeben, bei denen Skelette eine Rolle spielten. Oder vielleicht glücklicherweise, je nachdem, von welcher Seite aus man es betrachtet...«

Ohne den dunkelhäutigen, ernsten Diener anzusehen, der das Tablett mit Aperitifs herumreichte, winkte Mathilde du Rocher ihn mit einer ungeduldigen, schnellen Wischbewegung ihrer beringten und tadellos manikürten Hand fort.

»Ich, zum Beispiel«, hatte sie gesagt und sagte es jetzt für ihren liebenswürdig lächelnden Mann noch einmal, »ich, zum Beispiel, halte die ganze Sache für unerträglich anmaßend von Guillaume, und für unentschuldbar noch dazu. Wir warten hier jetzt seit fast einer Stunde. *Eine Stunde*!« Sie preßte ihre dünnen Lippen vielsagend zusammen. »Und der sammelt Muscheln!«

»Nun«, sagte René du Rocher, während er einen Champagner-Cocktail nahm, »ich bin sicher, dafür gibt es gute Gründe.«

Mathilde würdigte diese klägliche Entgegnung keines Kommentars. Sie funkelte nur Renés erst seit kurzem behaarte Oberlippe mit einem Blick an, der soviel sagte wie: Dein Schnurrbart ist absolut lächerlich. René lächelte freundlich und nippte an seinem Cocktail.

Mathilde wandte sich an ihren Sohn: »Das ist schon dein zweiter Martini. Wo hast du überhaupt gelernt, Martinis zu trinken?«

Auch dieser Einwurf wurde übergangen. Jules du Rochers fleischiger Arm riß das langstielige Glas von dem Tablett direkt zu seinen Lippen, die er sich laut leckte, nachdem er den Drink zur Hälfte geleert hatte.

»Was *die* hier zu suchen haben, das wüßte ich wirklich gerne mal«, brummte er, während er quer durch den Raum zu einem weiteren Trio hinüberschaute, das steif in seinen Ohrensesseln saß, so weit entfernt und distanziert, als wären sie durch eine Mauer von den anderen getrennt.

»Ich versichere euch, wenn ich vorher gewußt hätte, daß die wirklich hier sein würden, wären wir jetzt noch in Frankfurt«, sagte Mathilde, während sie mit grimmiger Miene beobachtete, wie ihr Sohn sein Glas mit einem zweiten Schluck leerte und dann mit kurzem, dickem Daumen und Zeigefinger die mit Anchovis gefüllte Olive vom Boden des Glases zu klauben versuchte.

»Das tut man nicht, Jules«, sagte sie angewidert.

»Und wieso tun sie dann keinen Zahnstocher rein?« war seine nicht ganz dumme Frage. Er kapitulierte jedoch, setzte das Glas an seine Lippen, kippte es und half der Olive nach mit einem kleinen Finger, der ihr erheblich tiefer in den Mund folgte, als Mathilde unbedingt für nötig hielt.

Das, sagte Mathildes Blick, ist einfach widerwärtig. Unbekümmert konzentrierte sich Jules darauf, die Anchovis mit seiner Zunge zu befreien und anschließend mit tiefer Befriedigung zu mampfen; zuerst die Anchovis, dann die Olive.

»Nun, Mathilde«, meinte René beschwichtigend, »wenn Guillaume die Fougerays eingeladen hat, wird er dafür schon einen sehr guten Grund haben. Und du weißt auch, daß er nicht absichtlich zu spät kommt. Wahrscheinlich wird er nur die Zeit vergessen haben; du weißt, wie zerstreut der alte Knabe in letzter Zeit geworden ist.«

Du, sagte der vielsagende Blick seiner Frau, solltest besser deinen Mund halten, was Zerstreutheit betrifft.

René reagierte nicht etwa gekränkt; er reagierte überhaupt nicht. »Also, warum sich unnötig aufregen?« fuhr er fort. »Es hat keinen Sinn, oder?«

Tatsächlich nicht. Guillaume du Rocher, der Patriarch, berief diese »Familienräte« – förmliche Treffen des schwindenden und weit auseinander lebenden du-Rocher-Clans – ein, wann immer es ihm gefiel, und er führte sie durch, wie es ihm beliebte. Wenn sein Wesen zunehmend überheblich und exzentrisch wurde, nun, das mußte tolerant ertragen werden. Welche andere Wahl blieb denn auch?

»Am besten sind wir einfach dankbar dafür, daß diese Treffen so selten stattfinden«, schloß René mit einem strahlenden Lächeln, da seine Logik bestechend und unwiderlegbar war.

René du Rocher war ein sanfter, friedlicher, leicht geckenhaft wirkender Mann von zweiundsechzig Jahren, ein Jahr jünger als seine Frau – mit glänzenden, sich lichtenden und an den Kopf geklatschten Haaren, einem puttenhaften blaß-rosafarbenen Teint und kleinen, zarten Händen, die er häufig mit einem trokkenen, raschelnden Geräusch rieb. Er war sauber aus Gewohnheit, benutzte großzügig Eau de Cologne und war stolz auf die Männlichkeit seines drei Wochen alten Schnurrbartes.

Alles in allem sah er wie ein freundlicher und selbstzufriedener Bankdirektor aus, was er auch war. Oder zumindest fast; Monsieur du Rocher war der für Firmenkredite zuständige Leiter der internationalen Abteilung der Crédit Lyonnais in Frankfurt, wohin er nach drei Jahrzehnten einer durchschnittlichen Karriere in Paris, Genf und London vor drei Jahren mit seiner Familie umgezogen war. Fortschreitendes Alter hatte sein von Natur aus liebenswürdiges Naturell und, weniger vorteilhaft, seine Neigung zu einer leichten Geistesabwesenheit gesteigert. Auf Drängen seiner Vorgesetzten dachte er nun über seine Pensionierung nach.

»Dieses Zimmer hat mir schon immer gefallen«, sagte er leise. »Wußtest du, daß Henri IV. hier einmal bewirtet worden ist? Das war 1595. Da war das Anwesen bereits hundert Jahre alt.«

»Ach, sei still«, sagte Mathilde abwesend, während sie sich einen unsichtbaren Fussel von der dunklen, breiten, wollenen Fläche ihres Busens zupfte.

Jules hatte die Olive inzwischen vernichtet. Seine Augen wanderten zu dem Tablett mit Hors d'œuvres auf dem Couchtisch hinüber. »Der Punkt *ist*«, sagte er nörglerisch zu seinem Vater, »daß Cousin Guillaume die Fougerays schon seit *Jahrzehnten* nicht mehr zu einem Familienrat eingeladen hat, oder ist dir das nicht aufgefallen?« Seiner Mutter nacheifernd, hatte er diesen pikierten, mißbilligenden Tonfall seinem Vater gegenüber mit vierzehn Jahren angenommen, hatte dies befriedigend gefunden und ihn in den darauf folgenden sechzehn Jahren nicht mehr abgelegt. »Und das mit gutem Grund. Sieh dir den Mann doch nur mal an. Der Inbegriff des Proleten. Abgesehen von einer gewissen abstoßenden Faszination ist es einfach peinlich, mit ihm in ein und demselben Zimmer sitzen zu müssen. Ist er *wirklich* mit uns verwandt?«

»Du hältst auch deinen Mund«, brummte Mathilde, die jetzt ein Fädchen von ihrem üppigen Rock wischte. »Was bist du doch für ein Schnösel, Jules.«

Falls ihr Sohn wegen dieser Widersprüchlichkeit gekränkt sein sollte, ließ er es sich zumindest nicht anmerken. Statt dessen konzentrierte er sich darauf, ein dreieckiges Stück gebutterten Toast mit soviel Beluga-Kaviar wie nur möglich zu beladen und dieses dann langsam und vorsichtig zu seinem Mund zu befördern. So vorsichtig er auch war, ein paar ölige, glänzende Perlen fielen dennoch auf seinen Schoß. Mathilde senkte ihren Blick und schaute in eine andere Richtung.

Auf der anderen Seite des Zimmers lächelte Claude Fougeray

mit steinerner Miene seine Frau und Tochter an, was nicht einfach war für einen Mann, der aufgrund einer Schilddrüsenüberfunktion mit einem glotzäugigen Blick permanenter, empörter Überraschung geschlagen war. »Laß sie nur arrogant auf uns herabblicken, diese verdammten du Rochers«, sagte er. Das dünnlippige Lächeln verkam zu einem spöttischen Grinsen. »Sieh sie dir nur an. Ich könnte sie alle zusammen kaufen, wenn ich wollte. Ich habe...«

Leona Fougeray, winzig, lebhaft, rabenschwarze Haare trotz ihrer dreiundfünfzig Jahre, fiel ihrem Mann ins Wort. »Ach, ja? Das würde ich gerne sehen, wie du Guillaume du Rocher kaufst.« Ihre lebhaften Lippen verzogen sich nach unten. »Und außerdem trinkst du zuviel. Wie üblich.«

»Verdammt auch«, flüsterte Claude rauh, den Kopf gesenkt wie ein wütender Stier, so daß sein Hals, dick und gedrungen, fast ganz verschwand. »Ich habe nichts von Guillaume gesagt, oder? Ich sage, jeder in diesem Zimmer. Siehst du Guillaume hier irgendwo in diesem Zimmer?«

Leona, der eine bissige Antwort schon auf den Lippen lag, überlegte es sich anders und gab sich damit zufrieden, ihn mit ihren stechenden, pechschwarzen italienischen Augen vorwurfsvoll anzufunkeln. Claude bekam es nicht mit, finster starrte er den alten Aubusson-Teppich an, in seinen Schläfen pochten träge die Arterien.

»*Ich* gehe nicht«, sagte er plötzlich. »Die können mich mal am Arsch lecken. Was bilden die sich überhaupt ein, wer sie sind? Die leben doch noch nicht mal in der Bretagne. Die leben ja nicht mal in *Frankreich*.« Er nahm einen wütenden Schluck von seinem dritten Pernod. »Und wieso glotzt *du* eigentlich so deprimiert aus der Wäsche?«

Die Frage war an seine Tochter gerichtet, die schweigend dasaß und ihr bislang unangetastetes Glas *blanc-cassis* anstarrte. Notgedrungen hatte sie sich schon vor langer Zeit dran gewöhnt, von ihren entfernten Verwandten vor den Kopf gestoßen zu werden, aber sie hatte es noch nie so unangenehm empfunden.

»Ich habe dir eine Frage gestellt, mein Kind.«

Sie schreckte hoch und schaute auf. »Vater«, flüsterte sie, »niemand spricht mit uns. Niemand möchte, daß wir hier sind. Bitte, können wir nicht gehen?«

Ihre Lippen bebten leicht, betonten die winzigen verfrühten Fältchen, die sich in letzter Zeit um ihren Mund herum gebildet hatten. Noch keine dreißig und nie schön gewesen, mit dünnen blonden Haaren, hatte sie bereits ein so welkes, verblühtes Aussehen, wie es ihre vogelähnliche Mutter mit achtzig noch nicht haben würde. Nur ihre klaren graugrünen Augen glänzten freundlich, aber ihr Blick war, wie auch jetzt, meist gesenkt.

»Warum sollten wir gehen?« Die Stimme ihres Vaters war schroff. »Sind wir nicht eingeladen worden?« Er leerte seinen Pernod und gab dem ernsten Diener mit einem Zischen zu verstehen, daß er einen neuen haben wollte. Als er ihn hatte, nahm er einen tiefen Schluck, dann nickte er mit einem selbstzufriedenen Lächeln. »Ich weiß da ein paar Sachen, die sie nicht wissen. O ja, die werden sich noch wundern, noch ganz schön wundern...«

»*Was* weißt du?« fragte Leona ungeduldig mit einem stärker werdenden italienischen Akzent, warf ihren Kopf zurück, während ihre Augen noch dramatischer funkelten. »Du lebst in einer Traumwelt. Claire hat recht. Die werden uns doch wie die letzten Idioten dastehen lassen.«

Eine zweite Unterbrechung war mehr, als Claude Fougeray tolerieren konnte. Seine Hände ballten sich zu Fäusten, seine Augen traten ihm noch ein Stückchen mehr aus dem Kopf. »Halt deinen Mund, du italienische Schlampe!« sagte er mit einer Stimme, die klar und deutlich durch den ganzen Raum zu hören war.

Die Äußerung tat ihre Wirkung, rasch und farbenfroh. Leuchtend rote Kreise tauchten auf Madame Fougerays Wangen auf, so rund und rot wie zwei Radieschen. Ihr Mund, geschlossen, während sie noch nach Worten suchte, sprang mit einem deutlich hörbaren Japsen auf. Sie erhob sich abrupt.

»Der Herr und Meister spricht«, zischte sie. »Der Herr und Meister aller Würstchen!«

Sie drehte sich um, wobei die weite Kaftan-Hose ihres rotschwarzen Kostüms von Paco Rabanne dramatisch um sie herumwirbelte, und stolzierte hinaus, ihre lodernden Augen stur geradeaus gerichtet. Ein paar Augenblicke später war das energische Klackern ihrer Absätze die Steintreppe hinauf zu den Schlafzimmern zu hören.

Auf der anderen Seite des Raumes hatte Jules du Rocher diese Familienstreiterei mit amüsierten Schweineaugen beobachtet.

»Habt ihr das gehört?« fragte er durch einen Mund voll *pâté de foie gras* und Brot. »Wartet nur, bis sie ihn allein in die Finger kriegt. Die wird ihn mit Haut und Haaren fressen.« Er kicherte leise über seine witzige Bemerkung und warf seiner Mutter einen kurzen Seitenblick zu, die eifrig damit beschäftigt war, ihre Ringe neu zu arrangieren.

Jules' Worte waren, da sie in einem Augenblick absoluter Stille ausgesprochen wurden, weiter zu hören, als er beabsichtigt hatte. Claude Fougeray sprang aus seinem Sessel, schob die zögernd ausgestreckte, zurückhaltende Hand seiner Tochter zur Seite und marschierte schnell zu den du Rochers hinüber.

»Sag das noch mal«, sagte er gepreßt und starrte mit geballten Fäusten auf Jules herab.

Äußerlich hatten sie eine gewisse Ähnlichkeit, beide klein mit kurzen, stämmigen Beinen und Armen, Rümpfe wie Wasserbälle, aber Claude, fünfunddreißig Jahre älter als sein entfernter Cousin, war straff und kompakt, während Jules, weich und schlaff, zu zerfließen schien.

»Entschuldige dich«, sagte Claude.

Jules hustete und blinzelte. Ungleichmäßige rote Flecken tauchten auf seinen Wangen auf.

»Ich entschuldige mich.«

»Lauter.«

Jules' Augen zuckten zu den anderen: zu seinen Eltern, zu Claire Fougeray, die zutiefst unglücklich aussah, zu dem dunkelhäutigen, ernsten Diener, der vor der Wand stand und teilnahmslos alles beobachtete, zu einer anderen Dreiergruppe, die auf geschnitzten Holzstühlen auf der anderen Seite des Louis-XIV-Billardtisches saßen und schweigend zuschauten.

»Ich entschuldige mich«, wiederholte er, den Blick dabei auf Claudes Gürtelschnalle gerichtet.

»Lauter«, sagte Claude wieder.

»Also wirklich!« sagte Mathilde und zog an ihrer Perlenhalskette.

René du Rocher, ein schwächliches Echo seiner Frau, reagierte auf ihre Handbewegung mit einem Zupfen an seinem kleinen Schnurrbart. »Wirklich ... wirklich, mein guter Mann, das ist wirklich...« »Mit dir redet keiner«, sagte Claude scharf.

»Nun ... nun, ich wollte doch nur...«

»Ermuntere ihn nicht noch«, flüsterte Mathilde auf Deutsch mit unbeweglicher Miene. »Ignoriere ihn einfach. Er weiß es nicht besser, dieser...«

»Sprecht gefälligst Französisch!« brüllte Claude so unerwartet, daß alle drei zusammenzuckten. »Ihr seid hier in Frankreich. Kommt mir nicht mit dieser verdammten Boche-Sprache! *Ik-bik-blik-bluk*!«

»Was zum Teufel bildest du dir eigentlich ein, so mit jemandem reden zu können, du dreckiger Kollaborateur?« Der Sprecher war eine der drei Personen auf der anderen Seite des Tisches, eine vierschrötige, grobknochige Frau von fünfzig Jahren in einem praktischen Tweed-Kostüm. Bis zu diesem Augenblick hatte sie alles ruhig beobachtet, dann war sie aufgesprungen und brüllte, wobei ihre rauchige Stimme bebte.

Claude drehte sich zu ihr um. »Das sagst du nicht noch mal zu mir!«

Die Frau war den Tränen nahe, doch ihre Stimme blieb ruhig. »Ich habe es gerade gesagt.« Sie reckte ein zitterndes Kinn. »Willst du es noch mal hören? Du dreckiger Kollaborateur!«

»Und ... und was weißt du schon davon, Sophie?« brüllte Claude zurück. »Du warst damals noch ein Baby. Du weißt gar nichts. Wieso fährst du nicht wieder nach Amerika, wo du hingehörst und wo alles so wunderbar ist? Du und dein ... dein Cowboy-Mann.«

Er verlor seinen Schwung. Jules, der starr dagesessen hatte, sackte unauffällig zusammen, zerfloß in den Ritzen seines weichen Sessels wie schmelzende Butter, so als glaubte er, völlig aus Claudes Aufmerksamkeit verschwinden zu können.

Claude starrte drohend in den Raum, wie um einen Angriff abzuwehren, und richtete einen kurzen, dicken Finger auf die Frau. »Weißt du überhaupt, wieviel schlimmer es hier gewesen wäre, wenn ich mich nicht mit den Boches arrangiert hätte? Sicher, die Helden sind in den Bergen rumgerannt und haben *maquis*-Lieder gesungen, aber ich war derjenige, der den Nazis in den Arsch gekrochen ist und Leben gerettet hat. Wenn ich nicht gewesen wäre...«

»Wenn du nicht gewesen wärst«, sagte die Frau, »wäre Alain noch am Leben.«

Eine knisternde Spannung legte sich über den Raum. Mathilde zuckte heftig zusammen und schnappte nach Luft.

Claude starrte Sophie an, gelähmt vor Wut oder Bestürzung; es war unmöglich zu sagen, was es war.

Sophie begann wieder zu sprechen, schloß aber den Mund, als sich ihre Augen mit Tränen trübten. »Ach, zum Teufel damit«, sagte sie auf Englisch, drehte sich dann um und verließ das Zimmer.

Ihre zwei Begleiter, die immer noch saßen, sahen sich bedrückt an. Nach einem Augenblick stand der ältere Mann auf, grauhaarig und knochig wie seine Frau, und folgte ihr schnell. Der jüngere Mann blieb sitzen, peinlich berührt durch die Heftigkeit der Szene, die er nur halb verstanden hatte. Dann erhob er sich ebenfalls, und die Augen der anderen richteten sich auf ihn. Beklommen ob der ungewohnten Aufmerksamkeit, räusperte er sich leise, nickte ganz allgemein in den Raum und folgte dem anderen Mann mit zu Boden gesenktem Blick hinaus.

Nachdem er die schwere Tür hinter sich geschlossen hatte und draußen auf dem mit Kies bestreuten Hof stand, atmete er die Luft aus, die er bis dahin angehalten hatte. Sein glattes, sommersprossiges, gutmütiges Gesicht war unbeweglich, seine hellblauen Augen starr.

In was war er da nur hineingeraten? Wieso war er nicht in seinem gemütlichen, vollgestopften Büro in der Northern California State University und bereitete sich auf sein Seminar über die Komödienschreiber der Restaurationszeit für das kommende Frühjahrssemester vor? Es war jede Menge Vorbereitung nötig, bei Gott, und wann sollte er nur die Zeit dazu finden?

Obwohl die Märzluft frisch war, tupfte er sich mit einem sauberen, gefalteten Taschentuch Schweißperlen von seiner Stirn. Gefühlsausbrüche und Unordnung paßten ebensowenig zu Raymond Alphonse Schaefer wie ... nun, wie Anstand und Ordnung zu den frühen Komödien Congreves. Bei diesem Gedanken mußte er lächeln, fühlte sich gleich ein wenig besser. Vielleicht konnte er das in das Seminar einarbeiten. Dabei natürlich den persönlichen Bezug weglassen.

Er stand in dem klaren, grauen bretonischen Licht, die Stirn über seinen rötlichen Augenbrauen in tiefe Falten gelegt; ein vierunddreißigjähriger Mann, dessen krumme Schultern und Ausstrahlung von staubiger, gelehrter Entrücktheit ihn zehn Jahre älter wirken ließen, als er tatsächlich war, und der sich fragte, was er hier überhaupt zu suchen hatte unter diesen seltsamen aufbrausenden Menschen. Genaugenommen wußte er das natürlich. Im Januar, einige Tage nach dem Tod seiner Mutter, war eine von Guillaume du Rochers gebieterischen Aufforderungen, zu einem Familienrat zu erscheinen, für sie eingetroffen. Der Brief war typisch kurz und knapp gehalten.

»Ich bin zu einer Entscheidung gelangt, die für die Familie von einzigartiger Wichtigkeit ist«, hatte dort so schroff wie unbestimmt gestanden. »Wir werden darüber am 16. März in Rochebonne sprechen.« Das war alles.

Ray, der Guillaume zwar schon auf Rochebonne besucht, aber noch nie an einem Familienrat teilgenommen hatte, hatte seinem älteren Verwandten geschrieben, ihn vom Tod seiner Mutter informiert und gesagt, er würde sich freuen, an ihrer Stelle teilzunehmen. Guillaume hatte daraufhin eine äußerst knappe Antwort geschickt, mit der er kurz sein Beileid ausdrückte und ihn wissen ließ, daß er kommen könne, wenn er wollte; es wäre allein seine Entscheidung. Also war er gekommen. Ziemlich unüberlegt, wie es jetzt schien.

Er faltete das Taschentuch zu einem ordentlichen Quadrat zusammen und schob es in seine Tasche zurück, schaute sich dabei nach seiner Tante Sophie um, außer seiner Mutter der einzigen du Rocher, die er schon als Kind gekannt hatte. Da sie mit ihrem Mann in Texas lebte, hatte er sie nur alle ein oder zwei Jahre mal gesehen, aber so weit er sich zurückerinnern konnte, hatte er sich schon immer auf ihre Besuche als willkommene Unterbrechungen in dem endlosen Krieg voller offenem Gezänk und versteckter Provokationen gefreut, den seine Eltern führten.

Als Kind hatte er sich immer versucht vorzustellen, wie es wohl gewesen wäre, wenn der liebenswürdige und lustige Ben Butts sein Vater gewesen wäre und die angenehm steife, unerschütterliche Sophie seine Mutter; Sophie, die sich nie provozieren ließ und sich jedem Notfall mit Gelassenheit gewachsen zeigte.

Genau das beunruhigte ihn jetzt. Er hatte noch nie erlebt, daß sie brüllte, hatte sie noch nie weinen oder fluchen oder ihre Beherrschung verlieren sehen. Und hier, innerhalb weniger Sekunden, hatte sie all dies getan.

Er überquerte den Hof zu den hohen steinernen Torpfosten und schaute in beiden Richtungen die baumbestandene Landstraße hinunter, die rechts nach Ploujean und links nach Guissand und zur Straße nach Dinan führte. Weit und breit nichts zu sehen von Ben und Sophie. Sie konnten vielleicht spazierengegangen sein, auf einem der Waldwege in der Nähe; in diesem Fall würde er sie wohl kaum finden. Oder vielleicht waren sie auch hinter dem Haus; dort hinten gab es Bänke und einen Teich mit Schwänen.

3

Dort waren sie, auf einer weiß gestrichenen, schmiedeeisernen Bank am Teich. Ray umrundete eine Gruppe sauber beschnittener Büsche und näherte sich ihnen von hinten, während sie tief in eine Unterhaltung versunken waren.

»Diese Ratte!« sagte Sophie Butts gerade. »Dieser Scheißhaufen!« (Er würde seine Einschätzung von ihr ganz sicher revidieren müssen, wenn das so weiterging.) »Diese kleine Kröte! Kannst du dir vorstellen, daß Guillaume ihn tatsächlich hierher eingeladen hat? Irgendwer sollte den Kerl erschießen! Claude, meine ich.«

»Na, na, na, Honey«, sagte ihr Mann beschwichtigend, »das meinst du doch nicht im Ernst. Weißt du, was mein Daddy immer über Rache gesagt hat?«

Sie lächelte matt. »Was?«

Hinter ihnen lächelte Ray ebenfalls. Man konnte sich immer darauf verlassen, daß Ben eine Bauernweisheit aus der Tasche zauberte, wenn irgend etwas geradegebogen werden mußte.

»Mein Daddy«, sagte Ben, wobei sein texanischer Akzent breiter wurde, wie es immer der Fall war, wenn ein weiser Spruch in der Mache war, »er hat immer gesagt, es gibt nichts, was mehr kostet und weniger einbringt als Rache.«

RAAA-che hatte er gesagt, und Sophie lächelte sofort ein wenig tapferer. Er griff nach ihrer Hand und drückte sie. »Das ist alles schon sehr lange her, Sophie. Zeit, es zu vergessen.«

»Alain vergessen? O Ben, wenn du ihn gekannt hättest ... Weißt du«, sagte sie mit bebender Stimme, »ich habe Claude Fougeray über vierzig Jahre nicht gesehen, nicht seit ich zehn Jahre alt war. Aber ich würde ihn liebend gerne höchstpersönlich erschießen, heute, jetzt sofort...«

»Ich weiß, ich weiß.« Ben hielt ihre Hand und streichelte sie langsam.

Instinktiv wollte Ray leise wieder gehen, aber irgend etwas in ihm drängte ihn auch zu Sophie. Während er noch schwankte, schaute Ben auf und bemerkte ihn.

»Komm her, Ray.«

»Sophie?« fragte Ray zögernd. »Geht es wieder?«

»Ja, natürlich.« Sie schniefte, riß sich zusammen und klopfte mit ihrer Hand auf die Lehne eines Gartenstuhles neben der Bank. »Setz dich«, sagte sie, und ihre rauhe, angenehme Stimme war wieder etwas gefaßter.

Gehorsam setzte er sich. Seine dünnen Beine, nicht übermäßig lang, schienen sich nichtsdestoweniger dreimal umeinander zu wickeln, und sein linker Knöchel kam schließlich hinter seinem rechten Fuß zur Ruhe.

Sophie betrachtete ihn nachdenklich mit geschürzten Lippen. »Armer Junge, du mußt uns alle für verrückt halten.«

»Nein«, sagte er schnell, »überhaupt nicht.« Er lächelte zögernd. »Allenfalls ein bißchen, äh, theatralisch?«

Sie durchbohrte ihn mit einem offenen Blick. »Raymond, was weißt du eigentlich über das, was während des Krieges hier los war?«

»Hier auf der *domaine*? Praktisch nichts. Ich weiß, daß Guillaume ein Held der Résistance war, aber das ist auch schon ungefähr alles. Du weißt ja selbst, wie er ist, und Mom hat auch nicht viel darüber erzählt.«

»Ja, sie war damals mit Tante Louise in Paris, aber ich denke, es ist wohl an der Zeit, daß du erfährst, was war. Meinst du nicht auch, Ben?«

»Würde ich auch sagen, Schatz. Sieht so aus, als müßten wir uns da drin für die eine oder die andere Seite entscheiden, und es kann nicht schaden, Ray auf unserer Seite zu haben. Besser, er ist im Zelt und pißt nach draußen, als er ist draußen und pißt rein, wie mein Onkel Floyd immer gesagt hat.«

Nachdem er damit seinen Beitrag geleistet hatte, lehnte er sich zurück und etwas zur Seite, gegen eine Lehne der Bank, und überließ Sophie die Bühne. Er streckte eine Hand aus, versuchte einen Schwan anzulocken, der herübergeglitten war.

»Also schön«, sagte Sophie. »Raymond, weißt du, wer Alain war?« Bei der Erwähnung des Namens zitterte sie leicht.

»Mein Onkel?« fragte Ray unsicher. »Das heißt, dein Bruder?«

»Ja, oder besser gesagt, mein Halbbruder. René und ich sind richtige Geschwister. Was bedeutet«, fügte sie aus dem Mundwinkel hinzu, »daß der unsägliche Jules mein Neffe ist. Und dein Cousin. Jedenfalls, mein Bruder Alain war ein Produkt der ersten Ehe meines Vaters; er war einiges älter als René und ich, beinahe so alt wie Guillaume.«

»Ah«, sagte Ray, der schon nicht mehr mitkam. Er schluckte und setzte sich gerader hin, zog seine Stirn kraus, um sich besser zu konzentrieren.

»Unsere Eltern wurden schon recht früh während des Krieges getötet, und unser Haus wurde zerstört. Alle drei – Alain, René und ich – kamen wir her, auf die *domaine*, um bei Guillaume zu wohnen. Damals waren es noch an die dreihundert Morgen, bevor das Land Stück für Stück verkauft wurde, als wäre Guillaume nicht auch so schon reich genug. René und ich waren damals natürlich noch Kinder, aber Alain war schon erwachsen.«

Sie wühlte in ihrer Handtasche und förderte ein altes Medaillon hervor, dessen Filigranarbeit angelaufen und stumpf war. Sie ließ es aufspringen und reichte es Ray. »Mein Bruder Alain«, sagte sie einfach. Ray bemerkte in einer Aufwallung von Sympathie, daß sie hineinzuschauen vermied.

Auf der einen Seite war eine flachgepreßte, graubraune Haarsträhne, die früher vielleicht einmal kastanienbraun gewesen war. Auf der anderen Seite ein sepiafarbenes Foto aus den dreißiger Jahren, das zwei elegante, sportlich aussehende Männer um die zwanzig zeigte, die weiße Leinenhosen und Hemden trugen, die an den Kragen offenstanden, und deren Ärmel lässig an den Unterarmen aufgekrempelt waren. Einer saß auf einer einfachen Holzbank und schaute zu dem anderen auf, der neben ihm stand, einen Fuß auf der Bank, und direkt in die Kamera lächelte. Beide hielten altmodische hölzerne Tennisschläger mit langen Schäften und kleinen runden Schlagflächen in den Händen.

»Er ist der, der steht«, sagte Sophie. »Er hatte einen Schnurrbart, aber den kann man kaum erkennen.«

Ray fühlte sich an alte Fotos aus Palm Springs erinnert, mit Gary Cooper oder Gilbert Roland oder Robert Taylor in sehr ähnlichen Posen, mit gleichen Schlägern und genau so gekleidet, außer daß bei ihnen vielleicht noch Tennispullover dazukamen, die sie sich um ihre Schultern gelegt hatten, die Ärmel lässig vor der Brust verknotet. Nein, bei genauerem Hinsehen stellte sich heraus, daß auch auf diesem Foto die Pullover nicht fehlten, achtlos in einem Haufen auf die Bank geworfen.

»Er sah ziemlich gut aus«, sagte Ray, nicht sicher, was von ihm erwartet wurde. »Und er sieht nett aus.«

Sophie lächelte ihn dankbar an. »Ach, ich wünschte mir, du hättest ihn gekannt. Ich wünschte«, sagte sie, sah dabei ihren Mann an, »ihr beide hättet ihn gekannt. Er war so ... so unheimlich ... ich fand, er war der wunderbarste Mann auf der ganzen Welt. René hat ihn auch immer bewundert. Eigentlich jeder. Und er ... mich hielt er für eine Prinzessin, eine kleine Königin.«

»Wer ist das da neben ihm?« fragte Ray ein wenig verlegen. Das war wieder eine neue Seite von Sophie. »René?«

»René!« Sophie lachte. »Nein, René sah schon immer wie ein Dickerchen aus, schon als kleiner Junge. Abgesehen davon, René ist nur zwei Jahre älter als ich. Er dürfte kaum älter als sieben gewesen sein, als die Aufnahme gemacht wurde. Du hast nicht richtig aufgepaßt. Nein, das ist Guillaume.«

»Guillaume?« echote Ray überrascht. In dem freudlosen, kühl gewissenhaften alten Mann, den er kannte, mit seinem einen grausigen Auge und den verkrüppelten Gliedern, war nicht mehr das geringste zu erahnen von diesem flotten, gutaussehenden jungen Mann.

»Wirklich. Guillaume war zu seiner Zeit ziemlich attraktiv und ein fabelhafter Sportler noch dazu. Er hatte schon damals Probleme mit seinen Beinen, weißt du – irgendeine Mangelkrankheit oder so was als Kind, aber auf dem Tennisplatz war davon nie etwas zu bemerken. Ich kann mich noch gut daran erinnern, wie er und Alain einmal sieben Stunden hintereinander gespielt haben ... Ach, ja.« Sie lächelte leise. »Sie sehen sich ziemlich ähnlich, nicht wahr? Das typische du-Rocher-Aussehen. Du hast es auch – die lange Nase und die mageren Beine.«

»Vielen Dank«, sagte er trocken und musterte nochmals die beiden geschmeidigen, aristokratischen Gestalten, »aber ich fürchte, dazu gehört noch etwas mehr, als was ich zu bieten hab.«

»Tja, es liegt nur an deiner fürchterlichen Haltung«, sagte Sophie aus alter Gewohnheit. »Wie oft muß ich dir das noch sagen? Sieh dich doch nur an, wie du zusammengeknautscht wie ein Akkordeon auf deinem Stuhl hängst.«

»Komm schon, Sophie, laß ihn in Ruhe«, sagte Ben. »Er ist jetzt erwachsen.«

»Tja, das ist er wohl«, sagte sie, beäugte Ray aber skeptisch. Ray rutschte unbehaglich hin und her und löste seine verhakelten Beine ein wenig. Er gab ihr das Medaillon zurück. »Sie waren also eng befreundet?«

»Ungeheuer eng. Sie lebten füreinander. Aber sie waren so unterschiedlich wie nur was. Guillaume war schon damals ziemlich genau wie heute. Herrschsüchtig, unnahbar, kalt ... aber Alain – Alain war wie der Sonnenschein, wie ... Das ist einfach nur lächerlich«, sagte sie mit einiger Überraschung. »Ich werde doch tatsächlich sentimental.«

Sie ließ das Medaillon mit einem nüchternen Klicken zuschnappen und arrangierte ihren stämmigen Körper gerader auf der Bank. »Und jetzt laß mich fortfahren. Ich möchte dir erzählen, was passiert ist.« Sie verstaute das Medaillon wieder in ihrer Handtasche und zog den Reißverschluß zu, dann holte sie mit geschlossenen Augen tief Luft.

Ben hatte die ganze Zeit bewegungslos dagesessen, seine Fingerspitzen zu dem unwilligen Schwan ausgestreckt. Er ließ seine Hand langsam zu Sophies Schulter zurückkehren und drückte sie. »Honey, ich kenne die Geschichte praktisch genausogut wie du, auch wenn ich nicht dabei war. Wenn du willst, kann ich es ihm erzählen.«

Sie schüttelte ihren Kopf. »Nein, ich mach das; mir geht es bestens.« Sie atmete tief ein und öffnete ihre Augen. Sie sah nicht so aus, als ginge es ihr bestens. »Raymond, ich denke, du weißt, daß die Deutschen 1942 diesen Teil Frankreichs besetzt haben.«

»Ja. Natürlich hat mich das schon immer interessiert, und ich mag Geschichte sowieso, also habe ich so ziemlich alles gelesen, was ich über die Besetzung der Bretagne finden konnte.«

Mit offenem Mund und hochgezogenen Augenbrauen musterte sie ihn fragend. »Der zweite Weltkrieg ist für dich *Geschichte*?«

»Nun, ja. Das war zehn Jahre vor meiner Geburt.«

»*Zehn Jahre*? Du meine Güte, junger Mann, wann bist du denn auf die Welt gekommen?«

»Neunzehndreiundfünfzig.« Er hob entschuldigend die Hände. »Tut mir leid.«

»Neunzehndreiundfünfzig«, wiederholte sie. »Willst du damit sagen, daß wir College-Professoren haben, die 1953 geboren wurden? Gott steh uns bei.«

Von ihrer anderen Seite lächelte Ben zu Ray hinüber und nickte. Danke, hieß das, daß du sie wieder auf was gebracht hast, das mehr nach Sophie ist. Ray erwiderte das Lächeln, war zufrieden mit sich selbst.

»Also dann«, sagte Sophie ziemlich nüchtern. »Du mußt wissen, daß Alain schon vor Guillaume im *maquis* aktiv war – der Résistance. Er war Abschnittsführer in der Gegend von Ploujean.«

Ein äußerst erfolgreicher Führer sei er gewesen, fuhr sie mit ihrer Erklärung fort. So erfolgreich, daß die SS im Januar 1942 in Ploujean einrückte, um die Wehrmacht abzulösen und Aktivitäten der örtlichen Résistance niederzuschlagen. Mit ihren üblichen Methoden machten sie Alain ausfindig, verhafteten ihn und richteten ihn im Keller des Rathauses von Ploujean hin.

»Das tut mir leid«, murmelte Ray.

Sophie zuckte leicht mit den Achseln, starrte über seine Schulter zu dem Berg hinter dem *manoir* hinauf. »Sie haben gleichzeitig noch fünf andere hingerichtet. Auf dem Platz in der Stadt gibt es eine Gedenktafel.«

Es gab noch mehr zu erzählen. Der trauernde, wütende Guillaume hatte es nämlich irgendwie geschafft, an den SS-Obersturmbannführer heranzukommen, der für die Hinrichtung verantwortlich gewesen war, und ihn zu töten. Direkt am nächsten Tag.

»Mein Gott«, flüsterte Ray, »die müssen als Vergeltung doch die ganze Stadt massakriert haben.«

»Nein, irgendwie ist das nicht passiert, aber natürlich mußte Guillaume fliehen. Er hat das Haus verlassen, um sich der Résistance in den Höhlen in der Nähe von Dol anzuschließen, und er war ein rechter Held, wie man sich erzählt. Daher hat er auch diese Narben, aber das brauche ich dir bestimmt nicht zu erzählen. Soweit ich weiß, ist ein zerbombtes Haus über ihm eingestürzt. Er sah jedenfalls ganz danach aus.«

Daß Guillaume ein Held der Résistance gewesen war, überraschte Ray nicht sonderlich. Er hatte etwas von einem Felsen, einem Olympier, dieser ehrfurchtgebietende Verwandte, so daß alles mögliche glaubwürdig schien. Zu hören, er habe bei der Invasion der Normandie an Montgomerys Seite gestanden – oder bei Roncesvalles an der Seite Karls des Großen –, würde ihn auch nicht weiter erstaunt haben.

Sophie richtete ihren Blick wieder auf ihn. »Jetzt weißt du es.«

»Aber ich verstehe nicht ganz. Was hast du da zu Claude Fougeray gesagt? Wie konnte er für Alains Tod verantwortlich gewesen sein?«

»Claude«, sagte sie und stieß einen knurrenden Laut aus. »Dieser Wurm. Daß er die Frechheit besitzt, dort in diesem Haus zu sitzen...!«

»Honey«, sagte Ben, »ich denke, diesen Teil der Geschichte erzähle ich wohl besser.« Er fuhr fort, bevor sie etwas antworten konnte. »Während der Besatzung arbeitete Claude in der *mairie* in St. Malo. Er war Sekretär des Bürgermeisters – was natürlich heißt: der deutschen Militärverwaltung. Nun hatten eine ganze Menge Leute Jobs wie diesen, und drum bedeutet das nicht automatisch...«

»Oh, doch, das bedeutet es sehr wohl«, schnaubte Sophie verächtlich. »Weißt du, wie er diesen Job gekriegt hat? Er hat eine Familie denunziert, die zwei Juden bei sich versteckt hatte. So hat er bewiesen, daß sein Herz auf der richtigen Seite schlug. Die Deutschen haben sie alle zusammen deportiert und anschließend Claude mit seinem heißgeliebten Job belohnt.«

»Also, Honey, das sind doch alles nur Gerüchte. Niemand weiß...«

»*Jeder* weiß es. Das ist Allgemeinwissen.«

»Nun, jedenfalls«, sagte Ben seufzend zu Ray, »es war durchaus nicht so, daß Claude unmittelbar für Alains Tod verantwortlich gewesen ist... Nein, war er nicht, Sophie, und das weißt du auch ganz genau.« Er wartete, bis seine Frau sich wieder beruhigte. »Was geschehen ist, Ray, war, daß Claude gewisse interne Informationen besaß. Er hat zwei Tage vorher gewußt, daß die SS mehrere Leute festnehmen würde. Anscheinend wußte er sogar, daß Alains Name auf ihrer Liste stand, und er ... nun, er hat niemanden gewarnt.«

»Er hat niemanden ...« Ray war schockiert. »Du willst damit sagen, er ... er hat einfach ... seinen eigenen Cousin ...?«

»Ich weiß, aber die Nazis haben ihm gesagt, daß sie jeden einzelnen in Ploujean erschießen würden, falls auch nur ein Wort davon durchsickern sollte. Und ihn ebenfalls.«

»Das behauptet *er*«, warf Sophie bitter ein.

Ben machte *Tss-tss* mit der Zunge gegen die Zähne. »Ich weiß nicht, das arme Arschloch tut mir irgendwie leid. Es war damals nicht leicht.«

»Das ist keine Entschuldigung«, sagte Sophie beharrlich zu ihren Händen. »*Irgend etwas* hätte er tun können. Hat er aber nicht. Und hier ist er, sitzt jetzt im *manoir*, dicker und fetter und widerlicher denn je ... Und Alain und fünf andere gute, mutige Männer sind schon seit fünfundvierzig Jahren tot.« Zurückgehaltene Tränen glänzten in ihren Augen. »Fünfundvierzig Jahre, und niemand weiß, wo sie begraben sind. Falls die verdammten Nazis sie überhaupt begraben haben.«

In der folgenden Stille tätschelte Ray beruhigend ihre Hände, die locker gefaltet auf der Handtasche auf ihrem Schoß lagen.

»Danach hat Claude sich mit seinen Nazi-Freunden hinter den Mauern von St. Malo verkrochen«, fuhr Ben fort, »wo der *Maquis* nicht an ihn rankommen konnte. Als die Deutschen abzogen, flüchtete er ebenfalls. Tauchte später in Avranches wieder auf, in der Nähe von Mont St. Michel, wo ihn kein Mensch kannte. Dort machte er eine Metzgerei auf. Heute besitzt er eine Fleischfabrik in Rennes. Ist sozusagen der Wurst-König der Bretagne.« Er lächelte verschmitzt. »Ursprünglich wollte er mal Chirurg werden, wenn du dir das vorstellen kannst.«

»Das ist nicht dein Ernst«, sagte Ray.

»Doch, es stimmt«, sagte Sophie. »Er hat ein oder zwei Jahre

Medizin studiert, aber der Krieg zog einen Schlußstrich darunter. Es ist ein alter Witz in der Familie.«

»Ein Witz?«

»Sie sagen, der eine Beruf war für Claude so gut wie der andere«, sagte Ben. »Er mag einfach das Gefühl von rohem Fleisch. Das ist immer für einen Lacher von Jules gut.«

Sophie stand auf und zitterte. »Die Sonne ist untergegangen. Vielleicht sollten wir jetzt besser wieder reingehen. Inzwischen wird Guillaume wahrscheinlich auch wieder zurück sein.«

Sie machten sich über den Rasen auf den Weg zurück zum Haus. »Da ist immer noch etwas, das ich nicht ganz verstehe«, sagte Ray.

Ben hob eine Augenbraue in seine Richtung.

»Was macht er hier? Ich meine, warum sollte Guillaume ihn zu einem Familienrat einladen?«

»Nun, ich denke, das ist wohl genau das, was wir uns alle fragen. Aber tatsächlich ist er Guillaumes nächster Verwandter, erheblich näher mit ihm verwandt als Sophie oder René. Du bist sogar noch entfernter mit ihm verwandt, und sonst gibt es niemanden mehr in der Familie. Falls es also etwas Wichtiges zu erledigen gibt, hat er wohl ein Recht, hier zu sein.«

»Ich wüßte nicht, wieso«, sagte Sophie. »Er ist nur mit uns verwandt, weil sein Vater Guillaumes Tante geheiratet hat.«

»Nur!« Ben lachte. »Damit ist er Guillaumes Cousin, das ist alles! Damals war er in der Erbfolge der nächste für die *domaine*, doch als Guillaume nach dem Krieg zurückkehrte, hat er Claude aus seinem Testament herausgenommen. Was man nur zu gut verstehen kann.«

Nach ein paar weiteren Schritten wandte Ben sich an Sophie. »Hast du gesehen, wie Mathilde zusammengezuckt ist, als du Alains Namen fallengelassen hast? Ich frage mich, ob sie ihn wohl immer noch so verehrt. Der arme alte René.«

»Wen? Alain?« fragte Ray. »Mathilde?«

Sophie nickte. »Sie waren verlobt. Ich vermute, sie hatten ein Verhältnis, obwohl ich damals noch viel zu jung war, um davon zu wissen.«

»Aber ... aber sie ...«

»Schau mich nicht so strafend an, mein Lieber. Sie und René hatten damals noch nichts miteinander. Und sie war sehr schön, auf ihre sehr üppige Art.«

»Ja, aber sie war doch erst ... Wie alt kann sie damals gewesen sein?«

»Oh, ungefähr siebzehn, vermute ich. Und Alain war Anfang dreißig.«

Ray blinzelte, nicht aus prüder Mißbilligung – jedenfalls nicht ausschließlich –, sondern vor Überraschung. Seine puritanische, komisch zugeknöpfte Tante Mathilde und eine Teenager-Schönheit, die eine verbotene Affäre mit dem flotten Alain hatte?

Sophie lachte leise über seinen Gesichtsausdruck.

»Tatsächlich ist es genau das, was mir an ihr am besten gefällt. Daß sie Alain geliebt hat.«

Als sie am Ende des Weges angelangt waren, sagte Ray, daß er noch nicht hineingehen, sondern lieber noch etwas die ruhige Straße nach Ploujean hinunterspazieren wolle. Vielleicht würde er sich mal diese Gedenktafel anschauen. Sie hätten ihm eine Menge erzählt, über das er nachdenken müsse. Er drehte sich um, ging einen Schritt und kehrte spontan wieder um, um seine Tante ein wenig unbeholfen in die Arme zu nehmen.

»Aaah«, sagte sie, »mein lieber Raymond«, lachte und klopfte ihm leicht auf die Schultern und hauchte einen Kuß Millimeter neben seine sommersprossige Wange.

»Was ist er doch für ein netter Junge geworden«, sagte sie zu Ben, als Ray sich zwischen den kahlen Platanen hinunter auf den Weg machte, »aber ich mache mir trotzdem Sorgen um ihn.«

»Was gibt es sich da Sorgen zu machen? Mir kommt er ganz in Ordnung vor.«

»Aber er ist so ... tja, er ist wie eine alte Jungfer, und dabei ist er noch nicht mal fünfunddreißig. Ich glaube nicht, daß er jetzt noch mal heiratet. Ich weiß nicht mal, ob er überhaupt Frauen mag. Ich bin nicht sicher, ob er sich überhaupt bei Frauen *auskennt*.«

»Vielleicht nicht, aber verdammt auch, er ist mit diesen verstaubten alten Büchern glücklicher, als es die meisten Männer mit ihren Frauen je sein werden, und das ist es doch, worauf's letzten Endes ankommt, oder?«

»Ja, sicher, natürlich«, sagte sie wenig überzeugt. »Aber trotzdem ...«

»Sophie, mach dir um ihn nur mal keine Sorgen.« Er hielt ihr die Tür auf. »Weißt du, der alte Ray erinnert mich daran, was mein Onkel Bobby Will immer über Professoren gesagt hat ...«

Als Ray beinahe eine Stunde später wieder zu ihnen zurückkam, hatten sie immer noch nichts von ihrem Gastgeber gehört, und Sophie begann sich ernstlich Sorgen zu machen. »Das ist gar nicht Guillaumes Art ... Nein, vielen Dank, Marcel.«

Ray und Ben lehnten ebenfalls den Kaffee ab, der von dem stillen, dunkelhäutigen Diener herumgereicht wurde. Als er zu den Fougerays kam, zu denen Leona inzwischen mit eisiger Miene zurückgekehrt war, klingelte leise das Telefon auf einem Beistelltisch neben der Tür. Der Diener blieb stehen, verbeugte sich vor Claude, der ihn nicht weiter beachtete, und ging in das Arbeitszimmer, um dort den Hörer eines anderen Apparates abzunehmen.

Wenige Augenblicke später tauchte er wieder auf, seine Haltung ausnahmsweise erschüttert, sein olivfarbenes Gesicht aschgrau. Irgend etwas lag plötzlich in der Luft, das alle verstummen und ihn anschauen ließ. Marcel leckte sich über die Lippen und schaute sich beklommen um.

»Nun, was ist denn, um Himmels willen?« wollte Mathilde schließlich wissen.

Marcel schien für dieses Stichwort dankbar zu sein. »Es ist die Polizei, Madame. Es scheint einen Unfall am Mont St. Michel gegeben zu haben. Monsieur du Rocher ist, äh, ertrunken.«

4

Ray bereitete sich bei dieser Neuigkeit auf einen heftigen Gefühlsausbruch vor, doch die Reaktion im Raum war ein eher skeptisches Schweigen. Es war, als wäre die Nachricht vom Tod einer entfernten, gottähnlichen Persönlichkeit eingetroffen, deren Sterblichkeit bis dahin nicht sicher gewesen war.

Claude, als der nächste lebende Verwandte, wurde von der Polizei gebeten, an diesem Nachmittag in das Leichenschauhaus von Pontorson zu kommen, jener kleinen Stadt, die durch einen kilometerlangen Damm mit dem Mont St. Michel verbunden ist, und dort die Leiche zu identifizieren. Als sich jedoch herausstellte, daß Claude Guillaume seit über vierzig Jahren nicht mehr gesehen hatte, gingen er und René zusammen; sie wurden von einem respektvoll traurigen *gardien de la paix* gefahren, der sie im *manoir* abholen kam.

Alle würden noch ein paar weitere Tage bleiben, um an der Beerdigung teilzunehmen. Dies verursachte ein mehr als übliches Murren bei Beatrice Lupis, Marcels Frau, einer stämmigen Frau mit geschwollenen Knöcheln, die zeltartige graubraune Hauskleider trug und schnell gekränkt war. Ihre Unzufriedenheit darüber, mehrere weitere Tage für neun Familienmitglieder kochen und saubermachen zu müssen, trug bei zu einer unangenehmen Szene mit Claude Fougeray, dessen gebrummter Forderung, ihm *un pichet* Wein zu bringen, mit einer ebenfalls gebrummten Erwiderung begegnet wurde des Inhalts, er müsse sich gedulden, bis sie soweit sei, und außerdem habe er sowieso schon mehr Wein getrunken, als gut für ihn sei.

So eindrucksvoll Madame Lupis' Neigung zu schlagartiger Verärgerung auch sein mochte, war sie zu ihrem Unglück Claude nicht gewachsen, und die bleiverglasten Fenster des Salons klirrten ob seines jähen Wutausbruchs. Eine drohende körperliche Auseinandersetzung wurde von Ben Butts abgewendet, dessen Anekdötchen – was sein Onkel Willie Joe immer über den Genuß von Wein gesagt habe (»Man wird breit wie 'ne Natter und fühlt sich pudelwohl«) – in der Übersetzung jeglichen Sinnes verlustig ging, die Situation jedoch lange genug zu verwirren vermochte, bis Marcel mit der gewünschten Karaffe erschien.

»Ich werde dafür sorgen«, sagte er, wobei sein Gesicht wie üblich völlig unbeweglich war, »daß jederzeit eine gefüllte *pichet* auf der Anrichte zu Ihrer Verfügung steht.«

»Und ein Glas«, sagte Claude mißmutig.

»Natürlich. Bevorzugt Monsieur Rotwein?«

»Monsieur bevorzugt Château Haut-Brion«, brummte Claude.

»Tut mir sehr leid, Monsieur...«

»Ich weiß, Guillaume war viel zu knickerig, um was anderes als Scheiße in seinem Weinkeller zu lagern.« Er schnappte sich die Karaffe und zog sich auf sein Zimmer zurück, brummte leise vor sich hin, während er die steinerne Treppe hinaufstapfte.

Beim Abendessen des gleichen Tages war Claude an einer weiteren unerfreulichen Szene beteiligt, die unerwartete Konsequenzen für Ray hatte. Wie gewöhnlich saßen die Buttses und die du Rochers – und Ray – an einem Ende des langen Tisches im Eßzimmer, während sich die Fougerays soweit entfernt wie nur möglich um einen kleineren Tisch drängten. Claude und Leona stritten wieder. Ihr scharf geführtes Flüstern wurde während der *crûdités, potage au cresson* und *loup de mer* lauter, bis Leona schließlich, unmittelbar nachdem der Fleisch-Gang serviert worden war, mit wütend funkelnden Augen aufsprang. Sie beugte sich vor und verpaßte ihrem Mann eine schallende Ohrfeige.

»Du Schwein!« fauchte sie.

Claudes Augen traten ihm fast aus dem Kopf. »Setz dich...!«

Mit einer abrupten, aber würdevollen und anmutigen Bewegung ihres schlanken, in Hanae Morae gekleideten Armes schleuderte sie ihre Serviette in sein Gesicht, drehte sich dann theatralisch um und klackerte auf wackligen Pfennigabsätzen aus dem Raum. Ray begann sich langsam zu fragen, ob sie das wohl jeden Tag machten.

»Ahh«, murmelte Jules du Rocher trocken, »das Unterhaltungsprogramm des heutigen Abends beginnt.« Aber dieses Mal achtete er darauf, nur so laut zu sprechen, daß allein seine Tischpartner ihn verstehen konnten.

Claude riß die Serviette von seinem puterrot anlaufenden Gesicht und begann ihr irgend etwas nachzubrüllen, doch Claire legte eine Hand auf seine.

»Vater...«, raunte sie.

Er schob sie fort und stand auf, starrte Leona mit drohend gesenktem Kopf nach. Besorgt erhob Claire sich ebenfalls.

»Ach, laß mich doch um Himmels willen endlich in Ruhe!« fuhr Claude sie an. »Bleib, wo du bist!« Er fixierte sie wütend, bis sie sich schließlich kläglich wieder auf ihren Stuhl sinken ließ, stapfte dann hinter seiner Frau her, starrte die versammelten Buttses und du Rochers im Vorbeigehen streitlustig an.

Jules wartete, bis er im Treppenhaus war, sicher außer Hörweite, dann tupfte er mit der gefalteten Ecke seiner Serviette die Winkel seines fleischigen Mundes ab und schaute sich verschmitzt am Tisch um, um anzudeuten, daß eine spöttische Bemerkung unterwegs war.

»Ich muß unbedingt daran denken, Madame Fougeray ein Kompliment wegen ihrer Zielsicherheit auszusprechen«, sagte er. Er sagte das in beiläufigem Plauderton, gewillt, wenn schon nicht ihren Vater, so doch wenigstens Claire Fougeray vor den Kopf zu stoßen. »Ich fand, Cousin Claude sah ziemlich reizend mit seiner Serviette aus...«

»Wieso hältst du nicht endlich deinen gottverdammten Mund?« sagte Ray auf Englisch.

Er sah, daß Sophie und Ben sich einen überraschten Blick zuwarfen, aber sie konnten kaum erschrockener sein als er.

Jules starrte ihn mit offenem Mund an. »Was?« Er sprach Französisch.

Jede einzelne von Rays zahlreichen Hemmungen appellierte an ihn, eine Entschuldigung zu brummen. Statt dessen übersetzte er seine Bemerkungen Jules zuliebe, obwohl jeder am Tisch fließend Englisch sprach.

»*Ferme*«, sagte er mit seinem besten Akzent, »*ta bouche.*«

Dann, in der darauf folgenden verblüfften Stille, machte er etwas noch Erstaunlicheres. Er stand auf, warf seine Serviette auf den Tisch und schritt – er ging nicht, er schritt – durch den

Raum dort hinüber, wo Claire Fougeray allein an ihrem Tisch saß und traurig ihr bislang unberührtes und kalt werdendes *entrecôte chasseur* anstarrte.

»Darf ich mich zu Ihnen setzen, Mademoiselle?«

Sie hob kurz ihren Kopf, aber nicht kurz genug, daß ihm das Schimmern der Tränen in ihren Augen entgangen wäre.

»Natürlich, Monsieur.«

Er setzte sich, und das erstaunliche Selbstvertrauen, das seine Brust gefüllt und seinen Rücken gestrafft hatte, war plötzlich nicht mehr da. Was machte er hier? Was sollte er jetzt sagen? Hatte er für die blasse, unglückliche Frau ihm gegenüber alles nur noch schlimmer gemacht, indem er die ganze Aufmerksamkeit jetzt auf sie gelenkt hatte? Und was war mit der Aufmerksamkeit, die er auf sich selbst gelenkt hatte? Sein Nacken brannte heiß; starrten ihn jetzt alle stumm an?

Wie würde er ihnen erklären, daß er lediglich einem irrationalen und spontanen Bedürfnis nachgegeben hatte, daß er auf gar keinen Fall beabsichtigt hatte, zu ... Oder hatte er doch? Ein merkwürdiges Zucken spielte um seine Mundwinkel. Ein schuldbewußtes Grinsen? Jules hatte es verdient, und es war ein außergewöhnlich gutes Gefühl, derjenige gewesen zu sein, der es ihm heimzahlte. Genaugenommen hatte es sich sogar wunderbar angefühlt. Kein Wunder, daß so viele Leute es förmlich zu genießen schienen, grob und unverschämt zu sein. Es hatte ganz bestimmt etwas.

»Ich möchte mich bei Ihnen für das Benehmen meines Cousins entschuldigen«, sagte er.

»Oh, nein«, sagte Claire und schaute ihn an. Eine Träne löste sich und rollte über ihre Wange; sie trug kein Makeup. »Ich bin es, die sich entschuldigen sollte. Meine Eltern ... Erst wenn mein Vater anfängt zu trinken, wird er ...«

»Sie brauchen sich nicht zu entschuldigen, Mademoiselle.« Er lächelte sie an; ziemlich cool, wie er fand. »Da wir einander schon vorgestellt wurden, und da wir schließlich Verwandte sind, könnten wir uns vielleicht mit Vornamen ansprechen? Ich heiße Raymond.«

»Claire«, sagte sie leise.

»Wohnen Sie hier in der Nähe, Claire?« fragte er.

»Ich lebe in Rennes, bei meinen Eltern.«

»Ah, ja. Nun, das ist ja nicht weit.«

Sie sah ihn wieder kurz an. Weit von was, würde sie jetzt sagen, befürchtete er. Er war beeindruckt, wie klar und ruhig ihre Augen waren. Wirklich wunderschöne Augen; melancholisch und intelligent.

»Nein«, sagte sie, »nicht weit. Rennes ist sehr nett.«

»Davon bin ich überzeugt.«

Sie saßen steif da, während er nach einem Gesprächsthema suchte. Vielleicht sollte er wieder gehen; sie war nur höflich zu ihm, wo er es doch eigentlich gewesen war, der Höflichkeit hatte erweisen wollen. Aber er blieb sitzen. Warum, hätte er nicht zu sagen vermocht.

»Und Sie?« fragte sie.

»Pardon?«

»Wo leben Sie?«

»Ach, in Kalifornien. In einer Stadt namens San Mateo. Wahrscheinlich haben Sie noch nie von ihr gehört?«

»Äh ... nein.«

»Nein, natürlich nicht. Tja.« Weltmännisch nahm er einen Schluck aus einem Glas Wasser, bemerkte zu spät den Flecken von Madame Fougerays fettem, pflaumenfarbenem Lippenstift an dessen Rand. »Ja«, sagte er, »San Mateo. Ich bin dort Professor. Äh, Claire, sprechen Sie Englisch? Mein Französisch ist nicht so besonders. Das heißt«, fügte er mit völlig untypischer Eitelkeit hinzu, »mein gesprochenes Französisch.«

»Ja, ich spreche Ihre Sprache«, sagte sie auf Englisch mit einem wunderbar gallischen Akzent, »aber Ihr Französisch ist ausgezeichnet.«

»Nein, mein Akzent ist ausgezeichnet. Was ein sehr zweischneidiges Schwert ist. Jeder denkt, ich würde mehr verstehen als tatsächlich der Fall ist, und dann sprechen alle so schnell, daß ich nicht mehr mitkomme.«

Zum ersten Mal lächelte sie jetzt. »Ich habe genau das gleiche

Problem, aber andersherum. Ich verstehe sehr gut Englisch, aber mein Akzent ist so fürchterlich, daß die Leute denken, ich verstünde überhaupt nichts, und dann brüllen sie mich an und benutzen Zeichensprache.«

Nein, hätte er ihr beinahe gesagt, dein Akzent ist wunderbar, einfach reizend; es klingt wie Musik. Er bekam einen heißen Kopf. So was Dummes konnte man unmöglich sagen. Woher kamen diese Gedanken nur?

»Sie sprechen äußerst gut Englisch«, sagte er. »Wo haben Sie es gelernt?«

Auf diese gequälte Art schleppte sich die Unterhaltung weitere fünf Minuten hin, dann versiegte sie allmählich ganz. Sie hatte ihm gerade erzählt, daß sie als Buchhalterin in der Wurstfabrik ihres Vaters arbeitete, und ihm fiel einfach nichts ein, was er darauf erwidern sollte.

»Tjaaa...«, sagte er, schob dabei seinen Stuhl zurück.

»Sie sagten, Sie wären Professor?« sagte sie.

Er spürte ein stolzes Anschwellen seiner Brust. Sie wollte nicht, daß er ging. »Ja. Für europäische und amerikanische Literatur.«

Sie bekam große Augen. »Wirklich? Aber ich habe ebenfalls einen Hochschulabschluß in Literatur. Von der Universität Rennes.«

»Ist das wahr? Aber Sie sagten doch, Sie seien Buchhalterin.«

»Nun, ja, mein Vater möchte, daß ich in der Fabrik arbeite, aber meine wahre Liebe gilt der Literatur. Eines Tages werde ich das auch unterrichten.«

»Wirklich? Das ist ja wunderbar! Französische Literatur ist sozusagen mein Spezialgebiet«, verkündete er unbescheiden, »besonders das neunzehnte Jahrhundert. Ja, ich habe sogar einen Roman von Flaubert dabei. Meiner Meinung nach ist er der beste von allen. Jedenfalls«, korrigierte er umsichtig, »der beste der französischen Romanciers des *frühen* neunzehnten Jahrhunderts. Und natürlich mit Ausnahme der Romantiker.«

Sie lachte. »Und ich habe einen Balzac mitgebracht. Ich lese ihn jetzt schon seit zwei Tagen.«

»Welchen?«

»*Les Illusions Perdues.*«

»Ah.«

Sie neigte ihren Kopf auf eine Seite und sah Ray mit einer Art Funkeln in ihren blassen Augen an. »Ach? Mögen Sie es nicht? Mir scheint es ein fabelhaftes Werk zu sein, voller scharfsinniger Beobachtungen.«

»Natürlich ist es das, aber ein Schriftsteller ist doch kein Soziologe. Man sollte ihn nicht seiner Beobachtungsgabe nach beurteilen, finde ich, sondern allein danach, was er stilistisch leistet. Balzacs Stil ist bestenfalls rudimentär, und für meinen Geschmack ist er viel zu melodramatisch, und viel zu moralistisch noch dazu.«

»Aber ist Flaubert nicht auch moralistisch und melodramatisch?«

»Äh, nein, das würde ich nicht so sehen, jedenfalls nicht im selben Maß. Aber darum geht es nicht. Das Wunderbare ist doch die Sorgfalt, mit der bei ihm jeder einzelne Satz geschrieben ist – daß er sich mit nichts geringerem zufrieden gibt als dem einen, absolut treffenden Wort. Nie ist ein Schriftsteller skrupulöser vorgegangen als Flaubert.«

Ray wußte, daß jetzt seine eigenen Augen funkelten. Er genoß es, war rundum glücklich; etwas, mit dem er nicht gerechnet hatte, bis er wieder sicher zwischen den Bücherregalen in der Northern Cal war.

»Aber«, sagte sie, »was hat *Skrupulösität*...« Sie kicherte reizend. »Gibt es dieses Wort? Was hat das mit Literatur zu tun? Ein bedeutendes Buch zeichnet sich durch seine Fähigkeit aus, den Leser zu ergreifen, nicht dadurch, wie gründlich der Autor auf der Suche nach *le mot juste* in seinem Roget nachschlägt. Natürlich ist *Madame Bovary* ein großartiger Roman, aber das ist er nur, weil Flaubert uns etwas Bedeutendes zu sagen hatte und nicht, weil er an jeder einzelnen Zeile rumgedoktert hat, bis die Wörter ganz genau gesessen haben.«

Ray strahlte glücklich. »Nein, da bin ich aber ganz anderer Meinung...«

Sie unterhielten sich noch, als das Abendessen schon längst vorüber war, blieben noch, nachdem die anderen bereits gegangen waren, und standen erst auf, als die schimpfende Madame Lupis ostentativ begann, praktisch unter ihren Füßen zu kehren. Ray hatte noch eine weitere Überraschung für sich auf Lager, und die kam, als er Claire fragte, ob sie nicht Lust hätte, am folgenden Morgen mit ihm auf eine Tasse Kaffee in eines der Cafés nach Ploujean zu gehen. Falls, natürlich, das Wetter gut war.

»Morgen? Aber morgen ist doch Cousin Guillaumes Beerdigung. Es wäre nicht...«

»Dann vielleicht übermorgen?« Der von einem Hochgefühl beseelte Raymond Alphonse Schaefer gab so schnell nicht auf.

Claire senkte ihre Augen. »Werden Sie dann immer noch hier sein?«

»Natürlich«, sagte Ray, im selben Augenblick die Entscheidung fällend.

Claire zögerte, dann nahm sie die Einladung charmant dankend an.

Später an diesem Abend, als sie mit ihren verkniffenen, einsilbigen Eltern zum Zehn-Uhr-Kaffee in den Salon kam, hatte sie zu ihrem schlichten marineblauen Wollkostüm eine kleine goldene Halskette umgelegt und schien auch einen Hauch Farbe auf ihre Lippen und Wangen aufgetragen zu haben. Da war sogar, meinte Ray wenigstens, die Spur eines zarten, herrlichen Blütenduftes, als sie an ihm vorbeiging. Sie stellte keinerlei Konkurrenz für die elegant herausgeputzte Leona dar, aber die Veränderung war doch erkennbar. Ray sprach sie nur im Vorübergehen an – wodurch er sich einen mißtrauischen und streitlustigen Blick von Claude einhandelte –, aber er zweifelte keine Sekunde daran, daß sie sich allein für ihn die Mühe gemacht hatte, und dieser Gedanke machte ihn ganz schwindlig vor Freude.

Was seine eigene Attraktivität betraf, gab er sich keinerlei Illusionen hin. Er wußte sehr gut, daß er einer dieser grauen, ruhigen Männer war, denen es nie gelang, anderen ins Bewußtsein zu dringen. Die Leute erinnerten sich nie daran, ob er nun auf einer bestimmten Besprechung oder Cocktailparty gewesen war oder nicht, und Studenten, die morgens in einem seiner Seminare gewesen waren, gingen nachmittags an ihm vorbei, ohne ihn wiederzuerkennen.

Hätte man Leute, die ihn kannten, gefragt, ob er Pfeife rauchte (was er nicht tat) oder eine Fliege trug (was er tat), dann hätten neun von zehn keine Ahnung gehabt. Die meisten hätten gesagt, er trage eine Brille, obwohl er nur so aussah, als sollte er eine tragen. Vor ein paar Jahren, in einem wilden Anfall von Selbstbewußtsein, hatte er sich einen Bart stehen lassen, der in einem sensationellen krausen Rot sproß. Aber abgesehen von einer bissigen Bemerkung des Dekans der geisteswissenschaftlichen Fakultät, als sich der Bart gerade in einem ungepflegten Stadium befand, gab niemand einen Kommentar dazu ab. Und als er ihn sich zwei Jahre später wieder abrasierte, bemerkte überhaupt niemand etwas davon.

Wenn also eine intelligente, attraktive Frau sich für ihn hübscher machte, nun, dann war das etwas, über das man nachdenken mußte.

Als er sich erhob, um in sein Zimmer zu gehen, las sie gerade in ihrem Balzac. Neben ihrem Stuhl blieb er stehen.

»Ich sehe Sie dann Freitagmorgen«, sagte er galant, wobei es ihm völlig gleichgültig war, wer ihn das sagen hörte.

Summend ging er zu Bett, nahm zwei steinerne Stufen auf einmal. Er hatte keinen Gedanken mehr daran verschwendet, sich bei Jules zu entschuldigen.

Guillaume du Rochers Beerdigung verlief ohne Zwischenfälle, mit angemessener Schlichtheit gemäß den präzisen Anweisungen, die der Verstorbene hinterlassen hatte. Anschließend versammelten sich Familie und Dienerschaft in der Bibliothek im ersten Stock, wo Monsieur Bonfante, Guillaumes Anwalt seit mehr als vierzig Jahren, das Testament verlesen würde.

Ray war schon bei früheren Besuchen im *manoir* in der eleganten, holzvertäfelten Bibliothek gewesen, aber er hatte nie das Gefühl gehabt, sich ungeniert umschauen zu können, da er bei

Guillaume eine eifersüchtige und verbietende besitzergreifende Art gespürt hatte. Jetzt, während sich alle auf Sesseln und Couches niederließen, bewegte er sich, mit offenem Mund und voller Bewunderung, die zehn Meter lange Wand alter Bücher entlang, von denen viele in goldgeprägtes Leder gebunden waren. Rabelais, Ronsard, Montaigne – mein Gott, die Ausgabe von 1595! – Racine, Corneille, de Sévigné...

»Ist das nicht ein nettes Zimmer?« Sophie stand neben ihm, ihr einfaches, robustes Gesicht verträumt und sanft.

»Nett! Sophie, hier steht eine Erstausgabe von Montaignes gesammelten...«

Sie schien ihn gar nicht zu hören. »Als ich ein kleines Mädchen war«, sinnierte sie laut, »und wir auf der *domaine* zu Besuch waren, bin ich immer sofort hierhergelaufen. Wenn ich konnte, habe ich mich hier den ganzen Tag versteckt. Die Sonne fiel durch die Fenster herein, der staubige Geruch der Bücher ... Ich konnte damals kaum lesen, aber es gab Bilder ... und manchmal kam Alain und hat mir eine Weile vorgelesen ... La Fontaine oder Marie de France ... und ... ach, es war das Paradies ...«

Ray lächelte sie an. Sophie steckte voller Überraschungen. Sie war keine große Leseratte, das wußte er, aber andererseits mußte man ja auch nicht unbedingt eine Leseratte sein, um Bücher zu lieben. »Das klingt nett, Sophie«, sagte er leise.

»Natürlich«, sagte sie, »dauerte das für gewöhnlich nicht besonders lange. Guillaume mochte es gar nicht, wenn Kinder in seiner Bibliothek waren.«

»Oder Erwachsene.«

Sie wurden durch das ungeduldige Räuspern von Monsieur Bonfante unterbrochen. Die Verlesung des Testaments würde jeden Augenblick beginnen.

5

Georges Bonfante klopfte mit seinem Stift aus Sterlingsilber wiederholt und gleichmäßig auf die Tischplatte und wartete mit einem beherrschten Lächeln darauf, daß sich auch noch die letzten setzten. Der milchgesichtige, fade junge Mann mit der schrecklichen fertig gebundenen Fliege – das dürfte dann wohl der entfernte Cousin aus Amerika sein. Monsieur Bonfante verbarg dezent das kleine Lächeln, das er sich erlaubte. Eine Fliege, du meine Güte, eine grüne, gepunktete Fliege und dazu ein brauner Anzug, von der Stange und mindestens fünfzehn Jahre aus der Mode (falls er überhaupt je in Mode gewesen war). Ja, das war ganz bestimmt der Amerikaner. Nun, falls er hoffte, die Bibliothek am Ende dieser kleinen Besprechung reicher zu verlassen, stand ihm eine traurige Enttäuschung bevor.

Monsieur Bonfante beobachtete scharf, wie der junge Mann sich seinen Platz suchte. Monsieur Bonfante, der sich dem Studium des menschlichen Verhaltens widmete, hatte für sich bereits eine Voraussage gemacht. Ja, genau wie er erwartet hatte; neben der dünnen, faden jungen Frau, die ihre Hände auf dem Schoß hielt und die Augen auf ihren Händen; das Fougeray-Mädchen. Der aufmerksame Monsieur Bonfante hatte sie vor einiger Zeit zusammen in den Salon kommen sehen, und ihm waren die mitleiderregend schüchternen Lächeln nicht entgangen, die sie wechselten. Ja, ja, sie würden ein nettes Paar abgeben, wie ein Pärchen aus einem Märchenbuch für Kinder; Monsieur und Madame Maus. Vielleicht würden sie irgendwo in einem Bau zusammenleben und herauskommen, um Schweizer Käse zu naschen. Und würden viele nette Mäusekinder haben.

Er klopfte ein letztes Mal mit seinem Stift, lächelte die ihm aufmerksam zugewandten Gesichter würdevoll an, öffnete seinen Diplomatenkoffer und nahm eine Aktenmappe heraus.

Aus einem altmodischen, mit schwarzer Veloursseide bezogenen Metalletui nahm er seine Lesebrille. »Was wir hier haben«, sagte er, »ist ein holographisches, sehr einfaches und eindeutiges Testament, in meinem Beisein geschrieben und unterzeichnet von Guillaume du Rocher am 19. Januar 1978.« Er räusperte sich und begann laut vorzulesen.

»›Dies ist mein Letzter Wille, und hiermit widerrufe ich alle früheren Testamente. Ich bestimme, daß die Kosten meiner Beerdigung aus meinem Vermögen bezahlt werden. Der Universität zu Rennes vermache ich meine Sammlung von Mollusken und sämtliche dazugehörigen Materialien. Beatrice und Marcel Lupis hinterlasse ich eine jährliche Zuwendung in Höhe von zwanzigtausend Francs, solange einer von ihnen lebt.‹«

Diese finanzielle Unterstützung war nicht so großzügig, wie sie es noch 1978 gewesen wäre. Sie reichte für die Butter aufs Brot, aber für ihr Brot würden sie weiterhin arbeiten müssen. Trotzdem wurde sie mit einem dankbaren Raunen von Marcel und einem Pro-forma-Tupfen von Madame Lupis' Taschentuch an eine derbe und absolut trockene Wange entgegengenommen.

Monsieur Bonfante lächelte seine aufmerksame Zuhörerschaft erneut an. »›Meinem Cousin René du Rocher oder im Falle seines Todes seiner Frau Mathilde oder im Falles des Todes beider ihren Nachkommen hinterlasse ich den gesamten Rest meines Besitzes unter den folgenden Bedingungen.‹«

Er schaute wieder auf, um eine erleichterte Mathilde bei einem selbstzufriedenen Lächeln zu ertappen. Das Testament konnte für sie wohl kaum eine Überraschung gewesen sein, aber bevor es verlesen war, konnte man nie wissen. Jetzt fragte sie sich, was der Nachlaß wirklich wert war, was es für sie bedeuten würde. Nun, das konnte er ihr sagen und würde es zweifellos auch tun. Es bedeutete, daß sie und René reich waren; sie besaßen jetzt ein schönes Heim, die Mittel, es zu unterhalten, und obendrein ein jährliches Einkommen, das etwa fünfzehnmal höher war als Renés sicherlich auch ausreichende Pension.

»›Dieses Vermächtnis‹«, fuhr er fort, »›erfolgt unter der Bedingung, daß es den vorgenannten Marcel und Beatrice Lupis erlaubt ist, solange sie es wünschen, in ihren jetzigen Stellungen zu bleiben.‹«

»Natürlich, natürlich«, raunte René ihnen schnell zu. »Ich freue mich, Sie bei uns zu haben.«

»»Außerdem««, las Monsieur Bonfante weiter, »»ist der folgende Besitz ausgenommen: der gesamte Inhalt des Raumes im Manoir de Rochebonne, der als Bibliothek bekannt ist, einschließlich sämtlicher Bücher, Möbel, Ziergegenstände und Teppiche, die sich zum Zeitpunkt meines Todes darin befinden. Dies hinterlasse ich meiner vielgeliebten Cousine Sophie Butts, geborene du Rocher.««

Darauf war überraschtes Luftschnappen zu hören, das heftigste kam von Sophie selbst, die anschließend ihren Mann mit einem großen, erstaunten Blick anstarrte.

Monsieur Bonfante lächelte nachsichtig. »Ich stehe Ihnen gerne jederzeit in kleinerem Kreis für alle Fragen zur Verfügung, die Sie womöglich bezüglich irgendeiner der Bedingungen haben, die Sie individuell betreffen. In der Zwischenzeit, gibt es irgendwelche Fragen allgemeiner Natur?«

Seine Frage blieb so lange unbeantwortet, daß er das Testament in seinen Diplomatenkoffer zurücklegte und sein Gesicht auf die Glückwünsche und das Lächeln vorbereitete, das von ihm erwartet wurde. Die Begünstigten erhoben sich und traten vor den Tisch, um sich bei ihm zu bedanken.

Da ließ Claude Fougeray erstmals etwas von sich hören: ein langes, gurgelndes Murren. Mit gesenktem Kopf und bedrohlich von einer Seite zur anderen schwankend, starrte er nach vorn, drückte sich angespannt in das Gobelinpolster seines Sessels wie ein Schachtelteufel, der durch den Deckel an seinem Platz gehalten wurde und drauf und dran war, jeden Augenblick den Verschluß aufzusprengen. »Nein«, sagte er.

»Monsieur?« sagte der Anwalt mit einem Lächeln. Mathilde hatte ihn vor Fougeray gewarnt.

Claude hatte sich abseits von allen anderen, ja sogar von seiner Frau und Tochter, vor die Eichentäfelung neben der Tür gesetzt, und eine Faust schlug rhythmisch gegen die dreihundert Jahre alte, leinenbespannte Täfelung hinter ihm. Seine Stimme klang angespannt, war kaum zu verstehen. »Woher weiß ich, daß das wirklich sein Testament ist?«

Georges Bonfante hatte nichts gegen Claude. Er kannte die

alten Geschichten über ihn, obwohl er zur damaligen Zeit noch ein junger Mann in Lyon gewesen war. Er machte Claude keinen Vorwurf wegen seines Verhaltens während des Krieges; welche Wahl hatte ein vernünftiger Mann denn schon in jener Zeit? Nichtsdestoweniger spürte er, wie sich ein wütender Kloß in seinem Hals bildete. Er war kein zurückhaltender Mensch, und ließ nicht zu, daß man sein Berufsethos anzweifelte.

»Es ist ein holographisches Testament, Monsieur«, sagte er frostig. »In meinem Beisein geschrieben.«

»Holographisch, holographisch...«

»Es ist in seiner eigenen Handschrift geschrieben«, zischte Leona Fougeray von der anderen Seite des Raumes.

»In meinem Beisein«, wiederholte Monsieur Bonfante mit bewundernswerter Geduld erneut.

Claude schüttelte störrisch seinen Kopf. »Nein, unmöglich. Ich kenne Guillaume; er hat mir vor langer Zeit gesagt, vor dem Krieg: Die Bücher würden an die Bibliothèque Nationale gehen, wenn er stirbt.« Er hechelte zweimal, wie ein Tier. »Außerdem, er hat Amerika gehaßt – schon seit dem Ersten Weltkrieg, als sie rübergekommen sind, so gottverdammt selbstsicher, mit ihrem arroganten amerikanischen ›Wir-scheißen-auf-euch-alle‹-Gang...«

»Amerikanischer ›Wir-scheißen-auf-euch-alle‹-Gang?« war verblüfft von Ray flüstern zu hören.

»Das mag ja alles sein«, sagte Monsieur Bonfante scharf, »aber Sie sprechen von Guillaume du Rocher als jungem Mann vor vielen Jahrzehnten. Und ich sehe wirklich nicht, was...«

»Er würde seine Bibliothek niemals einem Amerikaner vermachen! Nicht seine wertvollen Bücher!« Unvermittelt stand Claude auf, schwankte auf unsicheren Beinen, stützte sich mit einem Arm an der Wand ab.

»Einem Amerikaner? Aber sicherlich doch wohl seiner Cousine Sophie...«

»Nicht Sophie, ich meine ihren Mann! Ihr die Bibliothek zu hinterlassen ist doch das gleiche wie sie ihm zu hinterlassen. Wissen Sie denn nicht, was sie wert sein muß? Was glauben Sie, wie lange sie sie behalten wird?«

»Jetzt aber mal ganz langsam«, sagte Ben, bewegte sich einen Schritt vor. Mit ihren Augen bat ihn Sophie aufzuhören, was er widerwillig auch tat.

Monsieur Bonfantes Vorrat an Geduld war erschöpft. »Ich rate Ihnen, den Mund zu halten, Monsieur«, sagt er zu Claude mit seiner energischsten Gerichtssaalstimme. »Falls Sie jedoch Guillaume du Rochers Testament anfechten wollen, stehen Ihnen dazu Rechtsmittel zur Verfügung.«

Es war ein guter Zeitpunkt zu gehen, doch Claude versperrte die Tür, hielt seinen Kopf gesenkt, atmete so schwer wie ein Stier und vermittelte den überzeugenden Eindruck, daß er versuchen würde, jeden aufzuspießen, der auch nur einen Schritt machte. Niemand rührte sich. Monsieur Bonfante hatte sich vor die anderen gestellt und beobachtet Claude aufmerksam, ein Matador, der seine *peónes* beschützte.

»Rechtsmittel...«, wiederholte Claude, konfus und nachdenklich. Er kniff seine Augen zusammen und fuhr sich mit einer Hand über die Stirn. »Rechts...« Seine Augen sprangen wieder auf und richteten sich verschlagen auf den Anwalt. »Woher weiß ich denn, daß es sein *letzter* Wille war?«

»Ich bin zweiundvierzig Jahre lang Monsieur du Rochers Anwalt gewesen«, sagte Monsieur Bonfante kühl. »Ich versichere Ihnen, daß es kein späteres Testament gegeben hat.«

»Und er hat auch nie von einem anderen Testament geredet?« Claude fletschte seine Zähne zu einem boshaften Grinsen.

»Monsieur, Gerede ist nicht Gegenstand meines Berufes.« Ein guter Schlußpunkt. Georges Bonfante ließ die Verschlüsse seines Diplomatenkoffers mit entschiedenem, unanfechtbarem Klicken zuschnappen. »Meine Damen und Herren, ich denke, unsere Aufgabe hier ist dann wohl...«

»Es sollte ein neues Testament geben!« sagte Claude eindringlich, wenn auch mit schwerer Zunge. »Verdammt noch mal, was glauben Sie denn, um was es bei diesem Familientreffen gehen sollte?«

Die anderen rührten sich und sahen sich gegenseitig betreten an. Leona Fougeray schien, mit ihren vor Wut funkelnden

Augen, kurz davor zu stehen, ihren Mann zu erwürgen. Claire sah leidend aus; blaß und zitternd. Ray nahm ihre Hand und drückte sie.

»Ich will haben, was mir gehört«, flüsterte Claude heiser. Zwei gehässige Tränen rollten ungleichmäßig über sein Gesicht.

Claire, die jetzt weinte, machte einen Schritt auf ihn zu, doch ihre Mutter hielt sie mit einem dünnen, unbeugsamen Arm zurück. »Er hat sich das selbst eingebrockt. Dann soll er es auch auslöffeln«, sagte sie durch zusammengepreßte Zähne.

»Um Himmels willen, der Mann ist ja sinnlos betrunken«, sagte Jules, wobei sein aufgedunsenes Gesicht Mißbilligung ausdrückte. »Wieso stehen wir hier überhaupt rum und streiten uns mit ihm?«

»Ach, ist er *betrunken*?« flüsterte René auf seine erstaunte Art, was Mathilde veranlaßte, ihre Augen zu den Deckenbalken zu heben.

Beatrice Lupis knurrte. »Ist er überhaupt je nüchtern?«

»Psst«, zischte Marcel respektvoll. »Das geht dich nichts an.«

Aber Jules hatte gekichert, und Claude hatte es gehört. »Du«, flüsterte er Madame Lupis bösartig zu, »untersteh dich ... untersteh dich, so mit mir zu reden ... du fettärschige alte Schlampe ...«

Mit geschmeidiger und schockierend unerwarteter Geschwindigkeit trat Marcel Lupis vor. Die langen, olivfarbenen Finger seiner rechten Hand schossen vor und umklammerten die untere Hälfte von Claudes Gesicht wie eine Kneifzange, drückten seine Kinnlade zusammen und pressten seine roten Lippen zu einer fleischigen, feuchten Blume.

»Sei still, du«, sagte Marcel mit all der Leidenschaftlichkeit, mit der er für gewöhnlich zum Dinner rief. Aber seine Augen waren wie graues Eis, und als er seine Hand wieder fortnahm, war Claude still.

Claire brach plötzlich in erstickte Tränen aus und stürmte aus der Bibliothek, die Hände auf den Mund gepreßt. Ray lief ihr nach. Einen Augenblick später ging Marcel hinaus, umgehend gefolgt von Madame Lupis und dann von den anderen.

Keiner von ihnen sah Claude an, dessen schwammiges Gesicht, abgesehen von den Stellen, an denen Marcels Finger häßliche, leuchtend rote, einen halben Zentimeter tiefe Abdrücke hinterlassen hatte, die Farbe von Kitt angenommen hatte.

»Raymond, hör endlich auf, dauernd auf und ab zu gehen, komm her und setz dich. Iß dein Frühstück. Nimm dir ein Croissant.«

»Ich habe keinen Hunger, danke, Sophie. Äh, wie spät ist es?«

»Es ist zehn vor neun«, sagte Ben, während er ihn neugierig beobachtete.

»Nun, entweder kommst du jetzt und setzt dich hin oder du gehst«, sagte Sophie. »Du machst mich nervös.«

Ray warf sich rastlos auf das Tête-à-Tête neben den beiden Sesseln, auf denen sie vor dem großen, hellen bleiverglasten Fenster saßen. Ihr Frühstück – Kaffee, Croissants, Brötchen, Butter und Marmelade – stand auf einem kleinen runden Tisch vor ihnen.

»So ist's besser«, sagte Sophie. Sie und Ben aßen weiter.

Ray schlug sein linkes Bein über das rechte. Dann schlug er sein rechtes über sein linkes Bein. Er wippte mit seinem Fuß und seufzte. Er klimperte mit den Münzen in seiner Tasche.

»Wie spät ist es jetzt, bitte?«, fragte er.

»Es ist acht Minuten vor neun«, sagte Ben. »Ungefähr. Möchtest du dir vielleicht meine Uhr ausleihen?«

»Nein, nein, ich trage nie eine Uhr. Sophie, wie genau sind die Fougerays mit uns verwandt?«

Sie hörte auf, Butter auf das abgebrochene Ende ihres Croissants zu streichen, und schaute auf. »Astronomisch. Geologisch.«

»Tja, aber wie genau?«

Sie stopfte das Croissant in ihren Mund und leckte Butter von ihrem kleinen Finger. »Nun, laß mich mal nachdenken. Claude ist Guillaumes Cousin, wie du weißt. Und Guillaume war so eine Art entfernter Onkel von mir, und du bist mein Neffe, also ...«

»Sorry, Honey«, sagte Ben. »Ich sage es ja wirklich äußerst ungern, aber du und Guillaume wart Cousin und Cousine vierten Grades.«

Sie sah ihn an. »Wirklich? Aber er ist doch soviel älter als ich.«

»Spielt keine Rolle. Eure Ur-Ur-Großväter waren Brüder, und damit ist Guillaume dein Cousin, nicht dein Onkel. Und wo wir gerade so schön dabei sind, Ray hier ist dein Cousin ersten Grades, nicht dein Neffe.«

»Sei nicht albern. Er ist Jeannes Junge.«

Ben schüttelte seinen Kopf. »Und Jeanne war deine Cousine ersten Grades. Das Kind einer Cousine ersten Grades ist ein Cousin ersten Grades.«

Ray hatte diesen Streit auch früher schon gehört, und er war auf Sophies Seite. Sie und Ben waren für ihn immer Tante und Onkel gewesen, Punktum. »Aber was ist mit den Fougerays?« fragte er. »Wie sind sie ... äh, also, rein theoretisch ... wie sind Claire und ich miteinander verwandt?«

»Weiß der Teufel«, sagte Ben.

»Ach, komm schon, Ben«, sagte Sophie. »Du verstehst doch was von diesen Dingen. Du bist schließlich Anwalt.«

Er lachte. »Ich bin Wirtschaftsanwalt. Aber ich denke – ich *denke* –, Claire ist die Tochter des Cousins ersten Grades von Rays Cousin vierten Grades – das heißt, von Guillaume –, nur von dem anderen Zweig der Familie, also ...«

»Liebe Zeit«, sagte Ray, »tut mir leid, daß ich gefragt habe.« Er ließ sich auf dem Sofa zurücksinken. Alles, was über Cousin und Cousine ersten Grades hinausging, war ihm schon immer ein unergründliches Rätsel gewesen und war es auch jetzt noch.

In diesem Augenblick tauchte Claire auf, ruhig und gelassen in einem Trenchcoat, dessen Gürtel sie geschlossen hatte. Sie trug Lippenstift. Ray sprang auf, als wäre er gestochen worden. Nach drei Schritten drehte er sich zu Ben und Sophie um.

»Ach, vielen Dank auch«, sagte er. »Äh ... Bis dann.« Und dann war er auch schon mit Claire verschwunden.

Sophie und Ben sahen sich an. Jeder hatte eine Augenbraue gehoben. »Ich will verflucht sein«, sagte Ben, und sein Gesicht bekam einen Ausdruck, der gewöhnlich bedeutete, daß wieder eine seiner Weisheiten bevorstand. Aber wenigstens dieses eine Mal fiel ihm keine ein.

Eine halbe Stunde später servierte Beatrice Lupis René du Rocher *café crème* und Croissants. Er saß auf einem der angenehm angeordneten Sessel, auf denen auch die Buttses ihr Frühstück zu sich genommen hatten. Mathilde begann ihren ersten ganzen Tag als Herrin des *Manoir*, indem sie lange ausschlief. René dachte gerade über dieses ungewöhnliche Ereignis nach, fragte sich, wohin es wohl noch führen mochte, als vier Männer mit dunklen Baskenmützen und verschossenen blauen Kitteln – Uniform der Handwerker in Frankreich – vor der Haustür auftauchten.

»Wir sind hier, um mit der Kanalisation anzufangen, Madame«, verkündete ihr Sprecher, als Beatrice die Tür öffnete.

»Die Kanalisation?« erwiderte Beatrice und schlug sich dann mit der Hand vor die Stirn. Das hatte sie völlig vergessen. Die uralten Installationen des Hauses hatten schon seit einiger Zeit ihr Alter auf unangenehme Weise gezeigt, aber Guillaume, aus Gründen, die nur ihm allein bekannt waren, hatte es vorgezogen, das Problem zu ignorieren, so daß die einfallsreiche Beatrice es auf sich genommen hatte, dafür zu sorgen, daß jemand sich darum kümmerte. Da kein Mensch genau wußte, wo die Abflußrohre sich befanden, bestand der erste Schritt darin, den Steinboden des Kellers aufzureißen, und deswegen waren die Handwerker gekommen.

Aber jetzt war nicht der richtige Zeitpunkt dafür. Es folgte ein stürmischer Wortwechsel zwischen Beatrice und dem Vorarbeiter. Guillaume du Rocher war gerade erst ins Grab gelegt worden, machte sie den Mann erregt aufmerksam; aus Respekt vor ihm müßte es doch sicherlich möglich sein, daß die Arbeit um eine Woche verschoben würde?

Sicher, antwortete der Vorarbeiter, benutzte seine Zunge, um einen Zahnstocher von der linken Seite seines Mundes auf die rechte Seite zu verschieben. Möglich wäre das schon, aber ein Vertrag wäre geschlossen worden, daß beginnend mit dem *heutigen* Tag Bauarbeiten mit einer voraussichtlichen Dauer von vier Tagen durchgeführt werden sollten, und das dafür nötige Werkzeug wäre auch schon den ganzen weiten Weg aus St. Brieuc herangeschafft worden. Er hätte leider keine andere Wahl, als ihnen die vertraglich vereinbarte Arbeit und die Kosten für das Werkzeug zu berechnen, ob die Arbeit nun getan werde oder nicht. Sie würden gern später wiederkommen, doch dann müßte alles noch einmal in Rechnung gestellt werden. Ihm wäre es ziemlich egal, erklärte er, und der Zahnstocher wanderte wieder auf die linke Seite. Das wäre allein die Entscheidung von Madame.

Aber es war Monsieur, der die Angelegenheit klärte. René, sich durchaus der Tatsache bewußt, daß er für die Kosten der *domaine* genauso verantwortlich war wie für ihre Einkünfte, kam zur Tür und schlug vor, daß es wahrscheinlich das Beste wäre, die Arbeiten zu erlauben, da ja sowieso schon für alles bezahlt wäre. Außerdem würden die Männer im Keller ja nicht zu sehen sein, und wenn sie versuchten, so wenig Lärm wie möglich zu machen, die Hintereingänge benutzten und sich ganz allgemein diskret verhielten, nun, das könnte dann ja wohl kaum unschicklich sein.

Beatrice fügte sich und führte die Handwerker zum Kücheneingang hinter das Haus. René war mit dem Erfolg seines rechtzeitigen und bestimmten Eingreifens recht zufrieden, doch noch bevor er seine zweite Tasse Kaffee getrunken hatte, war der Vorarbeiter wieder zurück. Hose und Ärmel waren mit feinem grauem Staub bedeckt.

»Monsieur?« Er näherte sich erheblich zurückhaltender als zuvor; tatsächlich rang er nervös seine Hände. Hätte er seine Baskenmütze nicht im Keller gelassen, würde er sie ganz sicher jetzt in seinen Händen gedreht haben. Der Zahnstocher war nicht mehr zu sehen.

»Monsieur ... wir haben ... im Keller ... wir haben was gefunden ...«

»Was, was?« fragte René beunruhigt.

Der Vorarbeiter schluckte und machte einen weiteren Schritt auf ihn zu. »Im Keller ... da ist ein ... ein ...«

6

»Ein Skelett?« Sergeant Denis hörte auf, Männchen zu malen. Er setzte sich gerade hin auf seinem harten Plastikstuhl und drückte den Telefonhörer mit seiner Schulter fester an sein Ohr.

»Ja ... Also, das heißt, kein vollständiges. Es gibt keinen ... keinen Kopf.«

»Keinen Kopf, aha. Monsieur du Rocher war Ihr Name?«

»Ja, René du Rocher.«

Dieses Mal notierte Denis sich den Namen. »Und Sie haben es im Keller gefunden?«

»Ja. Das heißt, die Handwerker. Es war im Boden vergraben, unter den Steinplatten. Es war, äh, in Papier eingewickelt.«

»Und Sie sind ganz sicher, daß es von einem Menschen stammt?«

Eine kurze Pause. »Nun, wir denken schon. Monsieur Fougeray, mein ... einer meiner Gäste hat gesagt, es sei eins.«

»Er ist Arzt, dieser Mr. Fougeray?«

»Oh, nein. Ihm gehört ... äh, er ist Metzger.«

»Metzger«, sagte Denis und schrieb pflichtbewußt mit.

»Er hat gesagt, wenn es kein Mensch ist, dann könnte es irgendein großer Affe sein, ein Gorilla vielleicht.«

Oh, ja, dachte Denis. Ein im Keller des Manoir de Rochebonne vergrabener Gorilla. In Papier eingeschlagen. Tja, die Frage war wohl ein Fehler gewesen.

»Monsieur du Rocher, bitte berühren Sie nichts ...«

»Oh, nein, natürlich nicht.«

»... und schließen Sie den Keller ab.«

»Ihn abschließen? Ich bin nicht sicher, ob es ein Schloß gibt.«

»Dann machen Sie die Tür zu.« Denis schwieg einen Moment. »Es gibt doch eine Tür?«

»Ja. Nun, ich bin sicher, es muß wohl eine geben.«

»Dann schließen Sie die Tür und lassen Sie niemanden hinein. Ich werde in Kürze jemanden vorbeischicken.«

»Fleury«, sagte er, als er den Hörer auflegte, »fahr raus zum Manoir de Rochebonne ... du weißt, wo das ist?«

Fleury schaute von der ziemlich abgegriffenen Büronummer des *Lui* auf. »In der Nähe von Ploujean?«

»Ja. Jemand hat ein Skelett im Keller gefunden. Ich möchte, daß du ein Auge drauf wirfst, bis der Chef da ist. Und nimm ein paar Aussagen zu Protokoll.«

»In Ordnung«, sagte Fleury, rollte das Magazin zusammen und zwängte es wieder an seinen Platz hinter dem Aktenschrank mit den Buchstaben A–G. Er reckte sich. Nichts konnte Fleury groß überraschen. »Willst du wirklich wegen dieser Sache Monsieur Giscard anrufen? Ist doch wahrscheinlich eh nur eine Ziege.«

Denis schaute auf. »Eine Ziege? Wieso eine Ziege?«

Fleury zuckte mit den Achseln. »Wieso ein Mensch?«

Sergeant Denis beäugte ihn. Er hatte Fleury noch nie besonders gut verstanden. »Die Leute vergraben keine Ziegen in ihren Kellern.« Auch keine Gorillas.

Fleury zuckte mit den Achseln. »Ist Monsieur Giscard nicht die ganze Woche an diesem Treffen in St. Malo?«

»Es ist kein Treffen, das ist in einem Institut, sehr wissenschaftlich, mit Professoren, die gelehrte Vorträge halten. Aber man wird ihn stören müssen.«

Fleury grinste breit. »Wird ihm wahrscheinlich sogar ganz recht sein. Er wird immer brummig, wenn er mit Leuten zusammen ist, die gewiefter sind als er.«

Fleury hatte recht. Viereinhalb Tage erbarmungslos abstruser wissenschaftlicher Vorträge hatten Monsieur Giscard – das heißt, Inspektor Lucien Anatole Joly – leicht reizbar gemacht. Und die Tatsache, daß die meisten der unbestreitbar brillanten Referenten zehn oder zwanzig Jahre jünger waren als er, hatte dem auch nicht gerade abgeholfen. Sicher, es hatte ein paar Höhepunkte gegeben: Besonders Gideon Oliver war ein plausibler und einnehmender Redner mit – Gott sei Dank – Sinn für Humor, einer Eigenschaft, die unter Wissenschaftlern anscheinend nicht besonders oft anzutreffen war.

Trotzdem, welchen praktischen Wert besaß das, was er ihnen zu sagen hatte? In über zwanzig Jahren bei der Polizei hatte Joly dreimal um die Hilfe eines forensischen Anthropologen gebeten, und nicht ein einziges Mal konnte er sagen, daß es ausschlaggebend für die Aufklärung oder Nicht-Aufklärung eines Falles gewesen war. Nein, letzten Endes hing doch alles von der sorgfältig durchgeführten Anwendung der altbewährten Methodik der kriminalistischen Ermittlung ab. Ohne die gab es nichts, gleichgültig wie viele forensische Wissenschaftler man auch immer auf seiner Seite hatte, die von sternocleidomastoidalen Insertionen oder sarcosaprophagen Insekten oder dem CO_2-Gehalt des Blutes plapperten.

Am fünften Nachmittag war er unruhig und gelangweilt, und er hatte schon angefangen, sich Ausreden einfallen zu lassen, sein Büro anrufen zu können. Als er die Nachricht erhielt, genau das sollte er bitte unverzüglich tun, reagierte er darauf mit einem erleichterten Seufzer und verließ den Vortragssaal mit einem solchen Eifer, daß er über die Beine des hawaiischen FBI-Mannes stolperte, der so geruhsam auf dem Stuhl am Gang döste.

»Pardon, Monsieur«, sagte Joly.

»Keine Ursache«, sagte der FBI-Mann freundlich, ohne seine Augen zu öffnen.

Nachdem er mit Denis gesprochen und wieder aufgelegt hatte, rief Joly den Staatsanwalt Monsieur Picard an, um ihn über den Fall zu informieren, wie es seine Pflicht war. Dies tat er wie gewöhnlich mit einigem Unmut. Freundlich und harmlos mochte er ja sein, aber Monsieur Picard war kein Polizist und dachte nicht wie einer, und ihm zu unterstehen war eine empfindliche, niemals endende Frustration. Das war die eine Sache, die Joly am amerikanischen Rechtssystem mit seiner unmöglichen Dezentralisierung der Polizeigewalten in Tausende sich streitender Zuständigkeitsbereiche bewunderte. Wenigstens standen sie nicht unter der Fuchtel des verdammten Gerichtswesens.

Picard, nie damit zufrieden, die Profis einfach ihre Arbeit tun zu lassen, würde sich schon irgendeinen Weg einfallen lassen, wie er sich einmischen konnte, selbst bei einem Fall wie diesem.

Was er in der Tat auch machte. »Hören Sie, Joly«, sagte er,

nachdem er die Einzelheiten gehört hatte, »ist nicht auch dieser amerikanische Knochenexperte auf Ihrem Kongreß?«

Joly machte sich kaum Gedanken darüber, daß das Knirschen seiner Zähne womöglich auch am anderen Ende der Leitung zu hören war. »Jawohl, Monsieur«, sagte er, soweit man das tun konnte, ohne dabei den Mund aufzumachen.

»Nun, ich habe da eine wunderbare Idee. Warum sprechen Sie nicht einfach mit ihm und hören mal, ob...«

Nach seinem dritten Referat der Woche blieb Gideon noch ein paar Minuten hinter seinem Pult und beantwortete die Fragen der wenigen Leute, die sich um ihn gedrängt hatten. Doch auch das war schnell vorbei; die Kongreßteilnehmer waren sehr darauf versessen, die kurze Kaffeepause voll auszunutzen, um sich für die bevorstehende Sitzung über ›Neueste Fortschritte der Ionisierungsanalyse mittels der Gaschromatographie und der Massenspektroskopie‹ zu stärken.

Als sie fort waren, begann er die beiden Schädel und verschiedene Knochen einzupacken, die die Universität von Rennes ihm ausgeliehen hatte. (Er hatte ursprünglich sein eigenes Demonstrationsmaterial aus dem Anthropologie-Labor in Port Angeles mitbringen wollen, doch die Postbehörden dort hatten auf sein Ansinnen, menschliche Leichenteile über internationale Grenzen zu verschicken, etwas unbehaglich reagiert, und so war es ihm zum Schluß einfacher vorgekommen, sich in Frankreich welche auszuborgen.) Er fühlte sich beschwingt, als er die Knochen in Styropor-Chips verpackte. Zum einen liefen die Vorträge gut; zum anderen war es sehr angenehm, an einem Kongreß ausschließlich als Referent und nicht als Besucher teilnehmen zu können. Das bedeutete, er konnte Vorträge einfach auslassen, wenn ihm danach war. (Was er natürlich immer konnte, aber so hatte er wenigstens kein schlechtes Gewissen dabei.) Und da die Ionisierungsanalyse alles andere als eine hypnotische Anziehungskraft auf ihn ausübte und das Wetter sich aufheiterte, beschloß er, ein Taxi in die Altstadt zu nehmen und einen Spaziergang auf den berühmten Wällen zu machen.

John Lau kam, aus einem Becher Kaffee schlürfend, zu ihm geschlendert und hielt ihm ebenfalls einen Becher hin. »Hier. Der ist gut.«

»Aaah, danke, John.« Dankbar nahm er einen Schluck. »Tut mir leid, wenn ich dir dein Nickerchen verdorben habe.«

John lachte, das plötzliche, babyähnliche vergnügte Glucksen, das Gideon immer wieder lächeln ließ. »Sorry, Doc. Ich hätte nicht gedacht, daß es dir aufgefallen ist.«

»Erst als du angefangen hast zu schnarchen.«

»Ach, he, komm schon. Jedenfalls, es lag ja nicht an deinem Referat. Es war dieses zweite Bier zum Mittagessen.«

»Es war das *dritte* Bier.«

Der kräftige FBI-Mann überlegte ernst. »Ja, das auch«, sagte er.

»Wie wirst du nur anderthalb Stunden über Ionisierungsanalyse überstehen?« fragte Gideon ohne jedes Mitleid. John war Besucher des Kongresses; er sollte seine Nachmittage nicht mit Spaziergängen in St. Malo verbringen.

John blies seine Wangen auf und ließ die Luft langsam entweichen. »Ach, Himmel. Ich...« Er drehte sich um und machte einen Schritt zur Seite; Gideon kannte das inzwischen als das instinktive Unbehagen eines Polizisten, der jemanden hinter sich spürte.

»Entschuldigen Sie«, sagte der Mann mit einer kultivierten, nasalen Stimme und nur einem leichten französischen Akzent. »Ich wollte Sie nicht unterbrechen.«

»Schon in Ordnung.« Gideon erkannte ihn wieder; ein großer, kahlköpfiger, sehr distanzierter und ziemlich steifer Mann, der das Double für Valéry Giscard d'Estaing hätte spielen können, wäre da nicht seine glänzende Brille mit Stahlgestell gewesen. Bislang hatte er Gideons Referate nüchtern und aufmerksam verfolgt und mehrere höfliche, intelligente Zwischenfragen gestellt, aber immer mit einer diskret versteckten, unauffällig überheblichen Skepsis; ein Mann, der nicht geneigt war, das Urteil eines anderen, sondern nur sein eigenes anzunehmen. Er gehörte haargenau zu der Sorte, deren Haltung oder Art und Weise zu sprechen oder vielleicht auch deren bloße Anwesenheit Gideons nicht zu tief begrabene Unsicherheiten an den Tag brachten. Er mußte nur über seine lange Nase auf ihn herabschauen, und schon fühlte Gideon sich wie ein Zehnjähriger in den Kleidern eines Erwachsenen, der dabei erwischt worden war, wie er zum Spaß einen Wissenschaftler spielte.

»Ich bin Inspektor Joly von BPJ – dem Bureau de Police Judiciaire«, sagte der und blickte über seine lange Nase herab.

John streckte seine Hand aus. »John Lau, FBI, Seattle.«

Joly deutete vor beiden eine förmliche Verbeugung mit geradem Rücken an und schüttelte ihnen feierlich die Hände.

»Es hat sich etwas ergeben, das Sie vielleicht interessieren könnte, Dr. Oliver ...«

»Gibt es irgendeinen besonderen Grund anzunehmen, daß es von einem Menschen stammt?« fragte Gideon, als Joly mit dem blauen Renault den Parkplatz des neuen Kongreß- und Ausstellungszentrums von St. Malo verließ und in südlicher Richtung auf den Boulevard des Talards einbog. Sie umfuhren den Industriehafen des Bouvet Basin, wo riesige Kräne wie gewaltige Spinnen zwischen den aufgestapelten Containerladungen mit Kohle, Dünger und Holzschliff entlangglitten.

»Ja, die Aussage eines Metzgers«, sagte Joly trocken. »Abgesehen davon gibt es anscheinend einige Handknochen. Ich nehme an, es gibt wohl keine anderen Tiere, die etwas ähnliches wie menschliche Hände besitzen – natürlich abgesehen von den Affen.«

»Doch, das gibt es. Das Skelett einer Bärenpranke ist leicht mit einer menschlichen Hand oder einem Fuß zu verwechseln. Ja sogar die Flosse eines kleines Wales.«

»Aha«, sagte Joly.

John, der schnell die Einladung des Inspektors angenommen hatte, sich das französische kriminalpolizeiliche Ermittlungssystem in Aktion anzuschauen, meldete sich vom Rücksitz. »He, toll, wir schränken die Möglichkeiten schon gewaltig ein. Es ist entweder ein Mensch, ein Bär oder ein Wal. Der Fall ist schon so gut wie gelöst.«

»Nicht ganz«, sagte Gideon, »es besteht immer noch die Möglichkeit eines polydaktylischen Schweines; das heißt, eines, bei dem die primären Metapodien sich verkürzt und verdoppelt haben. So ungewöhnlich ist das wirklich nicht...«

Es gab da so einen gewissen, nicht näher beschreibbaren Gesichtsausdruck, mit dem John Ausdrücke wie ›polydaktylisches Schwein‹ aufnahm, und genau diese Miene setzte er jetzt auf, während er mit einem knurrenden Murmeln in die Sitzpolster zurücksank. Joly war dezenter, doch Gideon bemerkte ein fast nicht wahrnehmbares Anspannen seiner Lippen, was darauf hindeutete, daß der Inspektor nichts von mangelndem Ernst in Polizeiangelegenheiten hielt. Gideon seufzte und ließ das Thema der polydaktylischen Schweine fallen. Beschränkte Interessen, diese Polizisten. Und empfindlich noch dazu.

»Irgendeine Idee, wer es sein könnte?« erkundigte sich John, als der Wagen auf die N 137 einbog und sie die Häuser der Stadt allmählich hinter sich ließen. »Irgendwelche ungeklärten Mordfälle? Vermißte Personen?«

»Wir ziehen gerade bei dem örtlichen Polizeipräfekten Erkundigungen ein«, sagte Joly, »aber Sie dürfen nicht vergessen, daß es sich hier um ein altes, im fünfzehnten Jahrhundert erbautes Haus handelt. Die Knochen könnten schon seit Jahrhunderten dort liegen. Und außerdem, nun...«

»Und außerdem?« hakte Gideon nach.

»Nun, jedesmal, wenn sich so etwas wie das hier ergibt, muß man immer auch die Besatzung in Betracht zu ziehen. Wissen Sie, in der Bretagne war der Widerstand sehr aktiv. Und das Dorf Ploujean war 1942 Schauplatz einer Massenexekution. Solche Dinge ... So was führt zu sehr starken Emotionen.«

»Kann ich mir vorstellen«, murmelte Gideon.

»Nein, nicht nur gegen die Deutschen. Ich meine, auch unter den Dorfbewohnern. ›Wenn du und deine Brüder nicht dieses SS-Motorrad in die Luft gejagt hätten, wären meine Mutter und mein Vater nicht erschossen worden.‹ In dieser Richtung etwa. Und – ich will ganz offen sein – neben den Helden der Résistance gab es genauso Kollaborateure. Es gab eine Menge ungeklärter

Todesfälle; damals sind viele Leute auf rätselhafte Weise verschwunden.«

»Und Sie denken nun, daß die Knochen so was sind?« fragte John. »Ein Mord aus der Zeit des Krieges?«

Joly schürzte seine Lippen und zuckte mit den Achseln, sah sehr französisch aus. »Wer weiß? Wir haben sie ja noch nicht mal gesehen. Aber das würde ich zunächst vermuten, und wenn es stimmt, kann es sehr gut sein, daß Sie das BPJ nicht von seiner energischen und unermüdlichen besten Seite erleben werden. Ich denke, daß wir die Sache auf die dezenteste Art und Weise klären werden: Diese Knochen wieder vergraben und sie in Frieden ruhen lassen.«

John war schockiert. »Aber es ist doch ein Mord! Sie haben hier doch keine Verjährungsfrist für *Mord*, oder doch?«

»Das ist es nicht, mein Freund«, sagte Joly. »Nach dem Krieg gab es eine schreckliche Zeit der Vergeltung. Es hat nicht lange gedauert, aber ich erinnere mich noch gut an die Morde, die Prozesse, daran, wie Leute nackt durch die Straßen gejagt wurden, an das Bespucken ... Ah, mein Gott, einmal...«

Aber mehr würde Inspektor Joly wahrscheinlich nicht von seinen Gefühlen zeigen, erkannte Gideon. Er schloß seinen Mund, fuhr dann gelassener fort. »Nun, heute ist das alles jedenfalls fast fünfzig Jahre her. Die alten Wunden sind verheilt. Niemand möchte mehr daran rühren.« Er lächelte dünn. »Und unsere deutschen Freunde füllen unsere Hotels als zahlende Gäste.« Sie saßen schweigend im Wagen, während der weite Himmel und die niedrigen Dünen der bretonischen Küste zunächst den sanften Hügeln der Rance-Mündung und dann der düsteren Heidelandschaft und den dunklen kleinen Wäldern des Binnenlandes wichen. An einer Kreuzung mit einer schmalen Schotterstraße zeigte ein primitives hölzernes Schild mit dem Wort ›Ploujean‹ nach links. Joly bog ab, und nach zwei oder drei Meilen kamen sie zu einer Metalltafel an der Einmündung einer noch schmaleren Straße, die auf beiden Seiten von alten Platanen gesäumt wurde: *›Manoir de Rochebonne, XVème Siècle, 1000 m. à droite.‹*

»Das ist nicht Ihr Ernst!« rief Gideon. »Fahren wir dort hin? Nach Rochebonne?«

»Sie kennen es?« sagte Joly überrascht.

Er kannte es tatsächlich. Vor ein paar Jahren, als er noch an der Northern California State University lehrte, hatte er den größten Teil des Sommers in der Dordogne, in der Nähe von Les Eyzies, an der Ausgrabung einer spätsteinzeitlichen Fundstelle teilgenommen. Auf Einladung von Ray Schaefer von der Abteilung für vergleichende Literaturwissenschaft, der seinen Sommer »auf der Familien-*domaine*« verbrachte, war er übers Wochenende zu ihm in die Bretagne gefahren. Er war nur ungern gefahren (er fühlte sich selten wohl, wenn er bei anderen Leuten zu Hause war, und das Bild, das Ray von seinem Onkel Guillaume gemalt hatte, war äußerst furchterregend), aber zu seiner größten Überraschung waren es zwei sehr entspannende und stimulierende Tage gewesen.

Das elegante alte Gebäude, abgesehen von ihnen und zwei Dienern leer und verlassen, war nach dem staubigen Höhlengelände im Süden ein phantastischer Ort gewesen, um einfach herumzulümmeln. Ray war schüchtern wie immer gewesen, und Guillaume du Rocher hatte sich, nachdem seine unnahbare und frostige Schale erst einmal aufgebrochen war, als eine sehr angenehme Gesellschaft herausgestellt.

Anders als viele Muschelsammler war er ein belesener Kenner der Meeresbiologie im speziellen und der Biologie im allgemeinen, und beim Abendessen des zweiten Tages hatten er und Gideon eine leidenschaftlich geführte, höchst unterhaltsame Debatte darüber, ob die Neandertaler einen Anspruch auf einen Zweig am Ast der Gattung Homo des Baumes der Hominiden hatten oder nicht. Sie hatten sich, zu Rays größter Überraschung, in herzlicher Freundschaft getrennt und eine sporadische Korrespondenz aufrechterhalten, die zum größten Teil aus mit gelben Unterstreichungen und emphatischen Randnotizen versehenen Artikeln wissenschaftlicher Fachzeitschriften bestand.

»Ja«, sagte Gideon. »Ich kenne Rochebonne.« Tatsächlich hatte er sogar vorgehabt, am Wochenende im *manoir* einen Besuch abzustatten. »Außerdem kenne ich auch Guillaume du Rocher, und ich habe so eine Ahnung, daß er nicht gerade besonders begeistert sein wird von einem Haufen Polizisten, die in seinem Haus herumlaufen und seinen Keller umgraben.«

»Sie waren befreundet?« fragte Joly mit einem merkwürdigen Tonfall.

»In gewisser Weise ja.« Er warf dem Inspektor einen kurzen Blick zu. »Sagten Sie *waren*?«

»Es tut mir wirklich sehr leid, es Ihnen sagen zu müssen, Dr. Oliver ... Guillaume du Rocher ist tot.«

»Oh, nein«, flüsterte Gideon. Es tat ihm leid, überraschte ihn allerdings nicht wirklich. Es war schon erstaunlich, daß Guillaume mit seinem vom Krieg ruinierten Körper überhaupt so lange gelebt hatte. »Woran ist er gestorben?« fragte er.

»Er ist in der Bucht des Mont St. Michel von der Flut überrascht worden, als er Muscheln gesammelt hat. Am Montag, wenn ich mich recht entsinne. An dem Tag, an dem der Kongreß begann. Ein Bericht wurde für die Akten erstellt.«

Gideon nickte, lächelte leicht. Tja, irgendwie hatte es schon seine Richtigkeit. Guillaume war es so wohl lieber: lieber dort draußen auf dem Boden des Meeres, als daß seine kaputten Nieren oder die Leber versagt hätten, während er unter einem Haufen Schläuche begraben in einem Krankenhausbett lag. Aber trotzdem war es ein Jammer; Gideon hatte sich schon darauf gefreut, ihre alte Diskussion wieder aufzunehmen.

Sie bogen durch das offene Tor, ein eisernes Gitter zwischen zwei hohen Pfosten mit steinernen Kugeln darauf, die einzige Öffnung in einer niedrigen Mauer aus mit Flechten überzogenen Granitblöcken. Auf der linken Seite war man dabei, das, was einmal ein kleiner Küchengarten gewesen war, gerade erheblich auszubauen. Handwerker setzten die Mauern für ein hochliegendes Beet, und Haufen von Bauholz und schwarze Erde bedeckten den Boden.

Ansonsten war alles beim alten geblieben. Das *manoir* selbst lag auf der rückwärtigen Seite eines vielleicht siebzig Meter tiefen, mit feinem Kies bestreuten Hofes; ein graues Steingebäude, auf seine klobige Art immer noch genauso schön, wie er es in Erinnerung hatte, mit fünf schlanken steinernen Kaminen und einem komplexen Wirrwarr kleinerer Seitenflügel, die nach hinten abzweigten.

Ein großer Teil der Fassade war von Efeu überwuchert – eine solide, wogende grüne Fläche, als er im Sommer hier gewesen war, aber jetzt begannen gerade erst sich neue rostfarbene Blätter zu bilden, so daß man die dicken, knorrigen alten Stämme sehen konnte, die sich an die Steinblöcke klammerten. Die einzigen Anzeichen von Pomp waren die frühbarocken Verzierungen um die Fensterflügel, Schnörkel und Rosetten, die an der ansonsten klassischen Fassade ein wenig deplaziert und gedrückt wirkten. Ein altes, ausgewaschenes steinernes Wappen, möglicherweise älter als das Gebäude selbst, war über dem Rundbogen der Tür in die Wand eingelassen worden.

Mit dem Knirschen der Reifen auf dem Kies hielt Joly den Wagen direkt vor der Tür an. John schaute zu dem Wappen hinauf, als er ausstieg.

»Ein *Pudel*?« sagte er nach einem Augenblick.

»Ein Löwe, glaube ich«, sagte Gideon. Nicht, daß er nicht wie ein Pudel aussah.

»Ein Löwe«, bestätigte Joly, »der das Halsband des Ordens von St. Michael trägt. Ein Familienemblem, nehme ich an. Damals haben sie nicht besonders viele Löwen zu sehen bekommen.«

»Ich verstehe«, sagte John.

Ihr Klingeln wurde von einer korpulenten Frau in einem riesigen braunen Hauskleid beantwortet, die die Tür fünfzehn Zentimeter weit öffnete und unfreundlich zu ihnen herausschaute.

»*Bonjour*, Beatrice«, sagte Gideon.

Sie reckte ihren Kopf weiter nach vorne, um ihn besser sehen zu können. »Aaah«, sagte sie, wobei ihre Augen sofort freundlicher wurden, »der Gentleman mit dem guten Appetit!«

Gideon lachte. »Nett, Sie zu sehen.«

»BPJ, Madame«, sagte Joly streng, zeigte ihr seinen Ausweis. »Dürften wir bitte hereinkommen?«

Kaum waren sie durch die Vorhalle und in den Salon gegangen, kam auch schon ein kleiner Mann mit rosafarbenen Wangen und einem spärlichen Schnurrbart auf sie zugeeilt. »Ich habe die Polizei verständigt, Inspektor«, sagte er stolz. »Mein Name ist René du Rocher.« Er streckte seine Hand aus, und Joly schüttelte sie, wieder mit einer knappen steifen Verbeugung.

Du Rocher machte eine ausholende Handbewegung über den Raum, in dem mehrere Personen in kleinen Gruppen zusammensaßen. »Das sind Mitglieder meiner Familie. Meine Frau ...«

Joly fiel ihm kurzerhand ins Wort. »Vielleicht wären Sie zunächst mal so gut, uns die sterblichen Überreste zu zeigen, Monsieur.«

»Natürlich, Inspektor. Gewiß.« Er führte sie forsch durch den Raum. Einer der Männer lächelte Gideon – wie vertraut – besonders freundlich an. Krumme Schultern und zierlich; irgend etwas an ihm erinnerte Gideon an Ray Schaefer; es war vielleicht ein Verwandter von ihm, den er bei seinem früheren Besuch auf Rochebonne kennengelernt hatte. In dem Falle hatte er es jedenfalls vollkommen vergessen. Ein wenig unsicher erwiderte er das Lächeln im Vorbeigehen.

Der große Keller roch feucht und war düster, beleuchtet von vier nackten Glühbirnen, die von einem Kabel baumelten, das mit Krampen an einer beunruhigend durchhängenden Decke befestigt war. Vor einer der Steinwände stand ein alter, wackliger Arbeitstisch, auf dem ein unordentliches Päckchen lag, das wie verrottetes weißes Pergamentpapier aussah, stark befleckt mit Blut und Erde oder beidem. Das Päckchen war geöffnet und sein Inhalt unter einer Tischlampe ausgebreitet worden, um ein Durcheinander gelblich brauner Knochen zu zeigen.

Im vorderen Teil des Raumes waren einige der großen rechteckigen Bodenplatten entfernt und wahllos auf einen Haufen geworfen worden, wodurch eine Fläche von etwa vier mal einem Meter Erde freigelegt worden war. In diese Fläche war ein etwa sechzig Zentimeter breiter Graben ausgehoben worden, der allerdings schon nach knapp einem Meter aufhörte. Eine Spitzhacke und zwei Schaufeln lagen noch da, wo sie auf dem Erdhaufen fallen gelassen worden waren. Um den kurzen Graben herum war mit Kreide eine Linie gezogen worden

»Macht man so was auch für ein Skelett, das in ein Päckchen eingeschlagen worden ist?« sagte John. »Ihr Jungs seid wirklich *gründlich*.«

Joly sah ihn einen Augenblick nachdenklich an, wobei seine Oberlippe länger denn je wurde, beschloß dann jedoch, darauf keine Antwort zu geben.

»Tag, Fleury« sagte er zu einem kleinen Mann mit hängenden Lidern in einem zugeknöpften Anzug und mit einem roten Schal, den er sich mehrmals um den Hals gewickelt hatte. »Es ist nichts angerührt worden?«

»Nicht, wenn man die Leute von der Spurensicherung nicht mitzählt«, sagte Fleury, der den Eindruck vermittelte, als würde er seinen Chef mit schläfriger, skeptischer Belustigung behandeln, bis sich zeigte, daß das sardonische V seiner Augenbrauen immer so war. »Die waren eine Stunde lang hier.«

»Und?«

»Das Übliche. Sie sind auf dem Bauch rumgekrochen und haben alle möglichen Sachen mit Pinzetten aufgesammelt und in ihre kleinen Plastiktüten getan, aber ich glaube nicht, daß sie irgendwas gefunden haben. Aubin sagte, es wäre seiner Meinung nach aus dem Krieg, vielleicht sogar noch älter.«

Joly nickte. Er ging zu dem leeren Graben und hockte sich davor, nachdem er vorher sorgfältig seine Hose hochgezogen hatte. Er trug Sockenhalter, eine Tatsache, die Gideon im Einklang mit dem zu stehen schien, was er für die gesamte Lebenseinstellung des Inspektors hielt. Nachdem er ein paar Augenblicke in das leere Loch gestarrt hatte – wenn es dort irgendwas zu sehen gab, bemerkte Gideon es jedenfalls nicht –, stand er auf und wischte sich seine tadellos sauberen, grau gekleideten Knie ab, die keine dreißig Zentimeter an die Erde herangekommen waren.

»Sollen wir uns jetzt die Überreste ansehen?« sagte er. »Vielleicht stellen wir besser sofort klar, daß wir es nicht mit einem polydaktylischen Schwein zu tun haben.«

»Das haben wir nicht«, sagte Gideon. »Das sehe ich schon von hier.«

»Aus zehn Meter Entfernung? Ich sehe nur ein paar Rippen.« Sie begannen zu dem Tisch hinüberzugehen.

»Das reicht schon, um zu beweisen, daß es die Überreste eines Zweibeiners sind.« Wie immer glitt Gideon problemlos in seinen dozierenden Tonfall. »Die Brustkörbe vierfüßiger Tiere besitzen mehr oder weniger die Form von Eimern, um die inneren Organe zu stützen. Bei Zweifüßlern aber drücken die Eingeweide natürlich nicht auf die Rippen; es ist das Becken, das ihnen Halt gibt, daher besitzen die Rippen weitere Bögen, um den Organen mehr Platz zu bieten.«

»Ah«, sagte Joly. »Ja, ich verstehe.«

»Diese da« – Gideon deutete mit seinem Kopf auf die Knochen – »haben rundliche Bögen, als muß es ein Zweifüßler sein. Und da es kein anderes großes zweibeiniges Tier gibt – Affen sind im Grunde Vierfüßler und besitzen den gleichen Körperbau –, muß es ein Mensch sein.«

»Wie wär's mit einem Strauß?« fragte John.

Joly sah in stirnrunzelnd an, doch Gideon lachte. »Oder ein Strauß«, räumte er ein.

Am Tisch nahm John eine Ecke des verknitterten Papiers zwischen zwei Finger. Es brach sofort. »Kann man wohl sagen, ziemlich alt.«

»Hmh«, machte Joly, »Ja. Schwer zu sagen, ob das Braun auf dem Papier Blut oder Erde ist. Das Labor wird es herausfinden.« Gedankenverloren befingerte er ein Stück der morschen Schnur, die unter dem Druck sofort zu Staub zerfiel, dann musterte er die Knochen. »Nun, Professor, ist ja nicht gerade viel. Keiner der Kriterium-Knochen, ich glaube, so haben Sie sie doch genannt: kein Schädel, kein Becken, keine langen Knochen.«

»Nein.« Gideon zog ein tragbares Heizgerät näher und musterte die mit Erde verschmierten Knochen, ohne sie zu berühren. Ein Brustkorb, einschließlich der Wirbelsäule und beider Schulterblätter, auf dem Rücken liegend, wobei die Rippen jetzt aufeinandergefallen waren wie parallele Reihen von Dominosteinen. Reste von getrocknetem braunem Knorpel hielten selbst jetzt noch ein paar der Gelenke zusammen; darunter der größere Teil einer rechten Hand, ebenfalls noch zusammengehalten durch ausgetrocknete Knorpel; einzelne zusätzliche Hand- und Fußknochen. Sie lagen schon eine ganze Weile dort; keine Spur mehr von dem unverwechselbaren Kerzenwachsgeruch – der Geruch des Fettes im Knochenmark –, den Knochen noch viele Jahre absonderten, nachdem das weiche Gewebe längst verfault war. Und die Knochen waren bereits spröde geworden und begannen, durch die Temperaturschwankungen vieler Sommer und Winter rissig zu werden. Also waren sie mindestens zwanzig Jahre dort, möglicherweise auch schon länger.

Ganz bestimmt länger. Da, in den brüchigen Schulterblättern und Schlüsselbeinknochen, waren durch den sauren Boden kleine Taschen Calciumphosphat ausgewaschen worden. Also mindestens dreißig Jahre ... nein, vierzig, und vielleicht sogar noch länger.

Aber auch wieder nicht viel länger. Da war keine Spur von Mineralisation – der »Versteinerung« – zu entdecken, die nach fünfzig oder hundert Jahren in einem Boden wie diesem ganz sicher stattfinden würde. Also: Länger als dreißig, weniger als fünfzig Jahre. Jolys Vermutung eines Mordes während des Krieges war höchstwahrscheinlich richtig.

»Sie haben recht, was das Alter betrifft«, sagte er. »Ich würde sagen, es liegt hier seit vierzig oder fünfzig Jahren. Und Sie haben ganz sicher recht, daß es eine merkwürdige Sammlung ist. Wir haben hier nur etwa ein Drittel eines Körpers, wenn wir davon ausgehen, daß alles zu einem Körper gehört, aber die Knochen sind nicht einmal aneinandergrenzend. Hände, Füße und Torso.«

»Und wo ist dann der Rest?« murmelte John. Er klopfte mit einem Fuß auf den steinernen Boden und gab sich die Antwort selbst. »Auch hier drunter, meinst du? In einem anderen netten kleinen und hübsch verschnürten Päckchen?«

Joly schüttelte stirnrunzelnd seinen Kopf. »Wenn man eine Leiche unter dem Boden eines Kellers vergraben will, wieso sich dann erst die Mühe machen, sie zu zerstückeln? Eine Leiche zu zerstückeln ist eine sehr unschöne und mühselige Sache.«

»Hab ich auch schon mal gehört«, sagte John leise.

Joly runzelte weiter seine Stirn. »Torso, Hände, Füße. Schwer zu ahnen, was das soll.«

»Na, so schwer kommt es mir aber auch wieder nicht vor«, sagte John. »Sie könnten die Leiche in kleine Stückchen gehackt haben, vielleicht um sie von oben hier runterzuschaffen, ohne daß irgendwer was davon mitkriegt – also immer nur ein paar Stücke auf einmal –, und dann haben sie die Brocken einfach zu kleinen Päckchen gepackt, die genau unter verschiedene Steinplatten paßten. Das heißt: wahllos.«

»Vielleicht«, sagte Joly nicht besonders überzeugt.

»Tja, Sie werden wohl auch noch den restlichen Boden aufgraben lassen müssen, was?«

»Sehr wahrscheinlich.«

»*Wahrscheinlich*? Ich meine, Himmel, Sie haben hier ein Drittel von einer Leiche ...«

»Zuerst werde ich«, sagte Joly steif, »mit einigen der Leute dort oben sprechen wollen. Wir werden sehen, wohin uns das führt.« Er drehte sich zu Gideon um, der die Knochen genau studiert hatte. »Und was können Sie uns sagen, Professor?«

»Im Moment ist es schwer, viel zu sagen«, erwiderte Gideon. »Wie Sie schon sagten, die meisten nützlichen Knochen sind nicht hier. Aber es ist ganz sicher ein Erwachsener. Die Epiphysen sind alle geschlossen, die Ossifikation ist abgeschlossen. Allerdings auch kein älterer Mensch; keine offensichtliche Knochenbildung im Bereich der Synovialis und auch kein starker Abrieb des Gelenkknorpels.«

»Ein Erwachsener«, sagte Joly. »Jemand im Alter von sagen wir zwanzig bis sechzig Jahren?«

»Zwanzig bis fünfzig.«

»Ich verstehe.« Er wartete darauf, daß Gideon fortfuhr, doch Gideon hatte nichts mehr hinzuzufügen. »Und das ist alles, was es uns wahrscheinlich sagen wird?« fragte Joly. Das, verriet sein kühler Blick, war nicht die bravouröse Darbietung, die er sich von dem Knochen-Detektiv aus Amerika erwartet hatte. »Gibt es keinerlei Anhaltspunkte bezüglich der Rasse? Des Geschlechtes, der Größe, irgendwelcher unverwechselbarer Charakteristika? Auf die Todesursache...?«

»Sorry«, sagte Gideon mit einer Spur Verärgerung in der Stimme. Polizisten, hatte er gelernt, fielen zu etwa gleichen Teilen in zwei Kategorien: Diejenigen, die Wunder von ihm erwarteten, und diejenigen, die hinter allem nichts als faulen Zauber vermuteten. Joly war ihm nicht wie der Typ vorgekommen, der Wunder erwartete. »Lassen Sie mir ein paar Stunden Zeit, Inspektor. Ich muß diese Knochen hier ausbreiten und sie mir gründlich ansehen.«

»In Ordnung, zwei Stunden. Fleury, Sie kommen mit. Mr. Lau, vielleicht wäre es interessant für Sie, mich zu begleiten? Ich bin sicher«, fügte er, distanziert höflich, hinzu, »es wäre sehr hilfreich.«

John schüttelte den Kopf. »Nicht bei meinem Französisch, ganz sicher nicht. Ich denke, ich bleibe hier unten bei dem Doc. Vielleicht kann ich ja noch was lernen.« Er lachte plötzlich, und Hunderte kleiner Fältchen zogen sich zu oft benutzten Lachfalten um seine schwarzen Augen zusammen. »Könnte sein, daß ich bei dem Vortrag heute das eine oder andere nicht mitgekriegt habe.«

7

Mit geneigtem Kopf schaute John den beiden nach, wie sie die Treppe hinaufgingen. Dann sah er Gideon an. »Er mag mich nicht.«

»Ach, er mag dich schon. Aber du hast ihn wirklich fast genötigt, den ganzen Boden umzugraben.«

»Ja, wahrscheinlich hab ich das, aber, heilige Scheiße...«

»Und wahrscheinlich findet er auch, daß du für einen Cop ein bißchen zu frivol bist.«

»Ich?« sagte John mit aufrichtiger Überraschung. »Frivol?« Er schüttelte seinen Kopf. »Nee, er mag mich einfach nicht. Ich kann das nicht verstehen.«

»Ich gebe zu, es geht über jede Vorstellungskraft weit hinaus«, stimmte Gideon zu und begann die Knochen etwa in ihrer anatomisch richtigen Lage auszubreiten, um zu sehen, was er hatte. Zuerst den Brustkorb. Alles war da: zwölf Paar Rippen, Brustbein, beide Schulterblätter, beide Schlüsselbeine, siebzehn Rükkenwirbel vom fünften Halswirbel bis zum zweiten Lendenwirbel. Der oberste und der unterste Wirbel trugen derbe Furchen; bei der Zerstückelung des Körpers hatte jemand an den offensichtlichen Stellen zugeschlagen – durch den Hals unmittelbar unter dem Kiefer (das heißt, genau zwischen dem fünften und vierten Halswirbel) und durch die fleischige Taille unmittelbar oberhalb der Hüftknochen (zwischen dem vierten und fünften Lendenwirbel).

Er nahm einen losen Wirbel in die Hand, den ersten Lendenwirbel, und ließ seinen Daumen über dessen Unterkante gleiten, dann machte er das gleiche mit dem zweiten. »Aha, hier haben wir was. Sieh dir das an, der Beginn einer Osteoarthrose. Hier, vom Zentrum aus gesehen an der Seite der Synarthrose...«

»Doc...!« Soweit Gideon wußte, gab es nur einen einzigen Umstand, der jemals einen jammernden Unterton in John Laus Stimme brachte.

»Oh, 'tschuldige«, sagte Gideon schnell. »Ich meinte diesen Wulst entlang des Randes, siehst du ihn? Diese Art Wall...«

»Also, wieso hast du das nicht gleich gesagt?« brummte John, wie er es schon viele Male zuvor getan hatte. Er sah den Knochen scharf an und ließ seine Finger über den Rand gleiten. »Okay, ich kann's fühlen ... Ja, genau hier«, sagte er vergnügt. Unduldsam gegenüber medizinischen Fachausdrücken mochte er ja sein und während langer Vorträge auch nicht gerade seine beste Zeit haben, aber er war ein eifriger Schüler, immer interessiert. »Was ist das, Arthritis?«

»Richtig. Die typische Verschleißarthritis, die uns alle früher oder später erwischt. Teil des normalen Alterungsprozesses. Die meisten Menschen merken es ziemlich deutlich im Kreuz, wenn sie auf die vierzig zugehen, und mit zunehmendem Alter wird es immer deutlicher – und auch lästiger.«

»Vierzig«, sagte John ernst, während eine Hand zu seinem eigenen Kreuz wanderte. »Jesus.« Er war einundvierzig, sechs Monate älter als Gideon.

Gideon legte den Knochen wieder zurück. »Da der Wulst sich offenbar gerade erst gebildet hat, würde ich sagen, daß er unter vierzig und über dreißig ist. Vielleicht einunddreißig, dreiunddreißig. Das müßte Joly erfreuen.« Er grinste. »Ich bin nicht sicher, aber der Inspektor ist mit mir wohl auch nicht besonders glücklich.«

John nickte. »Ja, also, für einen Professor bist du auch ganz schön frivol. Wahrscheinlich mag er es nicht, wenn du bei deinem Referat auf dem Tisch sitzt. He, hast du *er* gesagt?«

»Stimmt. Er ist männlich.«

»Und wieso hast du Joly dann gesagt, du würdest das Geschlecht nicht kennen? Und« – seine Augen verengten sich zu schmalen Schlitzen – »hast du uns nicht heute erst gesagt, du könntest keine definitive Aussage über das Geschlecht machen, solange du nicht das Becken hast, oder den Schädel, oder was war das ... den Kopf des Femur ...?«

»Richtig«, sagte Gideon überrascht. »Ich bin tief beeindruckt.«

John zuckte bescheiden mit den Achseln. »Irgendwas muß mich für eine Minute oder so geweckt haben. Aber woher weißt du, daß es ein Mann war?«

Eine berechtigte Frage, aber nicht so leicht zu beantworten. Das Problem bestand darin, daß es zwar schwer zu *begründen* war, daß aber nach fast fünfzehn Jahren Beschäftigung mit dem menschlichen Skelett seine Augen und Fingerspitzen es ihm einfach sagten; dieser traurige Haufen Knochen hatte einmal den Körper eines Mannes getragen, nicht den einer Frau. Aber er konnte Joly nicht so ohne weiteres gegenübertreten und ihm sagen, daß er es einfach wußte – ihm, der auf dem Kongreß so verbissen aufmerksam gewesen war und solche umständlich scharfsinnigen Fragen gestellt hatte, und der sich so regelmäßig

Notizen gemacht hatte, in einer zweifellos ordentlichen und sorgfältigen Handschrift. Es war eine Frage des intuitiven, nicht näher bestimmbaren Gefühles.

John ja, aber nicht Joly.

»Ich weiß es einfach«, sagte er.

John nickte. Auch er hatte mal zu denen gehört, die nur faulen Zauber vermuteten, aber mittlerweile vertraute er Gideons Urteil in Sachen Skeletten fast ebensosehr wie Gideon selbst.

Meistens jedenfalls.

»Doc«, sagte er eine halbe Stunde später, während Gideon über die Bedeutung der perlenartigen Knötchen an den Enden der Rippen nachdachte. Sie erinnerten ihn an irgendwas, doch er war nicht sicher, an was genau. Sie waren etwas, das er schon einmal in Lehrbüchern gesehen hatte. Wie wurden sie noch gleich genannt? Gebetsperlen, oder? Nein, das klang irgendwie nicht richtig.

»Hmh?«

»Bist du mit diesem Teil hier fertig?« Er zeigte auf eine rechteckige, gefurchte Platte an der Vorderseite der Brusthöhle.

»Hm-hmh. Für den Augenblick.«

»Tja, ich denke, du hast was übersehen.«

»Was?« sagte Gideon geistesabwesend, in Gedanken immer noch bei den knochigen Knoten an den Rippen.

»Das hier.« John berührte den flachen Knochen. »Das ist doch das Sternum, richtig? Das Brustbein?«

»Ja, das stimmt«, sagte Gideon verwirrt. »Und?«

»Na, sieh's dir doch mal *an*!«

Gehorsam schaute Gideon. »Was ist damit?«

»Das hier, um Himmels willen!« sagte John. »Willst du mich auf den Arm nehmen, oder was? Der Bursche ist erschossen worden. Sogar *ich* kann das erkennen!«

Gideon, der Johns Ausbrüche an forensischer Begeisterung immer genoß, untersuchte das runde, glatte Loch, in dem jetzt die Spitze des Zeigefingers des Agenten steckte. »Nein«, sagte er ruhig, »das ist das Foramen sterni. Völlig normal.«

»Normal!« John warf Gideon einen seiner alten Scharlatanerie-

Blicke zu. »Ich habe früher auch schon Brustbeine gesehen, weißt du. Die haben keine ›völlig normalen‹ Löcher genau durch die Mitte. Da gibt es überhaupt keine Löcher«, fügte er anklagend hinzu, »in denen, die du uns in St. Malo gezeigt hast.«

»Nein, aber das liegt nur daran, daß die *meisten* Menschen eben keines haben. Das Skelett besitzt eine ganze Menge unterschiedlicher Foramina – im Sternum, im Processus mastoideus, im Stirnbein. Nichts als kleinere Defekte in der Ossifikation, die hin und wieder auftauchen.«

John war für ein paar Sekunden still, sah ihn weiter zweifelnd an. »Ja, vielleicht.« Er gab einen gereizten Laut von sich. »Aber wie kannst du dir so sicher sein? Ich meine, du hast es dir doch noch nicht mal unter einem Vergrößerungsglas oder so angesehen.«

Gideon richtete sich zu seiner vollen Größe auf und schaute John direkt in die Augen. »Braucht der Knochen-Detektiv von Amerika«, fragte er ironisch, »etwa ein Vergrößerungsglas, um ein Foramen sterni zu erkennen, wenn er eins sieht? Sieh dir doch nur an, wie glatt die Ränder des Loches sind. Das beweist doch, daß es ein Entwicklungsdefekt ist. Kugeln hinterlassen keine netten, glatten Löcher. Rund vielleicht, aber nicht glatt.«

»Manchmal schon«, sagte John beharrlich. »Beim Eindringen schon.«

»Nein, tun sie nicht. Sie hinterlassen vielleicht einen gleichmäßigen, abgeschrägten Rand, aber nicht einen so glatten, abgerundeten wie diesen hier. Außerdem« – er schnippte die braunen, zwiebelschalenähnlichen Fetzen Knorpel weg, durch den einige der Rippen immer noch mit dem Brustbein verbunden waren, und drehte es um – »ist es auf der Rückseite genauso glatt. Hast du schon mal so eine Austrittsöffnung gesehen?«

Johns Beharrlichkeit erlahmte schließlich. Er seufzte. »Nein, ich fürchte, wahrscheinlich nicht ... He, warte, könnte es nicht vielleicht eine *verheilte* Schußwunde sein?«

Gideon öffnete seinen Mund, um etwas zu sagen, wurde jedoch unterbrochen.

»Und sag mir jetzt nicht, die würden nicht so aussehen, ganz glatt und rund, weil du nämlich derjenige bist, der mir gezeigt hat, daß sie so aussehen. Und davon abgesehen...« Er bemerkte Gideons Lächeln. »Was gibt's da zu grinsen?«

»Ein verheiltes Einschußloch genau mitten in der Brust?«

»Sicher, warum nicht? Das Herz liegt doch auf der linken Seite, richtig? Daher *könnte* eine Kugel genau durch die Mitte es verfehlen. Sie könnte das Rückenmark und so erwischen, vermute ich, aber ein Mann könnte immer noch weiterleben, oder?« Er schien selbst nicht recht überzeugt zu sein. »Oder nicht?«

»John, das Herz befindet sich in der *Mitte* der Brust. Der größte Teil liegt auf der linken Seite, ja, aber wieviel genau, variiert. Wenn du hundertprozentig sicher sein willst, jemanden ins Herz zu treffen, dann sollte man exakt in die Mitte seiner Brust schießen. Man kann es gar nicht verfehlen. Und wenn du ihm ins Herz schießt, dann stirbt er. Immer.«

»Ja, schon richtig«, brummte John, »aber trotzdem...«

»Wie auch immer, eine verheilte Perforation sieht anders aus, weil sich rundherum knochenartiges Narbengewebe bildet. Die Ränder des Loches werden dicker. So, und dieses Loch hier, wie du selbst sehen kannst...«

»Schon gut, schon gut, vergiß es. Jesus Christus, weißt du eigentlich, wie sehr einem ein Kerl auf die Eier gehen kann, der immerzu recht haben muß?«

»Ich *muß* nicht recht haben, ich *habe* recht«, sagte Gideon gereizt. »Wenn du vielleicht mal wach bleiben würdest bei diesen Vorträgen, zu denen dich das FBI schickt und wofür die eine Stange Geld bezahlen, dann könntest du vielleicht das eine oder andere von diesen Dingen selber wissen.«

»Ja, ja, wenn die nicht so tödlich langweilig wären, daß ich immer einschlafe...«

Sie funkelten sich einen Augenblick lang wütend an und lachten dann lauthals mit der Unbefangenheit alter Freunde, die immer mal wieder über alte Themen stolperten. John reckte sich und sagte: »He, ich sterbe vor Hunger. Wir haben das Mittagessen ganz vergessen, und jetzt ist es schon fast fünf.«

»Schon?« Das war deprimierend. In über einer Stunde hatte er praktisch nichts herausgefunden. »Du, ich muß mal sehen, was ich hier noch finden kann, bevor Joly zurückkommt ... Ich glaube allerdings nicht, daß ich wahnsinnig viel rauskriegen werde.«

»Mach dir deswegen mal keine Sorgen. Du stößt immer auf die seltsamsten Dinge. Joly wird hin und weg sein.«

Aber die Ergebnisse, seltsame oder andere, waren spärlich. Es war beinahe, als hätte ein kluger Mörder, der die aufmerksame Untersuchung eines Anthropologen vorhergesehen hatte, sorgfältig alles beseitigt, das womöglich von Nutzen gewesen wäre. Ohne den Schädel, das Becken oder einen Knochen der Gliedmaßen konnte er nicht mal eine Vermutung bezüglich der Körpergröße und des Gewichtes anstellen.

Nun, eine Vermutung vielleicht doch. Man konnte aufgrund der Länge der Wirbelsäule eine grobe Schätzung bezüglich der Statur abgeben, und die Wirbelsäule hatte er ja – abgesehen von der Kleinigkeit der oberen vier und unteren drei Wirbel. Damit blieben ihm siebzehn von vierundzwanzig, etwas weniger als siebzig Prozent des Gesamten, auf die er Dwights alte Koeffiziententabelle anwenden und so die Körpergröße extrapolieren konnte (»Aus den Fingern saugen«, sagte John, und lag damit nicht so sehr daneben).

Als er damit fertig war, Tasten auf seinem Taschenrechner zu drücken, lautete das Ergebnis 175,31 Zentimeter – ungefähr fünf Fuß, acht Inches, plus minus ein Inch. Das war doch schon mal was. Er stand da, starrte die Knochen an, dachte nach, klopfte mit dem Radiergummi an seinem Bleistift gegen seine Lippen. Sicher, die 175,31 Zentimeter waren wirklich nur unwesentlich mehr als eine grobe Schätzung; er brauchte *alle* Wirbel, oder einen Oberschenkelknochen, oder ein Schienbein, um eine vertretbare Schätzung abgeben zu können. Aber sein geübter Blick, unbelastet von der Erfordernis wissenschaftlicher Vertretbarkeit, sagte ihm, daß er mit 175 Zentimetern nicht weit daneben lag. Das hier war ein feingliedriger Mann gewesen, der höchstens einsfünfundsiebzig groß gewesen war. Und er war zierlich gewesen; die beinahe weibliche Zartheit der Schlüsselbeine und Schulterblätter – die bei muskulösen Männern durch den Zug der Sehnenansätze gefurcht und aufgerauht waren – deutete auf Grazilität, vielleicht sogar Zartheit hin. Unter der Annahme, daß er nicht fettleibig war (Knochen enthielten keinerlei Informationen über Körperfett), dürfte sein Gewicht irgendwo in der Gegend von neunundfünfzig, allerhöchstens vierundsechzig Kilo gelegen haben.

Diese Schlußfolgerungen waren zu wenig stichhaltig, um Inspektor Joly weitergegeben zu werden, der sich exakt nach Ablauf von zwei Stunden wieder sehen ließ, so daß beschämend wenig übrig blieb: Die sterblichen Überreste waren die eines Mannes. (Die Proportionen der Schlüsselbeine, Schulterblätter und des Brustbeines genügten, auch wenn sie für sich allein genommen keine zuverlässigen Indikatoren für das Geschlecht darstellten, um Gideons Intuition glaubwürdig zu stützen.) Das wahrscheinliche Alter lag bei zweiunddreißig bis vierunddreißig Jahren. Die Zerstückelung war an den Schulter-, Hüft-, Hand- und Knöchelgelenken sowie am fünften Hals- und vierten Lendenwirbel mit einem Messer durchgeführt worden.

Nur ein Punkt schien Jolys Interesse zu wecken. »Mit einem Messer«, sagte er. »Meinen Sie das wörtlich? Nicht eine Axt oder ein Hackbeil?«

»Vielleicht war es ein Hackbeil, aber er ist zerschnitten, nicht zerhackt worden. Wenn man den Fuß eines Menschen mit einer Axt abhackt, macht man es natürlich an der dünnsten Stelle des Unterschenkels unmittelbar über der Knöchelwölbung.« Es lief ihm kalt den Rücken hinunter. Was für ein verdammtes Thema für einen einigermaßen ernsthaften, mäßig gelehrten Professor der menschlichen Evolution, um gleichgültig und ungerührt darüber zu plaudern.

»Nun«, fuhr er fort, wobei er sich die größte Mühe gab, diese unprofessionelle Reaktion zu unterdrücken, »diese Wölbung wird nicht durch die Fußknochen verursacht, sondern die Beinknochen sind dafür verantwortlich – genauer gesagt, die unteren Enden des Waden- und Schienbeines –, wenn man also den Fuß an dieser schmalen Stelle abhacken würde, dann würde man die letzten vier, fünf Zentimeter dieser Knochen zusammen mit den Fußknochen erhalten. Aber wir haben hier lediglich die Fußknochen. Genauso verhält es sich bei den anderen Schnitten. Sie wurden ausnahmslos zwischen und um Knochen herum ausgeführt, nicht durch sie. Das kann man allerdings nicht, wenn man eine Axt schwingt.«

Joly strich sich mit einem Finger über die Haut hinter seinem Ohr. »Wissen Sie, einer der Männer dort oben ist Metzger. Er hat damit geprahlt, einmal Medizin studiert zu haben. Sie denken doch nicht...?«

»Einer der Männer dort oben? Das hier ist vor vierzig, fünfzig Jahren passiert.«

»Er war vor vierzig oder fünfzig Jahren hier in der Gegend. Seitdem lebt er nicht mehr hier. Claude Fougeray.« Er sprach den Namen mit bedächtiger, nachdenklicher Betonung aus und wiederholte ihn. »Claude Fougeray. Kein besonders gewinnender Mann.«

»Das hier ist ziemlich ungeschickt gemacht worden«, sagte Gideon. »Nichts deutet auf ein anatomisches Wissen hin.«

»Soweit ich weiß, hat er nur ein oder zwei Jahre studiert.«

»Selbst ein Medizinstudent im ersten Jahr würde etwas Besseres als das hier zustande bringen. Und auch ein Metzger.«

Joly nickte. »In Ordnung. Gibt es sonst noch etwas, das Sie mir sagen können?«

»Im Augenblick nicht, aber ich würde mir die Knochen gern noch einmal genauer anschauen und etwas mehr Instrumente und Werkzeuge mitbringen. Es könnte sich durchaus noch etwas ergeben.«

»Natürlich«, sagte Joly. Er sah nicht übermäßig hoffnungsvoll aus. »Ach, übrigens, unser Monsieur Fougeray hat sein Interesse zum Ausdruck gebracht herunterzukommen, um Ihnen bei der Arbeit zuzusehen. Hätten Sie etwas dagegen?«

»Warum sollte ihn das interessieren?«

»Morbide Neugier, da bin ich ganz sicher, aber er scheint der Ansicht zu sein, daß er sich mit seinen medizinischen Kenntnissen nützlich machen könnte. Er hat ziemlich selbstgefällig betont, daß er schließlich derjenige gewesen wäre, der die Knochen als menschlich diagnostiziert hat.«

Gideon hielt nicht sonderlich viel von dieser Idee, aber ihm fiel kein berechtigter Einwand ein. »Schön, solange er mir nicht im Weg steht.«

»Gut, ich werde es ihm sagen. Ich möchte dabei sein, wenn er kommt.« Er rieb sich forsch die Hände. »So. Die Knochen bleiben hier, der Raum wird versiegelt, bis Montag, wenn unsere Leute aus dem Labor sie abholen werden. Reicht Ihnen das?«

»Sicher, ich werde morgen früh wieder herkommen. Ich habe keine Vorträge und auch keine besonderen Pläne.«

Plötzlich und unerwartet sprang ihm ein Bild von Julie in den Kopf, und beinahe hätte er reuevoll gelächelt. In Frankreich zu sein und nichts Besonderes zu tun zu haben! Noch vor ein paar Jahren wäre es anders gewesen, aber vor ein paar Jahren hatte er Julie auch noch nicht gekannt. Jetzt deprimierte ihn die Vorstellung von herrlichen Anblicken und fabelhaften Mahlzeiten, wenn er sie nicht zusammen mit ihr genießen konnte.

Er wies sich zurecht: ein Mann von vierzig Jahren, der so liebeskrank war, daß die Abwesenheit seiner fröhlichen, lachenden, wunderschönen Frau, die er erst vor wenig mehr als einem Jahr geheiratet hatte, alles grau und langweilig werden ließ. Das konnte er nicht gutheißen; so von jemand anderem abhängig zu sein war psychologisch gesehen das letzte. Aber wie aufregend es doch war, jemanden zu haben, den man so vermißte. Nachdem Nora gestorben war, hatte er vier lange, schwarze Jahre geglaubt, es könnte ihm nie wieder passieren. Aber es war passiert. In der Person einer robusten, hübschen leitenden Parkaufseherin im Olympic National Park.

Auf dieser Reise jetzt war es ihm so richtig klar geworden. Als er zugestimmt hatte, auf diesem Kongreß zu sprechen, hatte es ihm natürlich leid getan, daß sie sich bereits zu einem einwöchigen Seminar für leitende Angestellte des National Park Service im Grand-Canyon-Ausbildungszentrum verpflichtet hatte, doch das hatte seine Vorfreude auf die Freuden Frankreichs nicht getrübt. Und doch war er jetzt hier, dankbar für die Ablenkung durch ein paar von Ratten angefressene, schmutzige alte Knochen in einem feuchten Keller ... und dies obwohl Paris nur ein paar Stunden entfernt war.

Welch absurd pubertäres Gehabe, dachte er stolz. Und jetzt erlaubte er sich ein kleines Lächeln, während John und Joly vor ihm die Kellertreppe hinaufgingen und es nicht sehen konnten.

8

Als die drei den Flur hinunter an der Tür des Salons vorbeigingen, schaute der krummschultrige, lehrerhaft wirkende Mann, der Gideon zuvor angelächelt hatte, aus seinem Sessel auf und zeigte wieder ein zaghaftes, vorsichtiges Lächeln. Erschreckt wurde Gideon klar, daß es nicht jemand war, der wie Ray Schaefer aussah, es war Ray Schaefer. Er erwiderte das Lächeln begeistert, und Ray kam auf den Flur hinaus, um ihm die Hand zu schütteln, wobei er neugierig von den Leuten im Salon beobachtet wurde.

»Ray, ich hab dich vorhin nicht erkannt«, sagte Gideon unnötigerweise. »Du hast dir den Bart abrasiert.«

Ray blinzelte ihn – wie es schien – freudig überrascht an. »Du erinnerst dich an meinen Bart?«

»Klar tue ich das. Er war feuerrot. Du hast wahnsinnig ausgesehen – wie ein Pirat.«

»Na ...!« Ray lachte erfreut und bekam rote Flecken im Gesicht. »Ein Pirat! Naja, aber ... was in aller Welt führt dich in die Bretagne, Gideon?«

»In St. Malo findet ein Kongreß der forensischen Wissenschaften statt. Ray, ich habe das von Guillaume gehört. Ich denke, du weißt, wie leid mir das tut.«

»Nun ja ... so was passiert eben. Er hat es wirklich genossen, dich kennenzulernen, weißt du. Und er war nicht jemand, der mit besonders vielen Leuten gut konnte.«

Gideon stellte John und Joly vor, und alle nickten und lächelten, oder vielleicht lächelte Joly auch wieder nicht ganz.

»Den Inspektor habe ich schon kennengelernt«, sagte Ray. Das betretene Lächeln hielt noch etwas an.

»Wie läuft's an der Northern Cal?« fragte Gideon.

»Oh, bestens, alles bestens. Ja, im kommenden Semester mache ich ein neues Seminar über die Dramatiker der englischen Restauration. Du weißt schon, Etherege, Wycherly, der ganze ausgelassene Haufen. Wer weiß, vielleicht sogar Vanbrugh und Farquhar.«

»Aha«, sagte Gideon.

»Hmh«, sagte John.

»Hmmm«, sagte Joly, blickte seine lange, schmale Nase hinab. »Würden Sie mich jetzt bitte entschuldigen? Wie ich sehe, ist Fleury mit seinem Bericht fertig, und ich möchte ihn noch mit ihm durchgehen.«

Die anderen schauten ihm nach. »Er hat mich zehn Minuten lang verhört«, sagte Ray. »Ich fürchte, er mochte mich nicht besonders.«

»Ja, ja, die Wirkung scheint er auf alle Leute zu haben«, sagte Gideon. »Meine Arbeitshypothese lautet, daß es irgendwas mit seiner Oberlippe zu tun hat.«

»Könnte gut sein«, meinte Ray nachdenklich. »Liest einer von euch zufälligerweise Henry James?«

John schüttelte seinen Kopf. »Nicht mit Absicht.«

»Tja«, sagte Ray, nicht beleidigt, »es gibt da eine Passage in *Bildnis einer Dame*, in der er die Kommunikation mit Caspar Goodwood so beschreibt, als würde man unter einem hohen, schmucklosen Glockenstuhl leben, der hoch über einem aufragt, die Stunden schlägt und ›ein eigentümliches Beben der oberen Luftschichten verursacht.‹« Er lachte. »Erinnert dich das nicht ein bißchen an Inspektor Joly?«

»*Sehr* sogar«, sagte John mit Nachdruck.

Ray sah Gideon glücklich an. »Ich glaube, wir haben uns nicht mehr gesehen, seit du von der Northern Cal gegangen bist. Stimmt das, daß du jetzt mit Julie verheiratet bist?«

»Ja, stimmt. Paß auf, ich komme morgen früh zurück. Warum essen wir nicht zusammen zu Mittag und unterhalten uns dann ein bißchen?«

»Oh, tut mir leid, ich hab, äh, morgen zum Mittag schon was vor.« Ray wurde wieder rot. »Wie wär's mit einem Kaffee, wenn du herkommst?«

»Gut. Neun Uhr?«

»Ausgezeichnet. Laß uns ...«

Eine blasse, blonde Frau mit sanften, zögernden Augen in einem für ihre drei Jahrzehnte viel zu abgekämpften Gesicht kam unauffällig die Treppe herunter und blieb stehen, entsetzt darüber, Fremde anzutreffen.

»Oh! *Pardon* ...« Dann sah sie Ray, und es kam Leben in ihr Gesicht. »Raymond.« Sie sagte es mit einem leichten Beben in der Stimme, benutzte die herrlich perlende französische Aussprache. Plötzlich sah sie gar nicht mehr so farblos aus.

»Na so was, Claire«, sagte Ray. Seine hängenden Schultern hatten sich in dem Augenblick gestrafft, sobald er sie sah. Er zupfte lässig, aber wirkungslos an den Enden seiner Fliege und warf den beiden Männern einen kurzen stolzen Blick zu, bevor er zu ihr ging und ihre Hand nahm.

»Claire Fougeray«, verkündete er verlegen. »Gideon Oliver und John Lau. John und Gideon, Mademoiselle Claire Fougeray.« Er strahlte und zappelte nervös herum.

Das, dachte Gideon interessiert, erklärt zufriedenstellend die Sache mit dem Mittagessen. Er war aufrichtig überrascht; schon vor langer Zeit hatte er die Aussichten seines braven, unscheinbaren und ... nun, vorsichtig ausgedrückt, ein wenig trockenen Kollegen auf eine Romanze abgeschrieben, aber jetzt sah es, glücklicherweise, ganz so aus, als hätte er sich geirrt. Er lächelte die beiden an. »Ich freue mich, Sie kennenzulernen, Mademoiselle«, sagte er und meinte es auch so.

Ray trat zufrieden zurück, während sie sich die Hände schüttelten. »Oh«, sagte er plötzlich mit einem weiteren Lächeln. »Und das hier ist mein Onkel, Ben Butts.«

»Cousin«, sagte der blauäugige Mann mit den grauen Haaren

und dem leichten texanischen Akzent, der ebenfalls aus dem Salon auf den Flur hinausgekommen war. »Das heißt, der Mann seiner Cousine. Aber das will der Junge hier einfach nicht wahrhaben.« Er grinste und drückte liebevoll Rays Nacken. »Paß auf, da drinnen sterben alle fast schon vor Neugier, aber keiner hat den Mumm, rauszukommen und es zuzugeben. Warum bringst du deine Freunde nicht mit rein und erzählst uns, was da unten im Keller los ist, statt hier draußen darüber zu tuscheln?«

»Aber darüber haben wir überhaupt nicht gesprochen«, sagte Ray.

»Auch gut«, sagte Ben freundlich, »dann lad sie doch wenigstens ein, Platz zu nehmen und ein Gläschen mit uns zu trinken. Nach zwei Stunden da unten können sie wahrscheinlich einen vertragen.«

»Klingt nicht schlecht«, meinte John, auch Gideon war einverstanden.

»Oh...«, sagte Claire, zog sich zurück. »Ich muß gehen. Ich kann nicht bleiben...«

»Stell dich nicht so an, Honey«, sagte Ben freundlich. »Kein Mensch da drin wird dir was tun...«

Aber mit einer gemurmelten Entschuldigung war sie fort, lief schnell wieder die Treppe hinauf.

Ben schaute ihr mit einem Seufzer nach und wechselte einen besorgten Blick mit Ray. »Ich wünschte mir wirklich, wir könnten das Mädchen soweit bringen, daß sie ein bißchen aus ihrem Schneckenhaus herauskommt. Ich fürchte, wir haben hier im alten *Manoir* ein paar Spannungen«, sagte er zu John und Gideon, »wie es in allen normalen Familien eben so ist. Ray, hab ich dir eigentlich schon mal erzählt, was mein Onkel Beau Will'm immer über die liebe Verwandtschaft gesagt hat?«

»Nein«, erwiderte Ray und begann zu lächeln, »ich glaube, das hast du noch nie erzählt.«

»Also, mein Onkel Beau Will'm«, sagte Ben, verfiel in den schleppenden osttexanischen Dialekt, »das heißt, mein Onkel Beau, der mit Essie, der Schwester von meiner Mutter, verheiratet war, er hat immer gesagt: Ist überhaupt kein Problem, Frieden in der Verwandtschaft zu halten, solange du nur nicht den Fehler machst, sie alle gleichzeitig zusammenzubringen.«

Während sie lachten, führte Ben sie in den Salon, und Gideon hatte Gelegenheit, sich das Zimmer zum ersten Mal richtig ansehen zu können. Genau hier hatten er und Guillaume bei Kaffee und Cognac ihre lebhafte Diskussion geführt, dabei beobachtet von einem verwunderten, aber amüsierten Ray. Alles war noch genau, wie er es in Erinnerung hatte: die hohe Decke mit den verzogenen, orange gestrichenen Balken, der derbe schmiedeeiserne Kronleuchter mit seinen anachronistischen kleinen Glühbirnen in der Form von Kerzen, der große Louis-XIV-Tisch in der Mitte, die staksigen Gummibäume, die durch Alter braun gewordenen Gobelins mit kaum noch erkennbaren Hirschen und berockten Jägern. Irgendwie schien es nicht richtig zu sein, daß sich nichts daran geändert hatte, während der vitale und scharfsinnige Guillaume, der das Herz des ganzen Hauses gewesen zu sein schien, der allem erst Leben eingehaucht hatte, tot sein sollte. Tatsächlich kamen ihm die Leute in diesem Raum – die ihnen von Ray als Bens Frau Sophie und Mathilde und René und Jules du Rocher vorgestellt wurden –, noch bevor er mit ihnen gesprochen hatte, wie Eindringlinge vor, die kein Recht besaßen, hier zu sein. Ben hatte recht, fand er; er konnte wirklich einen Drink gebrauchen. Und auch was zu essen.

Die liebenswürdige Sophie Butts schaffte es schnell, daß er sich weniger unwohl und befangen fühlte. Die leicht ergraute Frau mit ihrem offenen, männlich wirkenden Gesicht rutschte mit einem Lächeln auf der Couch ein Stück zur Seite und klopfte auf den freien Platz neben sich.

»*Bonsoir, Madame*«, sagte er höflich zu Mathilde, die ihm erklärte, daß er ruhig weiterhin Englisch sprechen könne. Sie und ihr Mann hätten viele Jahre in London gelebt; Jules war dort geboren. Seit Guillaumes Tod war Französisch auf Rochebonne tatsächlich fast nur noch verwendet worden, wenn die Dienerschaft angesprochen wurde ... oder gewisse entfernte Verwandte, denen es schwerfiel, Englisch zu verstehen.

Innerhalb weniger Minuten hatte Marcel, der genauso unergründlich und schweigsam war wie vor zwei Jahren (erkannte er Gideon wieder? – unmöglich zu sagen), Dubonnets für ihn und John gebracht, und während der nächsten zwanzig Minuten beantwortete Gideon, in kleinen Schlucken trinkend und seine Hors d'œuvres mampfend, Fragen über die Knochen im Keller.

»Und er ist wirklich *geköpft* worden?« fragte Jules du Rocher. »Und ihm sind Hände und Füße abgeschnitten worden?« Der aufgedunsene Jules legte ein morbides Interesse an den blutrünstigeren Aspekten des Falles an den Tag. Seine kleinen Augen glitzerten, und er schien ganz sein angebissenes Lachs-und-Oliven-Kanapee vergessen zu haben, das er seit einigen Minuten in der Hand hielt.

»Nun, ja, die Leiche wurde zerteilt«, sagte Gideon, der ihn dabei voller Abneigung ansah.

»Faszinierend«, sagte Mathilde, die ganz offensichtlich die Sensationsgier ihres Sohnes nicht teilte.

»Aber wer war es?« fragte René. »Und wieso in aller Welt ist er im Keller vergraben worden? Wer hat ihn getötet?«

Gideon zuckte mit den Achseln. »Das wird die Polizei herausfinden müssen. Ich kann nur hoffen, ihnen eine Beschreibung zu liefern, die vielleicht weiterhelfen kann. Und bislang habe ich noch nichts Nützliches anzubieten.« Hier antwortete er ein bißchen ausweichend, aber es schien ihm keine gute Idee zu sein, auch noch die wenigen konkreteren Schlußfolgerungen, zu denen er gelangt war, hinauszuposaunen. »Aber vielleicht kann ich morgen ein bißchen mehr herausfinden.«

»Wie denn?« fragte Jules. »Was können Sie noch tun, das Sie bislang noch nicht getan haben?« Während er sprach, fuchtelte er mit einer Hand vor seinem Gesicht herum, bemerkte mit sichtlicher Überraschung das Kanapee und stopfte es sich schnell in den Mund, schob es die letzten vier, fünf Zentimeter mit seinem fetten Daumen hinein.

»Jules!« flüsterte Mathilde.

»Tja«, sagte Gideon, »natürlich sucht die Polizei noch nach weiteren Knochen, und wenn sie das Becken oder den Schädel finden, könnten wir davon ausgehend eine ganze Menge sagen. Trotzdem, selbst wenn dem nicht so sein sollte, könnte sich bei genauerer Untersuchung vielleicht, äh, irgendeine alte Verletzung wie zum Beispiel ein verheilter Bruch finden, der möglicherweise für eine Identifizierung hilfreich ist ... Oder vielleicht auch Hinweise auf eine Krankheit, ja sogar eine Kinderkrankheit...«

»Eine Kinderkrankheit?« wiederholte Ben. »Können Sie so was wirklich aus den Knochen erkennen?«

»Kommt ganz auf die Krankheit an«, sagte Gideon, der die Frage genutzt hatte, schnell ein kleines Dreieck geräucherte Forelle auf Toast zu verschlingen. Er achtete darauf, es nicht mit dem Daumen in den Mund zu schieben. »Eine Menge Krankheiten hinterlassen permanente Spuren auf dem Skelett: TB, Rachitis, Kinderlähmung ... Und außerdem können Spuren von Operationen zu finden sein ... äh, sagen wir mal, bei einer Mastoiditis.«

Er vertilgte einen mit Shrimps und Eiern verzierten Cracker, während sie das verdauten. John, bemerkte er neidisch, verputzte die Kanapees in erheblich gleichmäßigerem Tempo, da er von keiner Unterhaltung behindert wurde.

Als Beatrice zum Abendessen rief, lud Mathilde, die aussah, als hätte sie gehofft, diese peinliche Situation vermeiden zu können, John und Gideon wenig begeistert ein, mit ihnen zu dinieren. Als sie ablehnten und sagten, sie würden in ein paar Minuten mit Joly wieder aufbrechen, drückte sie ihr Bedauern mit einem herzlich aufrichtigen Lächeln aus und verschwand ins Eßzimmer, gefolgt von allen anderen außer Jules, der in der Hoffnung auf weitere grausige Details in seinem Sessel sitzenblieb.

»Dr. Oliver? Monsieur Lau?« Es war Joly, der in der Tür stand und dieses Fraternisieren mit der Familie eindeutig mißbilligte. »Ich denke, wir können jetzt gehen, bitte.«

An der Tür drehte er sich zu Jules um. »Ach, Monsieur ... Ich habe Monsieur Fougeray schon eine Weile nicht gesehen. Vielleicht wären Sie so freundlich ihm auszurichten, daß er sich morgen um zehn Uhr die Knochen gerne anschauen kann?«

Jules straffte seinen schlaffen Körper und reckte sein rudimentäres Kinn. »Ich werde mich darum kümmern«, sagte er unterkühlt, »daß Marcel ihn informiert.«

»Ein Nazi – *was?*« fragte John. Dieses Mal saß er auf dem Vordersitz und Gideon hinten, als Joly sie zurück nach St. Malo fuhr.

»Obersturmbannführer«, erwiderte Joly, bog von der Schotterstraße auf die Landstraße ein. »Das entspricht einem Oberstleutnant. SS-Obersturmbannführer Helmut Kassel. Sie erinnern sich an die Hinrichtungen in Ploujean, von denen ich bereits erzählt habe? Sie unterstanden seinem Befehl. Und unter den Toten befand sich ein gewisser Alain du Rocher, der, wenn man nach den Leuten in diesem Haus geht, einer der wenigen Menschen auf dieser Erde war, die verdammt nah an einen Engel herankommen.«

Er schob seine Lippen vor, um die Gitane aufzunehmen, die er gerade am Armaturenbrett angezündet hatte. »Vielleicht war er das ja auch. Jedenfalls, nach ihren Aussagen, hat Guillaume du Rocher – Ihr alter Freund, Dr. Oliver – den Nazi als Vergeltung für den Tod seines Cousins ermordet. Es besteht kein Zweifel daran, daß Kassel im Oktober 1942 spurlos verschwunden ist. Ich denke, daß wir jetzt guten Grund zu der Annahme haben, daß Guillaume ...«

»... ihn im Keller vergraben hat«, sagte John.

»So sieht es aus. Niemand scheint mit Sicherheit zu wissen, was mit der Leiche gemacht wurde, und Guillaume, das sagen sie mir wenigstens, hat seit über vierzig Jahren nicht mehr darüber geredet. Er hat Ihnen gegenüber nicht zufälligerweise etwas davon erwähnt, Dr. Oliver?«

»Kein Wort. Ich war nur für ein paar Tage hier. Wir haben uns über phylogenetische Beziehungen zwischen den Hominiden des mittleren Pleistozän und den westlichen Neandertalern unterhalten.«

»Ist nicht dein Ernst!« sagte John. »Das muß ja wirklich ein Knaller gewesen sein. Tut mir richtig leid, daß ich nicht dabeiwar.«

Es *war* ein Knaller, erinnerte sich Gideon. Später hatte der alte Mann ihm erzählt, daß er seit Jahren einen Abend nicht mehr so genossen hatte, und Gideon hatte ihm geglaubt. Er dachte wieder über Guillaume nach, starrte mit leerem Blick auf die grellen Scheinwerfer der Lastwagen auf ihrem nächtlichen Weg nach Rennes. »Inspektor«, sagte er, »wissen Sie zufälligerweise, was genau Guillaume zugestoßen ist?«

»Er ist in der Flut ertrunken.«

»Ja, aber wissen Sie, wie es passiert ist? Hatte er irgendeinen Anfall? Einen Infarkt?«

»Nein, ich glaube nicht. Er war ziemlich weit draußen und hat Muscheln gesammelt, und er hat die nahende Flut erst registriert, als es schon zu spät war, noch an Land zurückzukehren. Als er zu laufen begann, ist er in Treibsand geraten. Es ist wirklich sehr tückisch dort draußen.«

»Hm.«

»Was genau beschäftigt Sie?« fragte Joly nach einer Weile.

»Es ist nur, daß er auf mich eigentlich nicht den Eindruck eines Mannes gemacht hat, der dort hinausgeht und nicht ganz genau weiß, wann die Flut kommt und exakt wann er sich wieder auf den Rückweg machen müßte. Die Gezeiten haben ihn fasziniert. Er hatte da so eine Theorie über halbjährliche Zyklen, und er besaß Gezeitentabellen, die über zig Jahre zurückreichen.«

»Wann haben Sie ihn gesehen?«

»Vor ungefähr zwei Jahren.«

»Ah. Nun, soweit ich das verstanden habe, hat sich sein Gesundheitszustand seitdem verschlechtert; seine Konzentrationsfähigkeit übrigens auch, wie ich leider sagen muß. Es könnte gut sein, daß er einiges ein wenig durcheinandergebracht hat.«

»Ja, das vermute ich auch«, sagte Gideon wenig überzeugt. »Aber trotzdem ...«

»Dr. Oliver«, sagte Joly energisch, »ich kann Ihnen versichern, daß keinerlei ungeklärte Fragen im Zusammenhang mit Guillaume du Rochers Tod bestehen. Er ist einfach von der Flut überrascht worden. Ein halbes Dutzend Zeugen haben es beobachtet, einer davon mit einem Feldstecher. Später wurde seine

Leiche bis zu den Hüften in Sand begraben gefunden. Das ist auch früher schon viele, viele Male passiert, und es wird wieder passieren. Die Bucht ist berühmt dafür.«

»Ja, schätze, Sie haben wohl recht.«

John drehte sich um. »Okay, Doc, wie lautet deine Theorie?«

»Ich habe keine«, sagte Gideon wahrheitsgetreu. »Es ist nur, daß ... verdammt, es klingt irgendwie nicht richtig.«

»Vielleicht wären wir besser beraten«, sagte Joly entschieden, »wenn wir über *den* Fall diskutieren würden, mit dem wir uns gerade beschäftigen – das Skelett im Keller. Mehrere Personen im *Manoir* erinnern sich an Kassel; ihre Beschreibungen ergänzen sich gegenseitig, und ich hoffe, daß unsere Ermittlung sie ebenfalls bestätigen wird: ein großer, kräftiger Mann, dem Aussehen nach sehr arisch ...«

»*Was?*«

Jolys kalte Augen zuckten im Rückspiegel zu ihm. »Pardon? Habe ich irgend etwas gesagt ...? Ach, natürlich. Ihnen ist es lieber, nicht zu wissen, wer derjenige ist, den Sie zu identifizieren versuchen. Ich entschuldige mich. Sie haben uns das am ersten Tag Ihres Seminares gesagt.«

»Tja, das stimmt schon. Bei der forensischen Anthropologie ist es wie bei allem anderen auch. Man tendiert dazu, genau das zu finden, wonach man sucht. Aber ...«

»Trotzdem, da es praktisch sicher ist, daß wir es hier mit Herrn Kassels Knochen zu tun haben ...« Wieder warf er Gideon einen kurzen Blick zu. »Sie glauben das nicht?«

Er fragte es durchaus höflich, aber selbst in dem kleinen Spiegel war der leidende Ausdruck in Jolys Augen unübersehbar: Was habe ich nur getan, daß es Gott für angebracht gehalten hat, mich mit diesem schwierigen Mann zu schlagen?

»Ich glaube nicht«, sagte Gideon, und erzählte ihm ganz offen von seinen Berechnungen bezüglich Körpergröße und Gewicht. »Einsfünfundsiebzig groß, höchstens. Vierundsechzig Kilo, höchstens. Es ist völlig unmöglich, daß jemand ihn für ›groß und kräftig‹ halten könnte, Inspektor.«

Ohne große Freude dachte Joly darüber nach. »Vergessen Sie

die psychologische Komponente bitte nicht, Dr. Oliver. Wir haben es hier mit fünfundvierzig Jahre alten Erinnerungen zu tun. Ist es da nicht sehr wahrscheinlich, daß sich mit der Zeit das Bild dieses gefürchteten, mächtigen Kommandanten in den Köpfen der Leute zu etwas noch Furchterregenderem verzerrt hat, als er in Wirklichkeit war?«

»Das stimmt«, sagte John, ausnahmsweise mal auf Jolys Seite.

»Sicher, aber dieser Bursche hatte eine Statur ungefähr wie Ray Schaefer. Glaubst du, daß selbst fünfundvierzig Jahre eine solche Statur zu der eines arischen Supermanns verzerren könnten?«

»Ja, aber vergiß bitte nicht, was du über den Daumen gepeilt oder aus den Fingern gesogen hast, Doc«, warf John ein. »Unten im Keller hast du selbst gesagt, du wärst dir nicht absolut sicher, was Größe und Gewicht angeht, oder?«

»Ich habe nicht gesagt, ich wäre mir nicht sicher, ich sagte nur, die Indikatoren lieferten keine zwingenden Daten.«

»Ach, die Indikatoren lieferten keine ... Tja, das ist natürlich was anderes. Das ist eine völlig andere Sache. Tschuldigung.«

Gideon seufzte. »Okay, okay, du hast ja recht. Ich kann es nicht beweisen, aber mein Bauch sagt mir, daß dies ein kleiner Bursche war, kein großer. Ist das besser?«

John legte einen Ellbogen über die Rückenlehne des Sitzes und drehte sich um. Seine dunklen Augen sahen ihn groß an. »Habe ich *recht*?«

»Im Prinzip.«

»Ach, im Prinzip.« Er drehte sich wieder nach vorn und nickte traurig. »Da war ich doch gerade mal einen Moment lang ziemlich fertig. Ich dachte schon, ich hätte einfach mal recht.«

Falls Joly diesen Wortwechsel amüsant fand, ließ er es sich zumindest nicht anmerken. »Dr. Oliver, ich habe offen gestanden den Eindruck, Sie machen hier Obstruktion ...«

»Obstruktion?« wiederholte Gideon gekränkt. »Sie haben mich um meine Meinung gebeten, und genau die habe ich Ihnen auch gesagt. Wenn es für Sie bereits entschieden ist, um wen es sich bei diesem Skelett handelt, dann brauchen Sie nicht ...«

»Nein, nein, verzeihen Sie«, sagte Joly hastig. »So habe ich das nicht gemeint. Ich hatte einfach nur den Eindruck, daß angesichts all der uns zur Verfügung stehenden Informationen, die darauf hinweisen, daß es Kassel ist ... Nun, ich frage mich, ob das zu Ihrem *modus operandi* gehört, eine gewisse Skepsis, ein Bedürfnis, das Naheliegende in Frage zu stellen, das Einfache kompliziert zu machen...«

»Und zwar *stän-dig!*« sagte John vergnügt. »Genau das ist sein Modus. Und so ist er der Knochen-Detektiv von Amerika geworden.«

Der Blick, den Joly ihm jetzt zuwarf, machte unmißverständlich klar, daß er genau wußte, wann er auf den Arm genommen wurde, und daß es ihn ganz und gar nicht amüsierte. Er stieß Rauch durch seine lange Nase aus und drückte seine Zigarette im Aschenbecher aus. »Vielleicht werden wir morgen mehr wissen«, sagte er kurz angebunden. »Natürlich werde ich den restlichen Keller auch noch umgraben lassen.«

»Natürlich«, sagte John und hielt klugerweise seinen Mund.

Jeder mit seinen eigenen Gedanken beschäftigt, schwiegen sie, bis Joly mit dem blauen Renault an der Ausfahrt nach St. Malo von der N 137 abbog.

9

Gideon gehörte zu den Menschen, die zu einer bestimmten Uhrzeit aufwachen konnten, ohne sich einen Wecker stellen zu müssen, aber es war ein Instinkt, dem er niemals völlig vertraute. Deswegen stellte er zwar für gewöhnlich vor dem Zubettgehen einen Wecker, wachte aber stets zehn Minuten, bevor dieser losging, auf, konnte somit den Knopf runterschlagen und wenigstens vermeiden, durch das schreckliche Klingeln aus dem Schlaf gerissen zu werden. So verlor er allerdings auch zehn Minuten zusätzlichen Schlafs, den er zu dieser Zeit von ganzem Herzen gern noch gehabt hätte. Das war eines dieser kleinen Probleme, an deren Lösung er noch arbeiten mußte.

Aber am folgenden Morgen war er überrascht, als er tatsächlich vom Klingeln aus dem Schlaf gerissen wurde. Er knallte seine Hand zweimal auf den Knopf, bevor ihm klar wurde, daß es das Telefon war. Mit geschlossenen Augen und rasendem Puls tastete er nach dem Hörer. Er mochte keine Anrufe mitten in der Nacht; auf diese Weise hatte er erfahren, daß Nora tot war. Als er noch herumtastete, sah er die Uhrzeit auf dem leuchtenden Zifferblatt und beruhigte sich wieder: zehn nach sieben. Doch nicht mitten in der Nacht. Trotzdem, immer noch verdammt früh.

Er knurrte irgendwas in den Hörer.

»O-oh, hört sich ganz so an, als wäre er noch nicht gefüttert worden. Ich hab dich doch nicht geweckt, oder?«

»Julie?« Er lächelte und ließ sich auf das Kopfkissen zurücksinken, schloß seine Augen wieder, ließ ihre Stimme über sich wegspülen. »Ich liebe dich.«

Er hatte sie in den fünf Tagen, die er schon in Frankreich war, bereits zweimal angerufen. Jedesmal hatten sie fast eine ganze Stunde geredet und gelacht, wie zwei verknallte Teenager. Bislang hatte er noch nicht den Mut gehabt, sich nach seiner Telefonrechnung zu erkundigen.

»Ich liebe dich auch. Ich vermisse dich schrecklich. Wann kommst du zurück?«

»Mittwoch. Das sage ich dir doch immer wieder.«

»Ich weiß. Aber ich hör's eben immer wieder gern. Noch vier Tage.« Sie seufzte. »Immer noch ganz schön lange.«

»Hmmm, ich freue mich, daß du mich vermißt. Bist du jetzt zu Hause? Wie war dein Seminar?«

»Ich bin vor einer Stunde aus Arizona zurückgekommen. Und jetzt weiß ich alles über effektives Parkmanagement. Es kommt einfach nur darauf an, ein Klima zu schaffen, das der Maximierung von Kooperation innerhalb der Gruppe förderlich ist.«

»Ich dachte immer, es hätte irgendwas mit Planung, Delegieren von Aufgaben und solchen Sachen zu tun.«

»Das beweist nur, daß du überhaupt nicht auf dem laufenden bist. Apropos, wie läuft's in St. Malo? Immer noch ziemlich langweilig?«

»Eigentlich nicht. Du erinnerst dich an Guillaume du Rocher, den ich mal erwähnt habe? Sie haben in seinem Keller ein zerstückeltes Skelett gefunden, und die Polizei hat mich um meinen Rat gebeten. Was gibt's da zu lachen?«

»Es ist wirklich erstaunlich. So was passiert dir immer wieder, stimmt's? Okay, dann erzähl mir von deinem zerstückelten Skelett.« Er konnte es ihrer Stimme anhören, daß sie es sich jetzt bequem machte.

Er ging die Sache kurz durch. »Jeder«, schloß er, »ist davon überzeugt, daß es dieser SS-Offizier Kassel ist, den Guillaume 1942 getötet hat. Selbst John glaubt das. Aber ich bin mir genauso absolut sicher, daß er es nicht ist. Vielleicht finde ich heute mehr heraus.«

»Was hat denn dein Freund Guillaume dazu zu sagen?«

»Guillaume ist tot. Er ist am Montag ertrunken, am gleichen Tag, als ich hier angekommen bin. Die Beerdigung war vor ein paar Tagen.«

»Oh, das tut mir leid, Gideon. Ich weiß, daß du ihn gemocht hast.« Einen Augenblick lang sagte sie nichts mehr. »Kommt dir da nicht auch irgendwas komisch vor?«

Überrascht sprangen seine Augen auf. »Und ob, aber wie kommst du darauf?«

»Tja, ich dachte nur gerade so ... Es ist schon ein schrecklich großer Zufall. Da liegt eine Leiche vierzig oder fünfzig Jahre lang unter dem Haus versteckt. Und als sie dann schließlich gefunden wird, stellt sich heraus, daß die Person, die es angeblich getan hat, am Tag zuvor beerdigt wurde. Wie praktisch.«

»Weißt du, da ist was dran«, sagte er bewundernd. »Daran habe ich noch gar nicht gedacht.«

»Die Knochen sind gefunden worden«, fuhr Julie fort, »das Opfer wurde identifiziert, der Mörder wurde identifiziert, und damit ist der Fall geklärt – und alles an einem einzigen Tag. Nur daß die einzige Person, die all dies bestätigen oder – ich möchte wetten – widersprechen könnte, gerade eben gestorben ist. Und daran hast du noch nie gedacht?«

»Nein.«

»Du läßt nach, Dr. Oliver. Ich glaube, die Ehe hat dich verweichlicht. Wenn du zurück bist, werde ich dafür sorgen, daß du nicht ganz so zufrieden bist.«

»Versuch's nur«, sagte er, streckte sich dann bequemer auf seinem Rücken aus und machte sich an die süße, ernste Aufgabe, ihr zu sagen, wie sehr er sie vermißte. Und wie er ihr das beweisen würde, wenn er erst wieder zu Hause wäre.

Eine Stunde später, während John jammernd zu Professor Wuorinens letztem Vortrag ging (›Das Eindringen von Calliphoridaelarven in zwei bis vier Wochen alte, noch nicht bestattete Leichen.‹ *Viele anschauliche Farb-Dias)*, wurde Gideon von einem modisch gekleideten, ernsthaften jungen Mann mit roten Haaren und dicken Absätzen, der sich als Sergeant Denis vorstellte, im Hotel abgeholt und zum *manoir* hinausgefahren. Ray kam ihnen an der schweren Eichentür entgegen und lud Denis höflich ein, mit ihnen eine Tasse Kaffee zu trinken.

»Nein, vielen Dank, Monsieur«, sagte Denis so energisch, als hätte Ray ihm einen doppelten Weinbrand vorgeschlagen. Er machte eine Verbeugung à la Joly und ging, um das Polizeisiegel an der Kellertür aufzubrechen und die Handwerker an die Arbeit zu schicken.

»Tja, setzen wir uns doch«, sagte Ray. »Ich habe Beatrice gebeten, uns Kaffee zu bringen.«

Mit etwas Glück würde Beatrice Rays Bitte nicht zu wörtlich nehmen; Gideon war völlig ausgehungert, obwohl er um acht im Restaurant des Hotels gefrühstückt hatte. So köstlich das aus Croissants, Brötchen und *Café au lait* bestehende französische *petit déjeuner* auch war, es hielt allerhöchstens anderthalb Stunden vor. Die Franzosen, denen das natürlich völlig klar war, frühstückten daher häufig vormittags noch einmal, um es bis zum Mittagessen durchzuhalten, und wenn Beatrice ihm irgend etwas in dieser Richtung anbieten sollte, dann würde er ganz sicher nicht nein sagen.

In der Fensternische des Salons saßen die gleichen Leute, die er bereits am Abend zuvor kennengelernt hatte; als wären sie die ganze Nacht dort gewesen und lediglich kurz aufgestanden, um die Kleider zu wechseln. Jetzt allerdings waren sie dabei, ein üppiges Frühstück zu verputzen, und Beatrices Croissants sahen erheblich besser aus als die im *Terminus*.

Ray und Gideon gingen vorbei an der Gruppe, die in ein Gespräch vertieft war (mit Ausnahme von Jules, der Croissants in sich hineinstopfte, so schnell er sie mit Marmelade und Butter bestreichen konnte), auf zwei Sessel in der anderen Ecke des Raumes zu, doch René winkte sie mit einem liebenswürdigen Lächeln herüber. Es gab keine höflichen Ausflüchte. Sie sahen sich an, zuckten mit den Achseln und gingen zu den anderen. Dieses Mal war es Ben, der seinen Stuhl verschob, um ihnen Platz zu machen.

Beatrice kam gleichzeitig mit ihnen dort an, und glücklicherweise hatte sie seinen guten Appetit nicht vergessen. Bei den dampfenden Krügen Milch und Kaffee befanden sich auch noch zwei Körbe; einer mit Croissants und der andere mit Brötchen, beides warm und köstlich duftend – die mit Abstand beste Mischung von Düften in ganz Frankreich. Vielleicht sogar auf der ganzen Welt.

»Wir haben Ihr Rätsel für Sie gelöst«, verkündete René lebhaft und mit roten Wangen.

»Ach?«

»Obersturmbannführer Kassel von der SS. Genau der ist es. Er muß es sein.«

»Ja, ich habe schon von ihm gehört.« Gideon schaute nach unten, um ein Brötchen aufzuschneiden. »Sagen Sie, können Sie sich noch erinnern, wie er ausgesehen hat?«

»Das werde ich nie vergessen.« Der Schatten einer Wolke huschte über Renés ausdrucksloses Gesicht. »Niemand, der hier war, als die Schwierigkeiten anfingen, könnte ihn vergessen. Sehr attraktiv, auf diese deutsche Art. Sehr kalt, sehr arisch. Ein blonder Hüne ...«

»Wissen Sie«, bemerkte Ben, »vielleicht übertreiben Sie diese Sache von wegen ›hünenhaft‹ ein bißchen, und das könnte Gideon vielleicht irreführen. Sie waren damals ja noch ein Kind, und für ein Kind sehen alle Erwachsenen riesig und stark aus.«

»René war sechzehn«, sagte Mathilde. »Das war in jenen Tagen kein Kind mehr. Und außerdem, auch ich erinnere mich noch sehr gut an den SS-Mann. Und ich war ... etwas älter.« Nach einem Augenblick fügte sie hinzu: »Damals.« Nur für den Fall, daß jemand meinte, es wäre immer noch so.

»Nun, was ist mit diesen Knochen, Gideon?« fragte Sophie. »Passen sie zu der Beschreibung, oder haben Sie nicht genug, um etwas sagen zu können?«

Er zögerte. Er hatte mehr als genug, um etwas sagen zu können, und nein, es paßte nicht zu der Beschreibung, was auch immer Joly denken mochte. Doch als jemand in den Salon kam, wurde ihm eine ausweichende Antwort auf diese Frage erspart. Sechs Augenpaare drehten sich mit unverhohlener Feindseligkeit in die Richtung des Neuankömmlings. Selbst Ray, der Gideons Erfahrung nach wirklich weder schnell noch oft finstere Blicke warf, brachte einen recht glaubhaften zustande.

»Claires Vater«, flüsterte Ray ihm zu. Gideon, der mit dem Rücken zur Tür saß, drehte sich aus reiner Neugier um.

Claude Fougeray war, wie Joly bereits gesagt hatte, kein besonders gewinnender Mann, wenigstens nicht äußerlich. Stiernackig und gedrungen, Streitlust ausstrahlend, blieb er in der Tür stehen, um die kollektive Feindseligkeit mit einem glotzenden, boshaften Starren zu erwidern. Dann knurrte er ein häßliches Lachen und ging an ihnen vorbei in das leere Eßzimmer.

Meine Güte, wenn das Claires Vater war, kein Wunder, daß ihre Augen diesen gequälten Ausdruck hatten.

Im Salon war jede Unterhaltung verstummt, so daß das Klirren von Karaffe gegen Weinglas im anderen Raum deutlich zu hören war, dann das hohle Plätschern von Flüssigkeit, die eingeschenkt wurde, und sogar die drei gierigen Schlucke, die darauf folgten. Dann ein weiteres halb geknurrtes, verächtliches Lachen, und der ganze Vorgang wiederholte sich: Klirr, plätscher, gluck, gluck, gluck. Und wieder Klirr ... Gideon schüttelte sich. Es war Viertel nach neun morgens.

»Sag mal, René«, sagte Sophie, wobei ihre Stimme fröhlicher und lauter klang als zuvor, »was werden du und Mathilde demnächst tun? Wirst du deinen Job in Deutschland aufgeben, umziehen und hier im *manoir* leben?«

»Nun«, sagte René, »wir haben noch nicht...«

»Natürlich werden wir«, sagte Mathilde. »Es dauert aber vielleicht ein paar Wochen, um unsere Angelegenheiten in Ordnung zu bringen. Ohne ein Auto ist es allerdings im Moment etwas schwierig. Guillaumes Citroën steht immer noch auf dem Parkplatz am Mont St. Michel, weißt du. Ich hatte gehofft, Raymond, daß du vielleicht dort vorbeigehen und ihn holen könntest.«

»Den Wagen? Ja, sicher. Aber wie soll ich hinkommen?«

»Du nimmst natürlich den Wagen von jemand anderem.«

»Aber es hat doch hier sonst keiner einen Wagen, meine Liebe«, sagte René. »Marcel hat alle vom Flughafen oder Bahnhof in Dinan abgeholt.«

Mathilde zuckte mit den Achseln. Für unwichtige Details interessierte sie sich nicht. »Du kannst ein Taxi zum Bahnhof nehmen, denke ich, und von dort aus zu Fuß gehen, oder vielleicht kannst du dir auch einen Mietwagen besorgen. Das ist doch alles *sehr* ärgerlich. Ich kann mir wirklich nicht vorstellen, wieso Guillaume hier nur diesen einen Wagen hatte. In Frankfurt haben wir...«

»Ha!« Hinter Gideons Rücken war Claude zur Tür in den Salon zurückgekehrt. Niemand schaute in seine Richtung.

»... drei Autos und könnten bequem noch ein viertes brauchen. Es klingt protzig, nehme ich an, aber...«

»Ha!«

Selbst Mathilde stockte. »... aber eigentlich ... eigentlich...«

»Ha!« Es folgte ein alarmierend lautes Krachen.

Gideon wirbelte gerade noch rechtzeitig herum, um Claudes halb gefülltes Weinglas auf den spärlich mit Teppichen bedeckten Steinboden fallen und wenige Zentimeter von der Stelle entfernt zu Bruch gehen zu sehen, wo Sekunden vorher bereits die Karaffe zersprungen war.

»Jesus Christus!« brüllte Ben Butts mit heiserer Stimme. »Was ist los? Claude...!«

Claudes Körper war starr, die Arme gespreizt, während die

Finger krampfartig in die Luft krallten. *»Ha!«* schrie er wieder. *»Kaah!«* Aus einem Winkel seiner angespannten Lippen sickerte ein feiner weißer Schaum, als hätte er den Mund voller Seife. Seine Glotzaugen traten noch weiter aus seinem Kopf.

»Oh, mein Gott«, flüsterte Sophie. »Er kriegt keine Luft mehr!«

»So macht doch was!« befahl Mathilde gebieterisch. »Er hat einen Herzinfarkt!« *Und das*, deutete ihr Tonfall an, *auf meinem Aubusson-Teppich*.

Gideon, genauso gelähmt wie alle anderen, wuchtete sich schließlich aus seinem Stuhl und bewegte sich auf den leidenden Mann zu. Bevor er bei ihm war, zuckte Claude, als wäre ein elektrischer Strom durch ihn gejagt worden, knurrte durch zusammengebissene Zähne, warf sich dann unvermittelt auf den Boden, auf seinen Rücken, wie ein Zirkuskünstler, der jeden Augenblick ohne fremde Hilfe wieder auf seine Füße springen würde, und das alles in einer einzigen fließenden Bewegung.

Er sprang natürlich nicht wieder auf seine Füße. Er rührte sich überhaupt nicht mehr, außer daß seine gestreckten Arme sich mit ruhiger schrecklicher Endgültigkeit langsam neben ihn auf den Boden senkten. Seine Lider waren über glasigen und ins Leere starrenden Augen halb geschlossen. Als sich einen Moment später sein Mund träge öffnete, quoll zäher Schaum daraus hervor und glitt seine Wange hinab zu seinem Ohr.

Mit gesenktem Kopf, die Hände hinter dem Rücken verschränkt, hörte sich Joly Gideons kurze Schilderung der Ereignisse an. Als Gideon fertig war, nickte Joly einmal und kehrte aus der Vorhalle des Hauses in den Salon zurück, um sich an die versammelten Bewohner zu wenden, die nervös und bedrückt in der Nische saßen. Nur Leona und Claire, die sich auf ihre Zimmer zurückgezogen hatten, fehlten.

»Meine Damen und Herren«, sagte er nüchtern, »ich möchte in den nächsten Stunden mit jedem einzelnen von Ihnen sprechen. Ich denke, daß ich Sie ferner um Ihre Kooperation bitten muß, indem Sie sich die nächsten paar Tage in der Nähe aufhalten.«

»Aber wir wollten doch heute abend zurück in die Staaten fliegen«, sagte Ben.

Auch andere begannen zu protestieren, doch Joly schnitt ihnen das Wort ab. »Falls es für einen von Ihnen eine zu große Unannehmlichkeit darstellen sollte, bis ... sagen wir Dienstag, also noch drei Tage, hier zu bleiben, dann möchte ich denjenigen bitten, mich davon in Kenntnis zu setzen, wenn wir uns unter vier Augen unterhalten. Aber ich hoffe, dies wird nicht der Fall sein. Es würde für mich und auch für Sie selbst nur lästige und zeitraubende Schwierigkeiten mit sich bringen. Madame«, sagte er zu Mathilde, »gibt es ein Zimmer, das sich dafür eignen würde, um dort die Vernehmungen durchzuführen?«

»Ich denke schon«, erwiderte Mathilde unwirsch. »Guillaumes Arbeitszimmer befindet sich direkt auf der anderen Seite des Flures.«

»Und vielleicht gibt es auch noch einen anderen Raum als diesen hier, in dem alle bequem warten könnten? Ich fürchte, ich werde Sie alle bitten müssen, fürs erste nicht auf Ihre Zimmer zu gehen.«

Mathilde fixierte ihn mit einem stechenden Blick. »Werden Ihre Leute sie durchsuchen?«

»Ja, das werden sie.«

Sie drückte ihr Mißfallen durch einen tiefen Seufzer aus. »Auf dem Absatz im Treppenhaus befinden sich einige Stühle.«

»Ich danke Ihnen. Fleury, bitte begleiten Sie die Herrschaften dorthin, wohin Madame du Rocher Sie führen wird, und da warten Sie dann mit ihnen.«

Es wurde ein bißchen gemurrt, doch alle gingen folgsam, bis auf Mathilde, die ihre verhaltene Empörung über diese überheblichen Polizeimethoden in ihrem eigenen Haus äußerte.

»Ach, und sorgen Sie dafür, daß jemand von der Pathologie rauskommt«, rief Joly Fleury nach. »Dr. Fouret, falls er gerade erreichbar ist.«

»Ich will nur hoffen, daß er ein *richtiger* Doktor ist«, brummte

Mathilde mit einem letzten vernichtenden Blick über ihre Schulter auf Gideon. Gideon hob entschuldigend seine Hände. Seine zögernden, auffallend laienhaften Wiederbelebungsversuche hatte Mathilde nicht gutgeheißen. Er selbst auch nicht; andererseits war es so offensichtlich gewesen, daß Herzmassage oder sonstige Wiederbelebungsversuche für Claude zu spät kamen, daß keine Hilfe der Welt etwas hätte ausrichten können, nicht mal ein richtiger Doktor.

Das sagte auch Dr. Loti – ein älterer Herr, Guillaumes Hausarzt schon seit vielen Jahren –, der nach Claudes furchtbarem Anfall von Marcel gerufen worden war.

»Also«, sagte er zu Joly, als er hinter dem Paravent hervorkam, der um Claudes Leiche aufgestellt worden war, und seine schwarze Ledertasche zuschnappen ließ, »Ihr Freund, der Professor, hat völlig recht, was die Todesursache angeht. Ich bin sicher, Ihr Labor wird es ebenfalls bestätigen.« Er nickte Gideon zu. »Der Bittermandelgeruch. Sehr gut, junger Mann.«

Der kurze Blick, den Joly jetzt Gideon zuwarf, war nicht besonders dankbar.

»Hören Sie, Inspektor«, sagte Gideon, »das ist Ihr Fall. Ich will nichts damit zu tun haben. Ich weiß nichts darüber. Ich war nur rein zufällig hier.«

»Sieht so aus.«

»Alles, was ich über Bittermandeln weiß, hab ich bei Sherlock Holmes gelesen. Ich weiß nicht mal, was eine Bittermandel überhaupt ist.«

»Hmh.« Joly drehte sich zu Loti um. »Haben Sie irgendeine Vorstellung, wie schnell der Tod eingetreten ist?«

»Innerhalb von Minuten, wahrscheinlich sehr wenigen. Zyankali ist eines der am schnellsten wirkenden tödlichen Gifte. Sobald es eingenommen wird, blockiert es die Aufnahme von Sauerstoff ins Blut.«

»Dann können wir also mit Sicherheit davon ausgehen, daß es im Wein war«, sinnierte Joly. Er stand da und schaute den Leuten von der Spurensicherung zu, die ihre Fotos schossen und geschäftig auf den Knien um die Leiche herumrutschten. Ein

Mann bepinselte die Scherben der zerbrochenen Karaffe mit schwarzem Pulver. »Hast du irgendwelche Fingerabdrücke?«

»Ja. Von mehr als einer Person, glaube ich.«

»Gut.«

»Aber Sie wissen«, meldete sich Gideon zu Wort, »daß man die Karaffe nicht notwendigerweise berühren mußte, wenn man Gift hineingeben wollte. Genaugenommen wäre man sogar ausgesprochen verrückt, wenn man es getan hätte.«

Joly sah ihn einen langen Augenblick mit geschürzten Lippen seine Nase hinunter an. »Danke«, sagte er.

»Aber bitte, gern geschehen.« Schon komisch, daß Polizisten nie besonders dankbar zu sein scheinen, wenn zuvorkommende Laien sie auf offensichtliche Fakten aufmerksam machen. »Ich denke«, sagte er überlegt, »daß ich hier wohl besser verschwinde und mein Glück noch mal bei diesen Knochen versuche.«

Inspektor Joly erhob keine Einwände.

Als das *manoir* gebaut worden war, hatte sich das Treppenhaus in der südöstlichen Ecke offensichtlich in einem massiven Turm befunden. Der Turm war schon vor langer Zeit verschwunden, wahrscheinlich bei irgendeinem Umbau im neunzehnten Jahrhundert, so daß von außen nichts mehr auf ihn hinwics. Innen jedoch schraubten sich die abgetretenen steinernen Stufen immer noch spiralförmig in ihrem alten zylindrischen Gehäuse nach oben, und die Treppenabsätze waren breite, sechseckige Kammern aus kalten, grauen Steinen, nur dürftig geschmückt mit düsternen Bruchstücken griechischer und römischer Statuen und möbliert mit wenigen passend schmucklosen Holzstühlen und Bänken.

Fleury hatte die Familienmitglieder zu dem Treppenabsatz im Erdgeschoß geführt, durch den Gideon auf seinem Weg in den Keller mußte, und dort standen oder saßen sie nun, allein oder in kleinen, grimmigen Gruppen, sahen verärgert oder verwirrt aus. Gideon fiel auf, daß von so etwas wie Trauer nicht besonders viel zu spüren war. Kaum überraschend, wenn er an seine eigene kurze Bekanntschaft mit Claude dachte.

Ray (einer der verwirrten) näherte sich ihm zögernd. »Es war doch kein Herzinfarkt, oder? Ich meine, wo die Polizei hier ist und alles ...?«

Gideon führte ihn ein Stück von den anderen fort, außer Hörweite. »Es sieht so aus, wie wenn der Wein vergiftet gewesen sei, Ray.«

Als sein Freund nur noch verwirrter aus der Wäsche schaute, sagte Gideon leise: »Es sieht so aus, wie wenn er ermordet worden sei.«

»*Als wäre*«, murmelte Ray automatisch, ganz in seiner eigenen Welt verloren, »in beiden Fällen. Oder *als sei*.« Er runzelte verträumt die Stirn, während Gideons Worte langsam durchsickerten. »Ermordet«, sagte er schließlich. »Aber warum sollte jemand Claude ...« Arglist gehörte nicht zu Ray Schaefers Stärken, und Gideon sah, wie sich Rays Augen weiteten, als ihm ein unwillkommener Gedanke bei seiner konventionellen Antwort dazwischenkam. »... umbringen wollen?« beendete er den Satz ohne jede Betonung.

Gideon musterte ihn einen Augenblick. »Ray, falls du irgendwas weißt, solltest du es Joly sagen.«

»Oh, ich weiß nichts«, sagte er, ließ seinen Blick auf seine Schuhspitzen fallen. »Nichts Wichtiges; nichts, das eine Rolle spielen könnte.« Er schwieg und dachte nach. »Es ist nur ... also, da gab es irgendwelche Schwierigkeiten während des Krieges.«

»Während des Krieges? Du meinst den Zweiten Weltkrieg?« Er sah Ray interessiert an. Im Manoir de Rochebonne war noch schrecklich viel aus dem Zweiten Weltkrieg in der Luft.

»Also, ja, äh, sicher. 1942.« Ray zappelte herum und verlagerte sein Gewicht von einem Bein aufs andere. »Ach ... es ist nur, daß Claude offenbar die Gelegenheit hatte, ein paar Leute zu warnen, daß die Nazis sie verhaften würden, aber er hat es nicht getan, und dann hat die SS sie hingerichtet. Einer von ihnen war mein Onkel Alain – oder besser, mein Cousin; Sophies und Renés Bruder –, und ich schätze, das haben einige Leute Claude wohl ziemlich übelgenommen.«

»Ja, das kann ich mir vorstellen.«

»Tja, also, ich meine, sie haben es ihm *sehr* übelgenommen.«

Er zögerte, dann mit seiner sanften Variante eines Scheiß-drauf-Achselzuckens: »Die Sache ist die, Sophie hat Alain total bewundert, und sie hat Claude nie verziehen. Sie haben noch nicht mal Alains Leichnam von den Nazis zurückbekommen.«

»Ich verstehe.«

»Und Mathilde war mit ihm verlobt, bevor sie René geheiratet hat. Und ...«

»Hör zu, Ray, falls du daran denkst, das alles zu verschweigen, weil du meinst, es würde Sophie und Mathilde schützen ...«

»Ich?« sagte Ray kläglich und stieß ein wenig überzeugendes Lachen aus.

»... tu's nicht. Sag Joly alles, was du weißt.«

»Aber ich weiß doch gar nichts. Gideon, das alles ist vor fast fünfzig Jahren passiert.«

»Ray, verschweig nichts. Am Ende schadet es womöglich noch demjenigen, weswegen du das zu machen versuchst. Glaub mir.«

»Um dessentwillen«, sagte Ray und zog sich in eine untypische, mürrische Einsilbigkeit zurück.

10

Die schlanken, eleganten Finger an seine Lippen spitz zusammengelegt und die Ellbogen auf den schlichten Metallschreibtisch in Guillaume du Rochers Arbeitszimmer gestützt, las Joly laut den kurzen Brief vor, der auf der Kladde vor ihm lag. Er stammte aus dem Sekretär in Mathildes Zimmer.

»›Ich bin in einer Familienangelegenheit von einzigartiger Wichtigkeit zu einem Entschluß gelangt«, las er. »Wir werden am 16. März in Rochebonne darüber sprechen.‹ Und Sie haben keine Ahnung, was er damit meinte?«

Mathilde fingerte an der Kette aus schweren goldenen Gliedern um ihren Hals. »Ich fürchte, nein«, sagte sie mit klarer, heller Stimme. »Ihnen ist sicherlich bewußt, daß er allen den gleichen Brief geschickt hat.«

Joly nahm seine gefalteten Hände auseinander. »Sie, Ihr Mann und Ihr Sohn sind mit dem Flugzeug aus Deutschland gekommen – Ihr Mann hat sich mehrere Tage von seiner Arbeit freigemacht –, ohne zu wissen, warum Sie überhaupt herkommen sollten? Bloß auf Anweisung Ihres Cousins, es einfach zu tun?«

»Ja, Inspektor. Andere haben eine noch erheblich weitere Anreise gehabt. Und daran war auch nichts Merkwürdiges. Wenn sich wichtige geschäftliche Dinge für die Familie ergaben, hat Guillaume uns einfach gerufen, und wir sind gekommen.«

»Aber Sie sind am Sonntag angekommen, am Tag vorher. Sie hatten ausreichend Gelegenheit, mit ihm zu sprechen. Da ist das Thema nicht angeschnitten worden?«

»*Alle* sind am Sonntag hier eingetroffen«, sagte Mathilde geduldig. »*Alle* hatten ausreichend Gelegenheit, sich mit ihm zu unterhalten. Ich wäre doch wirklich sehr überrascht, wenn einer von ihnen mehr wüßte als ich.«

»Nicht einmal Claude Fougeray?«

Mathilde verzog leicht ihre Oberlippe. »Claude am allerwenigsten.«

»Claude und Guillaume verstanden sich nicht gut?«

»Ich glaube, Claude Fougeray hat seit über vierzig Jahren seinen Fuß nicht mehr in dieses Haus gesetzt.«

»Und warum nicht, Madame?«

Aha, ein Zögern, ein flüchtiges Zucken mit den Augen, ein Sammeln für eine ausweichende Antwort.

»Ach, er hatte irgendeinen Streit mit Guillaume – vor vielen Jahren, in den Vierzigern. Die Einzelheiten habe ich nie gekannt. Ich war damals noch ziemlich klein.«

Sie waren damals siebzehn, Madame, sagte Joly zu sich selbst, doch er beschloß, es wenigstens für den Augenblick dabei bewenden zu lassen. Es gab im Moment Wichtigeres.

»Madame du Rocher, fällt Ihnen jemand ein, der Claude Fougeray umgebracht haben könnte?«

Mathildes Augen begannen mit glücklicher Bosheit zu leuchten. »Nun, da ist *tatsächlich* jemand, der mir in den Sinn kommt, aber ... nein, das ist einfach lächerlich, und ich will doch nicht, daß man mich für eine Plaudertasche hält...« Ihre vor Schmuck glitzernden Finger wanderten wieder zu ihrer Kette, als sie schüchtern schwieg.

Mit einem leichten Seufzer sagte Joly, was zu sagen von ihm erwartet wurde. »Überlassen Sie es doch bitte mir, das zu entscheiden, Madame.«

»Nun gut, Inspektor«, sagte sie prompt. »Soweit ich weiß, werden die meisten Morde von nächsten Angehörigen begangen. Ist das nicht so? Nun, genau dort würde ich an Ihrer Stelle suchen.« Ihr oberstes Kinn kam auf das nächstuntere zu liegen, und sie starrte ihn bedeutungsvoll an.

Joly machte es keinen besonderen Spaß, jemandem die Würmer aus der Nase zu ziehen, und er war darin auch nicht sonderlich gut. Außerdem reizte ihn Mathilde du Rocher wenig.

»Wenn Sie irgend etwas zu sagen haben, dann sagen Sie es bitte klipp und klar«, sagte er scharf.

Sie funkelte ihn wütend an, als erwäge sie, ihn mit Schweigen zu bestrafen, aber dann behielt ihr Instinkt die Oberhand, was Joly auch so erwartet hatte. Wie oft bot sich denn schon eine Gelegenheit wie diese?

»Leona Fougeray«, sagte sie unumwunden, ließ ihn spüren, daß er ihr den Spaß verdorben hatte, »hat eine Affäre mit einem Mann in Rennes. Einem älteren, ungeheuer vermögenden Witwer, der geradezu versessen darauf ist, sie zu heiraten. Er ist schon senil, wie ich wohl kaum noch besonders betonen muß – oder haben Sie Leona vielleicht noch nicht kennengelernt?«

»Flüchtig, Madame. Ich könnte mir vorstellen, daß sie eine Scheidung für dezenter halten würde als einen Mord.« Verdammt. Mit Sarkasmus würde er nicht besonders weit kommen. War er früher niederträchtigen und langweiligen Menschen gegenüber toleranter gewesen, oder war das nur seine Einbildung?

»Dezenter vielleicht«, erwiderte Mathilde ungerührt, »aber doch auch erheblich langsamer, und mit dem Nachteil, daß man sich mit kleinlichen sturen *fonctionnaires* abgeben muß.«

Er schaute sie mit neuem Respekt an.

»Außerdem«, sagte sie, »ist Monsieur Gris überzeugter Katholik. Er würde niemals eine geschiedene Frau heiraten. Aber eine Witwe ... nun, das ist etwas völlig anderes.«

»Darf ich fragen, woher Sie das alles wissen? Ist das allgemein bekannt?«

»In unserer Familie? Nein, ich denke nicht. *Ich* zumindest habe ganz sicher nie darüber gesprochen; außer natürlich mit meinem Mann.« Sie warf ihm einen herausfordernden Blick zu, doch in seinen Augen war nichts zu lesen. »Ich habe jedoch zufälligerweise einen Freund in Rennes, der mich auf dem laufenden hält. Sie können sicher sein, daß es die Wahrheit ist.«

»Das bezweifle ich nicht.« Er stand auf. »Vielen Dank für Ihre Hilfe.« Joly war unter seinen Kollegen dafür bekannt, Vernehmungen sehr abrupt zu beenden, was Informanten oft einen solchen Schreck einjagte, daß sie ihm mehr Informationen gaben, als weitere zwanzig Minuten Verhör bringen mochten. Er ging um den Schreibtisch herum zur Tür des Arbeitszimmers und öffnete sie.

Mathilde beobachtete ihn, ohne selbst aufzustehen.

»Möchten Sie mir vielleicht noch etwas sagen?« fragte er mit einem kleinen Lächeln.

»Wie«, erwiderte sie, »soll das alles bezahlt werden?«

Das Lächeln verschwand. »Pardon, Madame?«

»Erwartet man von mir, daß ich für die Kosten der Unterbringung all dieser Leute aufkomme, denen Sie befohlen haben, noch länger hierzubleiben? Lebensmittel gibt es nicht umsonst, und ich bin überzeugt, daß Sie sich der Tatsache bewußt sind, daß es noch einige Zeit dauern wird, bis der Nachlaß offiziell geregelt ist...«

»Ich habe ihnen nicht *befohlen*, hierzubleiben, ich habe um ihre Mitarbeit gebeten«, sagte Joly, drückte sich spitzfindiger aus, als ihm lieb war. »Aber ich bin sicher, wenn Sie mit Monsieur Bonfante sprechen, wird er bestimmt irgend etwas arrangieren können.«

Er hoffte es aufrichtig. Eine Beschwerde der gebieterischen

Mathilde du Rocher bei Monsieur Picard, dem Staatsanwalt, war nichts, über das er länger nachdenken wollte. Und nun, da er einen neuen Mord am Hals hatte, würde alles nur noch schlimmer; außerdem würde ihn ein *juge d'instruction* aufmerksam im Auge behalten und kontrollieren. Der arme französische Kriminalbeamte war wirklich zu bedauern. Wußte John Lau eigentlich zu schätzen, wie einfach das Leben für ihn im FBI war? Joly bezweifelte es.

Er begleitete Mathilde unter Verbeugungen hinaus, kehrte an den Schreibtisch zurück und machte sich ein paar weitere knappe Notizen auf dem linierten Block, auf den er von Zeit zu Zeit schon das eine oder andere geschrieben hatte. Dann blätterte er zu der Namensliste auf der ersten Seite zurück, setzte ein Häkchen vor Mathildes Namen, wie er es vorher auch schon mit denen von René, Beatrice und dem hartnäckig wortkargen Marcel getan hatte. Mit einem Finger an seinen Lippen studierte er die restlichen Namen, stand dann wieder auf und rief Fleury.

»Bringst du jetzt bitte Madame Fougeray herunter?«

Eine weitere furchterregende Frau, diese Leona Fougeray. Nicht auf Mathildes Art: Mathilde war imposant, wie eine Kanonenkugel imposant ist – schwer, kompakt, massiv. Leona besaß die Gefährlichkeit eines Pfeiles oder, besser noch, eines vergifteten Wurfpfeiles – schnell, schlank, spröde, voller Gift und Bosheit. Lebhaft wie eine Elster in ihrem schwarzweiß gestreiften Kostüm mit gewaltigen Schulterpolstern, die ihren hübschen dunklen Kopf winzig erscheinen ließen, spielte sie nicht mal andeutungsweise die trauernde Witwe; keine Spur von Erschütterung, keine taktvoll beherrschte Qual wegen der Tatsache, daß der Leichnam ihres Mannes vor kaum einer halben Stunde ins Leichenschauhaus der Polizei gebracht worden war. Tatsächlich hatte sie jedesmal, wenn Joly Claude erwähnte, einen Schwall von Beschimpfungen losgelassen.

»Nein, woher soll ich wissen, was mein Mann gemeint hat?« sagte sie, trotz eines Vierteljahrhunderts in Frankreich, mit starkem italienischem Akzent. »Ich beachte ihn schon seit Jahren nicht mehr. Die halbe Zeit phantasierte er, weil er wieder zuviel Wein getrunken hatte, die andere Hälfte phantasierte er einfach aus angeborener Blödheit.«

»Vielleicht«, sagte Joly, »aber dieses Mal waren seine Bemerkungen sehr präzise.« Er warf einen Blick auf seine Notizen. »Bei der Verlesung des Testamentes behauptete er, daß Guillaume beabsichtigt hätte, ein *neues* Testament aufzusetzen, oder nicht? Er sagte, genau das wäre der Zweck des Familienrates gewesen.«

Sie zog ihre Mundwinkel herunter. »Er hat gesagt, er hat gesagt. Hirngespinste. Woher sollte er denn wohl wissen, was Guillaume vorhatte? Glauben Sie, Guillaume hätte sich ihm anvertraut? Wenn er es getan hätte, wäre er verrückt gewesen. Vierzig Jahre haben wir nichts von ihm gehört, nicht ein Wort. Wissen Sie, wann ich den großen Guillaume zum ersten Mal gesehen habe? Letzten Sonntag.« Sie zuckte mit den Achseln. »Keine besonders große Freude.«

»Ihr Mann hat außerdem gesagt – Ihnen, bevor Guillaume starb –, daß die anderen sich auf eine Überraschung gefaßt machen könnten, daß er manche Dinge wüßte, die sie nicht wüßten.«

Ihre sehr beweglichen Augenbrauen zuckten hoch. »Sie wissen eine ganze Menge.«

»Sie wissen nicht, was er damit gemeint hat? Sie kennen den Grund für die Einberufung des Familienrates nicht?«

Wieder verzog sie ihr Gesicht. »Ich habe Ihnen doch schon mal gesagt, nichts als Hirngespinste. Wer weiß schon, was Guillaumes Brief bedeutete? Aber mein Mann – oh, ihm war natürlich alles sehr klar. Guillaume bereute auf seine alten Tage zutiefst, daß er ihn im finsteren Mittelalter nicht in seinem Testament berücksichtigt hatte. Er wollte uns zu Millionären machen.« Sie lachte kurz. »Hören Sie, haben Sie was dagegen, wenn ich rauche?«

Dankbar gab er ihrer amerikanischen *Virginia Slim* Feuer, steckte sich dann selbst eine Gitane an und holte eine leere Schachtel für Büroklammern aus einer Schublade, um sie als Aschenbecher zu benutzen.

»Madame Fougeray, warum genau wurde Ihr Mann im Testament nicht berücksichtigt?«

»He, für wie alt halten Sie mich eigentlich?« sagte sie leidender, als sie es wegen des Mordes an ihrem Ehemann vor kaum mehr als zwei Stunden gewesen zu sein schien. »Ich bin 1934 geboren. Claude hat mich aus der Wiege entführt. Geheiratet habe ich ihn erst 1952. Woher soll ich wissen, was hier im *Manoir*« – sie sprach das Wort voller verächtlicher Affektiertheit aus – »unmittelbar nach dem Krieg passiert ist?«

»Wollen Sie damit sagen, er hat mit Ihnen nie darüber gesprochen?«

»Oh, er hat praktisch ununterbrochen mit mir darüber gesprochen.«

Joly fragte sich verdrießlich, ob sie ihn wohl nachäffte.

»Und was genau hat er gesagt?« fragte er mit allmählich versiegender Geduld.

»Ach, nur daß die Familie ihn und Guillaume ohne jeden Grund auseinandergebracht hätte – und das nur, weil sie den Besitz für sich behalten wollten.«

»Und glauben Sie das?«

»Natürlich glaube ich das nicht«, sagte sie verächtlich. »Da steckt mehr als das dahinter.«

»Aber Sie wissen nicht, was?«

»Nein, was geht's mich an? Ich habe zu ihm gesagt, wir sollten nicht mal herkommen. Und jetzt hat ihn irgendwer wegen seiner Geldgier umgebracht.« Sie nickte ingrimmig, stieß eine dicke Rauchwolke aus und drückte die kaum angerauchte Zigarette in der Schachtel aus. »Ich bin sogar dankbar dafür.«

Joly, der ein ausgeprägtes Anstandsgefühl besaß, war gekränkt. »Madame«, sagte er steif, »wer könnte Ihrer Meinung nach Ihren Mann getötet haben wollen?«

Leona warf ihren Kopf mit ihrem dunklen, faltenlosen Gesicht zurück und lachte laut. »Wenn Sie alle Leute kennenlernen wollen, die ihn auf den Tod nicht ausstehen konnten, werden Sie eine ganz schön lange Liste kriegen.« Sie starrte ihn erregt an. »Und anfangen können Sie gleich mit mir.«

Joly nahm einen letzten Zug von seiner Zigarette und drückte sie sorgfältig aus. »Sehr schön, Madame«, sagte er ruhig, »wir werden mit Ihnen anfangen.«

Um halb zwölf war Joly müde und schlecht gelaunt. Er kam nicht weiter, und jede Person, die er verhörte, schien ihm noch lästiger als die davor. Das war, wie er wußte, zum größten Teil auf Ermüdung zurückzuführen, aber es stand völlig außer Frage, daß Jules du Rocher ein einzigartig widerwärtiger junger Mann war: fett, ständig schmollend, und zu seinen weiteren unangenehmen Eigenheiten gehörten Affektiertheit und Tratschsucht.

Joly unterbrach ihn, während er seine Theorie erläuterte, daß Ben und Sophie Butts Claude Fougeray durchaus aus Angst davor vergiftet haben mochten, daß er Guillaumes Testament anfechten und sie um die wertvolle Bibliothek von Rochebonne bringen würde. Diese These war mit einiger Begeisterung nach anderen hilfreichen Ideen vorgebracht worden, die auf eine mögliche Schuld von Claire, Ray, Leona, Marcel und Beatrice deuteten.

»Und was den Grund betrifft, warum Guillaume du Rocher Sie alle hierherzitiert hat«, unterbrach Joly ihn müde, »da haben Sie vermutlich keine Ahnung.«

»Oh, doch«, erwiderte Jules, bereitwillig das Thema wechselnd. »Das weiß ich wohl.«

Joly sah in skeptisch an. »Ach, ja?«

»Er wollte das *manoir* an eine Hotelkette verkaufen – eine Schweizer Firma, glaube ich, oder eine schwedische –, und er wollte der Familie von seinen Plänen berichten.«

»Und wie kommt es, daß nur Sie allein davon wissen, Monsieur?«

»Er hat es mir letzte Woche am Telefon gesagt. Er hat gesagt, kein anderer sollte es erfahren, daher habe ich es auch keinem erzählt.«

Unter Jolys festem Blick verfärbten sich Jules' feiste, glatte Wangen finster. »Wenn Sie mir nicht glauben, können Sie doch die Telefonunterlagen überprüfen. Und das können Sie doch, oder?«

Joly nickte.

»Und fragen Sie Beatrice. Sie hat uns verbunden. Sie hat mir gesagt, er wollte mich darüber informieren, worum es ging. Gehen Sie, fragen Sie sie, wenn Sie wollen. Wie auch immer, warum sollte ich...«

»Schon gut«, sagte Joly. »Schon gut.« Wo er jetzt darüber nachdachte: Bonfante, der Anwalt, hatte ihm gesagt, daß ein Schweizer Hotelkonzern schon seit Jahren Guillaume gedrängt hatte, das Anwesen zu verkaufen. Er trank einen Schluck von dem Kaffee, den Beatrice ihm vor zehn Minuten gebracht hatte; da schon nur lauwarm, jetzt kalt. »Warum nur Ihnen und keinem anderen?«

Jules zuckte mit den Achseln. »Er hat's eben so gewollt, mehr kann ich dazu nicht sagen. Er hat mir viele Dinge erzählt, bevor irgendwer sonst davon erfuhr. Ich war sein Liebling, müssen Sie wissen.«

Joly ließ diese Unwahrscheinlichkeit unbestritten durchgehen. »Und wieso wurden die Fougerays, die nicht seine Lieblinge waren, nach all dieser Zeit zu diesem speziellen Familienrat eingeladen?«

»Genau das würde *ich* gerne wissen«, sagte Jules und lachte, als hätte er einen guten Witz gerissen. Er sah bedeutungsvoll den kleinen Teller mit Butterkeksen an, den Beatrice zusammen mit Jolys Kaffee gebracht hatte.

»Nur zu«, sagte Joly, deutete auf die unberührten Plätzchen. »Diese ›Pläne‹, von denen Sie sprachen. Was für Pläne waren das genau?«

Jules schob sich zwei Kekse gleichzeitig in den Mund, stopfte sie hinein wie Tabak in eine Pfeife. Die Krümel leckte er sich genüßlich von Daumen und Zeigefinger (wodurch sie anschließend feucht glänzten, wie Joly mißfallend bemerkte) und seufzte dann erleichtert wie ein Mann, der sich eben einen verzweifelt benötigten Schuß gesetzt hatte. »Es hatte irgendwas damit zu tun, den Erlös anderweitig zu investieren, oder den Profit liquide zu machen oder etwas in die Richtung«, sagte er kauend. »Ich fürchte, ich habe nicht besonders aufmerksam zugehört. Ich habe keinen Sinn für finanzielle Dinge, wissen Sie. Mein armer Vater wird das nie verstehen, aber mein Leben gilt den schönen Künsten.« Er senkte bescheiden seine Augen. »Ich bin Romancier. Zur Zeit arbeite ich gerade an einem Buch.«

»Aha«, sagte Joly, der gar nicht daran dachte, dieses Thema zu vertiefen.

»Es handelt von dem Kampf eines Bankierssohnes, sein geistiges Potential in einer Welt des nackten Materialismus und der Habgier zu verwirklichen«, sagte Jules ungefragt.

Joly suchte nach Anzeichen dafür, daß Jules nur einen Witz machte, doch er fand nichts dergleichen. Der Blick, den der junge Mann nur mit Mühe von den restlichen beiden Keksen abwenden zu können schien, fiel schließlich mit einem Ausdruck unverhüllter Sehnsucht doch noch auf sie.

Joly schob ihm den Teller zu. »Bitte, bedienen Sie sich. Ich habe keinen Hunger. So, fällt Ihnen sonst noch irgend jemand ein, der Claude vielleicht ermorden wollte?«

Jules zwängte den ersten Keks in seinen Mund und hatte seine feuchten Finger bereits sicher auf den zweiten gelegt, bevor er mit einem süffisanten Grinsen antwortete. »Gibt es irgendwen, der es nicht wollte?«

Sechs Meter unter Joly und Jules, in dem alten Keller, arbeitete Gideon ruhig in der Wärme des tragbaren Heizöfchens und benutzte die zehnfach vergrößernde Lupe, die er am voraufgegangenen Tag versäumt hatte mitzunehmen. Er hatte die Arbeitslampe bis auf neun, zehn Zentimeter über die Tischplatte heruntergezogen und so gedreht, daß das Licht horizontal über die Knochen fiel und dabei deren Strukturen und Unregelmäßigkeiten hervorhob. Den Oberkörper gebeugt, das Vergrößerungsglas an seine Wange gedrückt und das Gesicht nur wenige Zentimeter über den Gebeinen, glitt sein Blick langsam über jedes Segment, sorgfältig Millimeter um Millimeter. Claude Fougeray und Lucien Joly verschwanden friedlich aus seinen Gedanken.

Nach einer Stunde hatte er seine gewissenhafte Untersuchung der Wirbel beendet und richtete sich ächzend und mit einer Grimasse auf, als seine eigene Wirbelsäule in die abwegige S-Form zurückknirschte, die so prekär wie spezifisch menschlich ist – die Strafe dafür, wie er immer seinen Studenten sagte, daß man rücksichtslos auf seinen Hinterbeinen herumlief, wenn man ein freitragendes Rückgrat hatte, das an beiden Enden nach einer Stütze schrie.

Bislang hatte er nichts gefunden. Keinerlei Absonderlichkeiten des Knochengerüstes, die eine Identifikation erleichtert hätten, keinen Hinweis auf die Todesursache. Nur die winzigen schaufelförmigen Furchen von Nagetierschneidezähnen, die den größten Teil der ungefähr vierzig Jahre, die die Knochen nun schon dort lagen, daran herumgenagt hatten. Er reckte sich, stöhnte ausgiebig, rieb sich den Nacken und ging zu dem Trupp Arbeiter hinüber.

»Schon irgendwas gefunden?« fragte er Sergeant Denis.

Denis schüttelte verärgert seinen Kopf. »Aber wenn hier irgendwas liegt, werden wir es finden.« Entschlossenheit blitzte in seinen Augen.

Gideon nahm ihn beim Wort. Denis war offensichtlich ein Mann, der seine Arbeit sehr ernst nahm. Er war jetzt schon den ganzen Morgen hier unten, überwachte aufmerksam die drei Männer – die nichtsdestoweniger in ihrem eigenen geruhsamen Tempo weitermachten, gutgelaunt die Ermahnungen des jüngeren Mannes über sich ergehen ließen, doch etwas schneller und sorgfältiger zu arbeiten. Sich von dem ursprünglichen Graben ausgehend vorarbeitend, hatten sie bislang die großen Steinplatten von einem Drittel des Kellers entfernt und gruben sich jetzt durch die festgetretene, säuerlich riechende Erde bis auf eine Tiefe von etwa einem Meter. Gideon schaute ihnen ein paar Minuten zu, bis sein steifes Genick wieder beweglich wurde, und kehrte dann an den Tisch zurück, um mit seiner eigenen Arbeit fortzufahren.

Seine langsame, ermüdende Untersuchung der Hand- und Fußknochen brachte nichts anderes zum Vorschein als nur weitere Knabberstellen von Mäusen. Das gleiche galt für das Brustbein, die Schlüsselbeine und Schulterblätter. Er war fast schon mit den Rippen fertig und hatte schon ziemlich alle Hoffnung aufgegeben, als er schließlich doch noch etwas fand. Es war an der fünften Rippe der linken Seite, etwa auf halber Länge: eine Kerbe auf der schmalen Oberseite des Knochens, ungefähr drei Millimeter tief. Es war keine normale Vertiefung, und es war auch keine Anomalie wie ein Foramen im Brustbein.

Und todsicher war auch keine Maus dafür verantwortlich. Dieses Mal war es nicht flächig und auch nicht eine von zwei oder drei parallelen Furchen. Einfach eine einzelne Kerbe, die nicht dorthin gehörte, ganz allein, mit einem unverwechselbaren V-förmigen Querschnitt und verräterisch scharfen und deutlichen Kanten.

Eine Messerverletzung. Und der breiten, keilförmigen Art der Kerbe nach war es ein breites Messer mit einer Klinge gewesen, die zum Heft hin merklich dicker wurde. Und auch nur eine Schneide hatte; andernfalls hätte es die Unterseite der darüber liegenden Rippe ebenfalls eingekerbt. Höchstwahrscheinlich ein großes Küchenmesser oder ein Kochmesser. Oder vielleicht auch ein Bajonett, wenn man die Zeit berücksichtigte. Und natürlich machte die Breite des V unmißverständlich klar, daß es nicht bloß ein kleiner Stich, sondern ein tiefer, mörderischer Stoß zwischen die Rippen gewesen sein mußte.

Ganz ohne Zweifel hatte es die linke Lunge perforiert, und dann ... Er kaute nachdenklich auf seiner Wange. Gottverdammt, wohin genau würde ein Messer abrutschen, das etwa in der Mitte der fünften Rippe eindrang? Es war nicht leicht, sich das vorzustellen; das war nicht so offensichtlich, wie es auf den ersten Blick aussah. Die Mitte einer Rippe befindet sich nicht in der Mitte des Brustkorbes, sondern vielmehr weit auf der Seite; tatsächlich sogar näher zum Rücken als zur Vorderseite des Körpers.

Mit dem Finger seiner rechten Hand fand Gideon das Manubrium, die leicht tastbare Delle am oberen Teil des Brustbeines. An dieser Stelle war die zweite Rippe befestigt, und von dort aus zählte er nach unten bis zur fünften. Daran entlang arbeitete er sich langsam nach hinten, bohrte mit einiger Mühe durch den dicken Brustmuskel, der sie bedeckte.

In der gegenüberliegenden Ecke – in der am weitesten entfernten Ecke, so weit von den verrottenden sterblichen Überresten auf dem Tisch entfernt wie nur irgend möglich – saßen die Handwerker auf dem Boden, lehnten sich bequem gegen die Wand und beobachteten ihn. Befreit von dem Adlerauge des jungen Sergeanten, der zu Mittag gegangen war, hatten sie ihre eigene Mahlzeit ausgepackt: Gläser mit Rotwein aus einer Plastik-Literflasche mit Schraubverschluß, ein aromatischer, krümeliger Ziegenkäse und Brotstücke, die sie von ein paar Baguettes abgerissen hatten. Für den Augenblick jedoch hatten sie ihre Unterhaltung ausgesetzt und schluckten nicht einmal mehr, um mit gespannten Blicken zuzuschauen, wie der Amerikaner so selbstvergessen an der eigenen Brust rumfummelte.

Gideon nickte ihnen zu und tastete weiter. Die Mitte der Rippe lag höher, als er es in Erinnerung gehabt hatte – man vergaß leicht, wie scharf sich die Rippen von vorne nach hinten aufwärts bogen – und genau unter seinem Arm. Genaugenommen sogar tief unter der Achselhöhle. Anscheinend eine Stelle, die für ein Messer nur schwer zu erreichen war, aber keine, wie er während dieser letzten paar Jahre gelernt hatte, ungewöhnliche Stelle für eine Stichwunde. Das Opfer reißt seine Arme hoch, um einen Stoß oder einen Schlag abzuwehren, die empfindliche und verwundbare Achsel ist ungeschützt, und das Messer gräbt sich ein. Es gab praktisch keine andere Möglichkeit, die Achselhöhle für einen Angriff zu öffnen. Das bedeutete natürlich, daß hier ein Kampf mit im Spiel gewesen war, oder doch wenigstens, daß das Opfer versucht hatte, sich seinen Angreifer vom Leibe zu halten.

Er faltete ein Stück Papier und führte die scharf gefaltete Kante in den Einschnitt im Knochen ein. Dem abfallenden, leicht vorwärts geneigten Winkel nach zu urteilen, dürfte die Klinge in das Geflecht von Nerven und Adern eingedrungen sein, die den Plexus brachialis, das Armgeflecht, bildeten, und dann weiter durch die dünnen, wirkungslosen Hindernisse des

Musculus serratus anterior und der Zwischenrippenmuskeln geschnitten und dabei die Rippe eingekerbt haben. Dann weiter in den linken Lungenflügel und durch das zähe Perikard, den Herzbeutel.

Und schließlich, zwangsläufig, tief hinein in den pulsierenden Muskelsack, der den gesamten Blutkreislauf antrieb: die linke Ventrikel des Herzens. Tod, sicher und unmittelbar.

Er drehte sich wieder zu der braunen Rippe auf dem Tisch und strich behutsam mit seinem Daumen darüber. Knapp zehn Zentimeter weiter vorne, auf der gleichen Oberfläche, war noch etwas anderes: ein winziger Grat, so unauffällig, daß er ihn vorher übersehen hatte. Wieder beugte er sich mit seinem Vergrößerungsglas über den Knochen.

»Und? Ist es faszinierend?«

Gideon fuhr zusammen. In Gedanken versunken hatte er völlig vergessen, daß die Mittagszeit vorbeigegangen war, hatte vergessen, sich vor dem grausigen Szenario zu gruseln, das er hier konstruierte, hatte fast schon vergessen, wo er war, und auch nicht bemerkt, daß Joly heruntergekommen war, den Raum durchquert hatte und nun schon einige Zeit neben ihm stand und ihn beobachtete. Als er aufschaute, war er erstaunt zu sehen, daß auch Denis inzwischen zurückgekehrt war und die Handwerker wieder emsig gruben.

Joly hatte seinen Kopf wie üblich leicht nach hinten geneigt, um so besser seine Nase entlangschauen zu können.

»Tja, es ist mir gelungen, etwas zu finden«, sagte Gideon.

»Aha?« Joly hob mit skeptischer Miene eine Augenbraue. Beherrscht, höflich, ja sogar tolerant, aber allemal skeptisch.

»Er ist ermordet worden...«

Der Hauch eines Lächelns um Jolys Mundwinkel. »Aha«, sagte er wieder und nahm seine Brille ab, um sie mit einem ordentlich gefalteten Taschentuch zu polieren.

»Er ist erstochen worden«, sagte Gideon. »Von einem rechtshändigen Angreifer. Während eines Kampfes.« Er zögerte, endete dann: »Mit einem Küchenmesser«, er sagte es voller Überzeugung. Wer A sagt, muß auch B sagen.

Joly faltete sein Taschentuch langsam wieder zusammen, als sei es wichtig, daß dies genau entlang der ursprünglichen Falte geschehe, und steckte es dann wieder in seine Tasche. »Und das alles von einer einzigen Rippe?«

»Genau, Inspektor.« Tja, mehr oder weniger. Ein bißchen davon war sicherlich Spekulation, aber Jolys Ausstrahlung von amüsierter Überlegenheit ging ihm langsam, aber sicher ein bißchen auf die Nerven, und er war der Meinung, daß es allmählich an der Zeit war, seine eigene Stärke zu zeigen.

Joly steckte sich eine Zigarette an und nahm einen langen Zug, wobei er Gideon die ganze Zeit beobachtete.

»Vielleicht können wir es eins nach dem anderen durchgehen?« fragte er nasal, während sich blaue Rauchfäden aus seiner Nase schlängelten. »Erstochen, sagen Sie. An der Rippe befindet sich so etwas wie ein Kratzer?«

Gideon zeigte ihm die Einkerbung. Joly sah sie sich lange mit dem Vergrößerungsglas an. Anders als Gideon beugte er sich nicht darüber, sondern stand kerzengerade und mit erhobenem Kopf, sah sich den Knochen an seiner Nase entlang an, wie er es anscheinend mit allen Dingen machte. Dann fuhr er fort, den Rest dieser Rippe und einige der anderen Knochen zu untersuchen. Die Zigarette war ein Drittel heruntergebrannt, als er endlich wieder etwas sagte.

»Ich sehe hier viele Kerben und Einschnitte ...«

»Mäuse.«

Joly schaute auf diese gemächliche, langsame Art zu ihm auf, wie Jack Benny immer Rochester und Phil Harris angestarrt hatte, wenn die ihn mit einem Spruch erwischt hatten. Nur daß der Inspektor mehr Nase hatte, an der er herunterschauen konnte, was es nur noch wirkungsvoller machte. »Alle? Jede einzelne bis auf diese eine hier?«

»Richtig.«

»Und diese hier ist von einem Messer und von sonst nichts?«

Gideon erklärte ihm die Sache mit den U-förmigen Schneidezähnen von Nagetieren und dem V-förmigen Querschnitt von Messern.

Joly nickte sparsam, hörte, den Kopf zur Seite geneigt, zu und warf wieder einen Blick durch das Vergrößerungsglas. Mit einem sauber manikürten Daumennagel berührte er die Furche. »Wieso nicht von einem anderen Tier? Vielleicht ein Hund, der sich diesen Knochen geschnappt hat, oder eine Katze? Oder«, sagte er lächelnd, »haben die auch schaufelförmige Schneidezähne?«

»Nein, kegelförmige. Oder doch wenigstens die Eckzähne sind kegelförmig, und da Fleischfresser mit ihren Eckzähnen beißen, hinterlassen sie zwei kegelförmige Löcher. Schartige Löcher, sehr deutlich zu erkennen. Nein, das hier stammt definitiv von einem Messer. Sehen Sie.« Er gab Joly den Knochen. »Lassen Sie Ihren Finger auf der Rückseite des Einschnittes entlanggleiten – das heißt, auf der Innenseite der Rippe. Fühlen Sie, wie rauh es ist?«

Joly tat, was ihm gesagt wurde, und nickte.

»Wenn ein Messer – oder eine Axt – einen Knochen durchtrennt«, sagte Gideon, »schiebt es den kompakten Knochen vor sich her, so daß beim Austritt der Klinge Späne zu finden sind. Es ist, als würde man einen Holzklotz zersägen; auf der Rückseite erhalten Sie Splitter.«

Joly befingerte den Einschnitt wieder. »In Ordnung, sagen wir also, es war ein Messer oder ein anderes scharfes Instrument...«

»Ein Messer«, sagte Gideon, fügte dann hinzu: »Glaube ich.« Der Inspektor begann ihm allmählich etwas leid zu tun, und er selbst kam sich allzu päpstlich vor.

Joly atmete ein, dann aus. »Und nicht zum Beispiel eine Axt? Haben Sie nicht selbst gerade erst gesagt, es würde die gleiche Wirkung auf den Knochen haben?«

»Sicher, aber es ist einfach unmöglich, daß ein so grobes Instrument wie eine Axt lediglich die Oberseite dieser einen Rippe angeschlagen haben könnte; es würde noch weitere Schäden geben.«

Joly kapitulierte. »Ja, Sie haben recht«, sagte er und stieß Rauch aus. Er strich sich mit seiner langfingrigen Hand leicht über die feinen, kurzen Haare auf seinem Kopf. Auf seine eigene Art genoß er es, erkannte Gideon, selbst wenn er bislang noch keine Runde gewonnen hatte. Nach einem Morgen voller ausweichender Antworten von unwilligen Gesprächspartnern waren diese direkten und vorbehaltlosen Antworten wahrscheinlich erfrischend.

»Ihre Schlußfolgerungen sind sehr hilfreich und interessant, Dr. Oliver«, sagte er, immer noch nicht bereit, das Handtuch zu werfen, »aber ich sollte Ihnen sagen, daß ich trotzdem noch einige Vorbehalte habe.«

Dann wären wir ja schon zwei, dachte Gideon, aber er war noch nicht soweit, das auch zuzugeben.

Joly fuhr fort: »Zum Beispiel: Ich habe Sie nicht sagen hören, daß es irgend etwas gibt, das uns genau verrät, *wann* die Wunde zugefügt wurde.«

»Nein, das kann man auch nicht sagen, aber warum sollte das einen Unterschied machen?«

»Weil«, sagte Joly sanft, »wenn es durch die Spitzhacke eines der Arbeiter verursacht wurde, die die Knochen gestern fanden, dann wäre es doch wohl zweifelhaft, ob es wirklich die Todesursache gewesen ist. Oder nicht?«

»Oh, ich verstehe, was Sie meinen. Nun, tatsächlich können wir *sicher* sagen ...«

Mit einem Seufzer unterbrach der Polizist ihn. »Nein, lassen Sie mich raten. Zweifellos werden sich Knochen, die einige Zeit in der Erde gelegen haben, verfärben, wie es bei diesen der Fall ist. Und eine Kerbe, die erst gestern zugefügt wurde, würde eine frische weiße Farbe vor dem übrigen Braun bedeuten. Habe ich recht?«

»Haben Sie!« sagte Gideon lächelnd, nicht unglücklich darüber, Joly schließlich doch noch einen Punkt gemacht haben zu lassen, »und da ist noch etwas.« Er legte die Rippe direkt in das schräg einfallende Licht der Lampe auf den Tisch und fand mit seinem Finger den winzigen Grat. Er reichte Joly das Vergrößerungsglas. »Sehen Sie hier.«

Joly kniff seine Augen gegen den Zigarettenqualm zusammen

und schaute. »Sieht aus wie irgendeine fehlerhafte Stelle ... ein kleiner Schnörkel ...«

»Ein Knochenschnörkel, genau das ist es. Lebender Knochen reagiert auf ein Messer sehr ähnlich wie Holz, das sagte ich bereits. Wenn Sie also eine dünne Scheibe davon abschneiden, wird sich diese Scheibe nach hinten umbiegen wie ein Span.«

»Und bei totem Knochen ist das anders?«

»Richtig. Sie könnten jetzt von dieser Rippe da genausowenig einen nach hinten gebogenen Span abschneiden wie von einem Stück Porzellan. Was Sie da anschauen ist eine Stelle, wo die Klinge über den Knochen geschabt ist, als er noch lebte.«

Joly richtete sich wieder auf und legte das Vergrößerungsglas aus der Hand. »Aber das hier ist doch an einer ganz anderen Stelle. Was hat das mit dem anderen Einschnitt zu tun?«

»Oh, ich denke, wir können mit ziemlicher Sicherheit davon ausgehen, daß es ebenfalls zum Zeitpunkt des Todes beigebracht wurde – keine der beiden Verletzungen ist verheilt – und daß es passierte, als das Messer wieder herausgezogen wurde. Die Richtung und der Winkel des Knochenspans lassen vermuten, daß das Messer wahrscheinlich leicht gedreht wurde, und ...«

»Wahrscheinlich?« Joly stürzte sich mit trockener Begeisterung auf dieses Wort und richtete die beiden Finger, zwischen denen er seine Zigarette hielt, auf Gideon. »*Lassen vermuten? Mit ziemlicher Sicherheit annehmen?* Kann es sein, daß Sie tatsächlich eine gewisse Unsicherheit zugeben? Ja, sogar Fehlbarkeit?«

Gideon lachte. »Nein, ich wollte nur kein unumstößliches Statement abgeben.«

Joly sah ihn an, stieß dann etwas aus, das nach seinen Maßstäben brüllendes Gelächter war: eine Abfolge von vier abgehackten, bellenden Lauten. Er ließ seine Zigarette auf die Steinplatten fallen und trat sie mit dem Absatz aus. »In Dinan gibt es ein Restaurant, das Ihnen vielleicht gefallen wird. Was würden Sie zu einem Mittagessen sagen?«

11

Nach den Stunden in dem schmuddeligen Keller war Dinan eine willkommene Abwechslung. Eine hübsche alte Stadt, die von einer alten, unter knorrigen Efeusträuchern und leuchtend grünen Flechten fast verborgenen Steinmauer umgeben war und überragt wurde von dem schönen, stattlichen Hauptturm seines mittelalterlichen Schlosses. Das Zentrum der Stadt war reinstes fünfzehntes Jahrhundert, alles in kühlen, sauberen, grau-braunen Steinen gehalten. Die Straßen waren damit gepflastert, die Wälle und die schiefen, schmalen alten Häuser waren aus großen Blökken dieses Steines gebaut. Kein Holz, kein Putz, keine Ziegel – nur Stein. Aber es gab genügend freundliche kleine Bäume in Übertöpfen, genügend winzig kleine Gärten, genügend niedliche Geschäfte und Restaurants, um es auf eine miniaturisierte Art gemütlich und reizvoll erscheinen zu lassen, eine Disney-World-Ausgabe des Mittelalter-Landes.

Joly parkte den Wagen außerhalb der Stadtmauer, an der Promenade des Petits-Fosses, und sie gingen zu Fuß durch das alte Stadttor, dann weiter durch gewundene Gassen hinunter bis zu dem *Restaurant Duguesclin* gleich am Place du Champ-Clos.

»Es wird Ihnen gefallen, glaube ich«, sagte Joly.

»Traditionelle bretonische Küche, obwohl es, merkwürdig genug, von einer iranischen Familie geleitet wird.«

Auf dem Schild draußen stand *»Grillades sur Feu du Bois«*, und der Grill stellte sich als riesiger, offener steinerner Kamin heraus, der das Herzstück des schlichten Speiseraumes war. Ein lebhaftes Feuer verbreitete den verlockenden Duft von Lagerfeuer, der Gideon den Speichel im Mund zusammenlaufen ließ, noch bevor sich die Tür hinter ihm schloß. Auf einem breiten, geschwärzten Rost über dem Feuer brutzelten Fleisch- und Fischstücke unter der zähnefletschenden, sehr publikumswirksamen Aufsicht von zwei schlanken, dunkelhäutigen jungen Männern. Ein Radio auf der Theke hinter ihnen spielte Simon und Garfunkel.

»Nein«, sagte Gideon, mehr zu sich selbst, als sie sich an einen angenehm derben Holztisch setzten, »das glaube ich nicht.«

»Pardon?«

»Keine Iraner. Sicher, sie sind dolichocephalisch, aber nicht übermäßig, mit einer ziemlich zarten Morphologie des Cranium. Und die *Ossa nasalia* sind praktisch flach, womit der Fall wohl geklärt sein dürfte.«

»Äh, ja«, sagte Joly, »damit dürfte das dann wohl geklärt sein.«

»Marokkaner vielleicht, aber wahrscheinlicher noch Algerier.«

»Und wenn ich mir überlege«, sagte Joly, »daß ich gestern noch über eine solche Darbietung gelächelt hätte.«

»Sie lächeln jetzt.« Nicht, daß es leicht zu erkennen gewesen wäre, aber inzwischen konnte Gideon das leichte Zusammenpressen der Lippen in Kombination mit dem kaum sichtbaren Nach-oben-Ziehen der Mundwinkel als ein Joly-Lächeln identifizieren. Die kühlen, permanent taxierenden Augen erreichte es kaum.

»Ah«, sagte Joly, »aber das ist ein anderes Lächeln. Ich muß gestehen, noch heute vormittag war meine erste Reaktion angesichts Ihres Befundes die, daß Sie...« – er zuckte mit den Achseln – »... nun, die aus recht dürftigen Daten zu gewinnenden Erkenntnisse doch einem Wunschdenken gemäß überstrapazierten – eine Art künstlerischer Überschwang, unter den gegebenen Umständen sicherlich durchaus verständlich.«

Gideon lachte. »Inspektor, wo haben Sie Englisch gelernt?«

Joly verbeugte steif seinen Kopf und akzeptierte dies als das Kompliment, das es war.

Bei einem ersten Gang *palourdes* – gedünsteten Muscheln auf ihrer halben Schale, überschüttet mit Knoblauchbutter – erläuterte Gideon den Rest seiner Untersuchungsergebnisse. Joly stocherte unbeirrbar in seinen Muscheln herum, nickte jedoch von Zeit zu Zeit verständnisvoll.

»Manches davon *war* bestimmt künstlerischer Überschwang«, räumte Gideon ein. »Ich *glaube*, es war ein Küchenmesser, aber ich würde nicht meinen Kopf darauf verwetten. Und was die Sache angeht, daß der Mörder Rechtshänder war...«

»Ach ja. Der Winkel der Einkerbung auf der Rippe, vermute

ich? Das legt nahe, daß der Stoß von der Vorderseite des Opfers ausgeführt wurde, und da es seine linke Seite durchbohrte ...«

»Genau.«

Joly tupfte mit einer Serviette seine Lippen ab und trank einen Schluck Muscadet. »Nun, ich würde das für eine ziemlich vernünftige Schlußfolgerung halten, zumindest bis sich andere Tatsachen ergeben.« Was auch ziemlich genau Gideons Ansicht war, nun da sein Anfall von Streitlust vorübergegangen war.

Als das Hauptgericht kam, stockte ihre Unterhaltung, während sie zugriffen. Joly war ein begeisterter Esser, und wenn die gegrillte Forelle so gut war wie Gideons über offenem Feuer gebratene Sardinen, dann hatte er auch allen Grund für seine Begeisterung. Als schließlich der Käse gebracht wurde, hatte Joly sein zweites Glas Wein getrunken und war in einem Maße locker, daß er sich tatsächlich gegen die Rückenlehne seines Stuhles sinken ließ. Genau der richtige Augenblick, fand Gideon, herauszufinden, was sich oben abgespielt hatte, während er unten im Keller gewesen war.

»Wie ist Ihre Ermittlung denn heute morgen abgelaufen?«

Joly nickte stumm, als wäre das schon eine Antwort, und fuhr fort in dem Versuch, sich ein Stück steinharten Cantals abzuschneiden.

»Irgendwelche Fortschritte gemacht?«

Achselzucken. Unverbindliches Grunzen.

»Noch nicht gelöst, nehme ich an?«

»Noch nicht.« Dieses Mal eine zusammenhängende Antwort. Eine deutliche Verbesserung.

»Verdächtige?«

»O ja.«

»Tja, es ist schon faszinierend, all diese Informationen direkt aus Ihrem berufenem Mund zu erfahren.« Er biß in ein mit weichem, säuerlichem Banon bestrichenes Stück Brot.

Joly lächelte. »Jeder im *manoir* ist verdächtig.« Er zögerte, entschied dann schließlich, daß er Gideon doch vertrauen sollte. »Die Weinkaraffe wurde von Marcel etwa gegen zehn Uhr gestern abend auf die Anrichte gestellt, als Claude die vorhergehende mit auf sein Zimmer nahm. Zwischen diesem Zeitpunkt und heute morgen neun Uhr hatte jeder ausreichend Gelegenheit, ein paar hundert Milligramm Zyankali hineinzuwerfen. Mit Fingerabdrücken oder ohne.«

»Soviel zur Gelegenheit. Irgendwelche Anhaltspunkte, *warum* er ermordet wurde?«

Joly war es gelungen, ein hartes halbmondförmiges Stück aus dem Käse herauszuschnitzen, und benutzte jetzt seine Gabel, um es auf sein Brot zu legen. Er schaute zu Gideon auf, ohne dabei seinen Kopf zu heben, so daß seine Augenbrauen hochgezogen und seine Stirn in tiefe Falten gelegt war. Völlig unerwartet stieß er sein Maschinengewehrlachen aus; ein echtes Lachen von der Sorte, an der auch die Augen beteiligt waren.

»In meiner langen und abwechslungsreichen Karriere, Dr. Oliver, habe ich selten so viele glaubwürdige Motive gesehen.« Er legte seine Gabel aus der Hand und beugte sich vor. »In weniger als einer Woche ist es Claude Fougeray gelungen, jeden einzelnen in seiner unmittelbaren Nähe gegen sich aufzubringen.« Er begann an seinen Fingern abzuzählen. »Er hat sich über Jules du Rocher als einen wiehernden und feigen Idioten lustig gemacht, was er zweifelsohne auch ist; er brachte den lammfrommen Marcel Lupis zur Weißglut, indem er Madame Lupis beleidigte; er hat Ben Butts in seiner Ehre verletzt; er ... na, wen habe ich noch vergessen?« Sein rechter Zeigefinger verharrte über dem vierten Finger seiner linken Hand und senkte sich dann. »Ach ja, natürlich hatte er es sich zur Lebensaufgabe gemacht, seine Frau und Tochter zu tyrannisieren und zu erniedrigen. Und Leona Fougeray, die mit ihrer Freude, daß er tot ist, nicht hinter dem Berg hält, ist keine Frau, die ich gerne provozieren würde.«

Joly hörte auf zu zählen und drehte langsam sein Weinglas am Stiel, starrte in den kleinen Rest. »Ach, und bei der Verlesung von Guillaumes Testament deutete er in einer anscheinend denkwürdigen Szene in aller Deutlichkeit an, daß er es anfechten würde. Und das in einem Raum voller Leute, die einen beträchtlichen Nutzen aus den Bestimmungen des Testamentes zogen.«

Gideon hörte mit wachsendem Respekt zu, während Joly weiter ausführte. In sehr wenigen Stunden war eine ganze Menge an den Tag gebracht worden. »Sind die Leute immer so mitteilsam?« fragte er.

»Über die jeweils anderen, ja.« Joly lächelte. »Besonders über ihre Verwandten. Wenn Sie belastendes Beweismaterial haben wollen, sag ich immer, dann reden Sie einfach mit der Familie des Verdächtigen.«

Gideon lächelte ebenfalls. Es klang ganz nach dem, was Bens Onkel Beau Will'm sagen würde.

Joly fuhrt fort, nachdenklich sein Glas kreisen zu lassen, dann trank er die paar Tropfen, die noch darin waren. »Aber wissen Sie, ich kann nicht sagen, daß ich von einem Mord wegen beleidigter Würde oder in Zweifel gezogener Ehre besonders überzeugt bin. Nicht einmal, wenn es darum ginge, die Mühen einer Scheidung zu vermeiden. Es kommt einfach nicht besonders häufig vor.«

»Womit das Testament bleibt. Denken Sie, jemand hat ihn ermordet, um ihn daran zu hindern, es vor Gericht anzufechten?«

Joly wand sich ein bißchen. Er ließ sich nicht gern auf etwas festnageln. »Nicht direkt. Die Möglichkeit einer erfolgreichen Anfechtung war nahezu absurd klein. Sie entbehrte einfach jeder vernünftigen Grundlage. Rechtsanwalt Bonfante hat das allen nach der Eröffnung des Testamentes erklärt. Warum sollte jemand in einem solchen Fall das Risiko eines Mordes eingehen?«

»Was meinen Sie mit *nicht direkt*?« Er schenkte sich und Joly Wein aus der halben Flasche jungen Beaujolais ein, die sie zum Käse bestellt hatten; der Polizist hob seine Hand, als sein Glas zu einem Viertel gefüllt war.

»Nun, ich denke, da geht unter der Oberfläche noch etwas anderes vor – etwas, über das sie nicht so mitteilsam gewesen sind. Claude Fougeray hat, wie es scheint, laut und bei jeder sich bietenden Gelegenheit verkündet, daß der Grund, warum Guillaume sie alle zusammengerufen habe, der gewesen sei, daß er ankündigen wollte, er habe eine Testamentsänderung vor, wobei vermutlich Claude selbst der Hauptbegünstigte gewesen wäre.«

»Glauben Sie, das könnte stimmen?«

Der Inspektor ließ den Wein in seinem Glas wieder nachdenklich kreisen. »Nein, eigentlich nicht. Bislang habe ich nichts gefunden, was darauf hindeutet, daß dies mehr als nur Wunschdenken gewesen ist. Und Bonfante sagte, Guillaume hätte seit Jahren nicht mehr von seinem Testament gesprochen.«

»Aber absolut sicher sind Sie nicht?«

»Ich mache mir so meine Gedanken.«

»Sie meinen, der Anwalt könnte vielleicht lügen?«

»Georges Bonfante? Nein, nein, ich kenne ihn schon seit Jahren. Und falls Sie denken, er selbst könnte auch einen interessanten Verdächtigen abgeben, fürchte ich, Sie enttäuschen zu müssen. Seit der Verlesung des Testamentes ist er nicht mehr auch nur in der Nähe des Hauses gewesen. Genausowenig wie irgendwelche Außenstehenden, möchte ich noch hinzufügen. Also ist die Zahl unserer Verdächtigen, wenn schon nicht unsere Motive, begrenzt und klar umrissen. Ein hübscher altmodischer Kriminalfall.«

Gideon versuchte ein Stück von dem in Asche gewendeten Montrachet auf einem Stück Brot, kratzte den größten Teil der Außenschicht ab und gab sich die größte Mühe, nicht an die fürchterlichen Verschleißerscheinungen zu denken, die er an den Zähnen prähistorischer Menschen gesehen hatte, die mit ihren Speisen automatisch auch Asche verzehrt hatten. Aber auf seine Zähne zu achten, war eine ganz alltägliche Sache. Wie oft aber begegnete man einem wirklich erstklassigen Montrachet?

»Was *war* denn der Grund, warum Guillaume alle zusammengerufen hat?« fragte er.

»Aaah, Ihr Verstand arbeitet wie meiner«, sagte Joly. Ganz eindeutig ein Kompliment. »Laut Jules ging es darum, den Verkauf des Anwesens an eine Hotelkette zu besprechen.«

»Laut Jules?«

»Wie es scheint, war Jules der einzige, dem er etwas gesagt hatte. Er war anscheinend der große Liebling des alten Herrn; sie standen sich angeblich sehr nahe.«

»Jules?« sagte Gideon überrascht, erinnerte sich an den weichen jungen Mann, der bei dem Gedanken an abgeschlagene Köpfe und Hände gegeifert hatte.

Joly lächelte trocken über seinen Gesichtsausdruck. »Ja, es scheint ein unerklärliches Fehlurteil eines Mannes zu sein, der ansonsten für sein kritisches Urteilsvermögen bekannt war. Wie ist dieser Montrachet?«

»Einfach köstlich, aber ich hoffe, Ihre Zähne haben einen kräftigen Zahnschmelz.«

Er bot wieder die Weinflasche an, doch Joly lehnte ab.

»Nein, vielen Dank. Ich habe sowieso schon zuviel getrunken. Im allgemeinen beschränke ich mich auf ein Glas zum Mittagessen.«

»Hören Sie, Inspektor«, sagte Gideon, schenkte sich selbst ein wenig nach, »ich bin ein wenig verwirrt. Sagen wir doch einfach mal, Guillaume hätte *tatsächlich* beabsichtigt, das Testament neu aufzusetzen ...«

»Ich halte das nicht für sehr wahrscheinlich. Claude neigte offenbar dazu, sich etwas vorzumachen.«

»Aber nehmen wir es doch einfach mal an, und sagen wir, daß der Nachlaß an Claude statt an die anderen hätte gehen sollen ... Nun, Guillaume starb vor fünf Tagen, richtig? Ohne ein neues Testament gemacht zu haben. Es war aus und vorbei; welche Verbindung könnte es denn da noch zu dem Mord an Claude geben?«

Joly schluckte ein kleines Stück Brot und Käse und tupfte sich mit einer Serviette den Mundwinkel ab. »Ja, das stimmt.«

»Nun ...« Gideon stellte sein Glas ab. »He, wollen Sie damit sagen, daß an Guillaumes Tod doch vielleicht irgend etwas faul gewesen sein könnte?«

Dies wurde mit einer Handbewegung und einer säuerlichen Miene abgetan. »Warum kommen Sie eigentlich so hartnäckig immer wieder darauf zurück? Welchen Grund könnte jemand gehabt haben, Guillaume umzubringen?«

»Zum Beispiel das Geld in dem Testament«, sagte Gideon. »Eine Menge Leute müssen doch vor Ungeduld förmlich gefiebert haben, ihren Anteil endlich in die Finger zu bekommen.«

»Sie hätten sicher auch noch das eine Jahr abgewartet.«

»Noch ein Jahr?«

»Wußten sie das nicht? Mehr hat Dr. Loti ihm nicht mehr gegeben, und das war schon vor einigen Monaten.«

›Das tut mir leid‹, hätte Gideon beinahe ausgerufen, was unter den gegebenen Umständen schon ziemlich merkwürdig gewesen wäre. »Nein«, sagte er statt dessen, »das wußte ich nicht.«

»Nun, das war allgemein bekannt. Dr. Loti ist ein guter Arzt, aber er ist nicht der richtige Mann, um ein Geheimnis zu bewahren. Und, stellt Sie das jetzt zufrieden?«

»Ich denke, ja«, sagte Gideon skeptisch. Aber ob es nun ein Motiv gab oder nicht, irgend etwas stimmte einfach nicht mit Guillaumes Tod. Nicht, daß er erwartete, Joly überzeugen zu können.

»*Ich denke, ja*«, wiederholte Joly mit einem Lächeln. »Ein Mann, der nicht leicht aufgibt. Trotzdem haben Sie auf eine Art recht. Hier ist, wie Sie sich ausdrücken, tatsächlich irgend etwas faul. Irgend etwas, das sie wissen, mir aber nicht erzählen, etwas, das nicht ganz ...«, er suchte nach einem Wort und kam überraschenderweise auf: »... koscher ist. Irgend etwas aus der Vergangenheit, glaube ich. Ich habe mich schon zu fragen begonnen, ob es nicht vielleicht irgend etwas mit dem Mord an diesem SS-Mann zu tun haben könnte.«

»Vielleicht, aber ... ich schneide es ja wirklich nur äußerst ungern immer wieder an, aber das dort unten mit dieser Scharte in der Rippe ist nicht Helmut Kassel.«

»Vielleicht nicht, vielleicht nicht.« Joly nickte gedankenverloren; seine Aufmerksamkeit schweifte ab. »Macht es Ihnen etwas aus, wenn wir keinen Kaffee mehr nehmen? Ich denke, ich sollte jetzt wohl wieder zurück.«

Gideon hob sein Glas, um es auszutrinken, aber zum zweiten Mal verharrte er mitten in der Bewegung und stellte es zurück auf den Tisch. »Irgend etwas aus der Vergangenheit, haben Sie gesagt? Inspektor, hat Ihnen niemand von Alain du Rocher erzählt, und in welcher Weise Claude für seinen Tod verantwortlich war?«

Jolys Miene zeigte überdeutlich, daß ihm niemand etwas erzählt hatte. Mit gesenktem Kopf und finsterem Blick hörte er sich Gideons Erklärung an, ganz und gar nicht erfreut darüber, daß diese Information nicht während seiner Vernehmungen aufgetaucht war. Und außerdem, dachte Gideon, auch nicht übermäßig begeistert, sie ausgerechnet von dem Knochen-Detektiv aus Amerika erhalten zu müssen.

»Vielleicht nehme ich doch noch einen kleinen Schluck Wein«, sagte er, als er alles gehört hatte. Er schenkte sich ungefähr einen Teelöffel voll in sein Glas, ließ es auf dem Boden kreisen und stürzte den Schluck mit grimmiger Miene herunter. »Schon merkwürdig, daß niemand daran gedacht haben sollte, es mir gegenüber zu erwähnen.«

»Tja, vielleicht wollten sie ja auch ganz einfach einen alten Familienskandal ruhen lassen. Vielleicht haben sie es auch einfach vergessen oder keinen Zusammenhang gesehen.«

Joly legte seinen Kopf in den Nacken und stieß ein bellendes Lachen aus. »Ja, und vielleicht wachsen Austern ja auch auf Bäumen.«

Sie hatten sich darauf geeinigt, getrennt zu bezahlen, und Joly, der argwöhnte, ihm wäre zuviel berechnet worden, verglich sorgfältig seine Rechnung mit den auf einer Tafel hinter dem Grill angeschlagenen Preisen. Aber er hatte seine Schwierigkeiten, die Preise zu lesen, hob seinen Kopf, senkte ihn wieder, hob schließlich seine Brille ein Stück und blickte seine Nase entlang zu der Tafel. »Ich habe diese verdammte Bifokalbrille jetzt seit einer Woche«, brummte er, »und ich hab mich noch immer nicht an dieses Ding gewöhnt. Ich kann immer noch nichts erkennen, außer durch den unteren Teil. Verdammt anstrengend für den Nacken. Ich wünsche Ihnen, daß Sie nie eine tragen müssen, Dr. Oliver.«

Gideon spürte, wie er einen heißen Kopf bekam. Und er hatte es auch verdient, rot zu werden. All diese arroganten und herzlosen Bemerkungen über Jolys hochnäsige Haltung und seinen herablassenden Blick, und dann stellte sich heraus, daß es wegen einer neuen Bifokalbrille war und ganz und gar nicht halsstarrige Aufgeblasenheit. Oder doch nur zu einem kleinen Teil. Selbst die breite, glattrasierte Oberlippe des Inspektors wirkte plötzlich viel menschlicher, nicht mehr ganz so unverwundbar wie zuvor.

»Inspektor«, sagte Gideon, »meinen Sie, wir kennen uns gut genug, daß Sie mich mit meinem Vornamen ansprechen könnten? Er lautet Gideon.«

»Oh«, sagte Joly, wühlte in seinem Portemonnaie, »ja, ja, natürlich. Meiner ist, äh, Lucien.«

Gideon hatte den Eindruck, daß dies etwas war, das er noch nicht besonders vielen Menschen anvertraut hatte.

Als sie zum *manoir* zurückkehrten, wurden sie von einem aufgeregten Sergeant Denis erwartet, der sie sofort und außer Atem in den Keller schleifte. Ein weiterer Fund war ausgegraben worden, dieses Mal nicht in ein Päckchen eingewickelt, sondern ungefähr drei Meter von der ersten Stelle einfach in den Boden geworfen; alles in allem neun Stücke, stark verschmutzt und verfärbt. Dieses Mal keine Knochen, sondern Gegenstände einer Militäruniform.

Ein Paar rissige schwarze Stiefel mit Riemen über dem Blatt; ein ledernes Koppel mit Schulterriemen, ebenfalls schwarz und mit einer scheibenförmigen Schnalle; eine Schulterkordel aus geflochtenem Metall; ein paar angelaufene Orden und militärische Insignien und eine spitze, schwarze Mütze. Und auf dieser Mütze, mit der Zeit dunkel geworden, aber nach all diesen Jahren immer noch boshaft schimmernd, der Totenkopf der SS, liebevoll in mattem Weißblech geformt.

Gideon und Joly sahen sich über den Kopf des aufgeregt plappernden Denis hinweg an.

»Verdammter Mist«, sagte Gideon.

»*Voilà*«, sagte Joly.

»Dann hast du dich also geirrt«, sagte John gelassen. »Es ist aber ja nicht so, daß es das erste Mal wäre.«

»Ich habe mich nicht geirrt«, beteuerte Gideon. »So ein Fehler passiert mir einfach nicht, sofern es um Knochen geht. Und das weißt du genau.«

»Und was war mit diesen Knochen, die am Massachusetts Turnpike in der Nähe von, na, wo war's noch gleich, von Stockbridge gefunden wurden? Du erinnerst dich? Damals hast du dich gottverdammt sicher geirrt.«

»Stimmt, aber das war ein durchaus verständlicher Fehler, nur eine kleine Fehlinterpretation.«

John blieb stehen und starrte ihn mit gespielter Ungläubigkeit an; oder vielleicht war es auch ausgemachte Ungläubigkeit. »Uns zu erzählen, die Knochen wären von einem Fünf- bis Siebenjährigen, wo der Bursche in Wirklichkeit zweiunddreißig war... eine kleine Fehlinterpretation?«

»Herrgott, John! Später hat sich herausgestellt, daß der Bursche eine Dysostosis cleidocranialis hatte. Weißt du eigentlich, wie selten so was ist?«

»Ich weiß nicht mal, *was* es ist.«

»Der normale Ablauf seines Knochenbildungsprozesses ist völlig danebengegangen. Woher sollte ich das denn wissen? Ich hatte nichts anderes als nur ein paar Oberkieferknochen und ein Schlüsselbein, mit denen ich arbeiten mußte...«

John spielte auf einer imaginären Geige.

»Komm schon, John, das war außerdem sowieso nur mein vorläufiger Bericht. Als der Rest des Skelettes gefunden wurde, habe ich doch das richtige Alter geliefert, oder vielleicht nicht? Hab ich recht? Ich habe den Burschen praktisch für euch identifiziert.«

»Das stimmt schon«, räumte John ein, und sie gingen weiter. »Aber da unten im Keller hast du auch nicht besonders viel, um deine Schlüsse zu ziehen. Du erinnerst dich, du warst derjenige, der gesagt hat, es wäre nur so ein Gefühl in deinem Bauch.

Vielleicht war dieser Kassel ja ein riesiger Bursche mit kleinen Händen und Füßen. Vielleicht hatte er als Kind ja Polio, und seine Wirbelsäule ist geschrumpft oder was weiß ich. Ist das nicht möglich? Könntest du dich nicht, was seine Größe betrifft, irren?«

»Nein«, sagte Gideon. Er schüttelte heftig den Kopf, während sie ihren langsamen Spaziergang fortsetzten. »Absolut nicht. Ne, ne. Nein!«

»Tja, du bist und bleibst eben ein Dickschädel.« Johns übermütiges Kinderlachen perlte aus ihm heraus, und Gideon lachte ebenfalls.

Sie waren fast eine ganze Stunde um den Teich hinter dem *manoir* spaziert, den Kiesweg entlang, der das terrassenförmig angelegte Ufer durchschnitt. Die Abenddämmerung des frühen März war angebrochen, während Gideon John über die Ereignisse des vergangenen Tages informiert hatte; und über ihnen auf einem Hügel ragte das große steinerne Gebäude auf, hob sich finster vor dem wenigen noch verbliebenen Tageslicht ab – die vielfältigen Winkel seines spitzen Daches und die hohen steinernen Kamine so flächig schwarz und scharfkantig wie eine Papierschablone. Auf dem hinteren Hof zeichneten sich ein paar verwachsene, knorrige, immer noch kahle Eichen als Silhouette vor dem leeren, grau-rosafarbenen Himmel ab.

In jeder Hinsicht, sinnierte Gideon, ausgesprochen düster; ein wunderbarer Rahmen für Skelette im Keller und Morde im Wohnzimmer. Oder im Salon, wie sie es hier nannten.

»Komm, wir drehen noch eine Runde«, sagte John. »Ich habe da so ein paar Ideen, was den Mord an Fougeray angeht.« Während er seine Gedanken ordnete, gingen sie ein paar Schritte schweigend weiter. »Nach allem, was du sagst, hat Joly mehr Motive, als ihm lieb ist.«

»Richtig. Alles von Alains Tod vor fast fünfzig Jahren bis hin zu einigen vagen Anspielungen, die Claude so lauthals gemacht hat, als das Testament verlesen wurde. Plus die Tatsache, daß er vom ersten Tag, den er dort war, jeden gegen sich aufgebracht hat. Joly weiß kaum, womit er anfangen soll.«

»Also, ich glaube, ich weiß es. Als erstes muß er mal herausfinden, wann der Mord geplant worden ist. Wenn der Mörder ihn nicht vor dieser Woche geplant hat, dann könnte irgendeine neue Entwicklung der Anlaß gewesen sein. Wenn er aber geplant worden ist, *bevor* dieser Familienrat überhaupt zusammentraf, dann ist Claude offensichtlich wegen einer Sache ermordet worden, die schon früher passiert ist.«

»Ich nehme an, da wird Joly dir zustimmen, aber wie soll er denn rauskriegen, wann der Mord geplant wurde?«

»Indem er herausfindet, wann das Zyankali gekauft wurde.«

»Und wie...«

»Wie er das herausbekommen soll? Indem er seine kleine grauen Zellen benutzt, von denen diese französischen Detektive doch angeblich so viele haben sollen.«

»Belgische, nicht französische. Poirot war Belgier.«

»Toll, ist doch dasselbe. Paß auf: Falls der Mord im voraus geplant wurde, dann konnte sich der Mörder das Zyankali auch im voraus besorgen. Wenn er aber nach Beginn dieses Familientreffens geplant wurde, dann mußte er es sich im Verlauf der letzten paar Tage besorgt haben, richtig?«

»Ich vermute, ja«, sagte Gideon mit wachsendem Interesse. Wenn John anfing, sich wie ein Cop anzuhören, dann hatte er im allgemeinen irgend etwas im Sinn.

»Was soll das heißen, du vermutest? Kein Mensch rennt mit einem Fläschchen Zyankali in der Gegend rum, nur für den Fall, daß ihm zufällig jemand über den Weg läuft, den er gerne abmurksen möchte. Man besorgt es sich aus einem bestimmten Grund. Also muß Joly nichts anderes tun, als in Erfahrung bringen, ob dieses spezielle Zyankali vor dieser Woche gekauft wurde oder nicht. Wenn es vorher gekauft worden ist, dann ist auch der Mord vorher *geplant* worden; in diesem Fall muß es eines der *alten* Motive sein, kein neues, und nichts von dem, was Claude getan oder gesagt hat, nachdem er hier angekommen ist, hat etwas damit zu tun.«

»Natürlich«, sagte Gideon nach einem Augenblick. »Du hast recht.«

»Klar hab ich recht. Was tust du so verblüfft?«

»Ich bin nicht verblüfft. Ich frage mich nur gerade, wie Joly es wohl anfangen könnte herauszufinden, wann das Zyankali gekauft worden ist.«

»Für den Anfang könnte er ja mal mit den Apotheken und Chemikalienhandlungen in der Gegend hier loslegen, um zu erfahren, ob während der letzten Woche was von dem Zeug verkauft worden ist.«

»Würde eine Chemikalienhandlung Buch über die Leute führen, die Zyankali kaufen?«

»Hier in Frankreich? Keine Ahnung. Bei uns zu Hause ist es von Staat zu Staat unterschiedlich. An vielen Orten muß der Käufer einen Eintrag in einem ›Giftbuch‹ gegenzeichnen. Aber selbst wenn sie das hier anders machen, was kann es schon für eine Arbeit sein, das nachzuprüfen? Wir reden hier schließlich nur über einen Umkreis von vielleicht fünfzig Meilen, in dem sich keine große Stadt befindet, und wie viele Leute kaufen schon Zyankali?«

»Keine Ahnung. Wozu braucht man es überhaupt? Abgesehen von Mord, natürlich?«

»Um Ratten und Maulwürfe zu vergiften. Für solche Sachen ... aber heute auch nicht mehr so besonders oft, wenigstens in den Staaten nicht mehr. Dann wird es, glaube ich, noch in der Metallverarbeitung benutzt. Du weißt schon, bei der Versilberung und so weiter. Keine Ahnung, für was sonst noch. Kann nicht mehr viel sein.«

Gideon nickte. »Und wieso ausgerechnet fünfzig Meilen? Warum nicht hundert oder fünfhundert?«

»Nur eine grobe Schätzung. Ich gehe davon aus, daß niemand allzu lange verschwinden wird, wenn er sich das Zeug besorgt, einfach um zu vermeiden, daß er deswegen später verdächtig erscheinen würde, und fünfzig Meilen ist ungefähr die Entfernung, die man in zwei oder drei Stunden hin und wieder zurück fahren kann.«

»Ja, ich schätze...« Gideon faßte John mit einer Hand am Unterarm und blieb stehen. »John, niemand ist von hier fortgefahren. Es war kein Wagen verfügbar. Guillaumes Auto war hier das einzige, und das steht immer noch am Mont St. Michel.«

»Ach, ja?« Johns Gesicht war inzwischen in der Dämmerung nicht mehr zu erkennen, aber Gideon hörte das Schnellerwerden seiner Stimme. »Das vereinfacht die Sache erheblich. Du mußt nur in den kleinen Städten hier in der Gegend nachforschen.«

»Nein, es könnte sich ja auch jemand ein Taxi nach Dinan genommen und es dort gekauft haben oder sogar von dort mit dem Zug sonst irgendwo hingefahren sein.«

»Sicher, aber wie viele Taxen kann es hier in der Gegend wohl schon geben, und wie viele Fahrgäste werden die wohl haben? Wir sind hier in den Karpaten, Doc. Es ist ein Klacks, das zu überprüfen. He, meinst du, Joly hat auch schon daran gedacht?«

»Wahrscheinlich«, sagte Gideon, als sie sich auf den Rückweg zum *manoir* machten. »Mir kommt er ziemlich clever vor.«

»Ja, aber man kann nie wissen. Es ist schon komisch, wie einem manchmal Kleinigkeiten durchrutschen. Meinst du, ich sollte ihm das mal sagen?«

»Klar«, sagte Gideon. »Er findet es richtig gut, wenn man ihm sagt, wie er seinen Job zu machen hat.«

Zunächst reagierte Joly leicht gereizt, als er unterbrochen wurde, während er Sophie Butts im Arbeitszimmer vernahm, und er hörte John mit scharf nach vorn geneigtem Kopf zu, wobei er seinen Rücken kerzengerade hielt und ungeduldig mit seinem Fuß wippte. Aber am Ende war er dankbar.

»Vielen Dank«, sagte er höflich. »Natürlich habe ich bereits begonnen, die hiesigen Lieferanten von Zyankali anzusprechen, aber ich muß zugeben, daß ich nicht an all das gedacht habe.«

»Hätten Sie schon noch«, sagte John großmütig. »Sie stecken eben nur bis über beide Ohren in Arbeit.«

»Allerdings. Ach, und es wird Sie beide sicher interessieren zu erfahren, daß Claudes Tod durch Zyankalivergiftung bestätigt worden ist. Kaliumzyanid, bekannt eben als Zyankali, aufgelöst in dem Wein. Der Anteil in seinem Blut lag bei annähernd fünf Prozent. Es ist schon ein Wunder, daß er überhaupt noch so lange gelebt hat, wie es der Fall war.« Er deutete eine Verbeugung in Gideons Richtung an. »Es ist durchaus möglich, daß dies unentdeckt geblieben wäre, Dr. Oliver – äh, Gideon. Eine Zyankalivergiftung kann leicht übersehen werden, sofern man nicht speziell danach sucht. Tatsächlich ist es eine gute Wahl für einen Mord.«

»Oh, danke, äh, Lucien, aber da war dieser Bittermandelgeruch. Ziemlich schwer, den nicht zu bemerken.«

Als Joly in das Arbeitszimmer zurückgekehrt war, drehte John sich langsam zu Gideon um. »*Lucien?*« sagte er verwundert. »*Gideon?* Was ist denn hier los?«

»Man muß eben wissen, wie man ihn nehmen muß, John.«

»Vielleicht«, sagte er und nickte. »Aber weißt du, ich glaube, der Bursche fängt langsam an, unsere Hilfe zu schätzen.«

Auf ihrem Weg hinaus begegneten sie Ray, der mit einer Jammermiene auf dem Hof herumlief und Steinchen durch die Gegend trat. Der Augenblick schien so günstig wieder jeder andere, um eine Sache anzuschneiden, die Gideon ihn hatte fragen wollen.

»Ray«, sagte er ohne lange Vorrede, »was hat Guillaume draußen in der Bucht von Mont St. Michel am Tage seines Todes gemacht?«

»Guillaume?« Rays rötliche Augenbrauen schnellten hoch. »Muscheln gesucht. Ich dachte, das wüßtest du.«

»Ich habe es gehört, aber woher *weißt* du, daß er genau das gemacht hat?«

»Er hat es uns gesagt ... am Abend zuvor, beim Abendessen. Er sagte, wir würden unsere Besprechung am folgenden Tag abhalten, aber es müßte bis zum Nachmittag warten. Seit Oktober wäre es der erste wirklich gute Tag zum Muschelsammeln, und er würde den ganzen Morgen über draußen in der Bucht sein. Warum fragst du?«

»Hör zu«, sagte Gideon, »ergibt das für dich einen Sinn, daß er sich von der Flut überraschen ließ? Würde ein so vernünftiger und systematischer Mann wie er dort hinausgehen, ohne vorher einen Blick in eine Gezeitentabelle geworfen zu haben?«

Ray runzelte seine Stirn. »Das ist wohl *wirklich* etwas überraschend, aber ... alle sagen, er sei in letzter Zeit immer zerstreuter geworden. Er ist immerhin fast achtzig. Ich meine, er war.«

»Ist er dir auch zerstreut vorgekommen?«

»Ich weiß nicht. Vielleicht ein bißchen, aber er war so einschüchternd wie immer, das kann ich dir sagen.« Er blickte beunruhigt auf zu Gideon, dann zu John, dann wieder Gideon. »Gideon, was du sagst, klingt so... unheimlich. Du meinst wohl, daß Guillaumes Tod auch kein Unfall war, nicht wahr?«

»Ich weiß es nicht, Ray«, erwiderte Gideon freundlich. »Die Polizei findet jedenfalls nichts Verdächtiges an seinem Tod, wenn du dich dadurch besser fühlst.«

Ray seufzte. »Das alles ist wirklich absolut furchtbar.«

Gideon nickte verständnisvoll. Bei weitem nicht so furchtbar, wie was noch kommen würde, sagte ihm eine beunruhigende innere Stimme.

»Doc«, sagte John, als Gideon langsam mit dem gemieteten Cortina zwischen den Torpfosten hindurchfuhr, rechts abbog und die Scheinwerfer die Stämme der Platanen am Straßenrand wie eine Doppelreihe farbloser Betonsäulen aus der Nacht rissen, »du machst es schon wieder.«

»Was mache ich schon wieder?« wunderte sich Gideon unschuldig.

»Deine Nase in eine Sache stecken, die dich nichts angeht.«

»Ich? Ganz bestimmt nicht!«

»Hör zu, wenn du glaubst, daß an Guillaumes Tod irgend etwas nicht stimmt, dann sag's einfach Joly. Stell nicht deine eigene private Ermittlung an.«

»Ich hab's ihm schon gesagt. Er sieht das anders.«

»Aber du weißt jetzt ein bißchen mehr. Vielleicht...«

»John, nichts für ungut, aber ich kümmere mich erst mal alleine um diese Sache. Keine Angst, wenn und falls ich Joly irgendwas zu sagen habe, werde ich es ihm schon sagen. Ich mache das hier ja nicht, um ihm ins Handwerk zu pfuschen.«

»Ich weiß. Du machst es, um einen Vorwand zu finden, dir keine weiteren Vorträge mehr über sarcosaprophages Ungeziefer anhören zu müssen. Mein Gott, ich hätte nicht gedacht, daß ich das aussprechen könnte.« Er lachte und reckte sich. »He, morgen ist Sonntag. Keine Schule. Haben wir schon was vor?«

»Nichts Festes. Wir werden einige Zeit in St. Malo verbringen – in der Altstadt: auf den Wällen spazierengehen, Chateaubriands Grab ansehen, Jaques Cartiers Grab ...«

»Gräber«, grummelte John. »Toll. Klingt nach einem freien Tag ganz nach deinem Geschmack.«

»Okay, was hältst du davon, wenn wir zwischen zwei Gräbern mal kurz bei Dr. Loti vorbeischauen? Er wohnt in St. Malo.«

»Wer ist Dr. Loti?«

»Er ist derjenige, der rausgekommen ist, um sich Claudes Leiche anzusehen. Außerdem war er Guillaumes Hausarzt, und ich dachte, ich könnte ihm vielleicht die eine oder andere Frage stellen. Hast du Lust mitzukommen?«

»Wie war das noch gleich, du wolltest dich doch alleine um diese Sache kümmern?«

»Ich habe nicht gesagt, ich könnte nicht ein bißchen moralische Unterstützung von meinen Freunden gebrauchen. Außerdem, ich kenne dich. Du glaubst doch auch, daß hier irgendwas Merkwürdiges läuft.«

John dachte ein paar Sekunden über diese Idee nach. »Um die Wahrheit zu sagen, Doc, nein, tu ich eigentlich nicht. Aber wozu sind Freunde da?«

Am nächsten Morgen, als sie im Speiseraum des Hôtel Terminus frühstückten, kam ein *commissaire* aus einer der südlichen Provinzen an ihren Tisch, um ihnen die Hände zu schütteln.

»Es tut mir sehr leid«, sagte er zu Gideon in korrektem, aber stockendem Englisch. »Ich kann die zweite Woche leider nicht bleiben. Ich habe das Programm sehr genossen.«

»Probleme zu Hause?« erkundigte sich John von Polizist zu Polizist.

»Briefbomben«, erwiderte er ernst. »In der letzten Woche gleich zwei, an Lokalpolitiker hier.«

»Jemand dabei umgekommen?«

»Beide Empfänger wurden getötet. Und zwei Unbeteiligte schwer verletzt. Es ist schrecklich, wie eine Seuche. Wie Schußwaffen bei Ihnen in Amerika. Frankreich wird davon heimgesucht.«

»Das wußte ich nicht«, sagte Gideon.

»O ja. Einfach überall: in Paris, Marseille, ja sogar in St. Malo. Diese verdammten ...« Sein blasses, faltiges Gesicht wurde rot vor Wut, beruhigte sich dann wieder. Er verbeugte sich kurz und ging.

Gideon trank seinen Kaffee aus. »Wer ist dran?«

»Du«, sagte John und schob ihm die Rechnung zu.

Gideon unterschrieb sie, setzte die Zimmernummer dazu, und beide gingen hinaus in das Hotelfoyer.

»Briefbomben sind beschissen«, sagte John.

»Ich hab auch nicht besonders viel für sie übrig.«

»Nein, ich meine, es gibt Killer, für die man fast so was wie Verständnis haben kann. Aber einem Burschen das Gesicht per Post zu zerfetzen, während man selbst tausend Meilen weit weg ist ... wenn es einem scheißegal ist, wenn irgendein anderer den Brief öffnet und die Augen aus dem Kopf geblasen oder die Hände weggerissen bekommt – okay, dann gibt man eben weitere zehn Eier für ein paar Gramm kommerziellen Sprengstoff und eine billige Zündkapsel aus, packt das Ganze in einen großen Umschlag und schickt eben noch ein Ding los. Ach, das ist beschissen.«

»John, ich bin ganz deiner Meinung. Du brauchst aber nicht unbedingt so plastisch zu werden.«

Als sie kurz danach an der Rezeption vorbeigingen, um ihre Schlüssel abzugeben, zog der Mann hinter der Theke einen dikken, einfachen Umschlag aus dem Regal hinter sich. Der Umschlag war reichlich frankiert, trug aber keinen Absender. Nur ein handschriftliches »M. Oliver, Hôtel Terminus, 20, Rue Nationale, 35400 St. Malo« auf der Vorderseite.

Gideon und John sahen sich an und lachten – ohne große Überzeugung.

»Äh, wann ist das hier angekommen?« fragte Gideon. »Ich habe eigentlich nichts erwartet.«

»Es ist mit der Morgenpost gekommen. Eilzustellung. Stimmt etwas nicht?«

»Ob irgendwas nicht stimmt?« sagte Gideon. »Nein, nein, alles in Ordnung.« Er nahm den Umschlag – behutsam – entgegen und trug ihn vorsichtig von der Rezeption fort, hielt ihn wie ein zartes Soufflé auf beiden Handflächen. Der Umschlag war steif, schwer und ungefähr einen halben Zentimeter dick.

»John«, sagte er, während er sehr langsam ging und seine Augen immer auf dem Umschlag hielt, »bin ich vielleicht übertrieben paranoid?«

»Ob ›übertrieben‹, weiß ich nicht, aber paranoid bist du auf jeden Fall. Wer sollte dich umbringen wollen?«

»Genau das hat Ray auch von Claude Fougeray gesagt«, brummte Gideon.

»Komm schon, du bist jetzt nur ein bißchen nervös, weil dieser französische Cop uns das vorhin erzählt hat. Laß uns von hier verschwinden. Wir sollen in zwanzig Minuten in der Praxis dieses Arztes sein.«

»Nein, warte einen Moment.« Die Bar, die bis in das Foyer reichte, hatte noch nicht geöffnet. Gideon legte den Umschlag mit der Vorderseite nach oben auf einen der runden plastikbeschichteten Tische und sah ihn nachdenklich an. John hatte recht; wenn dieses kurze Gespräch mit dem *commissaire* nicht gewesen wäre, dann hätte er ihn längst aufgerissen und wäre jetzt schon unterwegs nach St. Malo. Trotzdem ...

»John, sagen wir einfach mal, ich würde denken, dieses Ding hier wäre eine Bombe ...«

»Mal rein theoretisch, meinst du.«

»Richtig. Gibt es irgendeine Möglichkeit, wie ich das rauskriegen kann, oder müßte ich ihn einfach in die Badewanne legen und das Wasser laufen lassen? Oder die Polizei verständigen?«

»Nein, es gibt da so eine Art Standardverfahren zur Überprüfung, wenn dich das beruhigt. Zuerst schaut man sich an, in welcher Stadt der Brief aufgegeben wurde und wer der Absender ist. Falls das eine oder andere irgendwie ungewöhnlich ist...«

»Hier steht kein Absender. Und aufgegeben wurde das Ding in Marseille, laut Poststempel.« Er sah John nachdenklich an. »Marseille?«

»Okay, also wer in Marseille könnte dir eine Briefbombe schicken wollen?«

»Niemand. Kein Mensch in Marseille würde mir je irgend etwas schicken wollen. Ich kenne nämlich überhaupt niemanden in Marseille.«

»Hmh«, machte John. »Schön, also weiter. Du überprüfst die Handschrift der Adresse. Wenn sie irgendwie verstellt aussieht...«

»Druckbuchstaben natürlich«, sagte Gideon mit grimmiger Miene.

John lachte. »Okay, Druckbuchstaben. Junge, du glaubst wirklich, irgendwer würde versuchen, dich in die Luft zu jagen, was? Also gut, als nächstes könntest du ihn auf Flexibilität prüfen.«

»Flexibilität?«

»Du biegst ihn – aber nur ganz leicht. Eine Menge von diesen Dingern haben Feder-Auslösemechanismen, und sie fühlen sich irgendwie elastisch an. Manchmal kann man sogar das metallische Knacken hören.«

Gideon nahm den Umschlag an zwei Ecken vom Tisch, hob ihn an seine Ohren und sehr behutsam und vorsichtig...

»He!« brüllte John. »Verbieg das Ding gefälligst woanders! Was tust du?«

Gideon legte den Umschlag wieder hin und warf John eine, wie er meinte, erstklassige Nachahmung von Inspektor Jolys Jack-Benny-Blick zu. »Ich dachte«, sagte er, »ich wäre hier derjenige, der unter Paranoia leidet.«

»Ich denke nur gerade«, brummte John, »wenn du dir deswegen wirklich so große Sorgen machst, vielleicht solltest du dann besser Jolys Büro anrufen.«

»Wenn *ich* mir deswegen Sorgen mache«, sagte Gideon mit äußerst befriedigender Verachtung.

Joly war in Rochebonne, und weder Denis noch Fleury waren im *hôtel de police*. Der diensthabende Sergeant war weniger abweisend als einfach nur völlig desinteressiert, leierte gelangweilte, monotone Fragen herunter wie eine Tonbandaufnahme: Wurden Sie von jemandem bedroht? Haben Sie Veranlassung zu der Annahme, daß jemand Ihnen Schaden zufügen will? Welche Gründe haben Sie zu denken, dieses Päckchen könnte womöglich eine Bombe enthalten? Die Antworten trugen nicht dazu bei, sein Interesse zu wecken, und Gideon wurde davon in Kenntnis gesetzt, daß er sich nicht die Mühe zu machen brauche, das fragliche Objekt nach Dinan zu bringen. Einfach abgeben bei Sergeant Mallet im *hôtel de police* in St. Malo. Der Sergeant werde sich mit Freuden der Sache annehmen und die Polizei sich zu gegebener Zeit mit *le professeur* wieder in Verbindung setzen.

Froh darüber, daß er nicht mit Joly gesprochen hatte, legte Gideon verlegen wieder auf und dachte ernsthaft darüber nach, den verdammten Umschlag jetzt einfach zu öffnen und Sergeant Mallet wieder zu vergessen. Aber am Ende, nachdem er (so dachte er wenigstens) die Rädchen der *Police Judiciaire* in Bewegung gesetzt hatte, war er der Ansicht, daß es besser wäre, die Sache auch durchzuziehen.

Der Umschlag wurde ordnungsgemäß bei Sergeant Mallet auf dem Polizeirevier abgegeben, beziehungsweise in seiner Abwesenheit einem entnervten jungen Polizisten überlassen, der gerade damit beschäftigt war, einen lautstarken Streit zwischen einem Marktstandbesitzer von der Place Poisonnerie und einem Autofahrer zu schlichten, der angeblich einen Fisch überfahren hatte. (Hätte da nicht der unbestreitbar geplättete Seebarsch auf der Theke gelegen, wäre Gideon vielleicht an seinen Französischkenntnissen irre geworden.) Mit nicht mehr als einer halben Stunde Verspätung waren sie schließlich gegen halb zehn in Dr.

Lotis Praxis am vornehmen Place Guy-la-Chambre in St. Malo, unmittelbar hinter der Stadtmauer an der Porte St. Vincent.

13

Dr. Lotis Sprechzimmer war die französische Version von Norman Rockwells Vorstellung, wie die Praxis eines Arztes aussehen sollte: alte Bücher, wuchtige alte Mahagonimöbel, ein paar gemütliche, verschossene, mit rotem Plüsch bezogene und mit Roßhaar gepolsterte Sessel, ein abgewetzter guter Teppich auf einem glänzenden Parkettfußboden, ein großer Schreibtisch aus goldgelber Eiche. Pierre Loti selbst erinnerte stark an einen älteren Michelin-Mann: korpulent und vergnügt, mit einem runden, wie aufgepumpt wirkenden Torso. Er saß hinter seinem Schreibtisch, die Hände geruhsam vor seinem in einer Weste steckenden Bauch gefaltet, sich auf seinem hölzernen Drehsessel zurücklehnend, und starrte an die Decke, während er redete. Und redete.

»Vergeßlich?« sagte er. »Meinen Sie, ob er senil war? Ob er die Alzheimer-Krankheit hatte? Ob er nicht mehr wußte, wo er war, so daß man ihn nach Hause führen mußte? Nein-nein-nein-nein.« Sein Doppel- und Dreifachkinn schwabbelte hin und her, als er seinen Kopf schüttelte.

»Andererseits ist es sicher richtig, daß er mit der Zeit ein bißchen zerstreuter wurde, ja. Ein bißchen ungeduldig, was die Bedürfnisse anderer Menschen betraf, ein bißchen festgefahren und unflexibel. Aber mit einem gewissen Alter hat ein Mann ein Recht darauf, meinen Sie nicht auch?«

»Ganz bestimmt«, sagte Gideon höflich. Dr. Loti war kaum mehr als fünf Jahre jünger als Guillaume, wenn überhaupt.

»Eben«, pflichtete Dr. Loti bei. »Aber wissen Sie, eine ganze Menge Menschen verstehen nicht den Unterschied zwischen einem Verstand, der leer oder verwirrt, und einem solchen, der wirklich nur ›zerstreut‹ ist, will heißen, irgendwo anders ist, sich gerade recht zielstrebig auf irgendein abstraktes oder entferntes Problem konzentriert und die unmittelbaren Trivialitäten des Augenblickes ignoriert.« Er nickte, lehnte sich noch ein wenig mehr auf seinem Sessel zurück und war sehr zufrieden mit der Art und Weise, wie er es ausgedrückt hatte.

Und Gideon ebenfalls, der sich diese reizvolle Sichtweise der Zerstreutheit für die nächste Gelegenheit merken wollte, wenn er sich verteidigen mußte, warum er einen Haufen Briefe, die er gerade erst erhalten hatte, gedankenlos in den nächstbesten Briefkasten warf. Das oder etwas ähnlich Triviales.

»In diesem Sinne des Wortes«, schwafelte Dr. Loti weiter, »ja, ich denke, man könnte wohl sagen, Guillaume war zerstreut. Zumindest, bedauerlicherweise, so sehr, daß diese Zerstreutheit seinen Tod verursachen konnte.«

»Sie glauben, er hätte sich so sehr auf sein Muschelsammeln konzentriert, daß die unmittelbare Trivialität der nahenden Flut ihn völlig überraschte?«

Dr. Loti kicherte leise. Es gibt nicht besonders viele Menschen, die überzeugend kichern können, aber Dr. Loti war eine Ausnahme. Seine Augen schlossen sich, und seine Schultern bebten, und ein sattes Glucksen vibrierte gemächlich aus seiner Kehle. »Nun ja, genau das glaube ich. Natürlich. Was sonst?« In einer halben Stunde war dies seine kürzeste Antwort.

»Worum geht's?« fragte John Gideon. »Willst du mir das bitte verraten, oder was?«

»Sorry«, sagte Gideon. Das umständlich schwadronierende Französisch des Arztes, unterbrochen von Räuspern, Kichern und Schnüffeln an einer Zigarre, die öfter aus war, als daß sie brannte (Dr. Loti schien sie so oder so zu genießen), hatte Gideons Sprachkenntnisse auf eine harte Probe gestellt, und er hatte seit ein paar Minuten nicht mehr übersetzt. Er faßte kurz alles zusammen.

John zuckte mit den Achseln. »Klingt einleuchtend.«

Ja, das tat es. Streng logisch betrachtet hatte er noch immer wenig Grund zu der Annahme, daß hinter Guillaumes Tod mehr steckte, als alle sagten. Da war nur dieses intuitive, nagende Gefühl, daß es einfach irgendwie nicht paßte; ohne eine Gezeitentabelle in eine der gefährlichsten Buchten ganz Europas hinauszuspazieren, klang ganz einfach nicht nach Guillaume du Rocher, gleichgültig, wo auch immer sein Verstand zu diesem Zeitpunkt gerade weilte. Er hatte nicht viel, mit dem er weitermachen konnte, nicht einmal mit den provozierenden, aber leider nur auf Mutmaßungen beruhenden Fragen, die Julie aufgeworfen hatte.

»Eine letzte Frage noch, Dr. Loti...«

»So viele Sie wollen, so viele Sie wollen. Es ist Sonntagmorgen. Keine Patienten.« Er beugte sich umständlich vor, um einen durchweichten, verloschenen Zigarrenstummel aus dem Aschenbecher zu nehmen und in seinen Mund zu stecken, um so besser über die nächste Frage nachdenken zu können.

»Man hat mir gesagt, daß Guillaume nur noch ein Jahr zu leben hatte. Ist das richtig?«

»Ja, so ungefähr. Ich habe ihm das bei seiner letzten Untersuchung im Januar gesagt. Vielleicht noch ein Jahr, vielleicht auch zwei. Seine Nieren funktionierten nicht mehr richtig, seine Milz, seine Leber ... Die Schäden, die er sich während der Besatzung zugezogen hatte, verlangten schließlich ihren Tribut.« Er pflückte ein paar feuchte Tabakkrümel von seinen Lippen und kicherte in der Erinnerung. »Aber wie ich ihn kenne, wären es wahrscheinlich eher zwei Jahre geworden. Er war schon eine Nummer, dieser Guillaume du Rocher.«

»Hmh.« Nichts führte weiter. Joly hatte es ja schon auf den Punkt gebracht: Da Guillaume doch sowieso bald sterben würde, wieso sollte ihn da noch jemand umbringen wollen? Ganz sicher nicht wegen einer Erbschaft. Er begann sich innerlich darauf vorzubereiten, John zu gestehen, daß seine normalerweise zuverlässige Intuition dieses Mal vielleicht eine Idee zu weit gegangen war. Es wäre nicht das erste Mal, wie John ganz sicher wieder bemerken würde.

»Hören Sie«, sagte Dr. Loti, »ich möchte Ihnen mal etwas zeigen. Sie interessieren sich doch für solche Dinge.« Er wogte aus seinem Sessel und ging zu seinen eichenen Aktenschränken hinüber, verströmte beim Gehen einen schwachen, sauberen Lavendelduft. Er wühlte einen Augenblick herum, winkte Gideon dann mit einem Bündel Röntgenaufnahmen zu und begann sie eine nach der anderen in die Klemmen des Leuchtschirms zu schieben, der auf einem Beistelltisch stand; die einzige Spur von moderner medizinischer Technik in der Praxis.

»Sehen Sie sich das hier mal an«, murmelte er glücklich vor sich hin, als er die Transparentaufnahmen aufgereiht hatte, setzte sich dann vor sie und schaltete die Leuchtstoffröhren dahinter ein. »Es ist wirklich erstaunlich. Sehen Sie sich das an ... Sehen Sie sich das hier nur mal an ...« Er winkte John und Gideon näher.

»Mach nur, Doc«, meinte John bescheiden. »Du kannst mir später alles erklären.«

»So«, sagte Dr. Loti zu Gideon, »Sie verstehen ja was von Knochen. Wie würde Ihre Prognose in diesem Fall hier lauten?«

»Ich bin nicht so besonders gut im Interpretieren von Röntgenaufnahmen, Doktor. Ich ...«

»Schon gut. Nur zum Spaß. Tun Sie einfach mal so, als wären Sie Arzt. Na, wie lautet die Diagnose?«

Gideon setzte sich neben ihn und beugte sich vor, um die zwei Reihen Aufnahmen zu studieren. Er konnte nicht viel mit den verschwommenen grauen Schatten anfangen, die weiches Gewebe darstellten, aber er konnte schon erkennen, daß die Aufnahmen ausnahmslos von einer Person stammten, und der Zustand der Knochen ließ ihn zusammenzucken.

»Na, was würden Sie sagen?« drängte Dr. Loti. »Wird er überleben?«

»*Wird er überleben?* Ich würde sagen, er müßte eigentlich schon tot sein.« Er zeigte auf verschiedene Aufnahmen. »Sechs, sieben Rippenfrakturen. Zerschmetterter Oberkieferknochen, zertrümmerte Augenhöhle – mein Gott, ein paar Teile fehlen sogar ganz.« Sein Finger flog über die untere Reihe. »Zertrümmerter rechter Oberarmknochen, gebrochenes linkes Hüftbein ... Und erst die *Beine!* Sieht aus, als wäre er von einem Panzer überrollt worden ... Sie wollen mir doch wohl nicht sagen, daß das hier Guillaume ist?«

Dr. Loti lachte und nickte stolz. »Aufgenommen am 16. August 1944, das erste Mal, als ich ihm überhaupt begegnet bin, im Krankenhaus in St. Servan – zwei Tage nach der Befreiung der *cité*. Und Sie haben recht, auf gewisse Weise. Ein gewöhnlicher Mann wäre damit schon zweimal tot. Oh, es fehlte auch wirklich nicht mehr viel. Er hatte zehn Stunden unter den Trümmern eines Hauses am Place Gasnier-Duparc gelegen. Milzriß, perforierte Lunge, aufgerissene Leber, zerquetschter Kehlkopf ... Und jede einzelne Wunde war septisch. Er phantasierte, delirierte, halluzinierte; tagelang wußte er nicht, wer er war. Jeder vernünftige Arzt hätte ihn aufgegeben. Aber ich, ich ließ nicht locker.« Beinahe liebevoll sah er die Abzüge an.

Gideon blickte ebenfalls hin. Guillaumes sichtbare Narben, so schockierend sie auch gewesen sein mochten, waren nichts gewesen, verglichen mit den Verwüstungen darunter. »Es ist wirklich erstaunlich, daß er das überlebt hat.«

»Er hat es nicht nur überlebt, sondern er hat sich auch wieder erholt, soweit ein Mann mit solchen Verletzungen sich erholen kann. Aber ein fehlendes Auge, ein gelähmter Arm, ein paar Metallnägel und Streben – das alles waren lediglich Ärgernisse für Guillaume. Körperliche Behinderungen zu bezwingen war nichts Neues für ihn. Schon als Kind war sein Gesundheitszustand sehr heikel gewesen, wissen Sie.«

»Nein, das wußte ich nicht. Aber sagten Sie nicht, Sie hätten ihn vor 1944 noch nicht gekannt?«

»Ja, aber ich habe mir später die Krankenunterlagen der Familie angesehen. Von allen du Rochers war er der einzige, der ein kränkliches Kind gewesen ist: Rachitis, Asthma, rheumatisches Fieber. Sie hatten nur wenig Hoffnung mit ihm, aber am Ende stellte er sich als der Zäheste von allen heraus. Nun, er ließ sich auf jeden Fall auch von seinen Kriegsverletzungen nicht aufhalten. Sobald es ihm wieder gut genug ging, widmete er sich wieder seinen Geschäften und war dabei äußerst erfolgreich. Er starb als erheblich reicherer Mann als sein Vater, wußten Sie das? Auch nachdem er sich 1975 aus dem Berufsleben zurückzog, fuhr er immer noch dreimal wöchentlich nach Paris. Er saß im Vorstand von neun Firmen. Und außerdem gelang es ihm, ein erfülltes Leben zu leben.«

Dr. Loti beugte sich vor, verströmte den Duft von Lavendel, Mundwasser und feuchten Zigarren. »Sie wissen, was ich meine, wenn ich sage ›ein erfülltes Leben‹?« Seine Augen blitzten.

»Äh, ja...« sagte Gideon unbehaglich. Er war nicht direkt versessen auf eine klinische Beschreibung von Guillaume du Rochers Sexualleben. »Tja«, sagte er und stand auf, »vielen Dank für Ihre Zeit, Doktor.«

»Gern geschehen, junger Mann.« Der Arzt knipste das Licht hinter der Glasscheibe des Bildbetrachters aus, steckte sich die Zigarre in den Mund, erhob sich und streckte seine Hand aus.

Die Hand blieb ausgestreckt. Gideon starrte wie angewurzelt auf die jetzt undurchsichtigen Aufnahmen. Ein paar Minuten lang hatte er sie unaufmerksam angeschaut, hatte sie nicht wirklich gesehen, aber als das helle Licht dahinter plötzlich verloschen war, hatte es eine Reihe Negativ-Bilder in seinen Augen hinterlassen, dunkel, wo sie zuvor hell gewesen waren, hell, wo sie vorher dunkel gewesen waren. Es waren diese schnell verblassenden Bilder in seinem Kopf, nicht die Röntgenaufnahmen auf der Glasscheibe, die er jetzt so konzentriert anstarrte. Die dritte Aufnahme von links in der oberen Reihe, eine ventrale Ansicht des Thorax. Dieser dunkle, runde Schatten...

»Dr. Loti«, murmelte er, »würde es Ihnen etwas ausmachen, das Licht noch einmal anzuschalten?«

Der Arzt tat, worum er gebeten worden war, drehte dann sein ausdrucksloses Mondgesicht neugierig zu Gideon.

Gideon wartete gespannt, während die Neonröhre flackerte und schließlich mit einem Summen konstant leuchtete. Die Röntgenbilder wurden wieder scharf und kontrastreich, und da war die Stelle, jetzt nicht mehr dunkel, sie sprang ihn geradezu an, weiß vor dem Hintergrund der Milchglasscheibe. Wie hatte er das nur übersehen können?

Er zeigte darauf. »Diese Stelle dort ... Was ist das?«

»Das hier?« sagte Dr. Loti, ganz offensichtlich verdutzt. »Das wissen Sie nicht? Ich hätte eigentlich gedacht...«

»Ich habe Schwierigkeiten, diese Dinge zu lesen«, erklärte Gideon wieder.

»Wirklich?« Der Arzt sah ihn skeptisch an. »Nun, das ist ein Foramen sterni.«

»Ich verstehe, ich verstehe!« brüllte John gegen den stechenden, salzigen Wind, der die anderen Touristen inzwischen von den Wällen von St. Malo verjagt hatte und jetzt die großen Brecher des Ärmelkanals in gewaltigen, schäumenden Wogen gegen die Fundamente der Stadtmauern fünfzehn Meter unter ihnen trieb. »Ein Foramen sterni. Genau wie bei dem Burschen im Keller. Na und, was ist schon dabei?«

»Was dabei ist«, brüllte Gideon zurück, wobei er sein Gesicht aus dem Wind drehte, »und was ich dir ja schon die ganze Zeit klarzumachen versuche, ist einfach, daß das so ziemlich beweist, daß die Leiche im Keller kein deutscher Offizier ist – er ist ein du Rocher. Oder doch wenigstens mit Guillaume du Rocher verwandt.«

»Das verstehe ich nicht. Was willst du damit sagen, daß jeder, der ein Loch im Brustbein hat, mit jedem anderen verwandt ist, der auch eins hat?«

»Nein, natürlich nicht, aber angeborene Merkmale wie das da neigen dazu, sich in der betreffenden Familie zu wiederholen. Hast du überhaupt eine Vorstellung, wie groß die Häufigkeit von Foramina ist?«

»Nein, wie groß denn?«

»Tja, ich weiß es auch nicht genau...«

Damit verdiente er sich einen Seufzer und einen schrägen Blick von der Seite.

»... aber es ist auf jeden Fall selten. Nach allem, was ich gesehen habe, vielleicht einmal unter hundert Leuten. Also, wie groß ist dann wohl die Wahrscheinlichkeit, daß zwei Eins-zu-hundert-Eventualitäten rein zufällig im gleichen Haus auftauchten, einmal bei Guillaume, und einmal bei der Leiche im Keller?«

John ließ sich das durch den Kopf gehen, während sie weitergingen. »Keine Ahnung. Wie groß denn?« sagte er schließlich.

Gideon brummte laut. John hatte ein Händchen dafür, sich die seltsamsten Augenblicke auszusuchen, alles immer wortwörtlich zu nehmen. »Rate einfach mal«, sagte er.

»Eins zu zweihundert?«

»Eins zu zehntausend.«

»Ohne Quatsch?« sagte John, seine Stimme ging in einer plötzlichen Böe fast unter.

»Ja. Man multipliziert die Wahrscheinlichkeiten. John, was hältst du davon, wenn wir von dieser verdammten Stadtmauer runtergehen und uns ein Plätzchen suchen, wo wir uns unterhalten können, ohne dauernd brüllen zu müssen?«

»Fein, von mir aus. Aber was regst du dich auf? Du bist doch derjenige, der unbedingt hier rauf wollte.«

Sehr wahr. Ein luftiger Spaziergang über die berühmten Wälle von St. Malo mit ihren weit vorspringenden Bastionen schien genau das richtige zu sein, um das, was sie in Dr. Lotis Praxis gehört hatten, zu durchdenken. Aber die ablandige Brise war scheußlich geworden, und der Himmel hatte sich verdunkelt, so daß das Meer im Westen jetzt stahlgrau und bedrohlich wirkte. Und die Ausblicke auf die prächtige Stadt mit ihren schiefergedeckten Häusern innerhalb der Wälle, die nach dem Krieg so liebevoll wiederaufgebaut worden war, verloren ihren Reiz und wurden düster und glanzlos. Und jeden Augenblick würde es auch noch anfangen zu regnen; ein kalter, trister Märzregen, der von den Kanalinseln herüberblies.

An der Bastion St. Louis gingen sie die steinerne Treppe nach unten und machten sich auf die Suche nach einem Restaurant, da sich schon seit einiger Zeit das Loch im Bauch nach dem Frühstück deutlich bemerkbar gemacht hatte.

»Wie wär's mit diesem hier?« schlug Gideon vor.

John warf einen skeptischen Blick auf das Schild, das auf dem Bürgersteig aufgestellt worden war. »*Dégustation de crêpes*«, las er langsam. »Klingt wirklich verlockend.«

»Es ist nur ein Pfannkuchenhaus.«

»Ja, aber wer will schon Pfannkuchen? Willst du zur Abwechslung nicht mal wieder was Anständiges essen?«

»John, ich weiß ja, daß es schwer zu akzeptieren ist, aber du wirst in St. Malo einfach keinen *Burger King* finden.«

»Tjaaa, wie wär's dann mit...«

»Und ich werde auch mindestens für die nächsten zwei Tage nicht wieder in eine Pizzeria gehen. Außerdem, die Bretagne ist berühmt für ihre Pfannkuchen. Jeder ißt sie hier. Sie sind unschlagbar. Vertrau mir.«

Das hatte er in den Reiseführern gelesen, und, zum Glück für seine Glaubwürdigkeit, war es auch so. Hinter einer Theke im Speiseraum schüttete ein professionell selbstsicherer Koch Kelle um Kelle Teig auf eine runde Stahlplatte über einer kreisförmigen Gasflamme, strich die sämige Flüssigkeit mit zwei lässigen, aber präzisen Drehungen eines Stöckchens glatt und warf dünne, zarte, perfekte Pfannkuchen im Takt von zwei oder drei Minuten herunter. Diese wurden anschließend von einem Assistenten mit Füllungen belegt, flink und geschickt zu omeletteähnlichen Rechtecken gefaltet und den Gästen beinahe so schnell serviert, wie sie von der Platte kamen. John und Gideon hatten ihre *galettes* – dunkle, würzige Buchweizenpfannkuchen, gefüllt mit cremigem, weißem Käse, Schinken und Tomaten – innerhalb von einer Minute, nachdem sie sich gesetzt hatten.

Sie schlangen sie glücklich hinunter und bestellten mehr, bevor sie sich behaglich zurücklehnten, um den Faden von vorhin wieder aufzunehmen.

»Gar nicht mal so übel«, gab John zu. »Okay, dann beweisen diese Brustbeinlöcher also, daß Guillaume und das Skelett miteinander verwandt waren?«

»Ja.« Gideon spülte den letzten Bissen seiner *galette* mit einem großen Schluck heißer Schokolade herunter. »Tja, vielleicht ist *beweisen* ein bißchen zu hoch gegriffen. Es ist eine Frage von Wahrscheinlichkeiten...«

John verdrehte seine Augen. »Oh, Mann.«

»Paß auf, John, es gibt keine Möglichkeit, so was allein anhand von Knochen und Röntgenaufnahmen zu beweisen. Aber wenn einem was begegnet, das per Zufall nur in einem von zehntausend Fällen passieren kann, dann muß man davon ausgehen, daß hier irgend etwas anderes als nur Zufall am Werk war. Und in diesem Fall ist die einzig vernünftige Möglichkeit eine genetische Verwandtschaft zwischen Guillaume und dem Skelett im Keller.«

»Was ist mit dem Zufall? Wenn es einmal in zehntausend Fällen passieren könnte, warum könnte es dann hier nicht genau dieses eine Mal sein?«

»Es könnte, aber die Chancen, daß du dich irrst, sind neuntausendneunhundertneunundneunzig zu eins. Keine besonders tolle Wette. Wie auch immer, glaubst du wirklich an Zufälle? Ich meine, nicht abstrakt, ich meine als ernstzunehmender, zu berücksichtigender Faktor in einem Mordfall?«

John schenkte sich Bier aus seiner Flasche Kronenbourg nach, trank einen Schluck und dachte nach. »Nein«, sagte er. »Das tu ich nicht. Ich kenne keine Cops, die das tun.«

»Okay, das wär das. Jetzt müssen wir nur noch Joly überzeugen.«

Die frischen Pfannkuchen waren eingetroffen. Eine mit Käse gefüllte *galette* für Gideon und eine süße Dessert-Crêpe, gefüllt mit Sahne und Zucker, für John.

»Warum sollte Joly schwer zu überzeugen sein?« fragte John nach einem vorsichtigen ersten Bissen, der anscheinend seine Billigung fand. »Der Bursche ist seltsam, aber dumm ist er bestimmt nicht.«

»Tja, also, zunächst mal ist da noch die unbedeutende Sache mit dem SS-Kram, der im Keller vergraben wurde. Zum zweiten ... äh, mir fällt nichts anderes mehr ein, aber Joly wird ganz bestimmt noch was finden.«

»Dieses SS-Zeugs.« John legte seine Gabel aus der Hand. »Das hatte ich ganz vergessen. Wie reimst du dir das denn zusammen? Meinst du, einer von den du Rochers wäre zur SS gegangen? Die Deutschen haben doch in den besetzten Ländern aus Einheimischen Nazi-Polizeieinheiten aufgestellt, oder? Und Guillaume war in der Résistance, richtig? Vielleicht hat er diesen Burschen umgelegt, weil ...«

»Hm-hmh. Du redest hier von der *Milice*, glaube ich. Die

hatten zweitklassige Uniformen, nichts im Vergleich zu der protzigen deutschen SS. Denis hat ein paar Nachforschungen angestellt. Dieser Kram ist hundertprozentig echte *Allgemeine SS*, direkt aus Berlin, und die Dienstgradinsignien waren die eines Obersturmbannführers. Helmut Kassels Rang.«

»Was denkst du denn dann...«

»Ich weiß nicht, was ich denken soll. Im Augenblick wären es sowieso nichts anderes als rein spekulative Folgerungen.«

John legte eine Hand auf sein Herz. »Spekulative Folgerungen! Meine Güte, Doc, nichts soll mir ferner liegen, als zu unterstellen, daß ein Mann wie du sich zu spekulativen Folgerungen hinreißen ließe.«

»In Ordnung«, sagte Gideon lachend, »vielleicht habe ich es ab und zu, unter gewissen seltenen Umständen schon mal gemacht, aber in diesem Fall habe ich einfach keine Datenbasis, von der ich ausgehen kann. Aber es ist mir auch völlig gleichgültig, was sie sonst noch da unten finden. Diese Knochen gehören einem du Rocher.«

John nickte langsam. »Bleibt also die Frage: Wer?«

»Oh, ich glaube, ich weiß schon, wer.«

John hob seine Augenbrauen.

»Alain du Rocher«, sagte Gideon.

Johns Augenbrauen blieben ein paar Sekunden hochgezogen. Eine Gabel Crêpe mit Crème Chantilly blieb ebenfalls fragend auf halbem Weg zum Mund stehen. »Der Bursche, den die Nazis umgelegt haben? Der, den Claude nicht gewarnt hat?«

Gideon nickte.

»Das ist doch verrückt.«

»John, alles paßt zusammen. Er hat während des Krieges im *Manoir* gewohnt, und diese Knochen wurden dort ungefähr genau zu der Zeit vergraben, als er ermordet wurde. Und wie sich zufälligerweise herausstellt, scheint kein Mensch zu wissen, wo seine Leiche geblieben ist.«

»Ja, aber...«

»Und diese Knochen *sehen aus* wie du-Rocher-Knochen. Die

gleichen Proportionen und Dimensionen wie bei Guillaume, und auch einige charakteristische Übereinstimmungen in der Beschaffenheit der Knochen. Das konnte ich auf den Röntgenaufnahmen erkennen. Und erinnerst du dich noch, wie ich sagte, ich würde bei diesen Knochen irgendwie an Ray denken? Dieses Aussehen scheint in der Familie zu liegen.«

»Was ist mit René? Er hat eine Statur wie ein Türknauf. Und Jules auch.«

»Ja, sicher. Man kann ja auch nicht erwarten, daß alle Familienmitglieder gleich aussehen, aber wo man es erkennen kann, da ist es unverwechselbar.«

»Ja, aber ich verstehe immer noch nicht ganz, wieso es unbedingt Alain sein muß. Warum nicht irgendein anderes Familienmitglied?«

»Was meinst du, wie viele du Rochers 1942 spurlos verschwunden sind?«

Die Gabel beendete schließlich ihre Reise, und John kaute nachdenklich. »Okay, ich stimme dir zu: Wir reden hier nicht von Beweisen, aber es ergibt schon ziemlich viel Sinn. He, wart mal eine Sekunde. Wenn Alain von den Nazis umgebracht wurde, was hat er dann in Guillaumes Keller zu suchen?«

»Ja, das ist ein kleines Problem.«

»Ich würde sagen, das erfordert schon eine spekulative Folgerung von Weltklasseformat.«

Sie waren mit Essen fertig und bestellten zwei Espresso, bevor sie mit dem Gespräch fortfuhren.

»Doc, wirst du das alles Joly erzählen?«

»Klar, aber nicht, daß ich mich besonders drauf freue. Ich weiß, daß er schon was von uns hält, aber ich bin nicht sicher, wie sehr ihm diese Neuigkeiten und sensationellen Entwicklungen alle paar Stunden gefallen.«

»Tja, dann, was würdest du sagen, wenn *ich* ihm das alles an deiner Stelle beibringe? Ich hatte sowieso vor, heute nachmittag in Rochebonne vorbeizufahren, um mir mal anzusehen, wie die Aktien dort stehen. Falls du nichts dagegen hast, diese Gräber allein zu besuchen.«

Gideon stürzte die winzige Portion Kaffee in zwei großen, bitter schmeckenden Schlucken herunter. »Ich sag dir was: Wieso fahr ich nicht einfach mit dir rüber? Du kannst mich dann in Ploujean absetzen.«

»Ploujean? Was gibt's denn in Ploujean?«

»Joly hat gesagt, dort gebe es eine Gedenktafel für die sechs Männer, die von den Nazis hingerichtet wurden.«

John musterte ihn über den Rand seiner Tasse. »Du willst schon wieder ganz allein in irgendwelchen Sachen rumstochern, stimmt's?«

»Tja, alles ist ein bißchen interessanter geworden, und...« Als er Johns Gesichtsausdruck bemerkte, änderte er schnell seinen Kurs. »Nein, ehrlich, was könnte ich in Ploujean schon groß herausfinden?«

»Doc«, sagte John und seufzte, »jedesmal, wenn du anfängst, dir einzubilden, du wärst ein Detektiv, muß ich dir am Ende wieder aus der Patsche helfen.«

»John, ich halte mich nicht für einen Detektiv. Ich will nichts anderes tun ... tja, als Alain die letzte Ehre zu erweisen, schätze ich. Mal sehen, wie das Denkmal so aussieht. Das ist alles.«

Und das war es auch, mehr oder weniger. Aber wenn sich irgend etwas dabei ergeben würde, wäre das auch nicht schlecht. Man konnte nie wissen.

14

Die Tafel war leicht zu finden. Ploujean besaß nur zwei staubige Straßen, die als ein T zusammenstießen, und genau im Zentrum dieses T lag ein kleiner, kahler und mit braunem Kies bedeckter Platz, und in der Mitte dieses Platzes stand ein Granit-Felsblock, der von einem schmiedeeisernen schwarzen Zaun eingefaßt wurde. Auf dem Granit befestigt war eine von Patina überzogene schlichte, rechteckige Bronzetafel mit ein paar Zeilen in einfachen erhabenen Buchstaben.

16 Octobre 1942

EN HOMMAGE AUX COMBATTANTS DES FORCES FRANÇAISES DE LA RÉSISTANCE DONT LA LUTTE ET LES SACRIFICES ONT JALONNÉ LA ROUTE DE LA LIBÉRATION DE PLOUJEAN.

FRANÇOIS-RENÉ BRIZEUX
CHARLES KERBOL
AUGUSTE LUPIS
HENRI DE PILLEMENT
JEAN-PIERRE QUEFFELLEC
ALAIN DU ROCHER

Gideon drehte sich langsam von der Tafel fort und schaute auf seine Uhr. Halb drei. In einer halben Stunde sollte er zum *Manoir* gehen und dort John treffen, um mit ihm nach St. Malo zurückzufahren. Während er über das nachdachte, was er gerade gelesen hatte, schlenderte er auf das einzige Café von Ploujean zu, einem winzigen Lokal mit einer Markise, aus dem man einen Blick auf den Platz hatte. Hatte er irgend etwas Neues durch die Tafel erfahren? Ja, dachte er, vielleicht schon. *›La lutte et les sacrifices‹* stand dort – der Kampf und die Opfer. Mit keinem Wort wurden die Hinrichtungen erwähnt; nicht einmal die Nazis. Warum nicht? War es einfach die dezente Zurückhaltung eines kleinen Dorfes, das nichts mehr wissen wollte von Blut und Leiden? Oder war es denkbar, daß Ray und seine Familie die Geschichte falsch mitgekriegt hatten? Daß Alain und die übrigen fünf nicht durch die Hand der SS gestorben waren, sondern auf irgendeine andere Weise? Wenn dem so war, ergaben sich neue Möglichkeiten bezüglich der Frage, wie seine Leiche in Guillaumes Keller gekommen war.

›Sans prétensions‹ stand auf dem Fenster des Cafés, und das Innere hielt das Versprechen. Ein paar einfache Holztische und Stühle – nichts Folkloristisches, sondern einfach nur praktische Holzmöbel –, ein rauher Fußboden, keine Speisekarten, mit

Fliegendreck übersäte Reiseplakate an der Wand (Venedig, Costa del Sol, Miami). Drei ältere Männer saßen an einem der Tische vor einer Karaffe Rotwein. Der aufmerksamen, ruhigen Art nach zu schließen, mit der sie sein Eintreten beobachtet hatten, mußten sie über ihn geredet haben. Ploujeans *Café de la Paix* lag – anders als sein Pariser Namensvetter – kaum auf den üblichen Routen der Touristen, und jeder Fremde war zweifellos einer ernsten und ausgiebigen Betrachtung wert, besonders einer, der sich die Zeit nahm, ihr Denkmal zu studieren.

»*Bonjour*«, sagte er, und die drei nickten unisono, drehten ihre Köpfe, um zu beobachten, wie er vorbeiging und einen Tisch wählte.

Er bestellte einen *cidre bouché*, bretonischen Apfelwein, den der Barkeeper ihm in einer Flasche zusammen mit einer Tonschale statt eines Glases brachte.

»Die Männer, deren Namen da draußen auf der Tafel stehen«, sagte Gideon beiläufig auf Französisch, als die Flasche auf den Fisch gestellt wurde. »Wie sind sie gestorben?« Abrupt hörte das Gespräch am anderen Tisch auf.

»Sie sind hingerichtet worden, Monsieur«, sagte der Barkeeper.

»Von den Deutschen? Der SS?«

Der Barkeeper sah ihn an, als wäre Gideon geistig behindert. »Natürlich, Monsieur.«

Soviel zu diesem unausgegorenen Gedanken. Wie gewonnen, so zerronnen. Trotzdem, es lohnte sich, noch etwas mehr nachzufragen. »Wissen Sie, was aus den Leichen geworden ist?«

»Den Leichen?« wiederholte der Barkeeper und sah ihn an, als wäre er nicht nur geistig behindert, sondern außerdem gefährlich. »Nein, Monsieur. Sind Sie Amerikaner?«

»Ja. Ich habe gehört, daß der SS-Oberst, der damals hier das Kommando hatte, von der Résistance ermordet worden ist. Stimmt das?«

»Das hab ich auch gehört«, sagte der Barkeeper nervös. »Vielen Dank, Monsieur.«

Er kehrte hinter seine Theke zurück, ließ Gideon verlegen

und unsicher allein. An fremden Orten Unbekannten heikle Fragen zu stellen, besonders wenn er dabei aufmerksam beobachtet wurde, war nichts, was ihm besonders leicht fiel. Es war schon gut, dachte er, wie er es schon oft gedacht hatte, daß er während seines ersten Jahres nach dem ersten Examen zur physischen Anthropologie gewechselt hatte. Er hätte einen verdammt schlechten Kulturanthropologen abgegeben.

Er trank ein paar Schlucke von dem herben, kühlen Cidre aus der Schale, drehte seinen Stuhl ein Stück von dem anderen Tisch fort und schaute hinauf zu dem Schwarzweiß-Fernseher auf einem Metallbord über der Theke. Aus seinem Augenwinkel heraus sah er, daß der Barkeeper zu dem Tisch mit den drei Männern ging, um von seiner bizarren Unterhaltung mit dem Neuankömmling zu berichten. Er trank wieder von seinem Cidre. Im Fernsehen lief ein Bugs-Bunny-Zeichentrickfilm. Bugs trug die Uniform eines Kellners (die allein aus einer Jacke mit einem Handtuch über dem Arm bestand). Auf einem Tablett hinter seinem Rücken trug er eine Zigarre, aus der eine zischende Zündschnur ragte. Er beugte sich dienstbeflissen über einen sitzenden Elmer Fudd, der elegant in eine wattierte Smokingjacke mit Halstuch gekleidet war.

»*Permettez-moi de vous servir, monsieur*«, sagte Bugs höflich. »*Voulez-vous encore un cigare?*«

Aber so leicht ließ Elmer sich nicht übers Ohr hauen. »*Non merci*«, sagte er, »*je suis bien à mon aise.*«

Wie würde ›Bugs Bunny‹ wohl auf Französisch heißen, fragte er sich beiläufig – *Lapin Fou? Insecte le Lapin?* Er fand es nicht heraus. Der älteste der drei Männer war an seinen Tisch gekommen und setzte sich. Er war an die achtzig Jahre, ein kleiner Mann mit Augen wie glänzende braune Kaffeebohnen, einer Nase wie eine Zucchini und einem lang herunterhängenden, üppigen Schnurrbart. Sein blauer Kittel war mit dunklen Flecken übersät, und es umgab ihn der angenehm scharfe Geruch von Schuhwichse. Sie hatte sich in den Falten seiner ansonsten sauberen Finger festgesetzt, als wären diese sorgfältig mit einer Feder gezeichnet.

»*Bonjour*«, sagte Gideon noch einmal.

»Amerikaner, häh?« antwortete der Mann.

»Sehr richtig.«

Der Mann lachte. »Wußte ich sofort, als ich Sie gesehen habe. Ich hab's ihnen gesagt.« Sein Französisch war rustikal mit einem starken bretonischen Akzent und schwer zu verstehen. »Dann interessieren Sie sich also für Oberst Kassel, was?«

»Also ...«

»Ich kann Ihnen erzählen, was Sie wissen wollen«, sagte der Mann und lächelte listig. »Ich weiß, wer Sie sind, wissen Sie. Ich weiß, wo Sie herkommen.«

»Pardon?«

Der Mann legte einen Zeigefinger an seine riesige narbige Nase und beugte sich verschwörerisch vor. »*See* ... *Iii* ... *Aah*«, flüsterte er.

»Ich fürchte ...« begann Gideon verwirrt, dann lachte er. Die Laute waren Buchstaben aus dem französischen Alphabet. »CIA?« sagte er. »Nein, ich bin Professor für Anthropologie. Ich lehre ...«

Doch der Mann nickte nur verschwörerisch mit seinem Kopf. »Wah ... shiing ... ton«, flüsterte er in der gleichen respektvollen Sprachmelodie. »Versuchen Sie nicht, mir was vorzumachen.«

Gideon beschloß, genau dies zu tun. »Ja«, sagte er ernst, »ich komme aus Washington.« Was schon stimmte, dem Wort nach.

»Aah«, seufzte der Mann erfreut. »Dachte ich's mir doch. Ich erkenne so was immer.«

»Was wissen Sie über Oberst Kassel?« fragte Gideon. Er wäre lieber etwas weniger direkt und etwas höflicher gewesen, aber er vermutete, daß die Tatsache, ein Agent zu sein, auch einen dreisteren Stil erforderte.

»Was ich weiß?« Unter dem formlosen Kittel zuckten die schmalen alten Schultern. »Ich habe ihn getötet.«

Gideon blinzelte. »*Sie* haben ihn getötet?«

Der Mann war gekränkt. Er drehte sich zu seinen Freunden an dem anderen Tisch um und rief ihnen zu. »He ... habe ich ihn umgelegt oder nicht?«

Sie wußten sofort, von wem er redete, und stimmten zusammen mit dem Barkeeper lautstark zu, daß Jean-Honoré Bourget ihn tatsächlich getötet hatte und daß niemand im ganzen Dorf etwas anderes behaupten würde.

Gideon, der spürte, daß es das Protokoll verlangte, lud sie an seinen Tisch ein und erntete zustimmendes Lächeln und Nicken, als er ihnen eine weitere Karaffe Wein bestellte. Jean-Honoré fragte höflich, ob er statt dessen vielleicht einen Pernod bekommen könnte, der in einem schlanken Glas mit einem darin schwimmenden Eiswürfel gebracht wurde. Aus einer gedrungenen Flasche mit einem ›Anisette Berger‹-Etikett schüttete er etwas Wasser dazu, nahm einen zufriedenen Schluck der so entstandenen milchig-grünen Flüssigkeit und lehnte sich glücklich zurück, um ihnen allen zu erzählen, wie er SS-Obersturmbannführer Helmut Kassel ermordet hatte.

Es war wie einem Vater dabei zuzuschauen, der seinen Kindern eine vertraute Gutenachtgeschichte erzählte. Wenn er sich an ein Detail nicht mehr genau erinnern konnte, halfen sie ihm damit aus, so daß sie am Ende einen großen Teil selbst erzählten, und wenn sie ihm in einem unwichtigeren Punkt widersprachen, sagte er: »Ach, wirklich?« und schloß sich ihnen gelassen an. Es wurde viel gelacht.

Aber in den wesentlichen Punkten gab es keinen Widerspruch und auch kein Gelächter. Als Vergeltung für die Morde an den sechs Männern, die auf der Gedenktafel genannt wurden, hatten Jean-Honoré und drei andere *Maquis* den SS-Mann umgebracht. Einer der anderen drei war der Friseur des Ortes, der zweite eine Frau, eine Lehrerin, und der dritte war ihr Anführer: Guillaume du Rocher. Nur Jean-Honoré lebte noch.

Kassel, der sich für einen großen Frauenheld gehalten hatte, war zu einem Nachmittags-Rendezvous mit der Lehrerin in den Wald von Hunadaie, nicht sehr weit vor der Stadt, gelockt worden. Und dort hatten sie ihn umgebracht.

»Wie?« fragte Gideon.

»Zum größten Teil mit einem Tischlerhammer«, antwortete der alte Mann freundlich. »Edmond wollte sein Rasiermesser benutzen, aber Guillaume hat gesagt, es wäre das beste, keine sauberen Messerwunden zu haben.« Er nickte zustimmend. »Und er hatte recht.«

Sie hatten sich beeilt, ihm schnell seine Uniform ausgezogen, sogar seine Unterwäsche, und ihn statt dessen in alte Bauernkleider gesteckt, die nach Schweinen und Mist stanken. Sie trugen ihn dann ein paar hundert Meter zu der Straße, die zwischen Ploujean und Plancoet verläuft. Dort fuhr dann Guillaume, dem die Nazis aufgrund seines Status und seiner scheinbaren Fügsamkeit erlaubt hatten, ein Auto zu besitzen, über ihn, vergewisserte sich, daß sein Gesicht auf dem Asphalt zerquetscht wurde. Die Leiche ließen sie auf der Straße liegen, damit sie von den Behörden gefunden wurde – nur irgendein betrunkener Bauer, der einem Lastwagen oder einem zu schnell fahrenden Stabs-Wagen vor die Räder gelaufen war – so war das.

»Aber gab es denn keine Vergeltungsmaßnahmen? Haben die Nazis nicht ...«

Jean-Honoré grinste. »Nicht besonders schlau, die Boches.«

»Also, wissen Sie«, erklärte einer der anderen, »das letzte, was die SS wollte, war doch, daß wer spitz kriegt, daß jemand mit diesem Rang womöglich einem Attentat zum Opfer gefallen ist. Sie wollten nicht, daß *wir* es wußten, und ganz sicher wollten sie nicht, daß es Berlin wußte. Und was die reguläre Armee, die reguläre Verwaltung betraf, die wollten die SS einfach nur hier raus haben, je früher, desto besser, die haben sie noch mehr gehaßt als wir.«

»Vielleicht *genauso*«, widersprach Jean-Honoré. »Aber nicht *mehr*.«

»Genauso«, stimmte der Mann zu. »Also haben sie sich am Ende mit der Geschichte zufriedengegeben, daß er einfach auf einem seiner kleinen Ausflüge hierhin oder dorthin verschwunden ist, bei einer seiner privaten unangemeldeten ›Untersuchungen‹ ins Argoat oder zum Morbihan oder vielleicht sogar in die Normandie. Kein Mensch weiß wo.«

»Irgendwohin, nur nicht in *diesem* Bezirk«, sagte Jean-Honoré. »Bürokraten sind überall gleich.« Er trank seinen Pernod mit einem tiefen Seufzer aus, lehnte das Angebot eines weiteren ab, wischte die Enden seines Bartes zwischen Daumen und Zeigefinger ab und sah sein zufriedenes Publikum mit funkelnden kleinen Augen an.

»Was haben Sie mit Kassels Uniform gemacht?« fragte Gideon.

»Was ist das denn für eine Frage?« sagte der Barkeeper.

»Nein, warum sollte er das nicht fragen?« sagte Jean-Honoré. Er warf Gideon einen melodramatisch geheimnisvollen Blick zu. »Er muß viele Dinge wissen.« Gideon nickte, nüchtern und geheimnisvoll.

»Die Uniform...«, sinnierte Jean-Honoré, suchte seine Erinnerung ab.

»Ihr habt sie verbrannt«, sagte einer der anderen.

»Sie *verbrannt*?« sagte Gideon.

»Oh, ja, stimmt...«, sagte Jean-Honoré. »Also, die Teile wenigstens, die sich problemlos verbrennen ließen. Die Teile aus Stoff. Den Rest hat Guillaume dann mitgenommen, um sie irgendwo zu vergraben. Vielleicht in seinem Weinkeller«, sagte er und lachte. »Mein Gott, es hat wehgetan, diese Stiefel zu vergraben. Sie hätten sehen sollen, was wir damals an den Füßen hatten.«

Damit war dies also geklärt, und sehr zu Gideons Zufriedenheit. Zwischen den SS-Insignien und den Knochen im Keller bestand ganz einfach keine Verbindung. Zwei separate Morde, zwei separate Beisetzungen. Das eine hatte mit dem anderen nicht zu tun, bis auf die Tatsache, daß der eine von dem anderen hingerichtet und dieser andere dann ermordet worden war, um den ersten zu rächen. Soviel also zu den SS-Insignien, über die Joly sich so gefreut hatte.

Aber die eigentliche Frage blieb immer noch unbeantwortet. Wie war Alains Skelett (zumindest ein Drittel davon) überhaupt in Guillaumes Keller gekommen? Wo war der Rest? Und jetzt das Beunruhigendste von allem: In welcher Verbindung mochte Guillaume dazu gestanden haben? Denn es war praktisch unmöglich, daß Alain zerstückelt und in seinem Keller vergraben worden war, ohne daß er davon gewußt hätte. Er seufzte. Je mehr er herausfand, desto verwirrender wurde es.

Jean-Honoré fand, daß ein weiterer Pernod vielleicht doch ganz nett wäre. Gideon spendierte ihn, bedankte sich bei dem alten Mann und schüttelte allen die Hand, sprang auf und ab, als jeder einzelne von ihnen nacheinander von seinem Stuhl aufsprang. Als er ging, hörte er die nörglerische Stimme des Barkeepers: »Und, was interessiert's den überhaupt, was aus der Uniform von diesem Dreckskerl geworden ist?«

Gideon warf noch einen letzten Blick über die Schulter, als er die Tür hinter sich zuzog. Dort saß Jean-Honoré weit über seinen Pernod gebeugt und erklärte seinen aufmerksamen Kumpanen mit glänzenden Augen den Sachverhalt.

»*See...*«, flüsterte er geheimnisvoll, hielt dabei seinen Zeigefinger an seine Nase. »*Iii...*«

John hatte recht. Joly begann wirklich langsam eine hohe Meinung von ihnen zu bekommen, oder zumindest gewöhnte er sich langsam daran, daß sie immer wieder mit neuen scharfsinnigen Erkenntnissen aufkreuzten, um seine Ermittlung durcheinanderzubringen. Als Gideon nach einem zehnminütigen Spaziergang die Allee von Ploujean entlang schließlich in Rochebonne ankam, fand er den Inspektor vor, der bei einer Zigarettenpause freundschaftlich mit John auf dem Hof herumspazierte und die seltene Frühlingssonne genoß. Gideon schloß sich ihnen an.

»Alain du Rocher, häh?« lautete Jolys Begrüßung. Nicht gerade jubelnde Zustimmung zu Gideons Schlußfolgerungen, aber auch keine verächtliche Zurückweisung. Einfach nur die leicht amüsierte, nicht unfreundliche Skepsis, mit der er andere als seine eigenen Ideen aufzunehmen pflegte. Auch Gideon begann sich allmählich an Joly zu gewöhnen.

»Du hast recht, Doc. Lucien kauft es uns noch nicht so ganz ab.« Dann waren die zwei also inzwischen auch zu den Vornamen übergegangen, was gut so war. Johns Aussprache – *Luusch'n* – bewirkte nicht mehr als ein flüchtiges Zucken unter Jolys Augen. Etwas in der Richtung von Mathildes Miene, als er in ihrer Gegenwart von *Rotsch Boun* gesprochen hatte.

»Es ist nur schwer nachvollziehbar, daß es Alain sein soll«, sagte der Inspektor. »Ich habe unseren hiesigen Polizeipräfekten angerufen, gleich als Mr. Lau – ähem, John – mir erzählte, was Sie sich überlegt haben. Tatsächlich hat sich herausgestellt, daß Alain du Rochers Größe, Gewicht und Alter mit dem übereinstimmen, was Sie aus diesen Knochen ermittelt haben.«

»Tja, dann…«

»Aber das ist auch bei vielen anderen Leuten der Fall. Bretonen sind im allgemeinen kleiner und schlanker als die übrigen Franzosen. Ich bin sicher, daß Sie sich dessen bewußt sind. Und bedauerlicherweise für Ihre Theorie besteht einfach überhaupt kein Zweifel an Alains Hinrichtung durch die Nazis.«

»Ja, ich weiß. Das ist eine Sache, die noch nicht klar ist. Wie er in den Keller gekommen ist.«

»Alain wurde von der SS am 16. Oktober 1942 um fünf Uhr morgens abgeholt und in die *mairie* gebracht. Zwischen zehn und zwölf Uhr morgens wurden die anderen fünf *Maquis* ebenfalls dorthin gebracht. Es gab viele Zeugen, darunter der Präfekt selbst als Kind. Keiner von ihnen ist jemals wieder dort rausgekommen. Nein«, sagte Joly gemächlich, während er kerzengerade weiterging, die Hände hinter dem Rücken, das Gesicht leicht zur blassen Sonne gehoben, »alles deutet darauf hin, daß die Knochen im Keller die von diesem Kassel sind. Sicher werden Sie das einsehen.«

»Nein, Kassel wurde von einem Wagen überfahren und in der Nähe des Waldes von Hunadaie auf der Straße liegengelassen.«

Es war ein Zeichen dafür, *wie* sehr sich Joly an sie zu gewöhnen begann, daß er diese Neuigkeit ohne mit der Wimper zu zucken aufnahm und mit nachsichtiger Resignation zuhörte, während Gideon ihm den Rest dessen erzählte, was er in Ploujean erfahren hatte. Es war vielmehr Gideon, der plötzlich verwundert stehenblieb.

»He, mir ist gerade was eingefallen«, sagte er. »Einer der Namen auf der Tafel kam mir bekannt vor, aber ich konnte ihn nicht direkt einordnen – Lupis. Auguste Lupis. Heißen Marcel und Beatrice nicht auch Lupis?«

»Aber ja doch«, sagte Joly interessiert.

»Meinst du, daß vielleicht Marcels Vater oder Onkel oder wer auch immer mit den anderen hingerichtet worden sein könnte?« fragte John. »Das würde ihm ein verdammt gutes Motiv liefern, Claude umbringen zu wollen.«

»Das würde es tatsächlich«, sagte Joly und hob leicht eine Augenbraue. »Genau, was mir gefehlt hat: noch ein Motiv. Meine Herren, ich kann Ihnen gar nicht genug danken.«

15

Menscheit wohin?

Mit finsterer Miene starrte Gideon den Titel auf dem Deckblatt an. Eine der drei Arbeiten für die Zulassung zur Magisterprüfung, die er mit nach Frankreich genommen hatte, um sie in seiner Freizeit zu bewerten. Er hatte es bis zum Schluß aufgeschoben, aber jetzt, nachdem er auf seinem Zimmer zweieinhalb Stunden an den anderen gearbeitet hatte, war unausweichlich der Augenblick gekommen. Düster warf er einen Blick auf den Namen des Verfassers. Tara Melnick. War es vielleicht Teil irgendeines ehernen Gesetzes, daß es in jedem Seminar, egal, wie angenehm es sonst sein mochte, immer einen Studenten geben mußte, dessen Anwesenheit einem Zahnschmerzen verursachte?

Wahrscheinlich. Genau wie der Präsident immer seinen Sam Donaldson haben würde, würde Gideon immer seine Tara Melnick bekommen. Er überlegte länger, als er es hätte tun sollen, ob er das ausgelassene ›h‹ einfügen sollte oder nicht, und tat es dann schließlich, wenn auch schweren Herzens. Er hatte früher schon ihre Orthographie verbessert und als Dank für seine Mühen die Bemerkung geerntet, daß das normative Regelsystem von Orthographie und Grammatik im Zeitalter von *WordStar* und *Perfect Writer* überholt sei. Und außerdem, hatte sie ihn darüber aufgeklärt, war man sich heute unter progressiven Linguodiametrikern – was das war, hatte er nicht zu fragen gewagt – im allgemeinen einig, daß individuelle Sprachvarianten für sich als legitime mikrokulturelle Ausdrucksformen Akzeptanz besaßen.

Er rutschte auf seinem Stuhl herum, gelangweilt und genervt. Jungakademiker schienen heutzutage immer jünger zu werden. Und dümmer. Es stimmte schon, daß er heute mit vierzig doppelt so alt war wie manche von ihnen, aber war er jemals so öde gewesen wie Tara Melnick?

Tara Melnick. Wo waren überhaupt all die Ruths geblieben, die Dorothys, die Roberts, die Bills? Woher waren diese Taras und Megans und Ians nur gekommen? Vergraben in seiner Arbeit, hatte er da vielleicht irgendeine heimliche Zuwanderung von Kelten über das Meer verpaßt? Holten sich Eltern die Namen ihrer Kinder neuerdings aus Zimmer-Bradley-Romanen?

Angewidert starrte er die orange und braune Tapete vor sich an. Zuerst hatte ihm das freundliche, lebhafte Muster ja gefallen, aber dann hatte John, der in seinem Zimmer die gleiche Tapete hatte, in aller Unschuld die Bemerkung fallenlassen, daß sie ihn an riesige Gänseblümchen erinnerte, die Sonnenbrillen trugen. Seitdem hatten ihm all die Hunderte von Gänseblümchen ständig heimtückische Blicke durch ihre Sonnenbrillen zugeworfen, selbst in der Dunkelheit, wenn er schlief.

Tja, er konnte den Tatsachen genausogut ins Auge blicken. Resigniert blätterte er zur ersten Seite der Arbeit um. »Was bildet sich der *Homo sapiens* eigentlich ein, wer er/sie ist«, wollte das Paper streitlustig wissen, »dieser selbsternannte ›smarte Primat‹? Was ist diese sogenannte Zivilisation, die wir unser eigen nennen, aufgebaut auf der Vergewaltigung der Luft und des Wassers, gewaltsam entrissen der uns alle nährenden unschuldigen Erde? Und was hält die Zukunft für sie bereit ... falls *überhaupt* irgend etwas!!??«

Die Antwort auf diese alarmierende Frage wurde ihm, vorübergehend wenigstens, durch das Klingeln des Telefons erspart. Laß es bitte Wirklichkeit sein, brummte er leise, kein Irrtum, sondern eine echte, meine ganze Aufmerksamkeit verlangende Unterbrechung.

Sein Wunsch wurde ihm erfüllt. Es war Joly, sehr kühl und

sachlich. »Gideon, es gibt verschiedene Dinge, über die ich gerne mit Ihnen sprechen würde. Erstens, wir haben im Keller ein paar weitere Knochen gefunden. Ich dachte, das würde Sie vielleicht interessieren.«

»Und ob mich das interessiert, Inspektor!« sagte Gideon mit einer solchen Inbrunst, die Joly überrascht haben mußte. Mit einem glücklichen Seufzer schob er *Menschheit wohin?* in eine Schublade und lehnte sich zurück, um aufmerksam zuzuhören.

»Ich bin ziemlich sicher, daß es sich hierbei um die fehlenden Teile unseres Begräbnisses handelt, wer auch immer es nun ist...«

»Alain.«

»Wer auch immer«, wiederholte Joly, was Gideon durchaus vernünftig erschien. »Es ist ein Schädel, ein Becken sowie Arm- und Beinknochen. Sie befanden sich in zwei Päckchen – das gleiche Papier, die gleiche Kordel wie beim ersten. Sogar die Knoten sind identisch.«

»Befinden sich die Knochen in einem guten Zustand?«

»Für mich sehen sie wenigstens so aus. Ich habe sie vorsichtig zusammenpacken lassen.«

»Verdammt, es wäre besser gewesen, wenn ich sie *in situ* gesehen hätte.«

»Ja, vermutlich, aber unsere eigenen Leute haben sie bereits auf Staub und Trümmer abgesucht und so weiter. Was wir brauchen, ist eine rein anthropologische Analyse.«

»Trotzdem, sie in ihrem ursprünglichen Kontext und ihren originalen Relationen zueinander zu sehen...«

»Tut mir leid, mein Freund, aber das hat sich bereits erledigt. Sie müssen auf jeden Fall nach Paris geschickt werden, müssen Sie wissen. Es ist mir nicht in den Sinn gekommen, daß es irgendeinen Unterschied für Sie ausmachen würde.«

»Tja, so wichtig ist es auch wieder nicht. Ich werde für Sie gerne einen Blick drauf werfen.« Dann würde es zwar keine forensische Anthropologie wie aus dem Lehrbuch sein, aber immer noch besser als *Menschheit wohin?* Und wenn es wirklich ein vollständiges Skelett war, dann sollte es wohl möglich sein, endlich die Frage der Identität unzweideutig zu klären; selbst wenn dann Joly recht bekommen sollte.

»Solange sie verpackt sind«, sagte er, »könnten Sie sie mir hier vorbeibringen lassen und mir damit eine Fahrt nach...« Doch plötzlich kam ihm eine neue Lehrmethode in den Sinn. »Wie wär's, wenn Sie sie statt dessen morgen mit ins Kongreßzentrum brächten? Mein letzter Vortrag findet von acht bis zehn statt. Wir könnten die Analyse direkt dort durchführen. Damit würden die Teilnehmer die Chance bekommen, sich an einem konkreten Fall zu beteiligen.«

Am anderen Ende der Leitung entstand eine lange Pause, während Joly das Für und Wider abwog.

»Lucien, das sind doch ausnahmslos Cops. Die stehen auf unserer Seite.«

»Nun ja, einverstanden«, gab sich Joly schließlich geschlagen. »Ich werde sie persönlich mitbringen.«

»Und würden Sie die ursprünglichen Knochen ebenfalls mitbringen, sofern Sie sie noch nicht fortgeschickt haben?«

»Natürlich.« Gideon hörte das Anreißen eines Streichholzes und ein Luftholen. Joly steckte sich eine Zigarette an. Dann deutete eine Reihe schnalzender Geräusche darauf hin, daß er mit seiner Zunge nach einem Tabakkrümel zwischen den Zähnen suchte.

»Sie sagten, da wären mehrere Dinge, über die Sie mit mir reden wollten?« sagte Gideon.

»Ja, richtig. John wird das ebenfalls interessieren. Wir haben überprüft, ob es in der Nähe irgendwelche Bezugsquellen für Zyankali gibt. Es gibt keine. Die nächste ist in Rennes.«

»Dann muß das also bedeuten...«

»Zweitens, in Ploujean gibt es keine Taxen, dafür aber in Guissand – das heißt, bei Bedarf wird der Krankenwagen der dortigen psychiatrischen Klinik zum Taxi umfunktioniert –, und es ist während der letzten Woche insgesamt sechsmal bestellt worden. Bei keiner dieser Fahrten handelte es sich um einen unserer Freunde im *manoir*.«

»Was bedeutet, daß...«

»Drittens, ich habe, basierend auf den Beobachtungen jeder einzelnen Person, einen Zeitplan erstellt. Zumindest tagsüber war niemand mehr als zwei Stunden an einem Stück außer Sichtweite der anderen; auch nicht annähernd lange genug, um an einen Ort und auch wieder zurück zu gelangen, an dem man Kaliumzyanid erwerben könnte. Was bedeutet...?« soufflierte er.

»Daß derjenige – worauf John schon hingewiesen hat –, der es war, das Zyankali bereits vor vergangener Woche besessen haben muß. Er – oder sie – plante den Mord an Claude also bereits im voraus.«

»Korrekt. Es ging also um eine alte Sache, keine neue.«

»So aus dem Jahre 1942, meinen Sie? Hat da jemand vielleicht eine alte Rechnung aus Kriegszeiten mit Claude beglichen?«

»Ich halte es nicht für unwahrscheinlich. Soweit wir wissen, hat seit Jahrzehnten kein einziger von ihnen etwas mit ihm zu tun gehabt, was könnte es also sonst gewesen sein? Ach, apropos, Auguste Lupis war tatsächlich der Vater von Marcel. Er reagierte ziemlich erregt, als ich ihn damit konfrontierte.«

»Dann meinen Sie also...«

»Ich meine«, fiel ihm Joly ins Wort, »daß er eine weitere Person mit einem alten, leidenschaftlichen Haß auf Claude ist, das ist auch schon alles. Einer mehr auf einer langen Liste.«

»Ja...« Gideon nickte nachdenklich die Gänseblümchen an. »Aber sehen Sie es doch mal von dieser Seite: Jetzt ist Ihre Liste der Hauptverdächtigen erheblich kleiner.«

»Ach? Wie denn das?«

»Tja, falls er wegen einer Sache ermordet wurde, die 1942 passiert ist, scheidet damit doch wahrscheinlich jeder aus, der zu diesem Zeitpunkt nicht hier war, oder? Nicht definitiv, aber doch sehr wahrscheinlich. Hauptsächlich die jüngeren Leute: Leona Fougeray, Claire, Jules ... Ben Butts auch ... und Ray«, fügte er nach einem Augenblick hinzu, nur damit Joly wußte, daß er objektiv war und von Anfang an nichts als objektiv gewesen war.

Es folgte Schweigen. Gideon konnte ihn sich genau vorstellen, wie er jetzt seinen Kopf zurückgelegt hatte, die Unterlippe vorgeschoben, während er beobachtete, wie sich der Rauch langsam von seinem Mund in die Luft schraubte. »Warum sagen wir nicht einfach so: Das Interesse konzentriert sich somit auf diejenigen, die damals *hier* waren?« sagte Joly. »Mathilde und René du Rocher, Marcel, Sophie – von denen jeder ausreichend Grund hatte, Claude zu hassen. Und dann ist da noch Beatrice, Marcels Frau. Ich frage mich, ob sie 1942 wohl auch in der Gegend war. Sie haben nicht zufälligerweise eine Ahnung, oder?« fügte er trocken hinzu. »Sie scheinen so eine Art zu haben, solche Dinge zu wissen.«

»Keinen Schimmer«, sagte Gideon lachend.

»Also schön, ich vermute, ich werde es wohl selbst herausfinden müssen. Ach, zum Schluß noch ... wie ich hörte, haben Sie heute morgen ein kleines Päckchen bei der Polizei in St. Malo abgegeben.«

»Ein Päckchen?« Er hatte gehofft, es würde nicht bis zu Joly durchdringen. »Ach, ja, das. Tja, also, die Sache war die, daß ich kurz vorher mit diesem *commissaire* geredet habe, über ... Tja, wie auch immer, ich habe es jedenfalls bei denen abgegeben. Nur für alle Fälle, wissen sie.«

»Ja, es war eine gute Idee, vorsichtig zu sein. Das Sprengstoffdezernat hat sich einen Großteil des heutigen Nachmittages damit amüsiert.«

»Ach ja, haben sie das?« Gideon lachte verlegen. »Na schön, lassen Sie hören: Was war drin?«

Joly gab einen seiner leisen, traurigen Seufzer von sich.

»Eine Bombe«, sagte er.

»Wer zum Teufel würde dich denn umbringen wollen?« sagte John und lehnte sich in seinen Sessel zurück. Er war auf einen Schlummertrunk mit einer Flasche Armagnac hereingekommen, doch die stand jetzt immer noch ungeöffnet auf dem Tisch.

»Das hast du heute morgen auch schon mal gesagt«, erwiderte Gideon, der vor dem Fenster stand. Wie in vielen französischen Hotels boten auch die nach hinten hinaus liegenden Zimmer des

Terminus einen Blick auf einen kleinen Garten, wo im Sommer das Frühstück serviert wurde. »Als du gesagt hast, ich sei paranoid«, fügte er düster hinzu, starrte auf das im Halbdunkel liegende Gewirr von Pflanzen, die ihren Frühjahrsputz noch vor sich hatten.

»*Du* hast gesagt, du seist paranoid. Ich habe dir nur zugestimmt.«

»Tja, wir haben uns beide geirrt. Irgendwer will mich anscheinend wirklich fertigmachen.« Er lachte plötzlich, ließ sich nach hinten auf sein Bett fallen und verschränkte seine Hände hinter dem Kopf, lehnte sich gegen die bezogene Nackenrolle, die tagsüber die Stelle der Kopfkissen einnahm. »Alles in allem wäre ich aber ehrlich gesagt lieber paranoid. Du hast recht«, fügte er gefühlvoll hinzu. »Briefbomben sind beschissen.«

»Ja. Was meint Joly dazu?«

»Dasselbe, schätze ich, aber er hat es anders ausgedrückt.«

»Komisch. Ich meine, was steckt denn seiner Meinung nach dahinter?«

»Er denkt, jemand im *Manoir* will nicht, daß ich irgendwas über die Knochen herausfinde. Der Poststempel aus Marseille hat nichts anderes zu bedeuten, als daß es ein guter Ort ist, um solche Dinge erledigen zu lassen. Er sagt, wenn man die richtigen Leute kennt ... Für zweihundert Dollar und einen Telefonanruf bastelt irgend jemand eine Bombe und schickt sie an wen man will. Man kennt den Burschen nicht, der es macht, und er kennt weder dich noch die Person, an die er das Ding schickt. Praktisch unmöglich, die Sache zurückzuverfolgen.«

»Weißt du, was für eine Art Bombe es war?«

»Er hat sie eine IRA-Spezial genannt.«

John verzog sein Gesicht. »Zu blöd, das hilft auch nicht weiter. Das ist die einfachste Sorte, die es gibt. Ein Kind kann so ein Ding basteln. Ein kleines Päckchen im Handel erhältlichen Sprengstoffs, eine simple Zündkapsel und eine Nadel. Wenn du den Brief aufmachst, wird dadurch die Nadel in die Zündkapsel gestochen und ab geht die heiße Post. Manchmal. Häufig genug funktioniert's nicht.«

»Ich bin wirklich froh, das zu hören.«

Es war schon komisch; heute morgen, als sie über die Bombe nur spekuliert hatten, und noch dazu mehr oder weniger aus Spaß, hatte ihn die Vorstellung fix und fertig gemacht, selbst wenn er sich dabei ziemlich dumm vorgekommen war. Aber nachdem er jetzt sicher wußte, daß jemand tatsächlich versuchte, ihn ins Jenseits zu befördern, war er mehr wütend als sonst irgendwas. Eine der kleinen Freuden des Lebens – ein unerwartetes Paket zu öffnen – würde er kaum mehr ungetrübt genießen können. Und er war wütend, weil es praktisch ganz sicher jemand gewesen war, mit dem er erst kürzlich im *Manoir* freundlich geplaudert hatte, der sich danach zu einem Telefon geschlichen und es einfach getan hatte, aus sicherer Distanz. Es war so verdammt ... unfair.

»Was könntest du überhaupt so Gefährliches herausfinden?« fragte John. »Zum Beispiel.«

»Was ich bereits herausgefunden habe. Daß Alain du Rocher im Keller des Haues begraben liegt. Daß, egal was auf dieser Gedenktafel steht und was auch immer der Polizeipräfekt oder sonst irgendwer sagt, Alains Leiche unter dem Fußboden des alten Familiensitzes begraben – versteckt – wurde.«

»Nur damit ich das jetzt richtig verstehe. Du meinst, er ist gar nicht von den Nazis ermordet worden? Du meinst, irgendwer versucht einen Mord in der Familie zu vertuschen? Wie stellst du dir das vor? Wie könnten die sich alle so gründlich irren?«

Gideon wippte mit seinem Kopf auf der Nackenrolle langsam vor und zurück, starrte dabei geistesabwesend an die Decke. »Keine Ahnung, aber sie *irren* sich alle. Alain lag in diesem Keller, nicht in irgendeinem Massengrab.«

»Vielleicht haben sie die Leiche ja doch von den Nazis zurückgekriegt – um sie anständig zu begraben, weißt du?«

»Und haben sie dann hübsch kleingehackt und wie so viele Kalbsschnitzel in Pergamentpapier gewickelt?«

»Nein, wahrscheinlich nicht.« John schwieg ein paar Augenblicke. Sein Stuhl, auf den Hinterbeinen zurückgelehnt, klopfte leise gegen die Wand. »Aber hör zu, ganz realistisch, warum sollte irgendwer damit rechnen, daß du entdeckst, daß es Alain ist? Ich meine, wer von denen könnte denn überhaupt auch nur wissen, daß er ein Loch im Brustbein hatte?«

Gideon lachte. »Weißt du nicht mehr? Ich war an diesem einen Abend eine halbe Stunde im Salon – während du ein Hors d'œuvre nach dem anderen verschlungen hast – und habe jedem, der es hören wollte, erklärt, was genau ich mache; daß ich sicher sei, daß es auf keinen Fall Kassels Leiche wäre, daß sie genau wie ein du Rocher gebaut ist, daß ich alle möglichen Sachen über sie herausfinden könne, und so weiter, und so weiter.«

»Herrgott, stimmt. Ganz schön smart, Doc.«

»Brillant.«

»Gibt Joly dir Polizeischutz?«

»Nein, ich soll einfach meinen gesunden Menschenverstand an den Tag legen und vorsichtig sein, wie er sich ausgedrückt hat. Er sagte, der Bursche, der mir eine Briefbombe geschickt hat, sei wahrscheinlich keiner von der Sorte, der auf offener Straße auf mich schießt oder versucht, mich mit einem Auto plattzumachen. Oder irgendwas in der Richtung ...«

»Schon richtig, wahrscheinlich nicht. Aber todsicher gehört er zu der Sorte, die einem Zyankali in den Wein kippt, oder?«

»Ja, so einer wird's wohl sein. Oder so ein*e*.« Gideon reckte sich und erhob sich vom Bett. Da war so ein beengendes Gefühl an seinen Schläfen und ein Pochen im Nacken. Er bekam so selten Kopfschmerzen, daß es einen Moment dauerte, um zu erkennen, was es war. Vielleicht *war* er ja schockiert. Oder vielleicht hatte er auch einfach nur Hunger.

»Ich glaube, ich werde mir was zu essen besorgen. Ich hab noch nicht zu Abend gegessen. Wie steht's mit dir?«

»Mit mir?« sagte John, und sein überraschtes Lachen deutete an, wie lächerlich die Frage war. »Nein, ich hab vor ein paar Stunden ein Steak gegessen.« Er kippte seinen Stuhl wieder nach vorn und stand auf. »Aber ich begleite dich trotzdem.«

»Schon in Ordnung. Ich hätte nichts gegen einen Spaziergang an der frischen Luft, um mir noch mal alles durch den Kopf gehen zu lassen.«

John sah ihm ins Gesicht. »Doc, laß uns jetzt mal was klarstellen. Der Kongreß ist in ein paar Tagen vorbei, und dann fahren wir wieder nach Hause. Bis dahin würde ich mich erheblich wohler fühlen, wenn du nirgendwo ohne mich hingehst. Nirgendwohin. Alles klar?«

»John«, sagte Gideon entrüstet, »Joly sprach von Vernunft und Vorsicht, nicht...«

»Ja, ja, aber ich kenne dich. Du bist nicht vernünftig und nicht vorsichtig. Du fängst wieder an rumzuschnüffeln...«

»Verdammt, ich...«

»He, hörst du vielleicht auch einmal auf mich?« Er drosch auf die Luft ein, seine Stimme hob sich. »Laß mir wenigstens dieses eine Mal meinen Willen, okay?«

Ohne irgendeinen besonderen Grund mußte Gideon plötzlich laut lachen. »In Ordnung«, sagte er müde, »ich hör ja schon auf dich.« Er drückte kurz Johns Arm. »Danke.«

Er zog seine Windjacke aus der offenen Garderobe neben der Tür und warf John seine zu. »Dann vermute ich, daß du morgen nach dem Vortrag mit mir zum Mont St. Michel rausfährst.«

»Was gibt's denn auf dem Mont St. Michel?«

»Die Abtei im romanisch-gotischen Stil. Eines der großen Wunder der westlichen Welt. Ich würde nicht abreisen wollen, ohne sie gesehen zu haben.«

»Ja, und rein zufällig ist Guillaume da auch noch ertrunken, stimmt's?«

»Äh, ja. Vielleicht möchte ich ja auch mal einen Blick auf das Watt werfen, nur so, aus reiner Neugier.«

»Na gut, ich komm mit«, sagte John.

»Guck nicht so genervt. Es gibt da ein berühmtes Restaurant. Das *Mère Poularde*. Einer der Tempel der französischen Gastronomie.«

John verzog sein Gesicht. »Schon wieder Pfannkuchen?«

»Omelette.«

»Weißt du, was ich als erstes machen werde, wenn wir wieder zu Hause in den Staaten sind?« fragte John, während er sich seine Jacke überzog.

»Du kaufst dir einen Hamburger.«

»Aber hallo!«

16

Als Julie ihn dieses Mal um sieben Uhr morgens anrief, war er bereits fast zwei Stunden auf, vorgeblich, um seine Unterlagen für den Vortrag vorzubereiten, aber die meiste Zeit grübelte er über Briefbomben, Morde, Zerstückelungen und die umfassende Gemeinheit der Menschen im allgemeinen nach.

»Hi«, sagte sie. »Ist bei euch noch nicht Mittwoch?«

Es war, als hätte jemand ein Fenster geöffnet und eine frische Brise in einen übelriechenden Raum gelassen. Ihre Stimme klang schläfrig und warm, beschwor das lebhafte Bild in ihm herauf, wie es war, morgens neben ihr aufzuwachen, ihren warmen, nackten Hintern an seine Schenkel und seinen Bauch geschmiegt, seine Arme locker über ihre Taille, sein Gesicht an ihrem seidigen, duftenden, schlaf-feuchten Nacken.

Er legte den Kugelschreiber aus der Hand und schlug Stewarts *›Grundlagen der forensischen Anthropologie‹* zu. »Ich wünschte, es sei so«, sagte er aufrichtig. »Wäre«, korrigierte er sich. Das kam davon, wieder in Rays Nähe zu sein.

»Ich auch. Es ist schon verrückt, aber ich kann nicht schlafen, wenn du nicht hier bei mir bist. Zumindest nicht besonders gut. Im ganzen Haus höre ich alle möglichen unheimlichen Geräusche, die einfach nicht da sind, wenn du hier bist.«

»Was?« sagte er, erfreut und geschmeichelt. »So was von einer zweiunddreißigjährigen, selbständigen Parkaufseherin, die noch bis vor kurzem ihr ganzes Leben lang allein geschlafen hat?«

»Also, ich würde nicht direkt sagen, mein *ganzes* Leben. Ich meine, es gab da schon ein paar Nächte hin und wieder ...«

»Okay, okay, tut mir leid, war 'n bißchen selbstgefällig. Aber es ist nett, wenn man gebraucht wird.«

»Oh, und ob du gebraucht wirst«, sagte sie mit angenehmer

Wärme. »Gideon, wie geht's dir? Ich habe mir Sorgen um dich gemacht.«

»Sorgen? Wieso?«

»Weil du – ich weiß auch nicht, du gerätst immer in ... irgendwelche Abenteuer, die einfach keinem anderen Menschen außer dir passieren. Es ist doch alles in Ordnung, oder?«

»Ob alles in Ordnung ist?« Er lachte. »Natürlich ist alles in Ordnung.« Was war für den echten Abenteurer schon eine Bombe in der Morgenpost? Und außerdem, warum es jetzt erwähnen, wenn es nichts anderes bewirken konnte, als sie zu beunruhigen? Später war immer noch früh genug. Und wenn er dann zärtlich getröstet werden mußte, wollte er wirklich lieber persönlich anwesend sein. »Aber es ist auch wieder nicht so, daß es hier nicht aufregend gewesen wäre«, sagte er. »Laß mal überlegen, wann haben wir das letzte Mal telefoniert?«

»Freitagnacht. Samstagmorgen nach deiner Zeit.«

»Vor zwei Tagen. Jetzt laß mich mal nachdenken ... In der Guillaume-Sache keine weiteren Fortschritte, aber es sieht mir ganz danach aus, als würden diese Knochen im Keller einem Cousin namens Alain gehören, der von den Nazis umgebracht worden ist. Joly sieht das zwar anders, aber ich bin mir neunundneunzig Prozent sicher.«

»Aber was haben diese Knochen denn in Guillaumes Keller zu suchen?«

»Ja, da triffst du den Nagel genau auf den Kopf. Das weiß kein Mensch.«

Er nahm den Tauchsieder aus dem Becher und kippte ein bißchen Nescafé aus dem Glas in das heiße Wasser. »Ich vermute, die einzige andere interessante Sache ist die, daß wir hier einen Mord hatten. Ein anderer Cousin, ein entfernter Verwandter namens Claude Fougeray, von dem alle behaupten, er wäre für Alains Tod verantwortlich gewesen. Er wußte, daß die SS Alain abholen wollte, und hat ihn nicht gewarnt. Jemand hat ihm Zyankali in seinen Wein gekippt. Er hat im Salon seinen Geist aufgegeben, während alle gerade dort waren, ich auch.«

Ohne Erfolg suchte er nach einem Plastiklöffel, der hier irgendwo liegen mußte, gab dann auf und rührte den Pulverkaffee mit seinem Kuli um, hörte dabei die ganze Zeit ihr ruhiges Atmen. »Kein Kommentar?«

»Ich habe gerade versucht dahinterzukommen, ob das jetzt dein Ernst ist oder nicht.«

»Und?«

»Ich bin zu dem Schluß gekommen, *daß* es dein Ernst ist.« Wieder Schweigen. »Oder nicht?«

»Doch, klar.«

»Gideon, du bist wirklich absolut erstaunlich. Nie auch eine Sekunde Langeweile. Weißt du schon, wer es gewesen ist?«

»Nein, aber wir glauben, daß es irgend etwas mit Alains Tod zu tun haben könnte, wodurch automatisch die älteren Mitglieder der Familie zu Verdächtigen werden. Sie haben ihn alle geliebt. Ach ja, und es besteht sogar die Möglichkeit, daß es der Butler gewesen ist. Die Nazis haben seinen Vater zur gleichen Zeit ermordet, ebenfalls mit Claudes Wissen.«

»Claude scheint mir ja ein wunderbarer Knabe gewesen zu sein. Ich geb dir recht. Wahrscheinlich hat der Mord wirklich irgendwas damit zu tun.«

»Ich danke dir für dieses klare Vertrauensvotum.«

»Gern geschehen, aber tatsächlich habe ich über das Zyankali nachgedacht.«

»Noch mal?«

»Haben die hohen Tiere der Nazis nicht Zyankali benutzt, um Selbstmord zu begehen, wenn sie geschnappt wurden? Oder meine ich vielleicht Arsen?«

»Nein, du hast schon recht. Es war Zyankali. Weil es sehr schnell wirkt. Göring hat sich damit in Nürnberg umgebracht. Himmler hat auch auf eine Glaskapsel gebissen. Wieso fragst du?«

»Ich dachte nur gerade, wenn jemand sich *tatsächlich* an Claude wegen seiner Kooperation mit der SS gerächt hat, dann wäre Zyankali doch seine naheliegende Wahl – du verstehst, als eine Art Symbol, das ihn mit den Kriegsverbrechen der Nazis in Verbindung bringt. Ergibt das irgendeinen Sinn?«

»Tja, es kommt mir ein bißchen arg theatralisch vor, aber ich schätze, da ist schon was dran. Ich werde es Joly gegenüber erwähnen. Sonst noch irgendwelche Tips, die ich weitergeben soll?«

»Sehr witzig. Aber ja, da ist noch was. Du kannst ihm sagen, daß Mathildes Mann ... Wie heißt er noch gleich?«

»René.«

»Du kannst ihm sagen, daß René unschuldig ist.«

»Fein, das werde ich sicher tun. Heute morgen noch. Möchtest du, daß ich ihm irgendeinen besonderen Grund dafür verrate?« Er trank einen Schluck von seinem Kaffee.

»Hm-hmmmh! Du kannst ihn darauf aufmerksam machen, daß er derjenige war, der den Handwerkern erlaubt hat, den Keller umzugraben ... Das hast du mir doch erzählt, oder?«

»Ja ...«

»Dann dürfte er nichts mit der Leiche im Keller zu tun haben, andernfalls hätte er niemanden auch nur in die Nähe des Kellers kommen lassen.«

Gideon stellte seinen Becher ab. »Julie, das ist wirklich gut! Natürlich! Ich war eben ironisch; hiermit entschuldige ich mich in aller Form. Demütigst. Du machst dort drüben in Port Angeles größere Fortschritte als ich hier in St. Malo.«

Sie lachte vergnügt. »Du hast wirklich noch nicht selbst daran gedacht?«

»Ich habe nicht mal dran gedacht, auch nur drüber nachzudenken.« Er trank einen weiteren Schluck und ließ sich die Idee durch den Kopf gehen. »*Wenn* es also stimmt, daß der Mord an Claude seine Wurzeln in der Besatzungszeit hat, und wenn es stimmt, daß es ein Racheakt war, und wenn René jetzt aus dem Rennen ist ... bleiben nur noch Mathilde du Rocher und Sophie Butts. Und Marcel natürlich. Sie alle waren damals jung, aber vergessen haben sie nichts.«

»Jetzt nicht gleich übertreiben. Das sind eine ganze Menge Wenns.«

»Ein paar«, räumte er ein.

»Meinst du, daß wir auch noch eine Weile über was anderes

reden könnten als über Morde und Skelette und Nazis, nachdem ich jetzt meinen Beitrag geleistet habe? Hier wird alles immer unheimlicher.«

Er lächelte. »Und ob. Hast du dich schon fürs Bett fertiggemacht?«

»Hm-hmh. Ich liege schon im Bett.«

»Gut«, sagte er, wobei seine Stimme sanfter wurde. »Was hast du an? Dieses seidige hellbraune Ding, hoffe ich. Du weißt schon, das diesen reizenden, langen, wunderbaren intra-sacrospinalen Sulcus hervorhebt, den du hast.«

»Aaah«, seufzte sie, »das ist schon besser.«

Joly brachte die drei Knochenpakete in verschiedenen Schachteln zum Seminar mit, und er, Gideon und John versahen jeden einzelnen Satz mit verschiedenfarbigem Plastikband, um sie auseinanderhalten zu können. Dann ließ sie Gideon von seinen Zuhörern in ihrer richtigen anatomischen Lage ausbreiten.

Zu seiner Zufriedenheit und der seiner Schüler schafften sie es. Von den 200 sichtbaren Knochen des menschlichen Körpers (die anderen sechs waren Ohrenknochen, die tief im Schädel lagen), waren 197 noch vorhanden, nachdem sich Mäuse anscheinend mit drei kleinen Knochen des Handgelenkes davongemacht hatten.

Gideon berichtete in groben Zügen von den Begleitumständen des Fundes, diskutierte das Foramen sterni, wies auf die Messerverletzungen an der fünften Rippe hin und erklärte sie.

»So, und jetzt möchte ich gern«, sagte er zu den ungefähr zwanzig Eleven um den Tisch, »daß Sie selbständig Geschlecht, Alter und Größe zu ermitteln versuchen und zwar Schritt für Schritt, so wie ich vorgehen würde. Inzwischen müßten Sie wissen, welche Schritte das sind. Versuchen Sie auch mal, ob Sie zu einer Aussage über die Rasse gelangen können. Sie werden jetzt bitte drei Gruppen bilden, und später erhalten wir dann drei voneinander unabhängige Ergebnisberichte. Zum Abschluß werde ich Ihnen sagen, wie ich die Sache beurteile. Noch irgendwelche Fragen? Wenn nicht...«

»Warten Sie bitte noch einen Moment, Doktor.« Der Sprecher war ein schlanker, zierlicher schwarzer Polizei-Captain aus Nairobi; redegewandt, sehr lebhaft und immer bereit zu einem Streitgespräch. »Woher wissen wir denn überhaupt«, verlangte er in seinem Stakkato-Englisch zu wissen, »ob diese Knochen von einem einzelnen Individuum stammen? Sie wurden in drei verschiedenen Paketen gefunden. Vielleicht gehören sie ja auch zu drei verschiedenen Individuen. Oder zu zweien, oder vieren. Wer kann das mit Sicherheit sagen?«

»Das liegt doch auf der Hand«, erwiderte ein Beamter der Pariser *Sûreté Urbain* gereizt, der darauf brannte, mit der Übung endlich fortzufahren. »Wir haben einhundertsiebenundneunzig Knochen gefunden, alle verschieden. Wenn hier mehr als eine Person gelegen hätte, dann hätte es mit Sicherheit auch einige Dubletten gegeben: zwei Unterkiefer, zwei linke Schlüsselbeine...«

»Richtig«, hörte Gideon hinter seinem Rücken leise Joly sagen, der anscheinend mit John sprach.

»Nein, nein, nein«, sagte der Kenianer. »Dubletten zu finden würde in der Tat *beweisen*, daß tatsächlich mehr als eine Leiche dort vergraben wurde. Aber sie *nicht* zu finden, beweist doch noch lange nicht, daß *nicht* mehr als eine Leiche dort lag.« Er verschränkte herausfordernd seine schmalen Arme. »Das wird durch die Fakten nicht untermauert.«

»Und das stimmt auch«, räumte Joly ein.

Aber wie vorauszusehen, murrte die Klasse den Kenianer an: Hatte Dr. Oliver nicht hundertmal gesagt, daß die Wissenschaft sich nicht mit Beweisen beschäftigt, sondern mit Wahrscheinlichkeiten? Und 197 Knochen ohne eine einzige Dublette zu finden, bedeutete doch...

»Nein, warten Sie«, sagte Gideon. »Captain Morefus Einwand ist durchaus berechtigt. Wir können aber noch etwas anderes tun. Tatsächlich habe ich es schon getan. Während Sie das Skelett zusammensetzten, habe ich ein paar Vergleiche angestellt.«

Er nahm den fünften Halswirbel in die Hand, der mit einem blauen Band markiert war, und dann den vierten, der ein grünes trug. »Vertebrae sind die kompliziertesten und wahrscheinlich auch die variabelsten Knochen des Körpers, und sie schmiegen sich dichter aneinander als alle anderen. Das ist der Grund, wodurch die Wirbelsäule überhaupt erst ihre Stabilität erhält. So, diese C4 und C5 hier befanden sich in zwei verschiedenen Paketen. Wenn sie von zwei verschiedenen Menschen stammten, dann würden sie nur ganz grob ineinandergreifen – aber auf keinen Fall so.«

Er hielt die kleinen Knochen mit dem Loch in der Mitte hoch und schob sie gegeneinander. Sie paßten perfekt zusammen; so sauber und fest wie zwei stapelbare Stühle.

»Nein, Dr. Oliver. Nein und nochmals nein.« Captain Morefu schüttelte seinen zierlichen Kopf. »Wie kann ich das als Beweis akzeptieren? Wie können wir mit absoluter Sicherheit sagen, daß keine zwei Menschen jemals sehr ähnliche Wirbelsäulen gehabt hätten? Ich habe schon sehr oft gesehen ...«

»Warten Sie, Captain, geben Sie mir eine Chance. Da ist noch etwas, und das ist die größte Annäherung an einen Beweis, den wir in diesem Geschäft erreichen können. Wenn Sie sich diese beiden Wirbel hier genau anschauen ...« Er unterbrach sich kurz und hielt sie seinem Kritiker hin. »Hier, sehen Sie sich das an. Sagen Sie mir, ob Sie irgend etwas erkennen.«

Der Kenianer nahm sie in die Hand, drehte sie langsam um, runzelte dabei angestrengt die Stirn. Nach ein paar Sekunden schaute er wieder auf, seine Miene hellte sich auf und er lächelte. »Diese Kratzer hier. Sie passen genau zusammen.«

»Richtig«, sagte Gideon und erklärte es den anderen. »Der Captain spricht von den Spuren, die beim Zerlegen der Leiche entstanden sind. Wenn Sie die benachbarten Knochen in ihrer natürlichen Stellung aneinanderhalten, werden Sie sehen, daß die Spuren auf einem Knochen beginnen und auf dem anderen aufhören. Wie könnte so etwas passieren, wenn sie nicht zu dem Zeitpunkt zusammen waren, an dem die Schnitte durchgeführt wurden? Damit ist der Fall klar. Wir haben es hier mit einem einzigen Körper zu tun.«

Er legte die Vertebrae wieder fort. »Und jetzt beginnen Sie mit

Ihrer Analyse. Und vergessen Sie nicht, beginnen Sie mit dem Geschlecht.«

»Was spielt es für eine Rolle, wo wir anfangen?« wollte jemand wissen. »Warum ausgerechnet zuerst das Geschlecht?«

»Zum Teil, weil Sie das Geschlecht kennen müssen, um daraus andere Schlußfolgerungen zu ziehen. Männer und Frauen besitzen unterschiedliche Proportionen, wie Ihnen vielleicht auch schon mal aufgefallen sein wird.«

»Is nich wahr«, sagte einer der Amerikaner.

»Aber außerdem«, fuhr Gideon mit einem Lächeln fort, »ist die Geschlechtsbestimmung eines Skelettes einfacher als alles andere, und es ist ganz nett, wenn man mit etwas Leichtem beginnt. Wenn Sie einfach nur eine Münze werfen würden, lägen Sie mit fünfzigprozentiger Wahrscheinlichkeit schon richtig. Das ist nichts im Vergleich mit der Bestimmung des Alters.«

»Für Sie vielleicht«, brummte jemand.

»Für Sie auch«, sagte er nicht ganz wahrheitsgemäß. »Sie haben alle gesehen, wie ich es gemacht habe. So, und jetzt ran an die Arbeit.«

Die Übung schleppte sich dahin, während die drei Gruppen Maß nahmen, rechneten und diskutierten. Gideon juckte es, sich das neue Material selbst genau anzusehen, fand sich aber damit ab, noch zu warten, und genoß statt dessen die Genugtuung eines Lehrers, dabei zuschauen zu können, wie seine Schüler kompetent das anwendeten, was sie von ihm gelernt hatten.

Kurz vor zehn begannen die drei Gruppen mit ihren Berichten. Sie waren sich in der Bestimmung des Geschlechtes einig: Das Skelett war das eines Mannes. Gideon gratulierte ihnen und verkündete seine Zustimmung. Ein flüchtiger Blick auf das Becken hatte bestätigt, was er bereits wußte.

Außerdem waren sich die drei Gruppen bezüglich der Körpergröße einig; was auch nicht weiter überraschend war, da sämtliche langen Knochen vorhanden waren, und die Anwendung der Gleichungen von Trotter und Gleser stellte eine leichte Aufgabe dar. Aber ihre Schätzung war überraschend niedrig: Ein Meter zweiundsechzig plus minus fünf Zentimeter. Seine eigene schnelle und grobe Schätzung, basierend auf den Wirbeln, hatte bei einsfünfundsiebzig gelegen, und es konnte einfach nicht sein, daß er sich um gut zehn Zentimeter geirrt haben sollte. Fünf, vielleicht. Und außerdem, Joly hatte ihm bereits mitgeteilt, daß sein Befund mit Alains Beschreibung übereinstimmte. An irgendeinem Punkt mußten sich die Teilnehmer seines Kurses verrechnet haben. Er würde in ein paar Minuten mit ihnen ihre Arbeit durchgehen und die Sache klären. Nur komisch, daß alle drei Gruppen so danebenlagen.

Als nächstes kamen die Berichte über die Rasse. Angesichts der Kompliziertheit des Problems, manche Anthropologen sprachen sogar von der Unmöglichkeit der Abstammungsbestimmung durch das Skelett, hätte er sie nicht darum gebeten. Doch sie hatten es so gewollt, wobei sie die paar vereinfachten Richtlinien anwandten, die er ihnen gegeben hatte (und, da war er ganz sicher, außerdem die verschiedenen Klischees, die jeder erst einmal mitbrachte, bezüglich Schädelstärke, Größe der Schädelhöhe und die ›primitiven‹ Charakteristika). Gideon ließ sie fortfahren, wenn es schon zu nichts führte, war es doch zumindest lehrreich für sie.

Und so war es auch. In zwei der Gruppen war man sich sehr uneinig. Und nachdem all die gängigen Vorurteile wie Seifenblasen zerplatzt waren, gab man den Versuch auf. Der Bericht der letzten Gruppe aber war schon ein Ding.

»Wir haben ermittelt«, sagte die ernste, langsam sprechende CID-Inspektorin, die den Bericht vortrug, »daß die sterblichen Überreste die einer Person sind, die der mongoliden Rasse zugehörig ist.«

»*Mongolid?*« wiederholte Gideon verblüfft.

»Ja, mongolid«, wurde ihm versichert. »Höchstwahrscheinlich jemand aus dem nordöstlichen asiatischen Raum.«

Jeder außer der kräftigen, erbarmungslos nüchternen Inspectorin Hawkins und ihm selbst mochte vielleicht gedacht haben, er würde auf den Arm genommen. »Und jetzt verraten Sie mir mal, wie sind Sie gottverdammt noch mal auf mongolid gekommen?« fragte er.«

Inspectorin Hawkins blieb völlig ungerührt. »Wir haben eine Knochenverhältnisanalyse durchgeführt und dabei einen Tibiofemoralisindex von 81,4 erhalten«, erwiderte sie, ohne über eine einzige Silbe zu stolpern.

Naja, immerhin hatte sie die Theorie richtig verstanden. Ein Tibiofemoralisindex von 81,4 bedeutet, daß die Tibia – das Schienbein – 81,4 Prozent der Länge des Oberschenkelknochens – des Femur – besaß. Und jeder Wert kleiner als 83 wurde allgemein als charakteristisches Kennzeichen der mongoliden Rasse akzeptiert, was die Kürze des asiatischen Unterschenkels, verglichen mit dem Oberschenkel, ausdrückte. Bei anderen Rassen lag die typische Verhältniszahl erheblich höher.

»Haben Sie vielleicht mit den physiologischen Längen der Knochen gearbeitet und nicht mit den Maximallängen?« fragte er.

Zum ersten Mal stockte die unerschütterliche Inspectorin Hawkins jetzt. »Die ... äh ... physiologischen Längen?«

Das erklärte es, dachte er mit einiger Erleichterung. Einen Augenblick lang hatte er sich tatsächlich schon gefragt, was hier los war. Zur Bestimmung der Rasse waren Knochenverhältniszahlen gar nicht so schlecht, aber dazu waren erheblich diffizilere Messungen erforderlich als diejenigen, die er seinen Kursteilnehmern in diesem Rahmen erklären konnte. Er hatte ein paar Minuten über die zugrundeliegenden Prinzipien gesprochen, doch er hatte nicht erwartet, daß jemand versuchen könnte, sie tatsächlich anzuwenden. Fein, das würde eine weitere gute Lektion sein, die sie mit nach Hause nehmen konnten: Nur halb verstandene Techniken anzuwenden war ein Fehler, der zu grotesken Irrtümern führen konnte. Lieber einen Experten zu Rate ziehen, wenn man nicht sicher war, was man tat.

»Hier, lassen Sie mich Ihnen zeigen, wie es gemacht wird«, sagte er, und mit der Schieblehre in der Hand ging er zum Tisch und nahm den rechten Schienbeinknochen. »So, die physiologische Länge eines langen Knochens ist seine funktionelle Länge, was Sie...«

Er verstummte, als er das eigentümliche Gewicht des Knochens bemerkte. Verdutzt sah er ihn sich etwas genauer an. Dann ein schneller Blick auf die andere Tibia und schließlich beide Oberschenkelknochen. Es war das erste Mal, daß er sie wirklich untersucht hatte, und nach zwanzig oder dreißig Sekunden aufmerksamen Studiums war er immer noch verdutzt.

Zum einen hatte Inspectorin Hawkins recht, selbst wenn sie die Sache falsch angepackt hatte. Er brauchte keine Schieblehre, um zu erkennen, daß die Tibia im Verhältnis zum Femur tatsächlich ziemlich kurz war. Aber es war das geringe Gewicht dieser normalerweise recht kompakten Beinknochen, das ihm zu schaffen machte; das und ihre Form. Sie hatten irgend etwas Merkwürdiges; nicht übertrieben merkwürdig, aber ... irgend etwas war da.

»Komisch ...« sagte er, mehr zu sich selbst als zu jemand anderem, und ließ seine Finger über die gesamte Länge des staubigen, trockenen braunen Oberschenkelknochens gleiten.

Seine Schüler hatten ihn schon vorher bei der Arbeit gesehen, und sie waren daran gewöhnt. Sie warteten geduldig.

Nicht so Joly. Er trat an den Tisch. »Was ist da komisch?«

»Die leichte Biegung«, sagte Gideon in Gedanken, strich mit seiner Hand weiter über den Knochen. »Sehen Sie sich den Schaft an. Sehen Sie die Torsion der beiden Tibiae – nur ganz leicht, so als hätte jemand an beiden Enden zugepackt und ein kleines Stück in entgegengesetzte Richtungen gedreht?«

»Nein«, sagte Joly.

»Wissen Sie, was das bedeutet?« fuhr Gideon fort, starrte immer noch die Knochen an.

»Nein«, sagte Joly wieder, dieses Mal allerdings mit einem lustlosen Unterton.

»O-oh«, murmelte John von außerhalb des Menschenrings. »Das sieht mir ja ganz nach einer weiteren cleidocranialen Dingsbummstosis aus.«

Der Kreis der Kursteilnehmer drängte sich schweigend und interessiert näher heran, alle gleichzeitig, wie eine Qualle, die sich zusammenzog.

Gideon sah Joly an. »Inspektor, ich weiß, wer das hier ist.«

Joly sah ihn seine Nase entlang scharf an – den Kopf in den Nacken gelegt, die Lippen geschürzt, die Augen zusammengekniffen. »Sie wußten auch gestern schon, wer es war.«

»Da habe ich mich geirrt«, sagte Gideon.

17

Ein erwartungsvolles Wogen ging durch den Kreis. Sie hatten drei Sitzungen mit Gideon hinter sich, und sie wußten, daß er durchaus gelegentlich auch einmal einen dramatischen Kunstgriff einsetzte, um einen bestimmten Punkt zu verdeutlichen. Aber dieses Mal warteten sie vergebens.

»Ich denke«, sagte Joly, »dies ist wohl etwas, das der Professor und ich am besten unter vier Augen besprechen sollten. Ich bin sicher, Sie werden das verstehen.«

»Gute Idee«, stimmte Gideon zu. Was er zu sagen hatte, würde Jolys neu erworbene Toleranz aufs äußerste strapazieren, und es war für den feinen *inspecteur principal* vollkommen ausgeschlossen, vor seinen Kollegen einen Tobsuchtsanfall zu bekommen.

Nachdem sie aufgeregt und plappernd gegangen waren, schloß Joly hinter ihnen die Tür, kehrte schweigend quer durch den ganzen Raum zum Tisch zurück, sah John an, sah Gideon an und seufzte laut.

»Ich weiß genau, daß ich das noch bedauern werde...« Er deutete mit seinem Kopf auf den Tisch, sah dann wieder Gideon an und formte seine Lippen kunstvoll zu einem Kreis, als wollte er gleich einen Rauchring blasen.

»Wer?« fragte er mißtrauisch.

Die beste Art, es ihm zu sagen, fand Gideon, war, es einfach zu sagen.

»Ich glaube, es ist Guillaume du Rocher.«

Nach einem Augenblick des fassungslosen Schweigens klatschte John in die Hände und stieß einen Freudensschrei aus.

Jolys Lippen blieben noch ein paar weitere Sekunden in ihrer fischähnlichen O-Form, bebten dann leicht und schlossen sich wieder. Langsam ließ er sich dann mit einem weiteren gewaltigen Seufzer auf einen der herumstehenden Stühle sinken.

»Das hier...«, begann Gideon.

Aber Joly hob resigniert eine Hand. »Ich denke, mit Guillaume du Rocher«, sagte er geduldig, »meinen Sie ... ich bete inbrünstig darum, ... einen lang verloren geglaubten Verwandten – von dessen Existenz nur Sie allein zufällig etwas wissen, natürlich –, der rein zufällig den gleichen Namen trägt wie der Guillaume du Rocher, der vergangenen Montag in der Bucht von Mont St. Michel ertrunken ist?«

»Nein, meine ich nicht...«

»Denn Sie *können* nicht den Guillaume du Rocher meinen, der vergangenen Montag in der Bucht von Mont St. Michel ertrunken ist und der einen Tag, bevor die ersten dieser Knochen – dieser sehr alten Knochen – gefunden wurden, öffentlich auf dem Familienfriedhof in Rochebonne begraben wurde.« Ein ausgesucht leidender Blick warf kleine Fältchen um seine Augen. »Nicht wahr?«

»Nein, diesen Guillaume meine ich auch nicht.«

»Komm schon, Doc«, meinte John lachend. Auch er ließ sich auf einen der schwarzen Stühle aus Plastik und Chrom fallen. »Was meinst du damit? Wer ist dieser Bursche?«

»Was ich meine«, sagte Gideon, »ist, daß der Mann, der in der Bucht ertrunken ist, nicht wirklich Guillaume du Rocher war, es sei denn, ich liege wirklich total daneben.«

Ihre Mienen waren dermaßen unschuldig verblüfft – die Kinnladen hingen herunter, die Augenbrauen schnellten in die Höhe, wie bei zwei untalentierten Schauspielern, die Überraschung mimten –, daß er unwillkürlich laut loslachen mußte. Zugegeben, dachte er bei sich, der Knochen-Detektiv von Amerika zu sein, hat wirklich auch seine schönen Seiten.

»Ich bin mir ziemlich sicher, daß *dies* der echte Guillaume ist«, sagte er mit einem kurzen Blick auf das Skelett, »und er ist schon seit dem Zweiten Weltkrieg tot, nicht erst seit letzten Montag.«

»Tjaaa ... aber...« stammelte John. »Du hast doch selbst gesagt, du hättest ihn vor ein paar Jahren kennengelernt...«

»Ich habe jemanden kennengelernt, der sich Guillaume du Rocher nannte.«

»Und ist es uns gestattet zu erfahren«, fragte Joly, der allmählich sein Gleichgewicht wiederfand, »woraus Sie schließen, daß der Mann, der, solange sich jeder zurückerinnern kann – seine Familie, sein Anwalt, seine Bediensteten, sein Arzt und Dutzende weiterer, die ihn gut kannten – als Guillaume du Rocher bekannt war, nicht der ›echte‹ Guillaume du Rocher war?« Er nahm ein neues Päckchen Gitanes heraus und riß es auf; ziemlich gereizt, hatte Gideon den Eindruck.

»Ich habe es aus der simplen Tatsache geschlossen, daß diese Knochen dem echten Guillaume gehörten. Daher konnte niemand anderer er sein, egal wie viele Leute ihn auch erkannt haben oder ihn erkannt zu haben glaubten. Er hat seit fast fünfzig Jahren in diesem Keller gelegen. Zumindest sieht es für mich so aus«, fügte er umsichtig hinzu, sich durchaus der Tatsache bewußt, daß er noch vor weniger als vierundzwanzig Stunden behauptet hatte, diese Knochen wären die von Alain. »John, erinnerst du dich noch, was Loti uns gesagt hat?«

Jolys Mundwinkel bewegten sich eine Idee nach unten. Er war nicht erfreut zu hören, daß sie mit dem Arzt gesprochen hatten.

»Nein, nicht mehr genau«, sagte John. »Das *bonjour* hab ich ziemlich gut mitgekriegt, und auch das *au revoir*, aber dazwischen nicht besonders viel.«

»Er sagte, Guillaume hätte Rachitis gehabt.«

»Ja, das stimmt. Das hast du mir gesagt.« Seine Augen wurden größer. »Dieses Skelett da hatte Rachitis?«

»Todsicher. Die Beinknochen zeigen Torsion, Verbiegung, Verkürzung – nicht extrem, aber deutlich genug. Deshalb lag die Schätzung meiner Kursteilnehmer bezüglich der Körpergröße auch so niedrig, und das ist auch der Grund, warum sie bei der Rasse so danebenlagen. Und alles läuft auf Rachitis hinaus.«

Und (aber das zu erwähnen, war ihm einfach zu peinlich)

genauso verhielt es sich mit dem geperlten Wulst an der Knorpel-Knochen-Grenze der Rippen, die er vor einigen Tagen bereits bemerkt und sofort wieder vergessen hatte. Ganz und gar keine Gebetsperlen. Der ›rachitische Rosenkranz‹, so wurde es in alten pathologischen Lehrbüchern genannt, und das hätte ihm eigentlich schon alles sagen müssen. Aber da die Rachitis während der letzten fünfzig Jahre so selten geworden war, und da dieser spezielle Fall offenbar sehr leicht verlaufen war, und da seine Nachschlagewerke in Port Angeles waren ... Wenn man ihm genügend Zeit ließ, konnte er wahrscheinlich noch ein ganzes Dutzend von Entschuldigungen finden, aber simple Tatsache blieb, daß er es übersehen hatte.

»Doc«, sagte John. »Irre ich mich, oder kriegt man Rachitis nicht von Unterernährung? Wieso sollte ein reicher Bursche wie dieser Guillaume so was haben?«

»Es ist eine auf Vitamin-D-Mangel beruhende Erkrankung von Säuglingen und Kleinkindern. Es wirft den Stoffwechsel der Knochen gründlich durcheinander. Aber zum Zeitpunkt seiner Geburt wußte man ja noch nicht mal, was Vitamine waren, und eine ganze Menge reicher Kinder erkrankten daran.«

Joly steckte sich eine Zigarette an und trat an den Tisch, um anklagend auf die Knochen herabzustarren. »Warum beweist ein Fall von Rachitis so schlüssig, daß dies Guillaume ist? Wie Sie bereits sagten, auch andere Leute hatten es.«

»Aber kein anderer du Rocher, wenigstens laut Loti. Und das hier ist ein du Rocher; das Foramen sterni, die Proportionen des Skelettes ... Wer sonst könnte es denn schon sein?«

»Ich glaube, die gleiche Frage wurde mir gestern ebenfalls gestellt«, bemerkte Joly trocken. »Zu diesem Zeitpunkt lautete die korrekte Antwort allerdings noch Alain du Rocher.«

»Tja, ich habe mich geirrt«, gab Gideon wieder zu. »Dabei bin ich von den Informationen ausgegangen, die ich zu diesem Zeitpunkt hatte.«

Joly sah ihn einfach nur an.

»Man bekommt neue Daten, man muß seine Hypothese modifizieren«, steuerte John weise von seinem Stuhl aus bei.

»Ja, so ungefähr kann man es ausdrücken«, meinte Gideon lächelnd. »Sehen Sie, vielleicht kann es verifiziert werden. An diesen Zähnen ist gearbeitet worden. Vielleicht gibt es ja noch irgendwo zahnärztliche Unterlagen.«

»Nach all dieser Zeit?« sagte Joly. »Das bezweifle ich aber sehr.« Er runzelte seine Stirn, strich sich über die Wange, starrte immer noch durchdringend auf die Knochen herab, so als würde er darauf warten, daß sie sich selbst erklärten. »In Ordnung, sagen wir einfach mal, Sie hätten recht...«

»Du machst ihn noch fix und fertig, Doc«, sagte John.

»Sehr wahrscheinlich«, gab Joly zu. Er drehte sich hinter einem blauen Rauchschleier zu Gideon um. »Wenn dem so ist, wirft das eine ganze Menge neuer Fragen auf. Wer hat ihn umgebracht? Warum? Wie war es möglich, es so lange geheimzuhalten? Besteht ein Zusammenhang mit dem Mord an Claude?«

»Ich hab auch noch eine gute Frage«, sagte John. »Wenn das Zeug da auf dem Tisch das ist, was von Guillaume du Rocher übriggeblieben ist...«

»Ja?« sagte Joly und drehte sich um.

»... wer gottverdammt noch mal ist dann letzte Woche in der Bucht ertrunken?«

Nach selbstauferlegten und in beiderseitigem Einverständnis akzeptierten Regeln gönnten sich John und Gideon eine Pause von den sich schnell vermehrenden Rätseln von Rochebonne und sprachen den größten Teil der Fahrt nach Mont St. Michel nicht darüber. Aber als sie zum Tanken an einer Elf-Tankstelle in der Nähe von St. Georges de Grehaigne anhielten, konnte John sich nicht mehr länger zurückhalten.

»Doc, ich hab drüber nachgedacht«, sagte er, sah Gideon dabei konzentriert an, die Handflächen auf seine Schenkel und die Ellbogen in die Hüften gepreßt. »Ich glaube nicht, daß es irgendeinen Sinn ergibt. Wie konnte damit jemand tatsächlich durchkommen? Es ist einfach unmöglich.«

»Was ist daran unmöglich?«

»Nun, was behauptest du? Daß jemand nach Guillaumes Tod

ihn fünfzig Jahre oder so imitiert und jeden getäuscht hat, der ihn kannte? Nein, das ist einfach unmöglich.«

»Und wieso? Erinnere dich, jeder glaubte doch, er wäre 1942 fortgegangen, um sich der Résistance anzuschließen. Als er wieder auftauchte – das heißt, als der falsche Guillaume wieder auftauchte...«

»Komm, ich bitte dich, gib's zu. Hör dir doch nur mal selbst zu. Klingt das nach dem wirklichen Leben?«

»... hatte den echten Guillaume seit gut zwei Jahren niemand mehr gesehen.«

»Doc, Doc, du hast zuviel ferngesehen. Ich sage dir, es ist unmöglich. Im wirklichen Leben gibt's so was nicht. Man kann nicht allen was vormachen, der Familie des Burschen, seinen Freunden ... Es gibt zu viele kleine Dinge, die man unmöglich genau imitieren kann ... Seine Mienen, seine Art zu lächeln, sein Gang, wie er sich bewegt, ja sogar wie er einfach nur steht. All die kleinen Trivialitäten des täglichen Lebens, die er kennt...«

»Selbst«, sagte Gideon, »wenn das Gesicht des neuen Guillaume so narbig war, daß man es niemals wiedererkennen könnte? Selbst mit einem verletzten Kehlkopf, wodurch seine Stimme zu einem Flüstern geworden war? Selbst wenn der größte Teil seiner Knochen mit den Techniken des Jahres 1944 wieder zusammengeflickt worden war, wodurch er anders ging, sich anders bewegte, ja sogar anders stand? Selbst wenn er zu einem Einzelgänger geworden war und kaum noch mit einem Menschen sprach? Selbst wenn er auch früher schon auf Rochebonne gelebt hatte und daher den Alltag dort bestens kannte?«

»Ja, also, okay, da ist was dran ... aber du willst mir doch wohl nicht erzählen, sein eigener *Arzt* würde ihn auch nicht wiedererkennen?«

»Loti hat ihn zum ersten Mal an dem Tag gesehen, an dem sie ihn 1944 in das Krankenhaus brachten.«

»Was ist mit der Rachitis?«

»Was soll mit der Rachitis sein?«

»Also, Loti wußte doch, daß Guillaume als Kind die Rachitis

hatte. Konnte er denn nicht erkennen, daß der neue Guillaume diese Krankheit nicht gehabt hatte?«

»John, nachdem die Knochen so zerschmettert worden waren wie bei diesem Burschen, hätte kein Arzt der Welt mehr die Spuren einer leichten Rachitis entdeckt, sofern er nicht eine mikroskopische Analyse des Knochengewebes durchgeführt hätte. Und wieso sollte Loti so was tun?«

»Jaaa, aber...« John schüttelte frustriert seinen Kopf. »Seine Handschrift. Was ist mit seiner Handschrift? Es muß doch auch noch irgendwelche Unterlagen gegeben haben, die er früher unterschrieben hatte. Du willst mir weismachen, daß niemand jemals den Unterschied bemerkte...« Er unterbrach sich und ließ sich in das Sitzpolster zurücksinken. »Du willst sagen, daß der gelähmte Arm der Arm war, mit dem er vor dem Krieg geschrieben hat. Stimmt's?«

»Ich weiß es nicht, aber ich wette darauf, daß es so war.«

Während Gideon die Rechnung bezahlte und dann zurück auf die N 176 fuhr, beobachtete John ihn nachdenklich. »Du fängst wirklich an, all dieses Zeug zu glauben, was?«

»Gott steh mir bei«, sagte Gideon, »ich glaube, ja.«

18

Mont St. Michel. Jeder hat schon mal Fotos von dem hoch aufragenden mittelalterlichen Kegel gesehen, der sich auf seiner Felsinsel aus dem Meer erhebt, aber niemand kann sich des Staunens erwehren, wenn er es zum ersten Mal in natura vor sich sieht. Es ist so wie beim Grand Canyon; man kann sich das ganze Leben lang Fotos davon anschauen, aber wenn man zum ersten Mal an seinem Rand steht und hinunterschaut, dann kommen einem schlagartig Worte auf die Lippen wie: »Mein Gott, ich wußte nicht, daß es so aussieht!«

»*Jesus*«, sagte John, »ich wußte nicht, daß es so aussieht!«

Sie hatten den Wagen auf den Seitenstreifen gefahren, um es

sich aus einem knappen Kilometer Entfernung vom Fußende des Dammes anzuschauen, der die Felsinsel mit der unscheinbaren Stadt Pontorson verbindet. Auch für Gideon war es eine Überraschung. Er war vorbereitet gewesen auf die Größe, ihre schlichte Schönheit, darauf, wie sie sich nach oben schraubte und kletterte, sich in einem chaotischen architektonischen Durcheinander durch die Zeit bewegte: an ihrem Fuß die mit Zinnen bewehrten Wälle aus dem Hundertjährigen Krieg zwischen Frankreich und England im vierzehnten und fünfzehnten Jahrhundert; in der Mitte ein buntes Durcheinander eng aneinander gebauter Häuser aus dem fünfzehnten und sechzehnten Jahrhundert; und schließlich, ganz oben als krönender Höhepunkt, die große Abtei, deren Kernstück aus dem achten Jahrhundert im Verlauf von tausend Jahren hundertemal verändert und erweitert worden war, und die dennoch auf den Betrachter eigenartig ausgewogen und wie aus einem Guß wirkte.

Worauf die Fotos ihn nicht vorbereitet hatten, war die rohe, graue Kraft der Insel. Trotz der steinernen gotischen Ornamente, der Türme und Bögen wirkte der Mont St. Michel auf eine primitive Art maskulin; hart, schlicht, nicht eigentlich schön. Die Türme schwangen sich nicht leicht in die Lüfte, sie drängten und stießen; der ganze überladene Felsen wirkte wie ein lebendiges Tier: kauernd, stark, stets wachsam.

»Und, wo ist jetzt dieser Tempel der französischen Gastronomie?« fragte John, der nie besonders lange ehrfürchtig blieb. »Sogar Omelett klingt langsam gut in meinen Ohren.«

Aber das *Mère Poularde* war geschlossen, bis die Saison offiziell am 1. April eröffnet wurde. Genau wie die meisten anderen Restaurants an der Grand Rue. Sie arbeiteten sich die steile, enge Straße hinauf, wurden aber zunehmend pessimistischer, was ihre Aussichten auf ein Mittagessen betraf. »Wir können einfach nicht zu einem Ort wie diesem hier fahren und dann in einem dieser miesen Fast-Food-Läden essen«, sagte Gideon, wobei er die winzigen Läden meinte, in denen durchgefroren aussehende Verkäufer lauwarme Pizza-Stücke und alt aussehende, in Plastikfolie verpackte Sandwiches verkauften.

»*Ich* schon«, sagte John und blieb dann abrupt stehen. »He, mir ist gerade was eingefallen.« Er quietschte vergnügt. »*Wow*!«

»Was?«

»Tja, Guillaumes Testament ist keinen Furz wert. Nicht, wenn du recht hast, was seine Knochen betrifft.«

Gideon starrte ihn an. So naheliegend, daß es ihm bislang noch nicht in den Sinn gekommen war! »Natürlich! Es war nicht wirklich Guillaume, der es aufgesetzt hat, oder? Wer immer es war, er hatte kein Recht, Guillaumes Eigentum zu vererben.«

»Genauso sehe ich das«, sagte John, setzte sich wieder in Bewegung. »Diese Geschichte wird von Minute zu Minute immer seltsamer. All diese Leute, die in dem Testament irgendwas bekommen haben – keiner von denen hat ein Recht darauf. Mann, da haben wir einen weiteren gottverdammt guten Grund für Mord.«

»Wie meinst du das? Was für einen Nutzen würden sie denn davon haben, ihn umzubringen?«

»Nicht ihn, dich.«

»Oh«, sagte Gideon. »Mich.«

»Klar, in dem Moment, in dem du dahinterkommst, daß dieses Skelett Guillaume ist, hat sich das Testament erledigt.«

Gideon nickte matt. Es gab einfach zu viele Motive; das war das Problem, genau wie Joly gesagt hatte, und sie fanden immer noch neue. Falls das ungültige Testament wirklich auf irgendeine Weise für alles verantwortlich war – und alles sprach dafür –, dann mochte jeder der Erben, der wußte, daß Guillaume in Wirklichkeit gar nicht Guillaume gewesen war, durchaus Gideons Tod gewünscht haben. Aber *wußte* das überhaupt einer von ihnen? Und selbst wenn sie es wußten, wie paßte Claude ins Bild? Warum ihn umbringen? Ganz sicher jedenfalls nicht, weil er damit gedroht hatte, das Testament anzufechten; Bonfante hatte unmißverständlich klargestellt, daß er das kaum zuwege gebracht hätte.

War es möglich, daß Claude von dem Mord an Guillaume im Jahre 1942 gewußt hatte und daß jemand ihn dann umgebracht hatte, damit er seinen Mund hielt? Nicht sehr wahrscheinlich.

Wenn er es gewußt hätte, dann hätte er das schon vor langer Zeit gesagt, statt sich vierzig Jahre lang zu grämen wegen eines Testaments, von dem er genau wußte, daß es keinen Wert hatte.

Und was war mit dem falschen Guillaume, der nur noch ein Jahr zu leben hatte? Angenommen, er war ermordet worden (woran selbst Gideon allmählich zu zweifeln begann), wer hätte irgendeinen nennenswerten Nutzen daraus gezogen, seinen Tod ein paar Monate vorzuziehen?

Nein, es steckte mehr dahinter als nur das Testament; auch mehr als nur rachsüchtiger Haß auf Claude. Irgend etwas, das sie alle bislang übersehen hatten, etwas sehr Wesentliches, das alle Puzzlesteinchen an ihren Platz fallen lassen würde. Daß es auf irgendeine Weise mit den dunklen Vorgängen des Jahres 1942 im Keller von Rochebonne zu tun hatte, daran zweifelte er kaum noch. Aber was genau war es?

»Ist dir auch schon aufgefallen«, brummte er John zu, »daß wir immer weniger zu wissen scheinen, je mehr wir herausfinden?«

Hier bot sich ihnen glücklicherweise ein Anblick, der sie beide aufwärmte: ein geöffnetes Restaurant, ein freundliches Gasthaus aus dem sechzehnten Jahrhundert mit einem filigran gearbeiteten, über der Tür hängenden Metallschild. *›Le Mouton Blanc‹* stand dort, und darunter passend das Bild eines zufrieden aussehenden weißen Schafes. Es war eines jener Lokale, bei denen John in der Regel so seine Bedenken hatte, doch als sie sich näherten, kamen zwei Leute heraus, und der Duft von Pommes frites, der ihnen folgte, war mehr als genug, um ihn zu überzeugen.

Die Mischung von Düften drinnen war, ungeachtet des üblichen Miefs von Zigarettenqualm, sogar noch besser: gedünstete Meeresfrüchte, Pommes frites, gebratenes Fleisch. Wahrscheinlich hatte es um 1600 genau so gerochen, dachte Gideon vergnügt, abgesehen natürlich von dem Tabak, der würde erst einige Jahrzehnte später aus Nordamerika herüberkommen. Das Lokal war etwa zur Hälfte voll, und an einem Tisch im hinteren Teil saßen Ray und Claire zusammen mit Sophie und Ben Butts.

»Kommen Sie, setzen Sie sich zu uns!« brüllte Ben sofort, als sie eintraten.

Sie schlängelten sich zwischen den Tischen hindurch. »Ich weiß nicht, an Ihrem Tisch sieht's schon ziemlich voll aus«, sagte Gideon mit einem Lächeln.

»Oh, nein, bitte, wir können problemlos noch ein bißchen zusammenrücken«, sagte Ray, der erfreut schien, sie zu sehen, und Claire murmelte irgend etwas ähnliches.

»Klar«, sagte Ben. »Ein Ellbogen im Suppenteller schafft erst so richtig menschliche Wärme.«

»Und wer hat das gesagt?« fragte Sophie.

»Ich glaube, es war mein Cousin Bobby Will.«

»Ich dachte, Billy Rob wäre dein Cousin.«

Ben sah sie nachdenklich an. »Nein, Billy Rob ist mein Onkel mütterlicherseits, verheiratet mit Clara Bea. Bobby Will ist mein Cousin väterlicherseits – Willie Bobs Junge.«

Inmitten allgemeinen Gelächters wurden zwei Stühle von Tischen in der Nähe geholt, und Gideon und John quetschten sich dazu. Bislang hatte noch niemand zu essen bestellt, aber sie hatten fast schon eine Flasche Weißwein geleert, und eine neue Flasche mit zwei weiteren Gläsern wurde gebracht. *Sélection de l'Hôtel, Vin de Table*, hieß es bescheiden auf dem Etikett, doch er erwies sich als ein überdurchschnittlich guter Chablis.

Gideon hob zuprostend sein Glas. »Und«, sagte er, »was führt Sie zum Mont St. Michel?«

In Gesellschaft dieser vier fühlte er sich wohl. Von allen Personen auf Rochebonne waren sie diejenigen, denen er am meisten vertraute: Ray, verträglich, ernst und über jeden Verdacht erhaben; die liebenswürdige Claire Fougeray, dünn und blaß, aber mit einem rötlichen Ton auf ihren Wangen, von dem er vermutete, daß er weniger dem Wein als vielmehr Rays Nähe zuzuschreiben war; Sophie Butts, ehrlich und solide; Ben, mit seiner ungezwungenen Art, zwischen hausgemachten Sprichwörtern und rechtsanwaltlicher Klugheit hin und her zu pendeln. Falls sich einer von ihnen als Mörder herausstellen sollte, würde er verdammt verärgert sein. Und überrascht.

Es war Ben, der antwortete. »Wir sind hergekommen, um Guillaumes Wagen abzuholen und ihn zurückzubringen. Ist uns allen wie ein ganz guter Vorwand vorgekommen, für eine Weile aus dem Haus zu verschwinden, mit dem Zug zu fahren, sich den Mont anzuschauen, bevor wir wieder abreisen.« Lächelnd hob er sein Glas, um auf das Wohl der anderen zu trinken.

»Ach, Sie reisen schon ab?« fragte John. »Ich dachte, Joly wollte, daß Sie alle bleiben.«

»Geht nicht«, sagte Ben. »Bei der *Southwest Electroplating* stehen große Dinge an. Eine Klage mit einem Streitwert von zwei Millionen Dollar kommt vor Gericht. Wie auch immer, Joly hat uns von Anfang an gesagt, wir könnten ab übermorgen abreisen. Außerdem weiß er ja auch, wo er uns finden kann, falls er uns braucht.«

»Ben und ich fliegen morgen abend mit der Zehn-Uhr-Maschine von Paris«, sagte Sophie. »Die zwei hier werden am darauffolgenden Morgen abreisen, mit dem Zug von Dinan.«

Gideon sah Ray und Claire interessiert an. »Sie fahren zusammen?«

»Und ob sie das tun«, sagte Sophie glücklich.

»Oh«, sagte Ray und räusperte sich. »Ja.«

»Raymond ist so freundlich, *maman* und mich nach Rennes zu begleiten«, erklärte Claire sittsam, schaute dabei zu ihrem Glas herab. »Anschließend wird er ein paar Tage unser Gast sein.«

»Tja, weißt du, ich muß erst nächste Woche wieder zurück zur Northern Cal«, sagte Ray, »daher dachte ich ... du weißt schon.« Er zupfte an den Enden seiner Fliege und strahlte in sprachlosem Glück.

Sophie nahm einen kräftigen Schluck Wein und stellte ihr Glas wieder ab. »Ich weiß ja nicht, was mit euch anderen ist, aber ich könnte jetzt ein Pferd verdrücken. Claire, meine Liebe, warum bestellst du nicht für uns alle? Sind alle damit einverstanden?«

Alle waren einverstanden, und Claire, die sich auf ihre zurückhaltende Art darüber zu freuen schien, im Rampenlicht zu stehen, beriet sich ausgiebig mit dem Kellner, bevor sie sich für ein dreigängiges Menü der traditionellen normannischen Küche entschied. Als die Bestellung schließlich aufgegeben war, war der größte Teil der neuen Flasche Wein bereits getrunken, und am Tisch herrschte unbeschwerte Ausgelassenheit. Im Kamin knisterte das Feuer, und draußen glänzte nach einem kurzen Regenschauer das Kopfsteinpflaster, wodurch es für Gideon noch leichter wurde, sich der angenehmen Illusion hinzugeben, ein Reisender des sechzehnten Jahrhunderts zu sein, der sich in einem guten Gasthaus unter freundlichen Kameraden wohlig niedergelassen hatte.

»Ich sag euch, Kinder«, sagte Ben, verschmitzt Ray und Claire ansprechend, »wenn ihr ihn nicht fragt, tu ich's.«

»Ach, Onkel«, flüsterte Claire mit gesenktem Blick und wurde noch etwas rosiger. Rot zu werden stand ihr gut, befand Gideon.

»In Ordnung, dann mach ich's eben«, verkündete Ben. »Wir haben eine fachliche Frage an Sie, Professor. Genetisch gesprochen, wie nah sind diese beiden Kinder da miteinander verwandt? Der Grund, warum sie das wissen wollen ...«

»Ben«, sagte Sophie, »ich denke, Gideon wird es sich schon denken können, warum sie es wissen wollen.«

»Ich könnte eine ziemlich gute Schätzung abgeben«, sagte Gideon. »Was seid ihr zwei überhaupt, Cousin und Cousine?«

»Genau das ist es, was wir nicht bestimmen können«, sagte Ray mit gelehrter Verblüffung. »Wir wissen, daß wir auf keinen Fall Cousin und Cousine ersten Grades sind, aber danach wird es außergewöhnlich verwirrend.«

»Weißt du was«, sagte Gideon, »zeichnet doch einfach ein paar Generationen zurück einen Stammbaum, aus dem zu ersehen ist, wer wen gezeugt hat, wegen dem Verwandtschaftsgrad ...«

»Wegen *des* Verwandtschaftsgrades«, flüsterte Ray automatisch und zuckte zusammen. »Sorry, die Macht der Gewohnheit.«

»... und dann werde ich versuchen, davon ausgehend die genetischen Konsequenzen auszuarbeiten.«

Dies wurde dankbar angenommen, und sie machten sich daran, die Genealogie der du Rochers zu rekonstruieren, wobei Ben alles Schritt für Schritt auf der Rückseite der Gedeckunterlage aus Papier aufzeichnete. In der Zwischenzeit wurde ihr erster Gang serviert: *fruits de mer variés,* auf drei breiten Metallplatten an ihren Tisch getragen, die so identisch und hübsch wie eine Reihe Postkarten angerichtet waren. Drei große Langusten und vier Garnelen abwechselnd und kreisförmig in der Mitte, ein ordentlicher Berg kleiner, salziger Meeresschnecken, die mit Nadeln, die in einem Kork steckten, aus ihren Schalen geholt werden mußten; und dann ein Haufen von vielleicht hundert winzigen grauen Krabben, die zu essen Claire ihnen zeigte. Man hielt den Kopf zwischen Daumen und Zeigefinger, brach dann mit einer schnellen Bewegung der anderen Hand den Schwanz ab, wodurch ein kleines Stück hellen Fleisches zum Vorschein kam, das fast gar keinen Geschmack hatte, den Gaumen aber trotzdem mit einer schwachen köstlichen Essenz des Meeres verwöhnte.

Es war ein langwieriges Essen, mit den Nadeln und Fingern, so daß John und Gideon sich zufrieden mit sich selbst beschäftigen konnten, während die anderen sich gutmütig über die unbekannteren Ecken und Winkel der Familiengeschichte stritten. Dann, als die beiden schwarzen Kessel mit *moules marinière* auf den Tisch gestellt wurden, gab man Gideon das sauber geschriebene Schaubild. Gideon nahm einen Kugelschreiber und machte sich an die Arbeit, während er aß.

Als von den Muscheln nichts mehr übrig war als glänzende, blauschwarze Haufen leerer Schalen und der letzte Rest der mit Schalotten abgeschmeckten Brühe mit in Scheiben geschnittenem Baguette aufgestippt worden war, verkündete er seinen Befund. »Ihr seid Cousin und Cousine fünften Grades.«

»Was bedeutet das für … für Kinder?« fragte Claire, senkte dann schnell ihre Augen und errötete auf der Stelle wieder.

Gideon lächelte sie an. Es war schön zu wissen, daß es immer noch Frauen wie Claire gab. Ihm gefiel die Vorstellung von Claire und Ray als einem Team; es gab auch nicht mehr so besonders viele Ray Schaefers.

»Es bedeutet«, sagte er, »daß ihr im elften Grade blutsverwandt seid …«

»Ein Glück, daß sie gefragt haben« sagte John.

»Was bedeutet, daß die Wahrscheinlichkeit irgendeines bestimmten gemeinsamen Gens, egal ob gefährlich oder nicht, bei 0,00049 liegt. Und selbst wenn dies der Fall wäre, ist die Wahrscheinlichkeit, daß eines eurer Kinder eine doppelte Ladung rezessiver Gene abkriegt, nur ein Viertel von der genannten Zahl.«

Verständlich genug wirkte Claire immer noch verwirrt, und einem Impuls folgend, streckte Gideon seine Hand aus, um sie auf ihre zu legen. Sie war kühl und trocken. Er konnte ihre zarten Sehnen durch die dünne Haut spüren. »Praktisch«, sagte er, »seid ihr überhaupt nicht miteinander verwandt. Es gibt nichts, worüber Sie sich Sorgen machen müßten.«

Schließlich verschwanden die besorgten Falten auf ihrer Stirn. »Vielen Dank, Professor Oliver«, sagte sie mit einem Lächeln und zog ihre Hand zurück.

»Gideon.« Er bemerkte, daß ihre Hand unter den Tisch glitt und Rays verstohlen auf sie zu wanderte. Noch ein weiteres Glas Wein, und er hätte wahrscheinlich gesagt: ›Gott segne euch, meine Kinder.‹

Der aus einer Lammkeule – berühmt, informierte Claire sie, für den feinen, würzigen Geschmack, der daher kam, daß die Tiere auf den nahegelegenen salzigen Küstenweiden aufgezogen wurden – und weißen Bohnen und Pommes frites bestehende Hauptgang wurde in einer Atmosphäre zunehmender Kameradschaftlichkeit verspeist, die durch die neue Flasche Médoc noch verbessert wurde. Einmal begann Ben sich nach der Untersuchung des Mordfalles zu erkundigen, doch Claires abruptes, sichtbares Zurückschrecken (oder wahrscheinlicher noch ein kurzer Tritt vors Schienbein von Sophie) brachte ihn schnell zum Schweigen. Die meiste Zeit plauderten sie über die Geschichte und die Architektur des Mont, über die Claire auf ihre schüchterne Art eine Menge Wissen an den Tag legte.

»Ich weiß was«, sagte Ray, dem der Wein und die allgemeine Begeisterung Farbe auf die Wangen gezaubert hatten, und der mit seinen Sommersprossen und seiner Fliege sehr jungenhaft aussah. »Laßt uns doch einen Spaziergang hinaus in die Bucht machen und uns den Mont von dort aus ansehen. Natürlich vorausgesetzt«, fügte er schnell hinzu, »daß immer noch Ebbe ist.«

Sophie stellte ihre Tasse Kaffee auf den Tisch. »Bist du von Sinnen, Raymond?«

»Wieso?« erwiderte er mit einem erschreckten Blinzeln. »Oh, ich verstehe. Aber was mit Guillaume passiert ist, war doch nur ein verrückter Unfall. Das weiß jeder. Es ist nur, daß ich schon immer mal hinaus in die Bucht von Mont St. Michel wandern wollte und die Abtei hinter mir aus dem Nebel herausragen sehen. Wie der Bug eines Schiffes, so wie Henry Adams es beschrieben hat.«

»Oh, ich finde, das ist eine wunderbare Idee, Raymond«, sagte Claire herzlich.

»Aber ist das nicht gefährlich?« fragte Sophie. »Nach allem, was ...«

»Nein, nein, Tante Sophie, als kleines Mädchen haben meine Freundin und ich den ganzen Tag auf dem Strand bei Avranches gespielt. Wenn man einfach auf die Gezeiten achtgibt und weiß, wie der Treibsand aussieht und den Nebel immer im Auge behält und nicht allein hinausgeht, ist es wirklich absolut sicher.«

»Das sind mir aber eine ganze Menge Voraussetzungen«, sagte Sophie kritisch.

»Nein«, meinte Ben lachend, »ich denke, Claire hat wohl recht. Es ist kein Geheimnis, daß Guillaume ein wenig, nun, sagen wir, vergeßlich geworden war, und Tatsache ist, daß er niemals allein dort draußen hätte sein dürfen. Ich weiß allerdings auch nicht, wer ihn daran hätte hindern können.« Mit einem Lächeln trank er seinen Kaffee aus. »Aber trotzdem, ich fürchte, wir müssen das mal etwas realistischer sehen, Kinder. Tut mir leid, hier den Spielverderber zu machen, aber wir sollten wirklich besser zurückfahren. Sophie steckt eine Erkältung in den Knochen, und ich möchte, daß sie heute nachmittag die Beine hochlegt und ein schönes langes Nickerchen macht.«

»Ich habe eine Idee«, sagte Gideon. »Warum fahrt ihr zwei nicht schon vor und nehmt Guillaumes Wagen mit? Wir könnten Claire und Ray später absetzen. Um die Wahrheit zu sagen, ich würde selbst gern ein bißchen in der Bucht spazierengehen, besonders mit einem Führer, der etwas darüber weiß.«

Neben ihm rührte John sich unruhig. Gideon rechnete schon fast mit einem Tritt gegen sein Schienbein, aber es kam nichts; bloß ein gebrummtes »Ich dachte, du wolltest die Abtei besichtigen«, nur um Gideon wissen zu lassen, daß er nicht einfach so ungeschoren davonkam.

»Das ist eine wunderbare Idee, Gideon«, sagte Ray. »Claire, wie können wir herausfinden, wann die Gezeiten wechseln?«

»Unten in dem alten Turm der Garde gibt es ein Touristenbüro. Dort bekommt man Gezeitentabellen.«

»Ihr braucht nicht wieder den ganzen Weg da runter«, sagte Ben. »Ich habe hier irgendwo eine...« Er klopfte die Taschen seiner Jacke und Hose erfolglos ab und machte sie schließlich in seinem Mantel ausfindig, den er an der Garderobe neben der Tür aufgehängt hatte. Er kehrte in einer kleinen Broschüre blätternd an den Tisch zurück. »*Annuaire des Marées*«, las Gideon auf dem blauen Einband, »*des Baies de Saint-Malo et Mont Saint-Michel. 1987.*«

»Laßt mal sehen«, sagte Ben. »März, äh, der dreiundzwanzigste, richtig?« Er ließ seinen Finger sorgfältig eine Zeile entlangwandern. »Genau, hier steht's ja. Flut war heute morgen um 10.21 Uhr, und Ebbe ist nicht vor ... 17.15 Uhr.« Er klappte die Broschüre zu und warf einen Blick auf seine Uhr. »Ihr seid gut dran. Es ist erst kurz nach zwei, also habt ihr drei Stunden, bevor das Wasser überhaupt erst wieder zu steigen beginnt.«

»Mehr noch«, sagte Claire. »Mindestens noch eine Stunde nach Niedrigwasser haben wir erst – wie nennt ihr das noch gleich, *totes Wasser*?« Sie lächelte Sophie an. »Aber ich verspreche, wir werden auch nicht annähernd solange draußen bleiben.«

»Gut«, sagte Sophie mißmutig. »Aber ich halte es immer noch für eine scheußliche Idee.«

Um runterzugehen, mußten sie erst raufgehen. Der Weg hinunter ins Watt begann im Abteigarten auf einem Vorsprung in der Nähe des Felsengipfels, und dort blieben sie stehen, um ein paar Minuten über die in Dunst gehüllte ungeheure Weite der Bucht von *Saint-Michel-in-Gefahr-vor-dem-Meer* zu blicken. Die niedrigen Regenwolken, die über dem Mont gehangen hatten, waren in westlicher Richtung weitergezogen, so daß die bewaldete Küste auf ihrer Linken jetzt in Nebel gehüllt war. Auf ihrer Rechten konnten sie eine weite Fläche sehen, die wie verlassenes Buschland aussah – die berühmten Salzweiden, erklärte Claire, die vor Jahrhunderten in dem vergeblichen Versuch angepflanzt worden waren, die Dünen zu stabilisieren – und dahinter in der Ferne die niedrigen Dächer von Avranches.

Vor ihnen lag die Bucht selbst, konturlos bis auf wenige schmale Priele, die sie in weit ausholenden, trägen Bögen durchzogen. Alles war in einen feinen Nebel hüllt, durchzogen von blassem, rosa getöntem Sonnenlicht, so daß Sand und Himmel zu einer nichtssagenden, verwirrenden Welt aus diffus fahlem Violett verschmolzen. Nein, nicht ganz verschmolzen. Dort, am Horizont, zehn Meilen oder weiter entfernt, konnte Gideon eben das graue, schimmernde Band ausmachen, das das zurückweichende Wasser markierte. Er beobachtete es eine Weile, versuchte zu erkennen, ob er es sich verändern sehen konnte – es war immerhin die sich am schnellsten bewegende Tide Europas –, aber nichts veränderte sich: ein monotones, zinnfarbenes Band, das eine glatte und formlose Erde von einem glatten und formlosen Himmel trennte.

»Wie nennt man diesen Hund«, fragte John verträumt, »mit dem grauen Fell? Ein großer Hund, kurzes Fell...«

»Ein Weimaraner?«

»Genau. Daran erinnert mich dieser Sand; so wie ein Weimaraner für einen Floh aussehen muß, der gerade zur Landung ansetzt.«

Gideon lachte. »Erstaunlich. Ich wußte ja gar nicht, daß du dich auch zu poetischen Höhenflügen hinreißen lassen kannst.«

»Echt wahr, Doc, war das so was?«

»Du befindest dich in guter Gesellschaft, John«, sagte Ray. »Du wirst dich freuen zu erfahren, daß du Guesclin höchstpersönlich genau die gleiche Metapher benutzte; ich glaube, es war im Jahr ... 1390. Nun, nicht genau die gleiche, aber doch schon ähnlich genug.«

»Das wäre auch ziemlich schwierig gewesen«, sagte Claire. »Du Guesclin ist 1380 gestorben.«

Ihre Augen zuckten zögernd von einem zum anderen. Sie war es nicht gewöhnt, Scherze zu machen, das sah Gideon ganz deutlich, und jetzt versuchte sie abzuwägen, ob sie vielleicht zu weit gegangen war.

Rays schallendes Lachen beruhigte sie. »Ist es das«, sagte er mit gespielter Strenge, »was ich zu erwarten habe? Ein Leben voller Sophistereien wegen obskurer Trivialitäten?«

»Ja!« sagte sie, viel zu heftig übersprudelnd, wie ein kleines Kind, das spielen lernt. »O ja!« dann kicherte sie; ein mädchenhaftes silberhelles Perlen puren Vergnügens, das sie fast richtig hübsch wirken ließ. »Was immer das heißen mag, was du gesagt hast.« Sie war ganz offensichtlich dabei, aus ihrem Schneckenhaus herauszukommen.

Ray drückte ihre Hand, sah aufgeregt und erfreut aus. »Vielleicht sollten wir jetzt runtergehen«, sagte er wohlerzogen. »Wir wollen doch auf jeden Fall in drei Stunden zurück sein.«

Am Fuß des Berges mußten sie zuerst über von Algen glitschige Granitblöcke klettern, sich dann fünfzehn Meter durch schwarzen Schlamm abquälen. Claire, die Turnschuhe trug, die sie zum Spaziergehen mitgenommen hatte, ging sicher und zielstrebig voraus. Als sie den Sand erreichten, sagte sie: »Bevor wir weitergehen: Ich denke, es wäre gut für euch, wenn ihr wißt, wie Treibsand aussieht. Soll ich's euch zeigen?«

Sie ging auf einen kleinen Hügel – das Watt, von oben scheinbar so konturlos und glatt, war tatsächlich voller Rinnen, Hügel und Senken –, schaute sich um, neigte sich in das grelle dunstige Licht und legte eine Hand schützend über ihre Augen wie ein Matrose in einer komischen Oper von Gilbert und Sullivan. »Da!« sagte sie. »Kommt!«

Sie gingen zu einem beinahe kreisförmigen Flecken Sand mit einem Durchmesser von etwa drei Metern. Anders als die farblich monotone, unebene Oberfläche überall sonst war sie hier glänzend und glatt, eher braun als mauve. Und sah nicht im geringsten gefährlich aus.

Sie deutete auf kleinere Stellen in der Nähe. »Wie ihr seht, es gibt eine ganze Menge davon. Im Sommer, wenn die Touristen kommen, ist der Sand Gott sei Dank sicherer. Aber im Winter muß man sehr genau darauf achten, wohin man tritt. Gideon, ist irgend etwas?«

»Claire, wenn es so augenfällig ist, wie konnte Guillaume es dann übersehen haben?«

»Ja, das ist eine gute Frage«, sagte Ray.

»Aber wie hätte er es denn sehen sollen?« fragte Claire. »Schon unter zwei, drei Zentimetern Wasser kann man den Treibsand nicht mehr erkennen. Die Flut kam herein, und er muß unter Wasser hineingeraten sein...« Sie sah ihn neugierig und stirnrunzelnd an. »Ist es nicht so gewesen?«

»Wahrscheinlich«, sagte Gideon, und wahrscheinlich *war* es so gewesen. Wo er auch hinschaute, überall gab es eine logische Erklärung für das Ertrinken durch Unfall dieses Mannes, den er als Guillaume gekannt hatte. Alles ausnahmslos vernünftige Erklärungen; von niemandem in Frage gestellt, nicht einmal von John. Und trotzdem...

Ungefähr zwanzig Minuten lang wanderten sie in die Bucht hinaus, warfen kein einziges Mal einen Blick zurück. (Das war Rays Vorschlag gewesen, um die dramatische Wirkung zu verstärken, wenn sie sich dann schließlich umdrehen würden.) Als sie eine zwei-, zweieinhalb Meter hohe Düne erreichten, kletterten sie hinauf und entdeckten eine kraterähnliche Spitze, in der sie sich alle bequem ausstrecken, sich gegen die Seiten der Senke lehnen und zurück auf den Mont blicken konnten.

Von dort wirkte die Abtei tatsächlich wie der Bug eines gewaltigen Schiffes, das über ein Meer aus Sand auf sie zuhielt. Eine ganze Weile lagen sie im fahlen Licht der Sonne, nahmen alles friedlich in sich auf, jeder in seine eigenen Gedanken vertieft. Und dann, ermuntert durch Fragen von Ray, begann Claire ihnen die Geschichte des Felsens von jener Zeit an zu erzählen, als er noch nicht der Mont St. Michel gewesen war, sondern Mont Tombe, und er ragte nicht vom Grund des Meeres auf, sondern aus dem grünen Wald, bekannt als Scissy. Dann hatte die schreckliche Flut A.D. 709 die Bevölkerung ausgelöscht und die ganze Landschaft verwandelt, so daß, als wenig später der Erzengel dort erschien, dies auf genau jenem einsamen Monolithen fast eine Meile vor der Küste geschah, der er heute noch war.

Es dauert nicht lange, und Gideon hörte einen langen, zufriedenen Seufzer von John, gefolgt von langsamerem, rhythmischem Atmen. Sollte John jemals an Schlaflosigkeit leiden (eine lächerliche Annahme), würde er jedenfalls nicht zu Pillen greifen müssen; er brauchte nichts anderes zu tun, als sich in irgend etwas reinzusetzen, das auch nur entfernt einem Vortrag ähnelte. Doch dieses Mal hatte Gideon vollstes Verständnis. Claires Stimme war melodisch und leise, und der Sand unter ihnen strahlte die Wärme ab, die von der zarten Sonne aufzusaugen ihm irgendwie gelungen war.

Er streckte seine Beine aus und legte sie an den Knöcheln übereinander, aalte sich in Claires Gute-Nacht-Geschichte und im Anblick der spitzen Abtei, die über ihnen schwebte. Eines Tages würde er Julie herbringen, genau an diese Stelle, um diesen Anblick mit ihr zu erleben. Zuerst würden sie im *Mouton Blanc* zu Mittag essen; das war wesentlich. Es würde nicht das gleiche sein ohne dieses herrliche Lamm, das von innen seine eigene Wärme ausstrahlte.

Er war sich nicht bewußt, daß er eingedöst war, bis seine Augen plötzlich aufsprangen, was ein angespanntes und alarmiertes Gefühl in ihm hinterließ. Lange konnte er nicht eingenickt sein. Claire war noch im zehnten Jahrhundert. John schlief immer noch.

»Hört doch!« sagte er eindringlich. Worauf, konnte auch er nicht mit Bestimmtheit sagen. Nur soviel, daß da irgend etwas war...

Claire unterbrach sich mitten im Wort. John wurde schlagartig wach. Sie alle saßen einen Augenblick lang da und lauschten angestrengt, dann sprangen sie auf und schauten sich um.

»Das ist doch nicht möglich!« schrie Ray. Die anderen starrten einfach nur, sprachlos vor Schreck.

Die höhergelegene Senke, in der sie gesessen hatten, hatte es unmöglich gemacht, den Boden der Bucht oder auch nur die niedrigeren Befestigungsanlagen der Abtei zu sehen. Jetzt sahen sie, daß ihr kleiner Hügel ein Miniatur-Mont-St.-Michel geworden war, eine zwei Meter hohe Insel, umgeben von feinem Wasserfilm, der überall dort von trockenen Stellen durchbrochen wurde, wo das Land ein wenig anstieg. Hinter ihnen wurde dieser Film dicker und erstreckte sich bis an den Horizont. Davor konnten sie den stetig näherrückenden Rand des Wassers ungefähr tausend Meter vor ihnen sehen, der sich ungleichmäßig an den Mont heranschlich wie eine Schicht Quecksilber.

»Die Flut!« sagte Claire, während sie immer noch hinausstarrte. »Wie kann das sein?« Sie sah auf ihre Uhr. »Es ist erst zwanzig vor vier.«

»Kann ... kann eine Gezeitentabelle *lügen?*« flüsterte Ray.

»Nein, nein«, sagte Claire. »Das glaube ich nicht. So etwas habe ich noch nie gehört.«

Gideon und John wechselten einen kurzen Blick. Vielleicht konnten Gezeitentabellen nicht lügen, aber Ben Butts konnte es todsicher. Gideon biß die Zähne zusammen; verdammt, irgendwas hatte sich in ihm geregt – was? Mißtrauen? Argwohn? –, als Ben die Angaben aus der Gezeitentabelle vorgelesen hatte, aber er hatte es als neuerlichen Verfolgungswahn abgetan. Und ihm war einfach kein höflicher Weg eingefallen zu fragen, ob er die Tabelle mal selbst sehen könnte.

Doch jetzt war keine Zeit, diesen Gedankengang weiterzuverfolgen. Und sofern sie nicht ganz schnell von hier verschwanden, würde er überhaupt nie wieder Gelegenheit haben, noch irgend etwas weiterzuverfolgen. Selbst in den paar Sekunden, die sie zugeschaut hatten, war der Wasserspiegel um ihre Düne leicht angestiegen, wie eine Flüssigkeit, die von unten in einen Pool sickerte, und einige der einst trockenen Gebiete waren bereits verschluckt worden. Das Geräusch, das Gideon geweckt hatte, das erkannte er jetzt, war das schwirrende Summen von Millionen kleiner Blasen, die auf dem Sand zerplatzten, während das Wasser hindurchsickerte. Und jetzt war da auch noch ein lauteres Geräusch, weiter fort, aber auch unheilverkündender; ein ständiges Brausen, wie von einem gewaltigen Wasserfall tief im Inneren einer Höhle. Noch als sie sich automatisch in diese Richtung drehten, zerrte ein kalter Wind, der den stinkenden, nassen Geruch des Meeresbodens mit sich führte, an ihren Haaren und schlug in ihre Gesichter.

»Das ist die Flut«, sagte Claire völlig ausdruckslos. »Sie wird in wenigen Minuten hier sein. Wir werden zum Mont laufen müssen.«

»Aber wie werden wir den Treibsand erkennen?« fragte Ray, klang mehr neugierig als verängstigt. »Werden wir nicht reintreten?«

»Falls das passiert, wird uns nichts geschehen, solange wir den Kopf behalten und zusammenbleiben. Es zieht einen nicht so runter, wie man es aus Filmen kennt, sondern es packt einen und hält einen für die Flut fest. Aber wenn man sich nicht wehrt, wenn man sich sofort flach hinwirft, sobald man merkt, daß man festsitzt, kann ein anderer von uns einen wieder herausziehen.« Sie bemühte sich zu lächeln. »Meistens wenigstens. Ich denke, wir sollten jetzt besser versuchen zurückzukommen.«

»Vergiß das mit dem *versuchen*«, sagte John. »Machen wir's einfach.«

Sie kletterten die Düne runter und planschten in einem gleichmäßigen Dauerlauftempo durch ruhiges, knöcheltiefes Wasser, versuchten, den vordringenden Rand der einsetzenden Flut einzuholen und trockenen Sand zu erreichen, doch als sie endlich die Stelle erreicht hatten, wo der Rand gewesen war, war er auch schon weitere hundertfünfzig Meter landeinwärts gerollt, und das Wasser reichte ihnen bis zu den Waden. Hinter ihnen war das Brausen ungestümer, der Wind stärker geworden, und der Himmel hatte sich in ein finsteres, schmutziges Grau verwandelt. John und Gideon atmeten schwer, Claire und Ray keuchten. Ihre mit Wasser gefüllten Schuhe waren wie schwere Gewichte, doch ohne sie ging es wegen der Kiesel und Muscheln auch nicht. Das Lamm in Gideons Bauch war nicht mehr länger eine Freude.

Trotzdem standen die Dinge besser, als es hätte sein können. Keiner war bislang in Treibsand getreten, und sie hatten bereits die halbe Strecke zum Mont zurückgelegt. Sofern das Tempo der Flut nicht weiter zunahm, würden sie es höchstwahrscheinlich schaffen, ohne daß etwas Schlimmeres passierte, als daß sie klitschnaß würden.

Sie hasteten weiter, und fünf Minuten später hatten sie jenes Gebiet des sanft ansteigenden Sandes erreicht, das direkt zum Fuß des Mont hinaufführte. In Hochstimmung und lachend veranstalteten sie einen Riesenwirbel, als sie schließlich über den vorwärts kriechenden, zentimeterhohen Saum des Wassers wieder auf trockenes Land treten konnten. Vom Nordturm brüllten und winkten ein paar Zuschauer. John grinste breit und schüttelte wie ein Boxer triumphierend seine ineinander verschränkten Hände über dem Kopf, was sie aber nur zu verwirren schien.

»Tja«, sagte Raymond, während sie in Schuhen, die bei jedem Schritt vor Wasser quatschten, den Hang hinaufgingen, »so was nenne ich ein Abenteuer. Der Flut des Mont St. Michel davongelaufen! Genau wie Vercel! Ich hätte mir nie träumen lassen, daß mir das mal selbst passieren würde.« Er grinste glücklich, mit leuchtenden Augen und außer Atem. »Nicht, daß es mir leid tut, daß es jetzt vorbei ist.«

19

Es war ein weiter Weg hinauf. Statt allmählich weiter anzusteigen, fiel der Sandboden wieder ab; ein paar Augenblicke später fanden sie sich am Rand einer knapp zwei Meter hohen Sandbank wieder und starrten auf einen seichten, braunen, schnell fließenden Bach hinunter. Sie waren nicht mehr als etwa hundert Meter von dem felsigen Fuß des Mont entfernt.

»Woher zum Teufel ist der denn auf einmal gekommen?« sagte John und zog die Stirn kraus. »Den haben wir doch nicht überquert, als wir rausgegangen sind.«

»Vorher war er trocken«, sagte Claire düster. »Das ist kein

Fluß, es ist die Flut – der Hauptteil. Sie überspült zuerst die am tiefsten gelegenen Stellen, breitet sich dann immer weiter aus. Jeden Tag gibt es neue Kanäle. Wir sollten besser so schnell wie möglich da rüber.«

Ihr Ernst schien Ray zu verblüffen. »Es sieht doch wirklich nicht zu schwierig aus. Es kann doch kaum breiter als dreieinhalb, vier Meter sein, und ich denke, es ist wohl höchstens fünfzig, sechzig Zentimeter tie-«

Er wurde von einem neuen Geräusch unterbrochen, anders als das wasserfallähnliche Tosen hinter ihnen; ein merkwürdiges, zischendes Grollen, das unverkennbar und schnell näherkam. Besorgt schauten sie in diese Richtung, und wenige Sekunden später rollte ein dicker Schwall dunklen Wassers, beinahe genauso hoch wie die Ufer des Baches, vor ihren Füßen entlang, schob eine Borte aus schmutzig gelbem Schaum und Treibholz und alten Plastiktüten vor sich her. Als es zischend vorbeigerauscht war, schwappte das Wasser in dem Bach vor und zurück und senkte sich dann wieder unruhig wie das Wasser in einer Badewanne. Aber es ging nicht ganz zurück.

»Es ist fast dreißig Zentimeter gestiegen«, stellte Gideon mit grimmiger Miene fest und war sich bewußt, daß er bloß sagte, was sie selbst schon wußten. Außerdem floß der Bach jetzt schneller, während gleichzeitig kleine Strudel und Wogen aufgetaucht waren, die vorher nicht dagewesen waren.

»Also *werden* wir naß, oder?« brummte ein stillerer, aber immer noch unerschrockener Ray. »So, als erstes brauchen wir jetzt einen vernünftigen Plan, wie es weitergehen soll...«

Aber John, wie Gideon gut wußte, war kein Freund des großen Pläneschmiedens. »Wir bilden jetzt eine Kette«, sagte er kurz. »Ich gehe als erster rein. Dann gibt mir Claire ihre Hand, dann schnappst du dir ihre, Doc, und Ray nimmt schließlich deine.« Er trat an den Rand der Sandbank.

»John, warten Sie...«, sagte Claire.

Doch er rutschte bereits mit den Füßen voran in den Bach, glitt auf seinem Hosenboden die sofort abbröckelnde Böschung hinunter. »Tja, so kalt ist es gar nicht.« Er schwankte leicht, als seine Füße auf Grund stießen. Das Wasser reichte ihm bis zu den Hüften. »Aber paßt auf. Die Strömung ist stärker als sie aussieht.« Er streckte ihnen eine Hand entgegen. »Also los, Doc, kannst du mir Claire irgendwie runterreichen?«

In nicht viel mehr als einer Minute hatten sie es ohne Zwischenfälle auf die andere Seite geschafft. John, der sich in Augenblicken wie diesem gern als Kapitän des Schiffes sah, blieb im Wasser, bis er allen sicher herausgeholfen hatte.

Und dann, gerade als Gideon sich hinkniete, um ihm ebenfalls herauszuhelfen, war da wieder dieses zischende, grollende Vorspiel, und eine weitere dunkle Flutwelle, eine viel größere diesmal, wie das Kielwasser eines Schiffes, toste wütend den Bach hinunter. Das Wasser erwischte John, als er gerade versuchte herauszuklettern, riß seine Hand aus Gideons Griff und trug ihn wie einen alten Styroporbecher auf seinem Kamm sechs, sieben Meter weiter, bevor das Wasser ihn schließlich achtlos zur Seite schleuderte, wo er sich krampfhaft am gegenüberliegenden Ufer festklammerte, das Ufer, von dem sie gerade gekommen waren.

»Ich bin okay, ich bin okay!« brüllte er, triefend und prustend, aber er fiel und stolperte, bevor er sich aufrichten konnte. »Mann, die Flut wird von Sekunde zu Sekunde stärker.«

Und höher, wie Gideon bemerkte. Das Wasser wirbelte jetzt schon oberhalb von Johns Taille, bauschte seine Ski-Jacke auf. Nach der nächsten Woge würde es ihm bis unter die Achselhöhlen reichen. »Beeil dich, John, es steigt. Brauchst du Hilfe?«

»Nee, ich bin okay. Ich bin ...«

Er erstarrte, den Mund weit aufgerissen, einen Ausdruck auf dem Gesicht, der für Gideon, einen gebürtigen Kalifornier, bislang immer mit der ersten überraschenden Erschütterung eines Erdbebens verbunden war: ein verdutzter, aufmerksam lauschender Ausdruck, als könnte man einfach nicht hinnehmen, daß die zuverlässige alte Erde sich tatsächlich unter einem bewegt habe. Egal wie viele Erdbeben man auch mitgemacht hatte, die erste ungläubige Reaktion war immer die gleiche.

Nur daß da kein Erdbeben gewesen war.

»*Treibsand?*« fragte er hastig.

»Ich glaube, ja«, sagte John. »Mein Fuß ... ich kann ihn nicht mehr ...«

»Oh, mein Gott«, sagte Claire. »John, versuchen Sie nicht, sich zu bewegen!«

Er brachte ein Lachen zustande. »Wer kann sich schon bewegen?« Doch er versuchte sich trotzdem an der Sandbank hochzuziehen, allerdings ohne Erfolg. Die Kanten zerbröckelten unter seinen Fingern und rutschten in winzigen Lawinen in den Bach. Er schüttelte seinen Kopf und schaute zu ihnen auf. »Was machen wir jetzt, Leute?«

»Wir holen dich da raus«, sagte Gideon. »Wie tief steckst du fest?«

»Keine Ahnung.« Er beugte sich vor, hielt sein Gesicht dicht über der Wasseroberfläche, während er darunter mit seiner Hand sondierte. Eine vereinzelte kleine Welle schwappte in seinen Mund und ließ ihn husten. Keine vereinzelte kleine Welle. Der Wasserspiegel war weitere drei Zentimeter gestiegen. Gideon zappelte unruhig herum. Er bezweifelte nicht, daß er seinen Freund retten könnte, aber ein hilfloser und auf andere angewiesener John Lau war ein unnatürliches und beunruhigendes Phänomen.

»Bis kurz über die Knöchel«, rief John gegen das reißende Plätschern des Baches und das tiefere Tosen im Hintergrund. Er schwankte im Sog der Strömung und versuchte sein Gleichgewicht wiederzufinden, indem er einen Arm gegen die Sandbank stemmte. Wieder lösten sich kleine Sandlawinen.

»Das ist nicht zu schlimm«, sagte Claire zu Gideon. »Ich glaube, wir können ihn rausziehen.«

»Wir brauchen irgendwas, an dem er sich festhalten kann«, sagte Ray.

Claire nickte. Sie war die einzige, die einen langen Mantel trug. Schnell zog sie ihn aus und reichte ihn Gideon. Sie zitterte, als ein plötzlicher rauher, feuchter Windstoß ihr seidiges Kleid an ihren schmalen Körper klatschte. Schnell streifte Ray seine Regenjacke ab und legte sie über ihre Schultern.

Gideon nahm Claires Mantel, schüttelte aber dann seinen Kopf. »Keine Chance. Das wird nicht die Böschung runterreichen«, sagte er ruhig. »Ich gehe rein und ziehe ihn raus.«

»Aber der Treibsand...«, setzte Claire an.

»Vielleicht ist er nur da drüben, wo John festsitzt. Sie und Ray halten ein Ende des Mantels fest, und ich gehe rein und halte das andere. Es sind nur ein paar Schritte bis zu ihm. Falls ich in Treibsand gerate, könnt ihr mich sofort wieder rausziehen, und wir werden etwas anderes versuchen.«

Aber was nur, fragte er sich düster, als er sich vorsichtig die Sandbank hinuntergleiten ließ, dabei mit einer Hand den Ärmel des Mantels umklammerte. Wollen wir nur hoffen, daß Ray sich schon einen netten, sauberen Alternativplan zurechtgelegt hat. Über ihm hielten die beiden mit verbissener Entschlossenheit den Mantel fest, ihre schmächtigen Körper gespannt, als hinge ein Panzer am anderen Ende.

Und das war gut so. Er hatte sich zwar auf eine stärkere Strömung als zuvor eingestellt, war aber trotzdem überrascht. Es war nicht länger das kräftige, auf ihn eintrommelnde Schieben, durch das sie erst vor ein paar Minuten gewatet waren, sondern ein äußerst starker Sog, der seine schweren, durchnäßten Kleider packte und ihn wie einen Käfer, der von einem Staubsauger erwischt worden war, nach rechts fortriß. Er verlor seinen Halt, noch bevor er ihn richtig gefunden hatte, und wäre sicher von der Strömung mitgerissen worden, wenn Claire und Ray ihre Füße nicht in den Sand gestemmt und mit aller Kraft an ihrem Ende des Mantels festgehalten hätten. Während seine Beine wie flatternde Stoffbänder in der Strömung trieben, hielt er eisern an dem Ärmel fest, bis er sich wieder aufgerichtet hatte, nachdem er sich seitlich drehte, um der Flut so wenig Widerstand wie nur möglich zu bieten. Der Sand unter seinen Füßen schien solide genug zu sein.

»Haut einen irgendwie von den Socken, nicht?« meinte John, der im zunehmenden Lärm des Wasser kaum noch zu verstehen war.

»Kein Problem«, sagte Gideon. »Alles unter Kontrolle. Bist du bereit, gerettet zu werden?« Er warf einen mißtrauischen Blick nach links. Keine Flutwellen im Anmarsch.

»Ich weiß nicht so recht«, sagte John. »Das wird ein gottverdammt harter Schlag für mein Ego.«

»Gideon!« rief Claire. »Wenn Ihre Füße Halt gefunden haben, gehen Sie kein Risiko ein ... Versuchen Sie ihn zu erreichen, ohne sich zu bewegen!«

Das klang vernünftig. Das hätte gerade noch gefehlt, daß sie beide im Treibsand feststeckten. Seine Füße fest auf den Boden gepflanzt und eine Hand um den Mantelärmel gedreht, streckte Gideon seine Hand aus und beugte sich über den Bach, zitterte unter der Anstrengung, trotz des starken und unerbittlichen Sogs der Strömung aufrecht stehenzubleiben. Aber selbst wenn er seinen Arm bis aufs äußerste ausstreckte, daß er schon unter der Anstrengung ächzte, fehlten zwischen seinen verzweifelt tastenden Fingerspitzen und Johns Hand immer noch gut dreißig Zentimeter.

Oben auf der Sandbank verrenkte sich Ray, um aus seiner Tweedjacke zu kommen, ohne seinen Griff um Claires Mantel zu lösen. »Gideon, wenn ich dir meine Jacke zuwerfe, kann John sich daran festhalten. Wenn ich nur...«

Aber Gideon bezweifelte, daß das Mantel-Gideon-Jacke-John-Arrangement genügend Kraft aufbieten konnte, um Johns Einhundertneunzig-Pfund-Körper aus dem Sand zu ziehen. Und er war sich außerdem nicht sicher, ob der sich abkämpfende Ray überhaupt rechtzeitig aus seiner Jacke kam. Allein während der Minute oder so, die er jetzt in dem Bach stand, war der Wasserspiegel mit beängstigender Geschwindigkeit weiter angestiegen. Inzwischen reichte ihm das Wasser bis an die Brust, und schon sehr bald würde es unmöglich sein, länger auf den Füßen zu bleiben. Das Wasser stand John inzwischen bis unter die Achseln, so daß er versuchen mußte, sich aufrecht zu halten, indem er mit seinen Armen ruderte wie ein Mann, der Wasser trat.

Nein, es war keine Zeit mehr zu verlieren. Was er hätte tun sollen, das wurde ihm jetzt klar, war, den Bach an der Stelle zu durchwaten, wo sie ihn vorhin überquert hatten, und von der sie wußten, daß dort kein Treibsand war, und John dann von der Sandbank auf der anderen Seite herausziehen. Aber dafür war es jetzt zu spät. Er würde es eben drauf ankommen lassen müssen.

Vorsichtig bewegte er sich auf John zu, *rutschte* über den Grund, wie Claire es ihnen für den Fall erklärt hatte, daß sie in die Nähe von Treibsand geraten sollten. Behutsam schob er seinen linken Fuß zentimeterweise vor, tastete nach Treibsand (wie fühlte der sich überhaupt an?), lauschte gespannt auf das Nahen der nächsten großen Flutwelle. Seine ausgestreckte Hand war nur noch *zwanzig* Zentimeter von Johns entfernt ... nur noch fünfzehn ... Bei Gott, er schaffte es. Noch fünf Zentimeter...

John streckte sich ihm entgegen. »Nur noch ... ein kleines ... Stückchen...«

»*Hmmmh*...« Gideon schob seinen Fuß noch ein paar Zentimeter weiter.

Und genau in dem Augenblick, als sich ihre Fingerspitzen berührten, trat er hinein, und jetzt verstand er den Ausdruck, den John auf seinem Gesicht gehabt hatte. Es fühlte sich an, als hätte er seinen linken Fuß in ein schaukelndes Ruderboot gestellt oder einen Schritt auf einem wackligen Trampolin oder einem altmodischen Wasserbett gemacht. Oder in eine riesige wabbelige Schüssel Gelatine, die umkippen würde, sobald er das Gewicht auf dieses Bein verlagerte. Es war anders als alles, was er erwartet hatte. Und es war allerdings unheimlich.

Er schwankte, hatte sein Gleichgewicht verloren, und lehnte sich schnell auf das Bein zurück, das noch auf festem Sandboden stand. Im selben Moment wurde alles nur noch schlimmer. Eine weitere Flutwelle, ein sich überschlagender, krachender Brecher dieses Mal, donnerte durch den Kanal auf sie zu, und Claire und Ray rissen heftig an dem Mantel, zogen ihn die Sandbank hinauf und der Brandung aus dem Weg.

»John!« brüllte er vergeblich, rappelte sich auf, jetzt selbst wieder in Sicherheit, aber immer noch die Finger seines Freundes an seinen Fingerspitzen fühlend. Sie waren so quälend nahe gewesen ... Er konnte nichts anderes tun als nur abzuwarten, machtlos und erschüttert, während die gewaltige Woge an ihnen vorbeischoß, John für schreckliche, unendlich lange Sekunden unter sich begrub.

»Da, er ist in Ordnung! Er lebt!« platzte Ray heraus, als Johns Kopf schließlich aus dem ruhiger werdenden Wasser auftauchte.

Mit fest zusammengepreßten Augen, an den Kopf geklatschten, nassen schwarzen Haaren und seinen aufgeblasenen Wangen, da er die Luft angehalten hatte, wirkte sein Kopf auf Gideon wie etwas, das an der London Bridge aufgespießt worden war, aber nach einem Augenblick bewies er, daß Ray doch recht gehabt hatte, saugte in gewaltigen Zügen Luft ein und öffnete seine Augen.

»Ich glaube, es ist langsam Zeit für Plan B«, rief er schwach über den Bach zu ihnen herüber. Das Wasser, das weiterhin und immer schneller stieg, schwappte jetzt schon gegen sein Kinn. Er warf einen ängstlichen Blick nach rechts, schaute nach der nächsten Flutwelle.

Und Gideon durchzuckte zum ersten Mal echte, entsetzliche Angst. Was verdammt noch mal sollte er jetzt tun? Wie sollte er John da rausholen, bevor die nächste Welle ihn umbrachte? Daß dieser verdammte Dummkompf in diese Scheiße hatte latschen müssen, als sie es praktisch schon geschafft hatten!

Vor Ungeduld und Enttäuschung keuchend und von einem Bein aufs andere springend, schaute er sich fieberhaft nach einem Stock, einer Stange, einer Eingebung um, aber natürlich war da nichts. Ray und Claire standen gegeneinander zusammengesunken da, hatten keine Vorschläge, hielten immer noch sinnlos an dem klatschnassen schwarzen Mantel fest. Der verdammte John saß fest, nutzlos und unbeweglich wie ein Knorren an einem Baumstamm, bis zum Hals im Wasser und hatte nichts zu melden. Nur noch eine weitere Flutwelle und dann...

Bei dem zischenden, donnernden Rauschen schauten alle sofort auf, um den trüben, bräunlich-grauen Brecher, der Treibgut und gelben Schaum vor sich herschob, ruhig und bösartig den Kanal entlang auf sie zukommen zu sehen, so hoch dieses Mal, daß er die Seiten der Rinne überspülte.

Und dann kam Gideon eine Idee. Er lief schnell stromaufwärts die Sandbank entlang, dem nahenden Brecher entgegen, schaffte nur vier oder fünf Schritte, bevor er auf einer Höhe mit ihm war. Dann drückte er sich an der Kante der Sandbank ab und stürzte sich in einem flachen, stromabwärts in Johns Richtung gerichteten Sprung ins Wasser. Aus den Augenwinkeln heraus sah er Claire und Ray, die ihn mit offenem Mund anstarrten.

Er wollte John packen – sich mehr oder weniger unter Wasser auf ihn stürzen –, während die mächtige Welle Gideon landeinwärts spülte, und den vereinten Schwung von Flutwelle und seinem eigenen Gewicht ausnutzen, um John aus dem Sand zu reißen. Es war keine besonders tolle Idee und nur halb ausgegoren, aber etwas Besseres fiel ihm auf die Schnelle nicht ein, und unter den gegebenen Umständen war sie gar nicht mal so übel.

Wenn da nicht zwei Dinge gewesen wären. Zunächst einmal brachte ihn sein überstürzter Sprung nicht auf den sich fortwälzenden Rücken der Flutwelle, sondern unmittelbar davor, direkt unter ihren überhängenden Kamm. Statt in Johns Richtung getrieben zu werden, schlug der krachende Wasservorhang auf ihn ein und drückte ihn gänzlich verrenkt unter Wasser, wo er hart auf den mit Steinen bedeckten Grund aufschlug. Dann, bevor er seinen Kopf aus dem Wasser recken und nach Luft schnappen konnte, riß ihn die Welle weiter, ließ ihn Purzelbäume schlagen. Kurz vor dem Ersticken ergriff Gideon Panik: John mußte ebenfalls unter Wasser sein, mit den Beinen immer noch fest im Treibsand, und Gideon konnte nicht sehen, wo er war. Er hatte nur eine Chance, ihn zu packen, und wenn er ihn nicht beim ersten Mal erwischte, dann...

Er versuchte mit Gewalt, seine Augen zu öffnen, aber das Salzwasser brannte entsetzlich, Gideon kniff sie sofort wieder zusammen. Die Anstrengung, den Atem anzuhalten, war unerträglich; unfähig, oben von unten zu unterscheiden, ruderte er wie wild mit seinen Armen und Beinen, hoffte verzweifelt, John zu erwischen, wenn er an ihm vorbeischoß. Und wie durch ein Wunder stürzte er genau in ihn hinein.

Und an diesem Punkt ging dann die zweite Sache schief. Als

der Brecher über ihm zusammengeschlagen war, hatte John sein Gesicht instinktiv von ihm fortgedreht und daher nicht mehr gesehen, wie Gideon ins Wasser gesprungen war. Als dann irgendeine grauenhafte, durch die Flut aus der Tiefe des Meeres gerissene Kreatur sich mit seinen um sich schlagenden Tentakeln von hinten an ihn klammerte, ließ er natürlich blindlings seine Faust so fest er nur konnte in diese Masse krachen.

Der Schlag erwischte Gideon direkt unter dem Zwerchfell in der Magenkuhle und jagte die eingehaltene Luft in einer Explosion von Luftblasen aus seinem Mund. Krampfartig verstärkte er seinen Griff, nur um sofort darauf wieder geschlagen zu werden, dieses Mal gegen die Brust, und dann, schwerfällig und mit schwindender Kraft, noch einmal gegen den Hals. Sein Kopf explodierte fast, er schluckte einen Schwall Wasser, würgte es sofort mit dem letzten Rest Luft in seinen Lungen wieder heraus. Er *mußte* nach oben an die Luft, wenn er nur dahinterkam, wo oben war. Aber wenn er John jetzt losließ...

Die sich träge drehenden Lichtpunkte vor seinen Augen sagten ihm, daß er das Bewußtsein verlor, sich nicht länger gegen den überwältigenden Sog der Flutwelle halten konnte. Er begann jede Orientierung zu verlieren, wußte nicht mehr, was er überhaupt tat. Das fürchterliche Brennen in seiner Brust zog sich in eine entferntere Dimension zurück. Seine Aufmerksamkeit ließ nach und driftete allmählich weg; und er mußte begonnen haben einzuatmen, denn plötzlich brannte Salzwasser in seiner Nase. Er konnte gerade noch verhindern, daß er es in seine Lungen sog, doch dieses Mal gelang es ihm nicht, es wieder auszustoßen; als ein eisiger, glibbriger Kloß sammelte es sich ganz hinten in seiner Kehle. Er war sich undeutlich bewußt, daß seine Beine von der vollen Wucht der Flutwelle nach hinten gerissen worden waren, so daß er horizontal unter der Wasseroberfläche ausgestreckt sein mußte, wie eine Fahne im Sturm; und er hielt sich mit steifen und gefühllosen Händen an dem rutschigen, aufgeweichten Stoff von Johns Kragen fest.

Es war Zeit loszulassen, sich der Flut zu ergeben, fortgespült zu werden. Zeit, John in Frieden sterben zu lassen. Doch trotzdem hielt er weiter fest, nicht in der Lage, seinen steinernen Fingern zu befehlen, sich zu öffnen. Undeutlich registrierte er, daß John sich immer noch schwach wehrte, an Gideons Handgelenken zerrte. Wütend, aber kraftlos schüttelte Gideon an dem Kragen. Wieso konnte dieser dumme Hund nicht *ihn* in Frieden sterben lassen? John kämpfte heftiger, und Gideon, auf eine dumpfe Art wütend, revanchierte sich, indem er ihn noch fester schüttelte, als eine weitere Flutwelle kraftvoll an ihnen zerrte.

Da war das Gefühl eines Korkens, der sich plötzlich aus einem Flaschenhals löste, und dann wirbelte er wieder herum, die Hände immer noch in Johns Kragen verkrallt, und John purzelte und hüpfte mit ihm durch das Wasser. Verträumt, nicht wirklich verstehend, was genau passierte, verstand er dennoch, daß ihm offenbar gelungen war, was er vorgehabt hatte. Als er seinen Mund öffnete, um zu jubeln, strömte das wartende Meerwasser sofort hinein, und die wirbelnde, sich blitzartig ausbreitende Schwärze folgte sofort, ergoß sich durch seinen Hals und dehnte sich aus, um seine sich aufblähenden Eingeweide auszufüllen.

»Ich glaube, er ist okay«, sagte Claires besorgte Stimme direkt über ihm.

»Natürlich bin ich okay«, erwiderte Gideon gereizt. Oder nicht? Er lag in sechs, sieben Zentimeter hohem Wasser auf dem Rücken, sein Kopf leicht angehoben, seine Wange ruhte auf kaltem, feuchtem Stoff. Claires Kleid, erkannte er. Sein Kopf lag auf ihrem Schoß. Was war hier los? Waren sie immer noch in der Bucht? Hatte er einen Unfall gehabt? War er gestürzt? Abrupt kehrte die Erinnerung zurück. Er richtete sich sofort auf seine Ellbogen auf.

»John ...«

»Hier«, sagte John. »Ich bin okay.« Er kniete neben Gideon. »Danke, daß du mich da rausgeholt hast, Doc«, sagte er unbeholfen. »Tut mir leid, daß ich dir ein Ding verpaßt hab.«

»Keine Ursache«, sagte Gideon benommen. »Gern geschehen.«

»Wie fühlst du dich?«

»Prima.« Und das stimmte auch, mehr oder weniger. Sein Hals brannte, ihm war schwindlig, leicht übel, seine Muskeln waren so schwach wie die eines Babys und zitterten noch immer, aber er schien nicht verletzt zu sein. »Wie lange war ich bewußtlos?«

»Nur ein paar Minuten. Ich bin mir nicht mal sicher, ob du überhaupt richtig bewußtlos gewesen bist.«

Es war ihm wie eine ganze Woche vorgekommen. »Wie bin ich hier raufgekommen? Hast du mich rausgezogen?«

John schüttelte seinen Kopf. »Konnte ich nicht. Wir sind auf einer niedrigen Sandbank in fünfzig, sechzig Zentimeter hohem Wasser angespült worden. Ich hab versucht, dich rauszuziehen, hatte aber nicht mehr die Kraft dazu. Ich konnte mich ja nicht mal mehr selbst rausziehen. Ich konnte nur deinen Kopf über Wasser halten. Wir hätten einfach dort gelegen und den Löffel in der nächsten Flutwelle abgegeben, wenn Ray uns nicht rausgezogen hätte, und zwar im allerletzten Moment.«

»*Ray* hat uns rausgezogen?«

»Also, wirklich«, bemerkte Rays sanfte Stimme irgendwo neben Gideon. »Ist ein derart ungläubiger Tonfall wirklich nötig?«

Gideon und John waren beide wacklig auf den Beinen, konnten aber ohne fremde Hilfe gehen, und schließlich erreichten die vier doch noch den Fuß des Mont, schleppten sich aus dem Watt und stiegen hintereinander und ein wenig unsicher die Stufen zum Abteigarten hinauf. Ohne nach links oder nach rechts zu schauen, gingen sie würdevoll (was nicht leicht war; John hatte seine Schuhe und Socken verloren, Gideon einen seiner Schuhe) an der mürrischen und glotzenden Gruppe von Leuten vorbei, die sich die Hälse verrenkten, um sie vom Nordturm aus beobachten zu können.

»Was meint ihr, wieso die uns so komisch anglotzen?« fragte Ray ausgelassen. »Sind die sauer auf uns, weil wir so hirnverbrannt waren, quietschvergnügt in die Flut hinauszulatschen, oder weil wir ihnen den Nachmittag verdorben haben, indem wir dann doch nicht abgesoffen sind?«

In ihrem angeschlagenen Zustand fanden sie das rasend komisch, prustend und sich vor Lachen schüttelnd gingen sie die Grand Rue hinunter. Doch als sie schließlich den Wagen erreichten, hatte eine vorhersehbare Reaktion eingesetzt: Sie waren niedergeschlagen, und ihre Zähne hatten vor Kälte zu klappern begonnen. Ihre Kleider, immer noch klatschnaß, klebten ihnen eiskalt am Körper. Gideon hielt bei dem ersten Hotel, an dem sie vorbeikamen: ein braunes, schmutziges altes Haus in der Nähe des Bahnhofs an der Rue Coesnon in Pontorson, nur ein paar Blocks vom Damm entfernt.

Die Wirtin, Madame Gluges, war nicht übertrieben gastfreundlich. Zu welchem Zweck genau, wollte sie klipp und klar wissen, brauchten sei ein Zimmer? Nachdem sie ihnen diese Frage gestellt hatte, noch bevor sie damit rausrückte, ob überhaupt ein Zimmer frei war oder nicht, verschränkte sie ihre stämmigen, in einem Pullover steckenden Arme, musterte sie argwöhnisch und erwartete eine Erklärung.

Ihre Reserviertheit war durchaus verständlich. Die vier wirkten nicht gerade besonders vertrauenerweckend: drei durchgeweichte, ungepflegte Ausländer – zwei von ihnen massige, gefährlich aussehende Teufel – und eine schlampige Französin, alle triefend vor Nässe und ohne Gepäck. Der muskulöse Asiate war außerdem barfuß – als käme er schnurstracks aus dem Dschungel. Der andere große Kerl trug nur einen rot-grünen Turnschuh, und alle hatten so einen erregten, wilden Blick. Drogen? Whiskey? Was war mit denen? Auf der Flucht vor der Polizei? Entflohene Sträflinge, die gerade erst an Land geschwommen waren? Kein sehr gewinnender Anblick für eine Hotelbesitzerin auf dem Lande, die an eine ruhige Kundschaft von anständigen (oder doch wenigstens allein reisenden) Geschäftsleuten gewöhnt war.

Ray konnte sie auch nicht beruhigen, als er ihr versprach, daß sie um sechs Uhr wieder fort sein würden, da sie das Zimmer nur für eine Stunde brauchten. Aber Claire erklärte schnell, daß sie in der Bucht von der Flut überrascht worden seien und nur lange genug bleiben wollten, um eine heiße Dusche zu nehmen und, wenn möglich, ihre Kleider zu trocknen.

Also gut, sagte Madame, die bei Claires sanfter Art ein wenig auftaute, aber sie könnten unmöglich alle zusammen ein Einzelzimmer bekommen. Die Männer in einem, die Frau in einem anderen Zimmer. Auf verschiedenen Etagen. Erst als diese eindeutige Bedingung kleinlaut akzeptiert wurde, ließ sie sich erweichen. Sie werde ihnen nur ein Zimmer berechnen, nicht zwei, und wenn sie ihre Kleider vor die Tür legten, werde sie sie in den Keller bringen und in den Trockner stecken lassen.

Nun da Anstand und Moral garantiert waren, wurde Madame Gluges nachgiebig. Während die vier ihre nassen Kleider auszogen, klopfte sie an ihre Türen und brachte in jedes Zimmer eine Thermoskanne schwarzen Kaffee mit Cognac – und vergewisserte sich dabei ganz schnell, daß Claire auch tatsächlich dort war, wo sie sein sollte. Trotzdem war es eine nette Geste, die dankbar angenommen wurde. Und als sie ihre Kleider abgegeben und sich in Decken und Laken gewickelt hatten, erwärmten sich langsam wieder Herzen und Körper.

Auf jeder Etage gab es irgendwo eine Dusche, und während Ray, spektakulär in eine königsblaue Tagesdecke aus Chenille gehüllt, sich wie ein Indianerhäuptling den schummerigen Flur hinunter auf die Suche machte, saßen Gideon und John, zwei einfache Krieger, in schlichten Decken aus dem Schrank, im Zimmer, tranken ihren anregenden Kaffee und unterhielten sich.

»Wie siehst du die Sache, John?«.

»Ich denke, Ray hatte recht. Gezeitentabellen lügen nicht.«

»Ganz meine Meinung. Also, aus welchem Grund sollte Ben Butts uns umbringen wollen?«

»Ich glaube nicht, daß er das wollte, Doc. Ich glaube vielmehr, daß er *dich* umbringen wollte, und wir anderen hatten einfach nur das Pech, mit dir zusammen zu sein.«

»*Mich?*« Gideon stellte seine Tasse heftig auf den niedrigen Tisch. »*Wieso?*« Noch bevor die Worte über seine Lippen gekommen waren, nickte er bereits. »Vergiß es, dumme Frage. Ich frage mich, wieso es mir solche Schwierigkeiten bereitet, mich an die Tatsache zu gewöhnen, daß jemand versucht, mich umzubringen.« Er nahm die Tasse wieder in die Hand und trank einen stärkenden Schluck, dann hielt er sie unter seine Nase und genoß den starken, süßlichen, stechenden Duft des Weinbrandes.

»Ben«, grübelte er. »Warum ausgerechnet Ben? Was könnte er gegen Claude gehabt haben? Was könnte er gegen Guillaume gehabt haben? Warum sie umbringen?«

»Guillaume?«

»Den falschen Guillaume, meine ich. Mr. X. Ich weiß nicht, wie ich ihn sonst nennen soll.«

John goß den restlichen Kaffee in ihre Tassen. »Du hörst auch nie auf, was?« sagte er lachend. »Du wirst beweisen, daß der arme Kerl ermordet worden ist, ob es nun wirklich so war oder nicht.«

»Ist das dein Ernst, John? Zumindest eines haben wir dort draußen doch erfahren, nämlich wie er es angestellt hat. Um ein Haar hätte es Ben gottverdammt noch mal geschafft, daß wir alle ertrunken wären...« Er kippte den letzten wärmenden Schluck Kaffee hinunter. »... und wir waren fit und bei klarem Verstand! Ist es da wirklich so schwer vorstellbar, daß er nicht auch genau das gleiche mit ›Guillaume‹ gemacht hat? Was glaubst du denn, wo wir jetzt wären, wenn *wir* krank und alt und lahm wären?«

John nickte langsam. Eingehüllt in die Decke, die Arme vor der Brust verschränkt und eine nachdenkliche Miene auf seinem dunklen, flachen Gesicht mit diesen hohen Wangenknochen, sah er tatsächlich wie ein Prärie-Krieger aus dem neunzehnten Jahrhundert aus, der Catlin Porträt saß, unnahbar und unergründlich.

»Doc, da ist was dran«, sagte er nahbar und ergründlich.

»Mir ist gerade noch was eingefallen. Ben arbeitet doch als Anwalt bei der *Southwest Electroplating*.«

Johns Blick sagte unmißverständlich, daß, wenn einer unergründlich war, dann auf jeden Fall nicht er.

»Galvanisieren ist doch dasselbe wie Versilberung, oder nicht?« sagte Gideon. »Hast du mir nicht erzählt, daß Zyankali bei der Versilberung verwendet wird? Ganz sicher dürfte es Ben keinerlei Schwierigkeiten bereitet haben, sich ein bißchen Zyankali aus seiner eigenen Firma zu organisieren, ohne daß es jemand bemerkt hätte.«

»Ja«, sagte John wenig überzeugt, »nur daß es für niemanden so besonders schwierig ist, sich Zyankali zu besorgen. Aber ich schätze, doch, ja, das ist etwas, über das man zumindest mal nachdenken sollte.« Er schüttelte den Kopf. »Ich weiß nicht, Doc. Es fällt mir schon sehr schwer, in Ben denjenigen zu sehen, der hinter allem stecken soll. Glaubst du das wirklich?«

Nein, gestand Gideon seufzend, nicht ganz. Und je mehr er darüber nachdachte, desto weniger glaubte er es.

Zunächst mal mochte er Ben viel zu sehr, um ihn bereitwillig als Killer zu akzeptieren, ließ das aber zunächst außer acht. Es gab zu viele andere Dinge, die einfach nicht zusammenpaßten, zu viele Unmöglichkeiten. Ganz sicher war Ben Butts intelligent genug, um sich einen weniger verrückten Mordplan als diesen einfallen zu lassen. Woher konnte er überhaupt wissen, daß Gideon genau an diesem speziellen Tag in Mont St. Michel auftauchen würde, und noch dazu rechtzeitig, um bei nahender Flut ins Watt hinausgescheucht werden zu können? Und selbst wenn er es wirklich irgendwie gewußt hatte: War er wirklich das Ungeheuer, das die anderen auch noch opfern würde? Angenommen, er war es: Wie konnte er darauf spekulieren, daß sie alle getötet würden? Denn wenn nicht, würden sich peinliche Fragen ergeben, Fragen von der Sorte, wie sie jetzt von ihm und John gestellt wurden. Und wie konnte Ben überhaupt wissen, daß sie Lust auf einen Spaziergang ins Watt haben würden? Wozu eine Gezeitentabelle mit sich herumschleppen, nur für den unwahrscheinlichen Fall, daß sich eine günstige Gelegenheit bieten würde, um ihnen seinen komischen kleinen Streich zu spielen? Nein, das war einfach nicht glaubwürdig.

Andererseits, wenn nicht zu diesem Zweck, warum *hatte* er dann eine Gezeitentabelle bei sich gehabt? Ganz sicher hatte er nicht vorgehabt, selbst in die Bucht hinauszugehen. Und gleichzeitig war da die eine überwältigende, unbestreitbare Tatsache, die alles andere in den Schatten stellte: Ben hatte wohlwollend in seine Gezeitentabelle geschaut und ihnen ganz seelenruhig eine falsche Information gegeben, die nicht nur ein bißchen danebenlag – ein Fehler von der Art, wie er einem schon mal passieren kann, wenn man versehentlich die falsche Zeile der Gezeitentabelle erwischt –, sondern ganz gewaltig und ziemlich treffsicher. Ein Fehler von der Sorte, wie man ihn machen würde, wenn man versucht, vier seiner Freunde absaufen zu lassen.

»Ich vermute«, sagte John, »wir müssen jetzt wohl Joly anrufen und ihm von dieser Sache erzählen.« Er schwieg und hob nachdenklich und ein wenig melancholisch seine Augenbrauen. Er war nicht ganz glücklich mit seiner Vermutung.

Gideon ebenfalls nicht. »Ich weiß nicht, wie es mit dir ist, John, aber ich bin es leid, Joly mit jeder Kleinigkeit zu behelligen. Warum unterhalten wir uns nicht selbst ein bißchen mit Ben?«

»Abgemacht.« John grinste und zog die rutschende Decke enger um seine Schultern. »Ich kann's kaum erwarten zu sehen, was der Alte sagt, wenn wir durch die Tür spaziert kommen.«

20

Was Ben sagte, war: »Hi, hi, hi.«

Zunächst eine durchaus verständliche Reaktion. Sie hatten an einem *Monoprix*-Kaufhaus in der Nähe von Dinan angehalten, um sich Sweatshirts (ihre Jacken waren nicht getrocknet) und Freizeitschuhe zu kaufen, die ihre fehlenden oder völlig durchnäßten Schuhe ersetzen sollten. Die Franzosen sind keine besonders großen Menschen, noch weniger die Bretonen, und Kleider in Größen, die John und Gideon paßten, waren nicht leicht zu finden. Was zur Folge hatte, daß die beiden Männer in genau gleichen grell violetten Sweatshirts wieder aus dem Geschäft kamen, von denen jedes eine pummelige und grinsende *escargot* auf der Brust trug. An den Füßen trugen sie offene, Pantoffeln ähnliche Leinenschuhe in einem besonders ekelhaften Gelbgrün mit elastischen Seitenbändern statt Schnürsenkeln; Latschen, wie sie Quasimodo höchst wirkungsvoll getragen haben könnte.

Gideon hatte außerdem eine Gezeitentabelle gekauft, deren Umschlag mit dem von Bens Tabelle identisch war. Während Ray und Claire noch einkauften, hatte er sich ein paar Minuten Zeit genommen, um sie mit John durchzugehen. Sie waren nicht weiter überrascht über das, was sie fanden. Die Nachmittagsebbe für den 23. März wurde nicht für 17:15 Uhr aufgeführt, sondern für 23:33 Uhr. Aber die *Flut* war dort ganz klar mit 16:43 Uhr eingetragen. Eine Zeit, von der Ben allen Grund hatte zu glauben, daß sie dann immer noch draußen in der Bucht sein würden. Gideon stieß einen leisen Pfiff aus, als er die Höhe des Wasserstandes las: 13,05 Meter, während der vorausgegangene Tiefstand bei neunzig Zentimetern gelegen hatte. Ein Unterschied von fast zwölf Metern in einem einzigen Gezeitenzyklus! Er seufzte tief. Sie hatten wirklich Glück gehabt.

Jeder Monat stand auf einer eigenen Seite, jeder Tag hatte eine eigene Zeile. Er ließ seine Augen über den ganzen März wandern, suchte ohne große Hoffnung nach einem Grund für einen ehrlichen Irrtum von Ben. Aber an keinem Tag war um 5:15 Uhr jemals Ebbe, weder vormittags noch nachmittags. Er blätterte die restlichen Seiten des Heftchens durch, um zu sehen, ob am dreiundzwanzigsten *irgendeines* Monats um 17:15 Uhr Ebbe war, nur für den Fall, daß Ben die richtige Zeile, aber die falsche Seite erwischt hatte. Nichts. Um 5:15, morgens oder nachmittags, gab es weder eine Flut noch eine Ebbe, an keinem Tag des ganzen Jahres.

Es führte somit kein Weg dran vorbei: Was immer das Gefühl dazu sagte – Ben Butts, mit seiner lächelnden lockeren Art, hatte sie absichtlich und bewußt in eine Mont-St.-Michel-Flut hinausgeschickt, die zu jenem Zeitpunkt schon gleichmäßig auf sie zugerollt gekommen war.

Was, so gesehen, sein wieherndes Lachen, als sie in den Salon traten, doch äußerst überraschend erscheinen ließ. Er war allein gewesen, anscheinend als erster unten, um auf das Zeichen für die Cocktails vor dem Abendessen zu warten, und er hatte in einem der großen Ohrensessel vor dem Kamin gesessen, mit dem Rücken zur Tür, anscheinend tief in den Sportteil der *International Herald Tribune* versunken. Auf Johns entschiedene Empfehlung hin waren Ray und Claire direkt auf ihre Zimmer gegangen, um sich umzuziehen, nachdem sie während der Fahrt steif und fest bei ihrer Überzeugung von seiner Unschuld geblieben waren.

»Hallo, Ben«, hatte Gideon leise von hinten gesagt, dabei sorgfältig auf ein verräterisches Zeichen geachtet, als Ben sich umdrehte – die plötzliche Blässe der Überraschung vielleicht, oder das tiefe Rot von Wut. Statt dessen dann dieses schrille und durchaus überzeugend klingende Wiehern.

»Ist ja toll!« kreischte er, als er ihre violetten Sweatshirts und die grünen Schuhe registrierte. »Jetzt fehlen euch nur noch die passenden Käppchen. Welche Nummer gebt ihr als erstes?«

Das war kaum das Knurren eines verblüfften Mörders. Gideons Zweifel begannen sich wieder zu regen.

Während sie ihn stumm beobachteten, erstarrte Bens breites Grinsen. »Okay, ich gebe auf. Was ist das für ein Spiel?«

»Ben, haben Sie noch diese Gezeitentabelle?« fragte John lächelnd.

»Klar, natürlich hab ich die noch.« Er faltete die Zeitung sorgfältig zusammen, stand auf und begann seine Taschen abzuklopfen. »Wenigstens glaube ich es. Aaah.« Er zog sie aus der linken Tasche seiner Mohairjacke. John nahm sie und reichte sie Gideon.

»Was ist hier los?« fragte Ben unruhig. »Wieso habe ich das komische Gefühl, daß jeder auf mich sauer ist? Habe ich die Tabelle nicht richtig gelesen oder was?« Abrupt machte er ein langes Gesicht. »Das ist nicht euer Ernst. Das kann nicht sein.«

»Wollen doch mal sehen«, sagte Gideon. Er blätterte schnell zu der Seite für den Monat März um, fand die Zeile für den aktuellen Tag und ließ seinen Finger zu der mit *basses mers* – Ebbe – überschriebenen Spalte gleiten. Er starrte auf das Papier, blinzelte, starrte wieder hin. Dann schaute er gründlich verwirrt zu den anderen auf.

»Hiernach war um 17:15 Uhr Ebbe«, murmelte er.

»Tja, natürlich«, sagte Ben. »Genau das habe ich euch doch auch gesagt, oder?«

Gideon nahm die Broschüre heraus, die er im *Monoprix* gekauft hatte, und verglich sie mit Bens Heft. Die Umschläge waren identisch, und auf den ersten Blick auch die Inhalte der beiden Tabellen. Alles in allem vierundsechzig Seiten, zum größten Teil Daten für die Schiffahrt und Anzeigen, mit einer einzigen kräftigen Klammer in der Mitte zusammengeheftet. Die Gezeiteninformationen für März standen auf der Seite 32, die in beiden Broschüren die linke Seite genau in der Mitte war, und die Daten und Tage in beiden Heften stimmten überein. Der erste März war ein Sonntag und so weiter. Aber der Inhalt der Spalten – die Zeiten und Höhen der Gezeiten – war völlig verschieden. Genau wie die Daten für die Monate auf den Seiten 31, 33 und 34, den anderen Seiten desselben gefalzten Blatts. Alle anderen Seite schienen in beiden Broschüren wieder identisch zu sein.

»Ben, wo haben Sie dieses Ding her?«

»Aus dem Wagen. Es steckte in der Seitentasche der Tür. Ich wollte nachsehen, ob wir vielleicht die hereinkommende Flut sehen könnten.«

»Im Wagen? In welchem Wagen?«

»Das hab ich Ihnen doch gesagt. Der Wagen, den wir am Mont St. Michel abgeholt haben. Guillaumes Wagen. Der Citroën. Wie wär's, wenn ihr mir jetzt mal verraten würdet, was hier überhaupt los ist?«

»Nichts, Ben«, sagte John. »Wir wollen nur ein paar Sachen überprüfen.«

»Kommen Sie mir nicht damit, John. Ich bin vielleicht nicht der hellste Kopf auf dieser Welt, aber todsicher kenne ich den Unterschied zwischen Hühnerscheiße und Hühnersalat.« Er lachte leise. »Wie meine Tante Gussie immer zu sagen pflegte.«

Sie ließen ihn verwirrt und ihnen sprachlos nachstarrend stehen und gingen auf den Flur hinaus.

Gideon sah John an. »Tja, ich schätze, das beantwortet wohl einiges.«

»Was beantwortet *was*? Wie lautet denn die Frage?«

»Die Frage lautet: Wieso ist Guillaume in die Bucht hinausgegangen, ohne vorher einen Blick in eine Gezeitentabelle zu werfen? Und die Antwort lautet: Ist er gar nicht! Er hatte sein kleines Prachtstück bei sich im Wagen; ein wirklich netter kleiner Zeitplan, wenn man mal von der Kleinigkeit von ein paar Seiten in der Mitte absieht. An welchem Tag ist er gestorben? Erinnerst du dich noch? Letzten Sonntag?«

»Montag. Das dürfte dann der, äh ...«

»Der sechzehnte gewesen sein.« Gideon fand die entsprechende Zeile. »Also, er ist morgens rausgegangen, und nach diesen Angaben hier wird er die Flut nicht vor dem frühen Abend erwartet haben. Während tatsächlich ...« – er schloß den falschen Plan und öffnete den aus dem *Monoprix* – »... die Flut ihren Höhepunkt um fünf nach zehn hatte. Vormittags. Eine scheußliche kleine Überraschung. Genau das gleiche ist uns auch passiert, wie du dich vielleicht erinnerst.«

John nickte grimmig. »Okay, Doc, du hast gewonnen. Ich bin überzeugt. Er ist reingelegt worden. Und was meinst du, hat Ben ...?«

»Nicht notwendigerweise Ben. Jeder von ihnen könnte das Ding für ›Guillaume‹ frisiert haben, und dann könnte Ben einfach genau das getan haben, was er behauptet, getan zu haben: Er hat ahnungslos und unschuldig die Tabelle eingesteckt, als er sie im Wagen entdeckte. Ich hoffe es wenigstens.«

»Ich auch.« Er schüttelte seinen Kopf. »Hör mal, kommt es dir nicht auch ein bißchen komisch vor, daß ein Mörder einen Beweis wie diesen einfach eine Woche lang im Auto liegengelassen hat?«

»Nein, eigentlich nicht. Wahrscheinlich hat er nicht im Traum daran gedacht, daß jemand, was Guillaumes Tod betrifft, mißtrauisch werden könnte. Ich mußte uns ja praktisch alle absaufen lassen, um *dich* zu überzeugen.«

»Genau das mag ich so an dir. Du reitest nie auf irgendwas rum.« Er nahm Gideon die aufgeschlagenen Broschüren ab und sah sie genau an. »Was meinst du mit *frisiert*? Du redest hier von einer ziemlich aufwendigen Geschichte. Sieh dir das Papier und den Druck auf den gefälschten Seiten an. Absolut identisch mit dem Original. Das erfordert eine Menge Arbeit. Die Sache muß von langer Hand vorbereitet worden sein, und wer immer es gemacht hat, muß einen echten Gezeitenplan zur Hand gehabt haben, was bedeutet...«

Gideon schüttelte seinen Kopf. »Nein, ich glaube, es war viel einfacher. Wenn ich an Guillaumes Unterlagen rankäme, könnte ich es dir wohl zeigen.«

»Guillaumes Unterlagen? Die müssen doch hier in seinem Arbeitszimmer sein, wo Joly den größten Teil seiner Vernehmungen durchgeführt hat.« Er ging ein paar Schritte zu einer geschlossenen Tür und drückte die Klinke herunter. Die Tür öffnete sich. »Was hält uns auf?«

Gideon zögerte. »Kommst du dir nicht ein bißchen komisch dabei vor, ungebeten in den Häusern anderer Leute herumzuschnüffeln?«

»Willst du mich auf den Arm nehmen?«

»Tja, bei mir ist es jedenfalls so.«

»Doc«, sagte John seufzend, »du mußt endlich über diese übertrieben zimperlichen Feinfühligkeiten wegkommen. Das heißt, falls du jemals hoffst, so was wie ein echter Detektiv zu werden.«

»Das ist so ziemlich das letzte, was ich will«, brummte Gideon, betrat aber trotzdem hinter John das Zimmer. Sie ließen die Tür angelehnt, um sein Gewissen zu beruhigen (es war kein richtiges Herumschnüffeln, wenn sie es ganz offen machten), und knipsten das Licht an.

Das Arbeitszimmer unterschied sich erheblich von den anderen Zimmern, die Gideon gesehen hatte. Seine Einrichtung spiegelte den kühlen Charakter seines toten Benutzers: ein funktionaler, grauer Metallschreibtisch, auf dem sich außer einem marmornen Schreibtischset mit zwei sorgfältig in ihre Halterungen gesteckten Füllfederhaltern nichts sonst befand; zwei Aktenschränke mit jeweils drei Schubladen aus passendem blauem Stahl; eine dreiflügelige Glasvitrine mit winzigen Muscheln, die peinlich exakt in langen, langweiligen Reihen angeordnet waren. Alles etikettiert, effizient und erbarmungslos ordentlich – ein privates Refugium der strengen Einfachheit in dem ansonsten überladenen *Manoir*.

Gideon ging zu dem rechten Aktenschrank, zu der Schublade mit der Aufschrift ›M-P‹. Dort, in einer Hängeakte unter *›Marées‹*, fand er schnell, was er zu finden erwartete: Guillaumes Gezeitentabellen, ein Satz blauer Broschüren, die bis auf die Jahreszahlen alle genau wie die beiden aussahen, die er bereits gesehen hatte. Alles in allem waren es elf Stück, chronologisch (natürlich) von 1976 bis 1986 geordnet. Die Tabelle für 1987 befand sich nicht an ihrem Platz. Vermutlich war das diejenige, die er von Ben erhalten hatte und die er jetzt neben die Broschüre legte, die er in dem Kaufhaus erworben hatte.

Er setzte sich und arbeitete beginnend mit 1976 den Stapel durch, schlug jede Broschüre auf der Seite für Januar auf, warf einen kurzen Blick darauf und nahm sich dann die nächste vor.

»Und wonach suchen wir?« fragte John, der sich über seine Schulter beugte.

»Wir suchen nach einem Jahr, in dem die Daten...« Aber er hatte es schon gefunden. »Hier«, sagte er.

»Neunzehneinundachtzig. Sieh nur.« Er zeigte auf den Eintrag unter *Jours* für den 1. Januar. »J«, sagte er, »für *jeudi*. Donnerstag.«

»Ja«, sagte John. »Und?«

»Also fing das Jahr 1981 mit einem Donnerstag an, genau wie dieses Jahr, das bedeutet« – er blätterte schnell ein paar Seiten um – »daß die Tage für März ebenfalls übereinstimmen müssen.«

»Sofern 1981 kein Schaltjahr war.«

»War es nicht.«

»Ich möchte wetten, daß das, was wir hier machen, einen tieferen Sinn hat«, sagte John.

»Wart's ab. Sieh dir die Uhrzeit für die Nachmittagsflut am 23. März 1981 an.« Er legte seinen Finger auf die Stelle.

»Sechzehn-dreiundvierzig«, sagte John, verstand immer noch nicht. »Hmh. Genau die gleiche Uhrzeit wie heute. Komisch.«

»Es ist mehr als komisch. Wenn wir die restlichen Zeiten mit denjenigen in der Tabelle aus dem *Monoprix* vergleichen, werden die wahrscheinlich auch übereinstimmen. Aber nur auf den Seiten 31 bis 34.« Er schlug die *Monoprix*-Broschüre auf, um zu vergleichen, und seufzte dann zufrieden. »Siehst du?«

Selbst die dreizeilige Annonce am unteren Rand der Seite 32 stimmte überein. *»Le Galle Frères, Opticiens«*, stand da. *»L'ami de vos yeux.«* Aber in der Anzeige auf Seite 32 der Tabelle, die Ben im Wagen gefunden hatte, wurde für Aluminiumboote geworben.

»Doc«, sagte John, während er die Broschüre stirnrunzelnd anstarrte. »Ich verstehe immer noch nicht ganz...«

»John, sieh dir die einzelnen Seiten an. Entdeckst du irgendeinen Hinweis auf das Jahr? Es gibt keinen. Einfach nur *›Mars‹* oder *›Avril‹* oder was auch immer. Sie werden jedes Jahr in exakt dem gleichen Format gedruckt, und die einzige Stelle, an der du das Datum finden kannst, ist die vordere Umschlagseite. Genau wie bei den Tabellen, die wir zu Hause benutzen, wenn wir in der Sequim Bay Muscheln suchen gehen wollen. Es dürfte die einfachste Sache auf der Welt sein...«

»... eine Heftklammer zu öffnen und die Seiten von einem Jahr einfach mit einem anderen Jahr zu vertauschen!« John schlug mit der Hand auf den Tisch. »Verdammt auch! Solange man ein Jahr nimmt, in dem die Daten auf die gleichen Wochentage fallen, könnte man problemlos damit durchkommen«

»Und schließlich doch noch: die Erleuchtung!«

»Nicht schlecht«, sagte John anerkennend. »Irgendwer hört, wie der alte Knabe davon redet, er würde am nächsten Morgen Muscheln suchen gehen, schleicht sich nachts hier rein, vertauscht ein paar Seiten von 1981 nach 1987 ...«

»Und umgekehrt, damit in der Tabelle für 1981 keine Seiten fehlen, falls Guillaume zufälligerweise einen Blick hineinwerfen sollte.«

John nickte langsam. »Und dann Goodbye, Guillaume.«

»Richtig. Natürlich mit der Einschränkung, daß es nicht wirklich Guillaume war.«

»Ach, ja.« John tippte mit einem Zeigefinger gegen seine Schläfe. »Es ist verdammt schwer, all diese kleinen Details auf die Reihe zu kriegen. Manchmal fange ich schon an, mich zu fragen, wer *ich* eigentlich bin. He, wir schalten besser jetzt sofort Joly ein, findest du nicht auch? Die meisten dieser feinen Leute sind übermorgen verschwunden.«

Gideon benutzte das Telefon im Arbeitszimmer, um sich mit dem Inspektor in Verbindung zu setzen, erreichte ihn schließlich zu Hause. Joly hörte seinem Bericht über die manipulierten Gezeitentabellen ohne Unterbrechung zu. Er war beeindruckt genug, um auf seine üblichen beißenden Kommentare über Gideons fortdauernde Beiträge zu dem Fall zu verzichten, aber auch wieder nicht genug, um zuzugeben, daß er sich geirrt hatte, was den Mord an ›Guillaume‹ betraf.

»Ich dachte, ich hätte Sie gebeten, Vernunft und Vorsicht walten zu lassen«, lautete sein Kommentar. »Ich hätte gedacht, dazu gehört, daß Sie um Rochebonne einen Bogen machen.«

»Hab ich ja auch, Lucien, aber, äh, die Ereignisse haben mich eben einfach überrollt.«

»Ich bin nicht sicher, ob mir das gefällt. Gibt es noch irgendwelche weiteren Entwicklungen, von denen Sie mir erzählen sollten?«

»Nein, nichts Wichtiges.« Es schien nicht der richtige Augenblick zu sein, um zu erwähnen, daß sie die Ertrink-Nummer um ein Haar in der Bucht nachgespielt hätten.

»Nun«, sagte Joly, »ich denke, ich komme am besten mal rüber und wenn es Ihnen recht ist, können Sie jetzt eigentlich genausogut dort auf mich warten. Ist John bei Ihnen? Bleiben Sie in seiner Nähe. Ich möchte nicht, daß Ihnen irgendwas zustößt.«

»Okay, okay«, maulte Gideon.

»Und bewahren Sie diese gefälschten Tabellen für mich auf. Besser noch, geben Sie sie John.«

»Lucien, das mag Sie vielleicht überraschen, aber ich bin selbst absolut in der Lage ...«

»Und versuchen Sie bitte, sie nicht anzufassen. Es könnte sehr gut Fingerabdrücke geben ...«

»Oh«, sagte Gideon. »Klar.« Er blickte auf die beiden Tabellen, die von allen fünf Fingern seiner linken Hand flach auf den Schreibtisch gedrückt wurden. »Gut, daß Sie das erwähnen.«

Gerade als er die anderen Tabellen wieder in den Aktenschrank legte, baute sich Mathilde bedrohlich in der Tür auf. Auf eine hausbackene Art beeindruckend in einem marineblauen Pullover, Perlen und einem dunklen Faltenrock.

»Kann ich Ihnen bei irgend etwas helfen, Dr. Oliver?«

»Oh ... äh, nein«, sagte Gideon, gewissermaßen mit den Fingern in der Kasse ertappt. Verlegen drückte er die Schublade des Aktenschrankes zu.

»Ich wollte nur gerade, äh ...«

»Ja«, sagte sie eisig. »Wie ich gehört habe, waren Sie so freundlich, Raymond zurückzufahren. Ich hoffe, Sie bleiben zum Abendessen? Sie auch, Mr. Lau?«

»Also ...«

»Toll«, sagte John von seinem unschuldigen Platz auf der Ecke des Schreibtisches. »Sehr gerne.«

Sie warf einen frostigen Blick auf die freundlichen violetten Schnecken, die ihr von den T-Shirts entgegenlächelten, und auf die riesigen grünen Latschen an ihren Füßen. »Sie haben nicht zufälligerweise ... äh, eine etwas weniger *fantasque* Kleidung dabei, nehme ich an? Naja, egal. Kommen Sie doch bitte nach oben. Zum Apéritif, wenn Sie fertig sind« – sie lächelte dünn – »mit dem, was Sie da gerade tun.«

»Puuuh«, machte John, als sie gegangen war. »Ich wette, das muß ein verdammt beschissenes Gefühl sein, wenn man dabei erwischt wird, daß man ohne Erlaubnis wo rumschnüffelt.«

»Ist es«, sagte Gideon. »Ich frage mich manchmal, wieso ich überhaupt ...« Ganz unerwartet tauchte eine flüchtige Erinnerung an ihr vorheriges Gespräch auf. »John, was war das nochmal, was du vorhin gesagt hast, ... daß du dich manchmal fragst, wer du überhaupt bist ...« Er klatschte in seine Hände. »Es ist ziemlich weit hergeholt, aber, mein Gott, wieso habe ich nicht schon vorher daran gedacht?«

»Keine Ahnung«, sagte John trocken.

»Mach die Tür zu, ja? Wir müssen noch mal telefonieren.«

»Dr. Loti, erinnern Sie sich noch daran, wie Sie mir gesagt haben, daß Guillaume du Rocher halluzinierte, nachdem er in St. Malo unter den Trümmern gefunden worden war?«

»Ja, gewiß.« Der Arzt war von seinem Abendessen weggerissen worden; er kaute noch.

»Und daß er nicht mehr wußte, wer er war?«

»Ja, das ist richtig.«

»Nun, können Sie sich ebenfalls noch erinnern, ob er unter einer simplen Amnesie litt, so daß er einfach keine Ahnung mehr hatte, wer er war? Oder bildete er sich vielleicht ein, jemand anderer zu sein?«

»Oh«, sagte Dr. Loti, »ich erinnere mich sehr gut.«

»Und?«

»Er bildete sich ein, jemand anderer zu sein. Er behauptete es hartnäckig zwei Tage lang.« Dr. Loti legte ein Talent an den Tag, für die nötige Spannung zu sorgen, und fuhr weiter fort mit seinem gemächlichen Kauen.

»Und das war ...«

»Er glaubte, er wäre sein Cousin Alain.«

Bingo! Eine ganze Reihe von Puzzleteilchen fanden schlagartig ihre Plätze.

»Vielleicht haben Sie schon von ihm gehört?« soufflierte Dr. Loti, möglicherweise enttäuscht über das Fehlen einer direkten Reaktion.

»Aber sicher habe ich das«, flüsterte Gideon. Zu John hob er triumphierend seine Faust, erntete aber nichts als ein verblüfftes Stirnrunzeln.

»Es war eine ziemlich starke Wahnvorstellung«, fuhr Dr. Loti fort und kicherte bei der Erinnerung daran. »Um ein Haar hätte er *mich* sogar überzeugt, obwohl ich ganz genau wußte, daß der arme Alain du Rocher einige Jahre zuvor von den Deutschen hingerichtet worden war. Und dann eines Morgens, ganz plötzlich, kehrte sein Erinnerungsvermögen zurück. Er war wieder er selbst, Guillaume du Rocher. Einfach so.«

Einfach so. Alain du Rocher, Held der Résistance in teurer Erinnerung, fünfundvierzig Jahre lang betrauert als Opfer der SS. Nur daß es jetzt – einfach so – ganz danach aussah, als wäre er die ganze Zeit über am Leben gewesen, bis vor einer Woche, und hätte als Guillaume du Rocher, Herr über das *manoir*, wie die Made im Speck gelebt ... während Guillaume im düsteren Keller zu Staub und Knochen vermoderte. Gideon nickte mit so etwas wie Genugtuung. Nicht so sehr, weil er das alles vorhergesehen hatte (das hatte er zwar, aber es war kaum mehr als auf gut Glück geraten gewesen), sondern weil es einer gewissen merkwürdigen Symmetrie in den zunehmend bizarren Drehungen und Verrenkungen im Hause du Rocher zu entsprechen schien.

»Ja, ja, ich erinnere mich sehr gut«, sagte Dr. Loti im Märchenonkel-Tonfall, er hatte ganz offensichtlich mehr Lust dazu, in Erinnerungen zu schwelgen, als zu seinem Abendbrot zurückzukehren. »Ein äußerst interessanter Fall ...«

Gideon wiegelte schnell ab. »Das ist es ganz sicher. Sie haben mir sehr geholfen, Doktor. Vielen Dank.«

»*Alain!*« explodierte John. »Wie zum Teufel sollte es denn Alain gewesen sein?«

Gideon hatte diese Reaktion vorausgesehen und ihn nach draußen geführt, bevor er ihm erzählte, was er erfahren hatte. »Du spinnst, weißt du das?« tobte John, wütende Blicke zu dem schwarzen Himmel werfend, während sie über den Hof schritten. »So was machst du immerzu! Du ... *Autsch*!«

Er hatte sich seinen Zeh an einem der Balken für die neue Stützmauer des Küchengartens gestoßen. »Verdammt, wieso haben die hier draußen kein Licht?« knurrte er und bückte sich, um seinen Zeh durch das dünne Segeltuch des Schuhes zu reiben. »Hör zu, wie soll Alain nach all den Jahren noch am Leben sein? Die Nazis haben ihn doch 1942 umgebracht. Es gab Zeugen. Die SS ...«

»... hat ihn früh an einem Morgen in die *mairie* abgeführt, und er wurde nie wieder gesehen. Das ist nicht notwendigerweise das gleiche, wie ermordet zu werden.«

»Okay, was ist also dann mit ihm passiert?« wollte John wissen, während er sich wieder aufrichtete. »Wie ist er ihnen entwischt? Wo war er zwischen 1942 und 1944?«

»Wer weiß? Er könnte überall gewesen sein.«

John schnaubte verächtlich und machte eine seiner unwirschen, ungeduldigen Gesten. »In Ordnung, erklär's mir, wie lautet deine Theorie? Daß er sich plötzlich diesen Plan ausgedacht hat, den richtigen Guillaume umzubringen und seinen Besitz zu übernehmen, als er im Krankenhaus gelegen hat?«

»Nein, das denke ich eigentlich nicht«, sagte Gideon. »Ich bin ziemlich sicher, daß Guillaume zu diesem Zeitpunkt bereits tot war. Erinnere dich bitte, er war ebenfalls seit Jahren nicht gesehen worden. Auch er ist 1942 verschwunden.«

»Jesus«, sagte John, begann weiterzugehen, »dieser gottverdammte Fall wimmelt ja nur so von verschwindenden Leuten.«

»Tatsächlich«, sagte Gideon und dachte laut nach, »ist er nur ein oder zwei Tage nach Alain von der Bildfläche verschwunden – angeblich, um sich der Résistance anzuschließen. Nur daß es jetzt ganz danach aussieht, als sei Alain derjenige gewesen, der sich irgendwohin aus dem Staub gemacht hat, während Guillaume es nicht mal mehr aus seinem eigenen Keller heraus geschafft hat. Und als Alain nach der Befreiung zurückkehrte, fand er, daß er ein erfüllteres, produktiveres, sinnvolleres Leben führen konnte in Gestalt seines vermißten, in Geld schwimmenden Cousins. Ich vermute«, fügte er grübelnd hinzu, »das wird für dich wahrscheinlich ein bißchen abstrus klingen.«

»Ein bißchen? Leck ...!« Ohne ein Wort zu wechseln gingen sie ein paar Meter weiter. »Und was dann? Glaubst du, daß Alain den echten Guillaume ermordet hat – damals, 1942, meine ich –, ihn im Keller vergräbt und jedem weismacht, daß er fort wäre und mit der Résistance durch die Lande zieht?«

»Nein, ich sehe im Augenblick nicht, daß wir schon so weit gehen könnten. Vielleicht ...«

»Weil«, sagte John mit einer subtilen Änderung des Tonfalls, »er ihn nämlich umgebracht haben *mußte*, oder nicht? Oder zumindest müßte er gewußt haben, daß Guillaume bereits tot war, während alle anderen glaubten, er würde irgendwo gegen die Deutschen kämpfen. Denn wie sonst konnte er sicher sein, daß er nicht eines Tages zurückkommen würde?«

Wie gewöhnlich hatte John nach seiner ersten hitzigen Reaktion auf eine unerwartete neue Theorie seinen Kurs geändert und machte sich daran, konstruktiv zu denken.

»Da«, räumte Gideon ein, »ist was dran.«

Sie hatten die hohen steinernen Säulen des Tores erreicht und standen jetzt da und starrten in die Dunkelheit hinaus. Die Platanen an der Seite der Straße waren nur undeutlich zu erkennen, pechschwarz vor dem Hintergrund des grau schimmernden Schwarz des Himmels. Gideon fröstelte, als sich die Kühle der Nacht durch seine Kleider schlich, und sie drehten sich um und begannen den Rückweg zum *Manoir*.

Als sie den Stapel Bauholz erreichten, über den John gestolpert war, blieb Gideon stehen. Irgend etwas regte sich am Rande seiner Erinnerung. »Weißt du«, sagte er, »es ist schon komisch...« Aber es wich ihm aus, wie ein Fleck im Blick davonzurutschen beginnt, wenn man versucht, ihn direkt anzusehen.

»Was ist komisch?« fragte John, lachte dann. »Vergiß es. Ich glaube nicht, daß ich es wissen will. Für den Augenblick habe ich erst mal genug. He, was meinst du, wer weiß sonst noch, daß dieser sogenannte Guillaume in Wirklichkeit Alain war? Nur mal angenommen, daß er es war.«

»Meine Vermutung ist, daß es keiner von ihnen weiß. Warum es ihnen auch sagen? Die einzigen, die sich an den echten Guillaume erinnern würden, sind Mathilde, René und Sophie, und die waren 1942 noch Teenager oder nicht einmal das. Als Alain zwei Jahre später wieder auftauchte und behauptete, er wäre Guillaume, wer hätte ihm da widersprechen können? Er hatte das richtige Alter, er kannte sich aus, vor allen Dingen sah er Guillaume ziemlich ähnlich, und dann war er dermaßen zusammengeflickt, daß unmöglich jemand den Unterschied erkennen konnte – nicht einmal Mathilde. Auch wenn sie mit ihm verlobt gewesen war, war sie trotzdem noch ein Kind, als er fortging, und es dürfte nicht allzu schwer für ihn gewesen sein, sie auf Distanz zu halten.« Er nickte zustimmend zu seiner eigenen Logik. »Nein, jede Wette, daß ihm niemand während all dieser Jahre auf die Schliche gekommen ist.«

»Ach, ja?« sagte John, der sich kommentarlos diese ausführliche Darlegung angehört hatte. »Tja, dann hast du deine Wette wohl verloren.«

Gideon blieb mit seiner Hand auf der Klinke der Eichentür stehen. »Wieso?«

»Weil jemand eine solche Angst davor hatte, daß du herausfindest, wer das Skelett wirklich war, daß er versucht hat, dich in die Luft zu jagen. Oder hast du das schon wieder vergessen?«

Gideon runzelte seine Stirn, dann lachte er. »Ich hab's vergessen. Schon wieder.«

Die Cocktails vor dem Abendessen wurden in dem Louis-XV-Raum serviert, einem Salon im ersten Stock voll muffigem, schönem, altem Kram aus dem achtzehnten Jahrhundert: üppige, dick gepolsterte Bergères, Kristallkronleuchter, Messing-Kaminuhren, unruhige Beauvais-Gobelins nach Gemälden von Boucher und Fragonard. Der kunstvolle Parkettboden und die prunkvoll vergoldeten Deckenfriese bestimmten den Raum zum Herzstück von Rochebonne, aber mehr als vier Jahrzehnte hindurch war er nur selten benutzt worden; viel zu luxuriös und bombastisch für seinen verschlossenen früheren Besitzer. Aber er war genau nach Mathildes Geschmack, und sie war fest entschlossen, ihn wieder zu dem würdigen Ort zu machen, der er einmal gewesen war.

Das Wissen darum, daß dies der letzte Abend war, an dem sie alle zusammen sein würden, schien der Cocktail-Stunde einen gewissen Schwung, ja beinahe eine unbeschwerte Heiterkeit zu verleihen, so daß sie ausnahmsweise ihre gewohnten Gruppierungen aufgegeben und neue gebildet hatten.

Neben dem mit Kirschholz verkleideten Kamin spielte ein

gepflegter und reichlich parfümierter René mit einem Glas in der Hand vor einer zwitschernden, lebhaften Leona Fougeray den *seigneur du manoir*. Leona, in einem neon-orangefarbenen Overall mit Lackledergürtel in eindrucksvoll schriller Hochform, lachte oft und warf ihren Kopf zurück, so daß die Spiegelungen des Kronleuchters ihre schwarzen italienischen Augen schimmern ließen.

Ein paar Meter entfernt, etwas steif in drei majestätischen Sesseln aus rotem Samt und vergoldetem Holz sitzend, plauderten Mathilde, Claire und Sophie leise miteinander, wobei Mathilde immer wieder ihren Blick hob, um – ohne große Wirkung – ihren rotgesichtigen und lebhaften Mann anzufunkeln. Und auf der anderen Seite des Raumes standen Ray, Ben und Jules und führten Männergespräche. Jedenfalls Jules. Mit seinem Hintern gegen einen Spieltisch mit Intarsienarbeiten gelehnt, einen Martini in der einen und eine schnell wechselnde Folge von Kanapees in der anderen Hand, plapperte er auf sein abwesend schweigendes Publikum ein.

Zwischen ihnen allen schwebte mit einem Tablett Drinks Marcel mit seiner steinernen Miene, während Beatrice sich in ihrem zeltartigen braunen Kleid am Eingang zu einer kleinen Speisekammer herumdrückte und von Zeit zu Zeit mürrisch mit frischen Hors d'œuvres herausgewalzt kam.

Als Gideon und John eintraten, kam Ray sofort besorgt zu ihnen herüber.

»Habt ihr mit Ben gesprochen?« fragte er leise. »Ihr glaubt doch nicht immer noch ...«

»Er hat nicht gelogen, was die Angaben in der Gezeitentabelle betraf«, sagte Gideon. »Jemand hat das Ding manipuliert.«

»Gott sei Dank.« Er nahm einen erleichterten Schluck Chablis, sah Gideon dann groß an. »Manipuliert? Du meinst ... *manipuliert?*«

»Wahrscheinlich nicht wegen uns«, sagte John, wobei er sich beiläufig umschaute, um sich zu vergewissern, daß niemand sonst in Hörweite war. »Jemand hat es benutzt, um Guillaume umzubringen.«

Rays Augen wurden noch größer. »Guillaume umbringen?«

»Genau. Ach, übrigens, Guillaume war Alain.«

Gideon fand, daß man John, der erst vor ein paar Minuten ähnlich traktiert worden war, das verzeihen konnte. Ray reagierte mit überraschender Gelassenheit, schluckte seinen Wein herunter, ohne direkt daran zu ersticken. »Verratet mir doch bitte mal«, sagte er, als er den Wein schließlich intus hatte, »habe ich bislang vielleicht ein besonders behütetes Leben geführt? Ist so das Leben der anderen Menschen?«

»Nur wenn der Knochen-Detektiv von Amerika in der Nähe ist«, sagte John.

Ray schaute sich langsam um. Die anderen waren immer noch in ihre Unterhaltungen oder Aufgaben vertieft, warfen jedoch Gideon und John immer wieder nervöse oder sogar deutlich feindselige Blicke zu. Beinahe – kam es Gideon vor –, als würden sie beieinander Unterstützung suchen gegen die Neuankömmlinge, ja, als stünde hier im Manoir de Rochebonne alles zum besten – wenn nur diese beiden neugierigen Störenfriede sich nicht eingemischt hätten. Tja, dachte er, auf eine Art hatten sie ja durchaus recht.

»Es ist so schwer zu glauben«, sagte Ray leise. »Daß einer dieser Menschen eines solchen Verbrechens fähig sein sollte. *Für* fähig? Nee, fähig! Ich fürchte, diese Sache geht mir wirklich an die Nieren.«

»Monsieur?« Marcel bot ihnen das Tablett mit Getränken an.

»*Merci.*« Als Gideon eines der schlanken, kannelierten Gläser mit Wermut nahm, klingelte das Telefon. Marcel drehte sich um, aber Mathilde, näher am Apparat, nahm ab. Sie hörte schweigend zu, murmelte irgend etwas und hielt Gideon mit hölzerner Miene unfreundlich den Hörer hin. »Für Sie.«

Es war Dr. Loti.

»Ja, hallo, ich bin's noch mal. Ich glaube, wir sind vorhin wohl unterbrochen worden«, sagte er hoffnungsvoll.

»Ja, ich glaube auch«, antwortete Gideon, dem es leid tat, dem alten Mann vorhin das Wort abgeschnitten zu haben.

»Aha. Gut. Ich habe nicht zu Ende geführt, was ich Ihnen vorhin erzählen wollte. Das wird Sie sicher sehr interessieren. Wissen Sie, Guillaume hat eigentlich nicht *einfach so* seine Erinnerung wiedergefunden. Das war nur so eine Redensart. Es war Mathilde du Rocher, der das alles zu verdanken ist.«

»Mathilde?« rief Gideon versehentlich laut aus und warf ihr schnell einen Blick zu. Sie war nicht weit von ihm entfernt stehengeblieben und beobachtete ihn nervös und mißtrauisch, versuchte mit jeder Faser mitzubekommen, was gesprochen wurde und machte sich nicht die geringste Mühe, dies unauffällig zu tun. Eine Augenbraue zuckte kurz, als ihr Name fiel.

Er drehte sich von ihr fort und klemmte den Hörer gegen seine Schulter. »Was meinen Sie damit?«

»Genau das, was ich gerade sagte, junger Mann. Ohne Mathilde wäre Guillaume gestorben. Ganz sicher hätte er niemals seine Identität wiedergefunden. Ach, Mathilde – Mathilde Sylvestre, wie sie damals noch hieß; ein strammes, dralles Mädchen mit einer Haut wie Rosenblätter. Sie hatte sich gerade erst mit René verlobt, und sie hatte sich im Krankenhaus freiwillig als Krankenschwester gemeldet. Sie saß zwei ganze Tage und fast zwei ganze Nächte neben dem zerschundenen Wrack, das Guillaume war, sprach mit ihm, sang ihm leise etwas vor, hielt seine Interessen auf diese statt auf die nächste Welt gerichtet.« Dr. Loti atmete schwer auf.

»Und?«

»Und? Seine Erinnerung kehrte zurück. Ohne sie wäre es nie soweit gekommen; davon bin ich fest überzeugt. Und von diesem Augenblick an begann er sich zu erholen. Man konnte es ihm ansehen, an dem neuen Feuer in diesem einen grimmig funkelnden Auge, das durch die Verbände blitzte. Er hatte sich entschieden«, sagte Dr. Loti mit sentimentalem Genuß, »zu *leben*.«

»Ich verstehe«, sagte Gideon langsam.

Er hatte sich entschieden zu leben, allerdings – mit Mathildes entschlossener Hilfe und ihrem Rat – aber nicht sein eigenes Leben. Weitere Teilchen des Puzzles: Als Mädchen war Mathilde mit Alain verlobt gewesen; das wußte Gideon bereits. Jetzt sah es ganz so aus, als sei sie immer noch in ihn verliebt gewesen, als er zurückkehrte. Doch aus irgendeinem Grund – seiner schrecklichen Verletzungen oder ihrer Verlobung mit René wegen – hatten sie beschlossen, nicht dort weiterzumachen, wo sie aufgehört hatten. Aber sie hatten lange genug die Köpfe zusammengesteckt, um einen Plan auszuhecken, der vierzig lange Jahre Guillaumes Vermögen in Alains statt Claudes Hände legte ... und schließlich, vor einer Woche, in Mathildes.

»Das sind nicht die sentimentalen Einbildungen eines alten Mannes«, ermahnte Dr. Loti ihn. »Ich sage Ihnen als verantwortungsbewußter Arzt: Wenn Mathilde nicht gewesen wäre, dann wäre Guillaume du Rocher niemals in dieses Leben zurückgekehrt.«

»Das glaube ich Ihnen gerne«, sagte Gideon. »Ganz aufrichtig.«

21

Als Gideon wieder auflegte, beobachtete Mathilde ihn immer noch konzentriert. Dieses Mal erwiderte er ihren Blick, während ihm durch den Kopf ging, was er gerade gehört hatte. Es stand völlig außer Frage, daß sie an Alains Betrug beteiligt gewesen war; sehr wahrscheinlich hatte sie ihn sogar ausgeklügelt. Woran mochte sie außerdem noch beteiligt sein?

»Und was hat Dr. Loti von Ihnen gewollt?« wollte sie wissen, noch bevor er seine Hand vom Telefon genommen hatte.

Er hatte nicht vor, sie zu diesem Zeitpunkt in eine Unterhaltung zu verwickeln. Das wollte er lieber Joly überlassen. Doch als er zögerte, nach einer passenden Antwort suchte, bohrte sie nach.

»Es war wegen Guillaume, nicht wahr?« Ihre helle Stimme durchschnitt das Stimmengewirr im Raum. Gespräche brachen ab, Köpfe drehten sich in ihre Richtung.

»Ja, das ist richtig.« Offensichtlich hatte es nicht viel Sinn, das abzustreiten.

»Was hat er Ihnen gesagt?«

»Ich denke, es wäre wohl besser, wenn wir unter vier Augen darüber sprechen würden, Mathilde.«

Hinter sich hörte Gideon Renés flehendes Flüstern. »Was ist denn? Wovon zum Teufel redet er da? Was soll...?«

»Pst!« sagte jemand gebieterisch, und der *seigneur du manoir* verstummte.

»Ich habe keine Angst, in meinem eigenen Haus, vor meiner eigenen Familie, offen zu sprechen«, sagte Mathilde in entschiedenem Ton. Sie hatte sich mit ihren stämmigen Beinen und ihrem aggressiv vorgereckten, kantig ragenden Bug von einem Busen vor ihm aufgebaut. »Ich glaube, ich besitze jedes Recht zu erfahren, über was Sie da gerade gesprochen haben.«

Nun, Joly würde es nicht gefallen, aber Mathilde war ganz offensichtlich fest entschlossen, daß es jetzt zur Sprache gebracht wurde, und Gideon war nicht in der Stimmung, Spielchen zu spielen, um sie hinzuhalten. Es war ein langer Tag gewesen.

»Mathilde«, sagte er, »ich weiß, daß Guillaume du Rocher 1942 ermordet wurde. Und ich weiß, daß Alain 1942 *nicht* ermordet wurde, sondern bis vor einer Woche lebte und Guillaumes Rolle spielte.«

Alle schnappten nach Luft, einige äußerten sich bestürzt, René lachte ungläubig. Dann, abrupt, absolute Stille voller Erwartung und Verwirrung. Sprachlose Gesichter starrten Gideon an. Ein träges, desinteressiertes Ticken der goldenen Kaminuhr hallte durch die Stille.

»Und ich weiß, daß Sie es ebenfalls wissen«, schloß er kategorisch.

Unter einer Schicht Puder errötete Mathildes Gesicht für einen kurzen Augenblick. Dann atmete sie tief aus, wie jemand, der endlich eine Last loswurde, die er schon viel zu lange mit sich herumgetragen hatte. »Ja«, sagte sie mit absolut ruhiger Stimme. »Sie haben vollkommen recht.«

Dann platzten alle heraus mit Fragen und aufgeregten Rufen, brüllten Mathilde an und Gideon und einander. Mathilde wartete, daß der Lärm sich legte. »Ich möchte mich jetzt gerne setzen«, verkündete sie, plazierte sich kerzengerade auf einen der Samtsessel und faltete die Hände auf ihrem Schoß.

»Und ein Glas Wermut vielleicht.« Sie nahm einen kleinen Schluck aus dem kannelierten Glas, das Marcel ihr brachte, und öffnete den Mund, um zu sprechen.

»Mutter«, sagte Jules, »du mußt wirklich nicht ...«

»Ach, sei doch endlich still, Jules. Was spielt das jetzt noch für eine Rolle? Es ist raus. Ich wußte, daß er es rausfinden würde.« Jules zuckte mit den Achseln und zog sich zurück, und Mathilde fuhr fort, ohne zu jemandem bestimmtem zu sprechen. »Was Dr. Oliver sagt, ist die Wahrheit. Guillaume ist seit fünfundvierzig Jahren tot. Der Mann, der vergangene Woche gestorben ist, war Alain du Rocher.«

»Unmöglich!« rief Sophie empört. »Glaubst du vielleicht, ich würde Alain nicht wiedererkennen? Meinen eigenen Bruder?«

»Tja, du hast ihn aber nicht erkannt«, sagte Mathilde stolz. »All diese Jahre war Alain hier im *manoir*, und keiner von euch hat etwas geahnt.« Sie schaute verächtlich von einem Gesicht zum anderen, forderte sie heraus, nahm dann einen kleinen Schluck Wermut. »Alain wurde nicht von den Nazis hingerichtet. Sie ließen ihn laufen.«

»Aber ... aber ...«, stammelte Ray.

Ben hatte einen klaren Kopf behalten. »Warum?«

Mathildes Hand wanderte zu der Perlenkette, die auf ihrem schwarzen Pullover lag. »Also, ich bin wirklich nicht ...«

»Sie haben ihn laufen lassen, weil er die anderen denunziert hat, richtig?« fragte Gideon.

Schockierte Ausrufe der Ungläubigkeit wurden laut, doch dann schloß Mathilde einen Moment ihre Augen, öffnete sie schließlich wieder und nickte. »Ja«, sagte sie, schaute dabei stur geradeaus. »Sie hatten ihn mit Elektroschocks gefoltert.« Sie sah Gideon scharf an. »Wie konnten Sie das nur wissen?«

Er hatte es nicht gewußt, er hatte einfach geraten. Joly hatte ihm erzählt, daß Alain bei Tagesanbruch abgeholt worden war, die anderen aber erst fünf oder sechs Stunden später. Er hatte sich die ganze Zeit darüber den Kopf zerbrochen, und jetzt hatte er einfach zwei und zwei zusammengezählt. Er beantwortete Mathildes Frage nicht. Je mehr Wissen sie ihm zutraute, desto mehr würde sie erzählen.

»Wir dachten alle, sie hätten ihn ermordet«, fuhr sie emotionslos fort, »aber in der nächsten Nacht kam er hierher ins *Manoir*. Es war kurz vor elf. Ich war seit zwei Tagen hier gewesen. Wir versuchten uns gegenseitig zu trösten, so gut es ging, warteten darauf, irgend etwas Definitives zu hören. Guillaume, René und ich. Du übrigens auch, Sophie.«

»Ja, ich erinnere mich«, sagte Sophie leise.

»Guillaume und ich waren als einzige noch auf. Als er die Tür öffnete und Alain dort stehen sah, wurde er sofort wütend.«

»Wütend?« fragte Ray. »Warum sollte er wütend sein?«

»Er verstand sofort, was passiert war. Er zwang Alain, es zu gestehen. Für ihn war Alain ein Verräter, ein Feigling. Vergeßt nicht, Guillaume hatte bereits dieses SS-Schwein ein paar Stunden zuvor getötet, als Vergeltung für Alains Tod. Seinen mutmaßlichen Tod.« Sie blickte gereizt zu dem Kreis fassungsloser Gesichter auf. »Würdet ihr euch wieder hinsetzen, um Himmels willen? Ich fühle mich wie ... ich weiß auch nicht wie. Und glotzt nicht so gequält. Das alles ist vor fünfundvierzig Jahren passiert.«

Gehorsam ließen sie sich wieder in ihre Sessel sinken und drehten sich zu ihr herum. Gideon lehnte sich gegen ein Ende des Beistelltisches mit der Marmorplatte, John gegen das andere. Nur Marcel und Beatrice blieben, fast schon unsichtbar, etwas abseits stehen.

»Ich mußte Guillaume förmlich von Alains Kehle wegreißen«, sagte Mathilde. »Ich war so schockiert und gleichzeitig glücklich, ihn lebendig wiederzusehen, daß ich kaum wußte, was ich tat. Er war noch schrecklich geschwächt nach dem, was sie mit ihm gemacht hatten. Ich brachte ihn in die Küche, um zu sehen, ob es dort irgendwo etwas Cognac und etwas zu essen gab. Er versuchte Guillaume zu erklären, daß er mit all seiner Kraft versucht hatte durchzuhalten, aber Guillaume war völlig außer sich, brüllte und tobte vor Wut.«

»Nein«, sagte Sophie, beinahe zu sich selbst, »unmöglich. Ich war hier. Wenn in der Küche jemand herumgeschrien hätte, dann würde ich das ganz bestimmt in meinem Zimmer gehört haben.«

»Nein, meine Liebe, du vergißt da eine Kleinigkeit. Du warst hysterisch. Guillaume hat dich zum Abendessen eine Schlaftablette nehmen lassen. Du warst ja damals erst zehn.«

»Ach, war ich erst zehn? Ja, stimmt«, sagte Sophie langsam, sich erinnernd. »Aber was ist mit René?« Sie sah ihn an. »Hast du nichts gehört?«

»Ich kann beim größten Lärm weiterschlafen«, sagte er. »Das war schon immer so.«

»Fahren Sie fort, Mathilde«, sagte Ben.

Mathilde trank wieder einen winzigen Schluck Wermut. »Guillaume folgte uns in die Küche. Er schleuderte Alain gegen die Wand, er schlug ihn nieder, er ... Ich bin absolut sicher, er hätte ihn umgebracht, wenn Alain ihn nicht ...« Zum ersten Mal stockte sie jetzt.

»... mit einem der Küchenmesser erstochen hätte«, sagte Gideon.

»Oh, nein«, sagte Claire, die Hand erschreckt vor den Mund gepreßt. Wieder machte sich Bestürzung breit.

»Ja«, sagte Mathilde. »Guillaume hatte wie ein Patriarch in der Bibel wütend die Faust über Alains Kopf erhoben – und sie ging auf ihn nieder wie eine Keule –, und Alain, um das nackte Leben zu retten, riß ein großes Messer von der Arbeitsfläche und stach zu. Nur ein einziges Mal. Bevor ich mich rühren konnte.« Einen Augenblick zuckten ihre Lider. »Guillaume sah so schrecklich überrascht aus.«

Gideon sah John an und nickte. Es stimmte perfekt mit dem überein, was sie durch das Skelett herausgefunden hatten: der erhobene Arm, das schwere Küchenmesser, der einzelne Stoß.

»Das ist die ganze Geschichte«, sagte Mathilde mit einem

Achselzucken. »Guillaume war tot, und Alain lief fort, halb wahnsinnig vor Schuldgefühl. Ich hatte keine Ahnung, was ich tun sollte. Ich erzählte allen, Guillaume wäre fortgegangen, um sich der Résistance anzuschließen. Alain erwähnte ich mit keiner Silbe.«

»Alain ist fortgelaufen, sagst du?« fragte Sophie benommen. »Wohin denn?«

»*Er* hat sich der Résistance angeschlossen. Irgendwo im Norden. Er war sehr mutig und tapfer«, sagte Mathilde trotzig. »Er war kein Feigling, und er war auch kein Verräter.« Sie hatte den Wermut ausgetrunken, und Marcel trat mit einem weiteren Glas vor. Mathilde schüttelte ihren Kopf und gab ihm das leere Glas zurück. »Als ich ihn dann das nächste Mal sah, lag er im Krankenhaus in Saint Servan. Ich ging in ein Zimmer, und da in einem Bett, so ... so völlig *zerquetscht*, wie ein ...«

Und plötzlich stürzte die ganze steife Fassade ein. Ihre Lippen bebten, ihre Finger zerrten an der Perlenkette, und ein einzelner, rauher, männlich tiefer Schluchzer löste sich schmerzhaft aus ihrer Brust.

Und kein Wunder, dachte Gideon. Wie mußte es gewesen sein, als es dem neunzehnjährigen Mädchen mit einer Haut wie Rosenblättern dämmerte, daß das verstümmelte, verrenkte Grauen, das dort in einem zerschmetterten Haufen vor ihr auf dem Bett lag, ihr gutaussehender, sportlicher Liebhaber war?

René stand auf, die Arme zur Umarmung ausgestreckt. »Meine liebe Mathilde...«

Mit einer herrischen Handbewegung schickte sie ihn auf seinen Platz zurück. Irgendwoher kramte sie ein kleines Taschentuch heraus und tupfte es gegen ihre Nase. Die roten Flecken, die plötzlich auf ihren Wangen aufgetaucht waren, verschwanden bereits wieder. Der ganze Gefühlsausbruch hatte aus diesem einen tränenlosen Schluchzer bestanden.

»Alain hatte keine Ahnung, daß Guillaumes Tod immer noch ein Geheimnis war«, sagte sie und ließ das Taschentuch genauso geheimnisvoll verschwinden, wie sie es hervorgezaubert hatte. »Wir beschlossen, es wäre das beste für ihn, sich als Guillaume auszugeben. Er glaubte nicht, daß er dazu in der Lage wäre, aber ich wußte, er würde es schaffen. Zunächst mal waren sie sich sehr ähnlich, was ihre Statur betraf, und nachdem sein Körper so zerschunden war, wer hätte da schon mit Sicherheit sagen können, daß er nicht Guillaume war?« Sie schaute sich kühl um, hatte sich wieder völlig im Griff. »Und natürlich schaffte er es. Fünfundvierzig Jahre lang.«

»Aber *wieso?*« fragte Ray. »Jeder glaubte doch, Guillaume sei weggegangen, um gegen die Deutschen zu kämpfen. Hättet ihr es nicht dabei bewenden und die Leute glauben lassen können, daß er woanders umgekommen sei?«

»Ja«, sagte Ben. »Warum das Theater?«

»Nun.« Mathilde nestelte an ihrer Perlenkette und schürzte die Lippen. Es war eine kritische Frage, und Gideon spürte, daß Mathilde dabei war, sich etwas aus den Fingern zu saugen.

John ahnte es ebenfalls. Er leistete seinen ersten Beitrag und zeigte sich in Bestform. »Weil Sie wußten, daß nach Guillaumes ursprünglichem Testament Claude Fougeray alles erben sollte.«

Leona Fougeray, deren Englischkenntnisse längst überfordert waren, richtete sich bei dem Namen ihres Mannes auf und überschüttete ihre Tochter mit einer ganzen Salve von Stakkato-Fragen auf Französisch.

Mathilde wartete, bis Claire mit ihren kurzen, verlegenen Erklärungen fertig war, dann antwortete sie John. »Ja, Sie haben vollkommen recht. Es war eigentlich Alains Idee.«

Leona schnaubte ungläubig.

»Nein, wirklich, so war es. Es war ihm wichtig, daß die *domaine* bei den du Rochers blieb: der Gedanke, daß der Besitz an Claude gehen könnte, war einfach schrecklich für ihn. Und ich war ganz seiner Meinung.« Sie sah Claire an. »Tut mir leid, meine Liebe. Ich bin sicher, du verstehst das.«

Claire sah nicht aus, als würde sie verstehen, wohl aber Leona. »Na klar, daß du seiner Meinung warst«, sagte sie mit ihrem starken italienischen Akzent, wobei ihre Stimme schrill wurde. »Du wußtest ganz genau, daß du dann eines Tages alles bekommen würdest!«

»Das«, äußerste Mathilde verächtlich und wenig überzeugend, »ist doch lächerlich.«

In der nachdenklichen Stille, die darauf folgte, beugte René sich zu Jules, der allein auf einem plumpen kleinen Sofa saß und gerade den ersten Schluck von seinem dritten Martini nahm, der ihm – wie er es Marcel beigebracht hatte – mit drei Oliven auf einem Zahnstocher serviert worden war.

»Wußtest du das alles?« fragte René.

Jules schien es schon abstreiten zu wollen, dann hob er seine Schulter zu einem lässigen Achselzucken. »Ja, ich wußte es.«

»*Ich* wußte es nicht«, sagte René verbittert.

Jules sah ihn mitleidig an und saugte die erste Olive von dem Zahnstocher.

»Gehen wir noch mal ein wenig zurück, Mathilde«, sagte Ben. »Sie haben Guillaume im Keller vergraben? Ist es sein Skelett, das sie gefunden haben?«

»Ja, natürlich«, sagte Mathilde verärgert. »Was glaubst du denn, wie viele Skelette da unten liegen?«

Ray starrte sie an, sein Gesicht war aschfahl. »Aber es war ... es war doch *zerstückelt!*«

»Ja«, sagte Mathilde nach kurzem Schweigen. »Das ist richtig. Marcel, ich hätte doch noch gern einen Wermut.« Als er gebracht wurde, nahm sie einen Schluck, richtete sich in ihrem Sessel auf und blickte irgendwo ins Nichts. »Wir wußten nicht, was wir mit ihm machen sollten«, sagte sie so ausdruckslos, als würde sie von einem Manuskript in einer Sprache ablesen, die sie nicht verstand. »Mit der Leiche. Wir konnten gar nicht glauben, daß es wirklich passiert war. Wir haben ihn dann in die große steinerne Spüle in der Küche gelegt, und ich habe Alain geholfen, ihn ... ihn zu zerstückeln. Wußtet ihr, daß das Hackbeil immer noch da ist? Ich habe es mir erst vor ein paar Tagen angesehen.«

Die Hand, die jetzt das Glas hob, zitterte leicht; allerdings nicht genug, um den Wermut zu verschütten. »Beatrice hat es vorhin für die *carbonnade flamande* benutzt, glaube ich.«

»Ach du heilige Scheiße«, flüsterte Ben; der einzige Laut in einer ansonsten knisternden Stille.

»Wir wollten ihn ja verbrennen, und wir wußten, daß er nicht an einem Stück verbrennen würde«, fuhr Mathilde mit grimmiger Miene fort, fest entschlossen, ihre Geschichte zu Ende zu erzählen. »Wir haben ein Feuer im Küchenherd gemacht. Aber als wir« – etwas zuckte in dem Fleisch unter ihrem Auge und wurde entschieden wieder unter Kontrolle gebracht – »eine Hand in das Feuer legten, gab es einen fürchterlichen Gestank, und sie wollte auch kaum verbrennen, und es ... es *brutzelte*, wißt ihr.«

»Mathilde, bitte, hör auf«, sagte Sophie mit zittriger Stimme. »Es reicht.«

Aber Mathilde machte weiter, die Augen mit steinerner Miene ins Nichts gerichtet. »Ich sagte, wir sollten die ... die Teile zuerst abkochen, um so das Fett loszuwerden, aber Alain konnte es einfach nicht; er war am Ende seiner Kräfte. Also haben wir sie – die Teile – zu Päckchen verschnürt, daß wir sie tragen konnten, und haben sie dann runter in den Keller gebracht ...«

Sie näherte sich dem Ende und sackte Millimeter für Millimeter gegen die Lehne ihres Sessels. »Und dann haben wir die Päckchen unter den Steinplatten vergraben«, sagte sie langsam und mit leiser Stimme. »Wir brauchten bis zum Morgengrauen. Dann ist Alain geflohen, und ich ging nach Hause.«

John hatte sich den Tisch zu Gideon entlang geschoben, während Mathilde gesprochen hatte. »Wo zum Teufel bleibt Joly? Sie ist jetzt soweit, alles zu gestehen.«

Gideon nickte skeptisch. Sicher, das Rätsel der Knochen im Keller war zufriedenstellend gelöst, aber er befürchtete, die Ereignisse der letzten Woche waren damit nicht weniger mysteriös geworden: Alains verspäteter Tod in der Bucht, Claudes Vergiftung, der Mordversuch an ihm selbst. Aber einige Ahnungen begannen sich langsam in ihm zu regen. Das Bauholz im Hof hatte ihn zum Nachdenken gebracht. War er womöglich auf dem Holzweg gewesen? Nachdenklich schaute er sich im Raum um.

Beatrice und Marcel, deren Englischkenntnisse gleich Null waren, beobachteten Mathilde teilnahmslos. Die meisten der anderen betrachteten sie mit derselben Mischung von Faszination und Entsetzen, mit der Zoobesucher eine Giftschlange durch die Scheibe anstarren.

»Madame ...«, sagte Claire mit ihrer sanften Stimme. »Tante Mathilde ... Hast du meinen Vater umgebracht?« Keine Sache, die man leicht, ohne beleidigend zu wirken, sagen konnte, doch aus Claires Mund war es weniger eine Anklage als eine schüchterne Frage.

Es reichte jedoch aus, um Mathildes Rückgrat wieder zu straffen. Sie sah Claire herablassend an. »Mein liebes Kind, was für eine absurde Vorstellung!«

»Ach, ehrlich?« sagte Leona, dieses Mal in ihrem ungeschliffenen, unsicheren Englisch. Gideons geübtes Ohr sagte ihm, daß sie es in Neapel gelernt hatte, wohl auf den Straßen von Neapel. »Vielleicht hattest du Angst, was der rausfindet – Claude, meine ich.« Sie war jetzt völlig gelassen, bemerkte er. Die Vorstellung, daß Mathilde vielleicht ihren Mann ermordet haben könnte, schien ihr auch nicht annähernd soviel auszumachen wie der Gedanke, daß sie ihn (und damit auch sie) um die Domaine de Rochebonne geprellt haben könnte. Möglicherweise war Mathilde dadurch sogar in ihrer Achtung gestiegen.

»Herausfinden?« wiederholte Mathilde nach einem Augenblick des überzeugend erstaunten Schweigens.

»Ja, wenn er dort in diese Keller runtergeht ... Vielleicht er sieht dann was, findet was raus ...« Leonas Englisch oder ihre Vorstellungskraft ließen sie im Stich. »Wer weiß?« beendete sie lahm und sank dann in ihrem Sessel zurück.

Mathilde schaute sich um, sah dann Gideon bittend an. »Ich habe keine Ahnung, von was diese Frau da redet.«

»Ist Claude im Keller gewesen?« fragte René leise. »Das wußte ich ja gar nicht.«

»Er *wollte* runtergehen«, sagte Leona, sprach jetzt wieder Französisch. »Um zuzuschauen, was *der* da machte.« Sie deutete auf Gideon, indem sie ihre neon-orangefarbenen Lippen in seine Richtung streckte.

Jules stellte sein Glas mit einem gereizten Schlag auf den Tisch. »Ich muß schon sagen, ich sehe wirklich nicht ein, wieso wir hier rumsitzen und uns diesen Unsinn anhören sollen«, sagte er mißmutig, und auf seinen weichen Babywangen tauchten mürrisch rote Flecken auf. »Ich meine, hier ist diese Frau, ein *Gast* in unserem Haus, und sie besitzt die, die ...«

Gideon hörte nicht weiter zu. Ein paar weitere der letzten noch fehlenden, merkwürdig geformten Puzzleteilchen, die unzusammenhängend in seinem Kopf herumgeschwirrt waren, waren gerade eben an ihre Plätze gefallen.

»... müssen hier rumsitzen und uns das anhören«, hörte Jules schmollend da auf, wo er angefangen hatte.

Gideon schaute nachdenklich zur Tür. »Marcel?«

Der Diener schrak auf. »Monsieur?«

»An dem Tag, an dem Claude Fougeray starb, haben Sie ihm da gesagt, daß er um zehn Uhr in den Keller kommen könne, um mir bei der Arbeit zuzusehen?«

Gideon kam sich albern vor. Seine Frage hörte sich so bedeutungsschwanger an wie etwas aus einem alten Perry-Mason-Film. Die anderen, John eingeschlossen, blickten ihn unsicher an. Marcel ebenfalls. Er breitete seine Arme aus und schüttelte seinen Kopf, um zu zeigen, daß er nicht verstand. Ein kurzes Zucken seiner Augen zu Beatrice verriet jedoch, daß er Claudes Namen durchaus registriert hatte.

Gideon wiederholte seine Frage auf Französisch, versuchte sie dieses Mal ein bißchen weniger gestelzt klingen zu lassen.

Nein, erwiderte Marcel abwehrend, das hatte er Monsieur Fougeray nicht ausgerichtet. Warum sollte er auch? Da war ein beklommenes, aggressives Zucken einer seiner drahtigen Schultern, ein weiterer kurzer Blick zu Beatrice. Es gefiel ihm ganz und gar nicht, nach Claude Fougeray gefragt zu werden.

Aber Gideon hatte ein anderes Wild im Visier. »Jules, haben Sie Marcel nicht gesagt, daß er Claude diese Information ausrichten sollte?«

Es entstand eine Pause, während der Jules die letzte Olive mit seinen Lippen einsaugte. »Welche Information?«

»Am Abend vor Claudes Tod«, sagte Gideon geduldig. »Joly hatte Sie gebeten, Claude zu sagen, er könne am folgenden Morgen in den Keller kommen. Sie hatten gesagt, Sie würden Marcel sagen, es ihm auszurichten.«

Jules schob die Olive mit der Zunge in seine Backe, vermutlich zur späteren Verwendung. »Das habe ich auch.«

»Er scheint sich aber nicht daran erinnern zu können.«

Jules warf Gideon einen bockigen Blick zu. »Vielleicht hatte ich keine Gelegenheit, es zu erwähnen. Und nachdem Claude gestorben war, hatte es ja wohl keinen Sinn mehr, und er starb nun mal schrecklich früh am nächsten Morgen – *lächerlich* früh, wenn ich mal so sagen darf.« Er schlug ein Bein über das andere und schien mit diesem grotesken Versuch, einen Witz zu reißen, recht zufrieden zu sein.

»Ja«, sagte Gideon, in der Überzeugung, daß der große Moment der Wahrheit wenn, dann jetzt gekommen war. »Und Sie haben ihn umgebracht.«

Die Reaktionen waren unterschiedlich. Wie vorherzusehen schnappte Claire nach Luft, und Ray schaute verdutzt aus der Wäsche.

Leona musterte Jules unverhohlen mit neuem Interesse.

Mathilde öffnete langsam ihren Mund. »*Jules?*« flüsterte sie.

»Ach, wirklich?« murmelte René zu Sophie, die neben ihm saß. »Glaubst du, das stimmt?«

Neben Gideon murmelte John: »Diesen Teil liebe ich am meisten.«

Gideon wartete darauf, daß Jules selbst etwas sagte. Der junge Mann nahm die Olive aus seinem Mund und legte sie in einen Aschenbecher, setzte dann sein stämmiges Bein wieder auf den Boden und beugte sich vor.

»Das ist doch dummes Zeug. Warum sollte ich so etwas tun?«

»Weil er bei Verlesung des Testamentes gesagt hatte, er glaube nicht, daß Guillaume es wirklich geschrieben habe. Sie wußten, daß er Medizin studiert hatte, und jetzt hatten Sie Angst, daß, wenn er das Skelett sah, er auch die Rachitis bemerken und dann erkennen würde, daß *das* Guillaume war.«

Jules lachte. »Na und? Was sollte mich das interessieren? *Ich* habe Guillaume schließlich nicht umgebracht, oder?« Er warf seiner Mutter einen eindeutigen Blick zu, dann hob er sein leeres Glas in Marcels Richtung.

»Du hast schon genug, Jules«, sagte Mathilde eisig. Jules funkelte sie wütend an, stellte das Glas jedoch wieder ab.

»Nein, das hat Sie wirklich nicht interessiert«, sagte Gideon, »aber dafür hat Sie die Erbschaft schon um so mehr interessiert. Und falls jemand dahintergekommen wäre, daß derjenige, der das Testament geschrieben hatte, nicht der war, der er zu sein behauptete, wäre die Sache ein für allemal erledigt gewesen. Keine sagenhafte Erbschaft für Ihre Eltern – oder für Sie in nicht allzu ferner Zukunft. Und das war etwas, was Sie auf gar keinen Fall zulassen konnten.«

»Dr. Oliver«, verkündete Mathilde mit ihrer gebieterischsten Altstimme, »ich kann es nicht zulassen, daß Sie ...«

»Sei still, Mathilde«, fiel ihr Sophie barsch ins Wort. »Laß es uns ein für allemal klären, um Himmels willen.«

Gideon konnte die winzigen Rädchen hinter Jules' kleinen Augen beinahe surren sehen. »Ich weiß, was Sie meinen«, sagte er in gezwungen vernünftigem Ton, »aber warum ausgerechnet ich? Ich bin hier nicht der einzige, der über den Schwindel Bescheid wußte, oder?« Wieder ließ er seinen Blick zu seiner Mutter wandern. Ein feiner Schweißfilm hatte sich auf seiner Oberlippe gebildet.

»Was für ein jämmerlicher kleiner Scheißhaufen«, zischte John aus dem Mundwinkel.

Gideon gab ihm recht. Das Unbehagen, das er zunächst dabei empfunden hatte, den schleimigen Jules unter Druck zu setzen – das war jetzt auf jeden Fall verschwunden.

»Stimmt«, sagte er. »Zwei Personen wußten es: Sie und Ihre Mutter. Aber nur eine Person wußte, daß Claude sich die Knochen am nächsten Tag ansehen wollte. Und das waren Sie.«

»Sie sind doch nicht ganz bei Trost. Dieser Inspektor hat mir davon erzählt, als wir alle unsere Drinks zu uns genommen haben. *Jeder* könnte es gehört haben.«

»Nein, die anderen waren schon zum Abendessen gegangen. Nur Sie, ich und John waren noch dort.«

Jules leckte sich über die Lippen und begann allmählich besorgter dreinzuschauen. Er hatte indirekt schon seiner Mutter den Mord in die Schuhe geschoben. Würde er jetzt vielleicht auch noch John belasten wollen?

»Ich muß es ... irgend jemand anderem gegenüber erwähnt haben. Ich bin *sicher*, daß ich es Marcel gesagt habe. Marcel, habe ich nicht ...«

»Und das ist natürlich auch der Grund, wieso Sie versucht haben, mich umzubringen; nämlich um mich daran zu hindern, daß ich rausbekomme, daß es Guillaume war, der dort unten lag.«

Noch mehr Luftschnappen. Er hatte völlig vergessen, daß keiner von ihnen von der Briefbombe wußte. So langsam begann sich das hier für alle zu einem ziemlich sensationellen Abend zu entwickeln.

»Das ist doch lächerlich!« sagte Jules mit plötzlicher Schärfe. Die roten Flecken waren wieder auf seinen zarten, runden Wangen aufgetaucht. »Ich werde nicht tatenlos hier sitzen und ...«

»Und Alain ebenfalls. Deshalb haben Sie dafür gesorgt, daß er in der Bucht ertrank.«

Jules' erstauntes Blinzeln und sein offenstehender Mund waren so offensichtlich ehrlich, daß Gideon einen Augenblick dachte, er hätte sich vielleicht doch getäuscht, doch dann wurde ihm klar, daß das, was er da sah, lediglich Jules' Überraschung war, weil jemand dahintergekommen war, daß das Ganze kein Unfall gewesen war. Und es war *wirklich* sehr clever gewesen; wenigstens diese Anerkennung mußte Gideon ihm zollen, falls man es Anerkennung nennen konnte. Es war purer Zufall gewesen, daß es rausgekommen war.

Jules ließ seinen Mund so fest zuschnappen, daß seine kleinen Zähnchen zusammenklackten. »Ich werde nicht hier sitzen und mir diese ... diese Unverschämtheiten ... von jemandem gefallen lassen, der ... der nicht mal *eingeladen* war ...«

»Aber warum?« fragte Sophie. »Warum Alain nach so vielen Jahren umbringen?«

Gideon gab die Antwort. »Weil Alain zugeben wollte, wer er wirklich war. Genau darum sollte es in dem Familienrat gehen.

Jules war der einzige, der das wußte, und er konnte es einfach nicht geschehen lassen. Richtig, Jules?« Er hoffte, er klang überzeugt und sicher; je weiter er ging, desto mehr war er auf bloße Vermutungen angewiesen. Schon seltsam, die Situationen, in denen er sich immer wieder befand.

»Nein! Falsch!« Jules brüllte jetzt; die Martinis zeigten ihre Wirkung in seinen Augen und seiner Artikulation. Sein bogenförmiger Baby-Mund hatte sich zu einem Schmollen verzogen. »Er wollte uns mitteilen, daß er dieses Haus an eine Hotelkette verkaufte!«

»Sein Haus an eine Hotelkette zu verkaufen ist *eine Familienangelegenheit von einzigartiger Wichtigkeit?*«

»Woher ich weiß, was der alte Sack gemeint hat?« Jules hob beschwörend die Arme. »Er hat mir *gesagt*, um was es ging!«

»Ja, ich weiß, daß er das getan hat. Sie waren der einzige, der es wußte.«

Er senkte seine Arme. »Das ist richtig«, sagte er mißtrauisch.

»Und genau das brachte mich überhaupt erst darauf, mich zu fragen, warum Sie logen, und es war wirklich nicht so schwer, die Antwort zu finden.« Gideon begann allmählich zu ermüden, wünschte sich, daß Joly endlich käme oder daß Jules einfach aufgeben und alles gestehen würde.

Was nicht der Fall war. »*Sie* lügen!« schrie er.

»Nein, Jules«, sagte Gideon, und bereitete sich auf das vor, was, wie er hoffte, der k.-o.-Schlag sein würde. »Er dachte gar nicht daran, Rochebonne an eine Hotelkette zu verkaufen. Denn wenn dem so gewesen wäre, hätte es wohl wenig Sinn gehabt, den Küchengarten noch zu vergrößern, oder?« Er hielt die Luft an. Er steckte hier bis zu den Ellbogen in Spekulationen. Es war ja vorstellbar, daß ein Deal mit der Hotelkette durchaus von einem größeren Garten abhängig war oder daß sie dafür bezahlten oder auch von einem ganzen Dutzend anderer Möglichkeiten.

Aber nein, er hatte richtig getippt. Glänzende Schweißperlen waren plötzlich auf Jules' Stirn aufgetaucht. Die Partie unter seinen Augen und um seinen Mund schien einzufallen und eine glänzende graue Farbe anzunehmen.

»Ich«, sagte er mit einem betrunkenen, kläglichen Versuch, Würde zu bewahren, »werde jetzt gehen.« Als er aufstand, fielen Krümel von seinem Schoß.

»Nein«, sagte John freundlich, »das tun Sie nicht. Sie bleiben schön hier.«

Jules wirbelte wütend zu ihm herum. »Sie können mir doch nicht ...«

»Und ob ich kann. Betrachten Sie es als Festnahme durch eine Zivilperson.«

»Sie ... Sie sind nicht mal französischer *Staatsbürger*!«

»Trotzdem«, sagte John, der seine Arme locker vor seiner Brust verschränkt hatte, »würde ich mich an Ihrer Stelle einfach wieder hinsetzen und warten, bis Joly hier eintrifft.«

»Joly ist bereits da«, sagte eine vertraute klare Stimme von der Tür. Er schritt in den Raum und baute sich steif vor Jules auf. »Monsieur du Rocher, betrachten Sie sich von diesem Augenblick an als unter den Bestimmungen des *garde à vue* stehend. Sie werden in Haft genommen ...«

Jules blickte verzweifelt zu Mathilde. »*Maman* ...«

Sie starrte ihn mit funkelnden Augen an. »Du hast Alain umgebracht!« sagte sie mit einer Stimme wie brechendes Eis. »Deinen eigenen Vater.«

Diesmal trug Gideon ebenfalls zum allgemeinen Schweigen bei. Erst René konnte es brechen.

»Seinen Vater?« sagte er so erstaunt blickend wie alle anderen. »Willst du damit sagen, Jules ist nicht mein Sohn?«

Wären nicht die traurigen Umstände gewesen, hätte Gideon beinahe gedacht, es wäre mit einer gewissen Erleichterung gesagt worden.

22

»Willst du noch Kaffee?« fragte Julie.

»Klar«, sagte Gideon und begann aufzustehen.

»Ich mach das.« Sie sprang auf und lief in die Küche.

»Ich dachte, du wolltest dafür sorgen, daß ich weniger zufrieden bin.«

»Ich denke, nachdem du beinahe ermordet worden bist, hast du es durchaus verdient, wenigstens einen Tag lang verwöhnt zu werden. Morgen wird sich alles ändern, mein Freund.«

Sie saßen zu einem späten Frühstück im Wohnzimmer. Gideon lehnte sich zurück, die Hände hinter seinem Nacken verschränkt, streckte seine Beine aus und genoß das befriedigende Gefühl, wieder zu Hause, wieder bei Julie zu sein. Durch das große Fenster konnte er den Berg hinunterblicken; er sah, wie die Coho-Fähre aus Victoria gerade um Ediz Hook herumkam und durch den Morgennebel langsam in den Hafen von Port Angeles glitt. Aus der Küche die ganz normalen Geräusche eines Haushaltes, als Julie den Kaffee aufsetzte und dabei fröhlich pfiff.

»Ich bin ein Glückspilz«, sagte er zu ihr.

»Allerdings«, rief sie zurück. »Wie steht's da draußen mit den Bagels?«

»Noch jede Menge da. Geräucherter Lachs und Frischkäse auch.«

Er war kurz vor zehn am voraufgegangenen Abend angekommen. Julie hatte ihn am Flughafen Seattle-Tacoma abgeholt, und den größten Teil der langen Fahrt nach Port Angeles – zuerst mit einer langsamen, gemessenen Fähre über den Puget Sound und dann siebzig Meilen Landstraße durch düsteren Wald auf der Olympic Peninsula – hatte er ihr erzählt, wie sich in Rochebonne alles aufgeklärt hatte. Als sie in ihrem Haus eintrafen, hatten sie die Flasche Cognac geöffnet, die er aus Frankreich mitgebracht hatte, und ihre Gespräche und ihre Aufmerksamkeit hatten sich intimeren und angenehmeren Dingen zugewandt. Es war drei Uhr morgens gewesen, bevor sie schließlich allmählich eingeschlafen waren, und erst um halb zehn waren sie wieder wach geworden.

»Hast du letzte Nacht irgendwelche unheimlichen Geräusche gehört?« rief er.

»Jetzt, wo du's erwähnst, ja, ich hab da ein paar ziemlich merkwürdige gehört.«

Er lachte. »Ich meine, *nachdem* wir eingeschlafen sind.«

Mit einem Tablett in der Hand kam sie herein. »Nein, danach nicht mehr«, sagte sie lächelnd und verzog dann ihr Gesicht. »Gideon, du wirst diese Dinger da doch wohl nicht allen Ernstes tragen wollen, oder?«

Er schaute nach unten und wackelte mit den Zehen. »Gefallen dir meine Schuhe nicht? Warte nur, bis du erst mein neues Sweatshirt siehst.«

»Ach, nicht, daß sie mir nicht gefallen. Ich persönlich finde chartreuse-farbenes Segeltuch ganz besonders schön, und dieses lässig ausgeleierte Design wirkt sicher sehr attraktiv, sehr up to date. Mir gefallen eben nur ein paar von deinen anderen besser.«

»Tja, ich kann meine grauen Turnschuhe nirgends finden. Weißt du, ob ich sie mitgenommen habe?«

Lachend setzte sie sich neben ihn und schenkte Kaffee ein. »Weißt du eigentlich, daß du nie verreist, ohne irgend etwas zurückzulassen? Eines Tages wirst du noch mal ohne mich nach Hause kommen, und dann rennst rum, brummelst vor dich hin und überlegst: da war doch was, da war doch was ...«

»Wenn man über einen verblüffenden Fall nachdenken muß«, sagte er mit erhobenem Zeigefinger, »kann man sich nicht mit den unmittelbaren Trivialitäten des Augenblickes abgeben. Wie wär's, wenn du mir einen Bagel rüberreichen würdest?«

Sie tat es und knabberte dann geistesabwesend selbst an einem. »Ich denke immer noch, daß meine Zyanid-Theorie ziemlich gut war.«

»Daß es die Waffe einer symbolischen Rache war? Es war *wirklich* eine gute Theorie. Nur leider hat sie sich nicht als richtig herausgestellt, das ist alles; ein kleineres Problem. So was passiert den schönsten Theorien immer wieder, laß dir das von mir gesagt sein.«

»Ja, wahrscheinlich ...«

Gideon bestrich eine Bagelhälfte mit Frischkäse und schaute auf. »Beschäftigt dich irgendwas?«

»Ja, irgendwie. Hör mal, du hast doch gesagt, daß Jules das Gift nicht in der Bretagne gekauft hat, richtig? Er hat es aus Deutschland mitgebracht.«

»Richtig.«

»Tja, warum? Wenn er erst beschlossen hatte, Claude umzubringen, nachdem das Skelett aufgetaucht war, wieso sollte er es da im voraus kaufen und mitbringen?«

»Aaah, eine gute Frage. In diesem Punkt hatten John und ich uns geirrt.« Er widmete sich wieder seinem Bagel, legte zwei dünne, feuchte Lagen geräucherten Lachs auf den Käse und bedeckte das Ganze mit der anderen Hälfte des Brötchens. »Er brachte das Zyankali mit, um Alain damit umzubringen.«

Sie schüttelte ihren Kopf. »Häh?«

»Er wollte Alain vergiften, aber als sich dann die Chance bot, ihn mit Hilfe der Gezeitentabelle auf erheblich subtilere Weise um die Ecke zu bringen, ergriff er die Gelegenheit natürlich sofort beim Schopf. So stand ihm noch das feinste Zyankali zur Verfügung, als ihm der arme Claude mit großem Geschrei in die Quere kam.«

»Reizend. Alles in allem eine wirklich wunderbare Familie. Möchtest du in Ruhe essen, oder kann ich dir noch ein paar Fragen stellen?«

»Frag nur«, sagte er kauend.

»Hatte Mathilde während all dieser Jahre, in denen er Guillaume spielte, eine Affäre mit Alain? Haben sie sich immer noch geliebt?«

»Nein, ich glaube eigentlich nicht. Ich weiß nur, daß sie ihm während der letzten zwanzig Jahre oder so nicht näher war als jeder andere von ihnen.«

»Aber was ist mit Jules? Meinst du, sie hätten zur Erinnerung an alte Zeiten noch einmal einen draufgemacht, und Jules wäre dann das Ergebnis gewesen?«

»Könnte sein. Das dürfte dann gereicht haben, daß sie sofort Schluß machten.«

Sie lachte. »Eine allerletzte Frage noch, nur noch eine. Was hat Alain so plötzlich veranlaßt, alles gestehen zu wollen, nachdem er fünfundvierzig Jahre Guillaume gespielt hat?«

»Das kann niemand ganz sicher sagen, aber Mathilde meinte, es hätte ihn schon seit Jahren zunehmend mehr bedrückt, das Leben eines anderen zu leben, und er habe sich ihr gegenüber einmal darüber beklagt, daß er mal mit dem Grabstein eines anderen über sich begraben würde.«

»Das kann ich verstehen«, sagte sie und schüttelte sich leicht. »Als er dann erfuhr, daß er nur noch ein Jahr zu leben hatte, gab das schließlich für ihn den Ausschlag?«

»Es sieht so aus.«

Sie trank ruhig ihren Kaffee, schaute aus dem Fenster, als die große Fähre tutete und langsam an ihren Liegeplatz zurücksetzte. »Es ist kaum zu glauben, daß Ray Schaefer tatsächlich heiraten will.«

»Ich weiß, aber Claire ist praktisch wie für ihn geschaffen. Und umgekehrt auch, denke ich. Sie haben vor, im Sommer mal zu uns raufzukommen. Du wirst sie bestimmt mögen.«

»Da bin ich sicher.« Sie hatte ihren Kopf gegen Gideons Schulter gelegt, setzte sich aber jetzt plötzlich wieder auf. »Die Erbschaft ... Wer wird die denn jetzt kriegen?«

»Tja, Joly sagte, er glaubt, es wird folgendermaßen laufen: Das Testament, das Guillaume 1941 gemacht hat, ist das letzte, das zu finden ist, also ist es auch dasjenige, das zählt. Zu diesem Zeitpunkt hat er alles seinem nächsten Verwandten hinterlassen, der Schwester seines Vaters. Sie ist 1942 gestorben, kurz vor Guillaume, was bedeutet, die Erbschaft hätte an Claude, ihren Sohn, gehen sollen.«

»Du meinst, Claude hatte also recht? Er war tatsächlich der rechtmäßige Erbe?«

Gideon nickte. »Aber da er jetzt tot ist, sagt Joly, daß das Erbe wohl an Claire gehen wird, und ein Teil vielleicht noch an Leona.«

»Hmh, dann bekommt Tante Sophie ihre Bibliothek wohl doch nicht.«

Gideon schüttelte den Kopf. »Claire hat sie beiseite genommen und ihr gesagt, sie wolle, daß sie sie bekommt. Sophie hat – natürlich – gesagt, nie im Leben, aber daß sie sehr gerne den einen oder anderen Bildband hätte. Claire hat außerdem den Hausangestellten gesagt, daß sie sich keinerlei Sorgen um ihr Gehalt und ihre Pension machen müßten.«

»Die scheint wirklich nett zu sein. Aber ich frage mich, ob das nicht zu Problemen zwischen ihr und Ray führen wird.«

»Du meinst, weil sie reich sein wird? Ist das dein Ernst?«

»Also, ja. Es wird zwangsläufig ein paar große Veränderungen für beide geben, und Raymond ist ein sehr lieber Mensch, aber du mußt selbst zugeben, daß er dazu neigt, ein bißchen nervös zu werden, wenn irgendwas seinen hübsch wohlgeordneten Alltagstrott durcheinanderbringt.«

Gideon zog ihren Kopf auf seine Schulter zurück und streichelte über ihr dichtes schwarzes Haar. »Na ja, man sagt doch: Geld macht vielleicht nicht glücklich, beruhigt aber ungemein die Nerven.«

Sie lachte und kuschelte sich ein wenig dichter an ihn. »*Wer* sagt das?«

»Willst du mir etwa sagen«, sagte Gideon, »daß ich dir noch nie von meinem Onkel Bubba Jim erzählt habe?«